ANGELIKA HÜTING

# TÖDLICHE HEIMKEHR

OBERBAYERN KRIMI



Emons Verlag

Umschlagzeichnung: Heribert Stragholz
Druck und Bindung: Clausen & Bosse GmbH, Leck
Printed in Germany 2007
ISBN 978-3-89705-497-4

Für meinen Vater

# 1

Geschieht dir recht, altes Luder, dachte Valentin Merkl, als der Sarg, in dem Sophie Burgstaller lag, auf den Boden krachte. In Sekundenbruchteilen fanden seine Finger den Weg zu seiner Stirn, und er bekreuzigte sich, obwohl ihm nicht leidtat, was er gedacht hatte. Es war eine automatische Geste. Ein sechsundsiebzigjähriges Leben in einem Wallfahrtsort, fünfzig davon in kirchlichen Diensten, hinterließ eben seine Spuren. Natürlich war er erschrocken, wer wäre das nicht, wenn einem ein zweihundert Pfund schwerer Sarg samt Inhalt von der arthritischen Schulter rutscht. Trotzdem wärmte Schadenfreude bei den mageren drei Grad, die an diesem Aprilmorgen herrschten, seine Seele, und auch sonst war ihm so heiß geworden, dass er trotz der Kälte schwitzte. Eine Folge des durch den Schreck angestiegenen Blutdrucks – so ziemlich das Einzige, was in seinem Körper noch mit einer gewissen Schnelligkeit funktionierte. Mit hochrotem Kopf blickte er auf den Sarg hinunter, mit dem sich seine Kollegen leise vor sich hin schimpfend abmühten, um ihn wieder in eine würdigere Stellung zu bringen.

»Da war ein Stein«, sagte er zu ihnen und schüttelte wie zum Beweis seinen Fuß. Er bemühte sich, seine Stimme nicht allzu sehr zittern zu lassen.

»Wo ist denn da ein Stein?« Bernd Wimsinger, ein Hundert-Kilo-Mann, dessen Jacke immer aussah, als würde sie jeden Moment platzen, zog umständlich ein Stofftaschentuch aus seiner Hosentasche und wischte sich die Stirn ab. »Hier ist doch alles glatt betoniert. Oder meinst du die?«

Mit einem breiten Grinsen, das schief gewachsene, grau verfärbte Zähne freilegte, deutete er auf die Reste von Rollsplitt im Hof des Bestattungsinstitutes. Eine Erinnerung an den viel zu langen Winter, der sich nur sehr widerwillig zurückzuziehen schien. »Gestolpert bist du wieder über deine eigenen Füße.«

»Schön langsam wird es Zeit, dass du abtrittst«, meinte Peter Holzhammer, der bis auf die besseren Zähne wie ein Klon von

Wimsinger aussah. »Hast ja lange genug gearbeitet«, fügte er mit einem Blick auf Valentins roten Kopf hinzu, doch der reagierte nicht.

Holzhammer drehte sich zu seinem Kollegen um. »Das hat ihn anscheinend ganz schön mitgenommen«, raunte er. Doch natürlich hatte Valentin, dessen Ohren in einem wesentlich besseren Zustand waren als sein Bewegungsapparat, jedes Wort verstanden. Er starrte auf den Sarg, dessen seidiger Mahagoniglanz von feinen Rollsplittkratzern entstellt war. Ganz zu schweigen von einigen größeren Absplitterungen an der Fußseite.

Wieso sollte man über Tote eigentlich nichts Schlechtes sagen, fragte er sich. Sophie Burgstaller war ein Luder gewesen. Hatte immer gedacht, sie könnte alles besser. Wäre etwas Besseres. Noch heute überzog ihn die Schamesröte, wenn er an einen der peinlichsten Momente seines Lebens zurückdachte. Er war achtzehn, und die zwei Jahre jüngere Sophie mit ihren blitzblauen Augen und dem kurz geschnittenen, lockigen Haar hatte ihm gefallen. Flott war sie, genau, flott, mit ihren selbst geschneiderten Kleidern, die immer etwas frecher waren als die der anderen, mit ihrem Blick, der nie schüchtern war, sondern herausfordernd, mit ihrem maschinengewehrschnellen Englisch, das sie sich von den Amerikanern abgehört hatte und das sie in dieser eher abgelegenen Ecke Südostbayerns mit dem Hauch der großen, weiten Welt umgab. Es war kurz nach dem Krieg, und er, der Sohn kleiner Leute, sein Vater war Messner in der Pfarrkirche, hatte nichts, womit er das Herz eines jungen Mädchens hätte erobern können. Noch dazu, wenn das Mädchen die Tochter eines Devotionalienladenbesitzers war. Er überlegte hin und her, bis er auf die Idee kam, ihr etwas zu schnitzen. Schon als kleiner Junge hatte er gerne Figuren mit seinem Taschenmesser geschnitzt. Besonders gerne Tiere. Wieso sollte er nicht einmal eine Heiligenfigur ausprobieren … und bei aller Verliebtheit tauchte der Hintergedanke auf, dass sich im Laden von Sophies Vater auf diese Weise eine Verdienstquelle auftun könnte. Bären mochte sie, das wusste er. Also holte er sich aus der Sakristei ein Heiligenbuch und suchte einen passenden Heiligen aus. Es gab mehrere, die er hätte nehmen können, Gallus (gefiel ihm nicht, der Name klang zu sehr nach Galle und alten Leuten),

Kolumba (damit konnte er nichts anfangen, das klang zu fremd) oder Korbinian (zu bayerisch). Blieb noch der Heilige Magnus. Das klang edel, lateinisch. Genau richtig für die anspruchsvolle Sophie. Einen Monat schnitzte er an dem Stück Lindenholz herum, sah sich überall, wo er nur konnte, Statuen an und versuchte, vom Brauenbogen bis zum Fall der Kleidung den Meistern nachzueifern. Schließlich hatte das Holz keine Änderungen mehr erlaubt, und er musste sein Werk als beendet betrachten. Ein Mann in Mönchskutte, zu seinen Füßen ein Apfel fressender Bär. Mit klopfendem Herzen und den Worten »Hier. Für dich. Habe ich selbst gemacht.« überreichte er Sophie die Statue. Überrascht drehte sie die etwa dreißig Zentimeter hohe Figur in den Händen. Er konnte sich noch daran erinnern, dass die Sonne die feinen Härchen auf ihren Armen golden aufleuchten ließ.

»Wie originell!«, sagte sie. »Ich habe gar nicht gewusst, dass es einen Heiligen mit einem Schwein gibt.«

In ihren Worten lag mehr Spott, als er ertragen konnte. Die Sonne verschwand hinter einer Wolke und mit ihr das Leuchten, das Sophies Körper umgab. Wortlos drehte er sich um und ging. Jede Rechtfertigung hätte ihn nur noch lächerlicher gemacht. Es hatte eine Zeit lang gedauert, bis er nicht mehr von einem Bären träumte, der sich allmählich in ein Schwein verwandelte, und er gestand sich ein, dass die Schnauze wirklich ein wenig breit und rund geraten war. Aber verdammt, ein Bär mit einer verunglückten Visage war doch noch lange kein Schwein! Valentin seufzte. Die flotte Sophie hatte sich danach noch längere Zeit einen Spaß daraus gemacht, ihn wegen seines missglückten Werkes aufzuziehen. »Ich habe nachgeschaut, Valentin«, rief sie ihm nach. »Der heilige Wendelin wäre es gewesen. Der führt immer ein Schwein mit sich herum!« Aber sie hatte den Magnus immerhin behalten, und Valentin fragte sich nicht zum ersten Mal, was sie wohl mit ihm gemacht hatte.

Viel hat dir dein freches Mundwerk nicht genützt, dachte er. Jetzt bist du tot. Gott hat auch für dich keine Ausnahme gemacht.

*»Porca miseria!«* Die sich überschlagende Stimme des Chefs, der aus seinem Büro herausgelaufen kam, ließ die vier Männer stramm stehen.

»Wieso seid ihr denn immer noch da? Der Pfarrer hat gerade angerufen und gefragt, wo ihr bleibt!«

Lugauer junior, ein sonnenstudiogebräunter Betriebswirtschaftler Mitte dreißig, der das Familienunternehmen eher widerwillig und nur deshalb leitete, weil sein miserabler Studienabschluss jede andere Karriere zunichtegemacht hatte, blieb abrupt vor dem Sarg stehen und starrte ihn fassungslos an. Einige Sekunden passierte gar nichts, dann dröhnte es so laut »Mannaggia!« aus seinem Mund, dass sogar seine Sekretärin, deren Phlegma sich in der Regel mit dem eines schlafenden Koalabären messen konnte, sich aufraffte und das Fenster öffnete, um nichts von diesem merkwürdigen Treiben auf dem Hof zu verpassen.

Lugauer junior fluchte gerne und ausgiebig, es hatte eine befreiende Wirkung auf ihn und eine einschüchternde auf seine Untergebenen. Für ihn die ideale Kombination, doch für einen Bestattungsunternehmer absolut nicht *comme il faut*, wie ihm sein Vater mit seinem nervtötenden Hang zu fremdsprachlichen Einschüben in sein Salonbayerisch ständig unter die Nase rieb. Als Konzession an die Pietät hatte Junior die gotteslästerlichen bayerischen Flüche aufgegeben und sich auf harmlosere Varianten verlegt – auf Italienisch. Wenn sein Vater solchen Wert auf Fremdsprachen legte, bitteschön, das konnte er haben. Giovanni, der Koch aus dem Mulino, hatte ihm in einer feuchtfröhlichen Nacht eine ganze Litanei italienischer Flüche aufgeschrieben, im Gegenzug hatte er den Italiener in die Geheimnisse der bayerischen Schimpfwörter eingeführt.

»Ich frage jetzt nicht, wie das passiert ist.« Er fuchtelte mit den Händen in Richtung der vier, die betreten seinem Blick auswichen.

»Auf was wartet ihr? Eine Eingebung vom lieben Gott? Rein mit dem Teil, aber dalli! So kann der nicht weg. Da muss Holzpaste drüber.« Lugauer wippte nervös mit dem rechten Fuß. »Ist die Christa da?«, schrie er lauter als nötig zu seiner Sekretärin. Christa schminkte die Toten und hatte ein gutes Händchen für Renovierungen aller Art. Die Sekretärin schüttelte mit erstaunlicher Geschwindigkeit den Kopf.

»Okay, okay.« Er atmete tief durch, dann klatschte er in die

Hände. »Dann muss ich es selber machen. Chefsache. Also, gemma, gemma! Der Pfarrer wartet nicht mehr lang!«

***

Einen Kilometer Luftlinie entfernt saß Pfarrer Fridolin Brandstätter in seinem BMW vor dem Michaeli-Friedhof und erwog ernsthaft, sich die Wartezeit mit einem Schlückchen von Sophie Burgstallers Kräutertrunk zu verkürzen. Der wärmte wunderbar und schien auch sonst allerhand Gutes zu tun. Immerhin hatte er, weil er jeden Tag ein Stamperl davon trank, diesen Winter zum ersten Mal seit Jahren ohne Erkältung überstanden, und er hatte keine Lust, sich diesen Rekord sozusagen im Zieleinlauf noch nehmen zu lassen. Leider war die Wirkung der morgendlichen Ration bereits verpufft, und dummerweise hatte er sich von der trügerischen Sonne blenden lassen und statt seiner Winterschuhe die neuen, maßgefertigten Frühjahrsslipper von Meier in München angezogen. Diese waren, wie sich jetzt herausstellte, völlig unzureichend in einem Auto ohne Standheizung, und die Kälte war bereits durch die dünnen Ledersohlen bis zur Mitte der Wade gewandert.

»Gut, dass sie das nicht mehr erlebt«, murmelte der Messner Franz Abraham. »Kommt zu ihrer eigenen Beerdigung zu spät.«

Der Pfarrer sah auf die Uhr. Sie waren schon zwölf Minuten über der Zeit. Zu Frau Burgstallers Lebzeiten hätte es das nicht gegeben, denn Pünktlichkeit war eine Tugend, auf die sie größten Wert gelegt hatte. Immer. Sogar bei ihren wöchentlichen Scrabble-Runden. Wenn er zu spät kam, was aufgrund seiner seelsorgerischen Pflichten, die sich nicht auf die Minute genau planen ließen, ziemlich häufig vorkam, saßen sie und die alte Frau Maillinger vom Nachbarladen bereits in demonstrativer Einigkeit vor ihren Buchstaben. Sein Spielbänkchen war schon hergerichtet, komplett mit sieben Spielsteinen und der immer gleichen Erklärung: »Damit wir schnell anfangen können, Herr Pfarrer. Sie sind doch so in Zeitdruck.« Seltsamerweise hatte er bei diesen Gelegenheiten immer Buchstabenkombinationen, die sich aus Um- und Zischlauten zusammensetzten, was beide Damen mit verwundertem Kopfschütteln und der Bemerkung »So ein Pech, lieber Herr Pfarrer!« kommentierten. Er seufzte. Sophie war das, was man im Bayerischen bewundernd ein Luder nannte. Er würde sie vermissen. Was wohl aus dem Laden würde? Er war ja einer der Letzten mit einem seriösen christlichen Angebot, ohne diesen ganzen Plastikschnickschnack, wie es der Maillinger und Konsorten anboten. Und die Kombination mit dem Alkoholausschank war einmalig, auch wenn Frau Burgstaller in den letzten Jahren nur noch engste Bekannte, zu denen er sich glücklicherweise zählen durfte, mit Alkoholischem bewirtet hatte. Vielleicht konnte ihn Oswaldo übernehmen, ihr Neffe, der ihr in den letzten beiden Jahren rührend geholfen hatte. Ein findiger Mann mit einem ausgeprägten Interesse für die Wirkung von alkoholischen Kräuterauszügen. Dieser Gedanke brachte ihn durch die wundersame Kraft der Assoziationen wieder zu der unangenehmen Kälte zurück, die inzwischen jegliches Gefühl aus seinen Füßen vertrieben hatte.

»Tanja, schau doch mal raus, ob sie nicht schon da sind. Vielleicht sind sie andersrum gefahren.« Er versuchte, seine Zehen zu bewegen, und als dies nur unzureichend gelang, nahm seine Stimme einen unwirschen Ton an: »Danach gibt es ja nicht einmal ein Trauermahl, bei dem man sich aufwärmen könnte.«

»Bloß weil ich nachschau, kommen sie doch auch nicht schneller«, maulte Tanja, die einzige Ministrantin in der ansonsten rein männlichen Mannschaft. »Soll doch der Marco gehen.« Sie warf einen Blick auf ihren dreizehnjährigen Kollegen, der neben ihr mit seinem MP3-Player hantierte.

»Tanja, so spricht man nicht mit dem Herrn Pfarrer!«, fuhr der Messner dazwischen. »Jetzt geh schon!«

Tanja ignorierte ihn und wühlte provozierend langsam in ihrer Tasche, bis sie mit einem zufriedenen Lächeln ein rundes, gelbes Plastikteil mit einem Smiley-Gesicht herausholte.

»Was soll das denn?«, murrte der Messner. »Du sollst rausgehen, wie es der Herr Pfarrer gesagt hat, und nicht herumspielen! Marco, und du nimmst jetzt endlich deine Musikstöpsel aus dem Ohr. Das ist schließlich eine Beerdigung.«

»Regen Sie sich ab, Herr Abraham.« Tanja knickte den Smiley in der Mitte, befühlte ihn nach einigen Sekunden und nickte zufrieden. »Das ist nur ein Taschenwärmer. Ich will draußen schließlich nicht erfrieren.«

»Kluges Kind«, meinte der Pfarrer und nieste heftig.

Der Messner nickte widerwillig. »Jetzt wird es aber wirklich Zeit«, murmelte er. »Sonst liegt morgen halb Altötting krank im Bett.«

***

Wie auf Kommando hörte das Gemurmel und Füßescharren, das Schnäuzen und Husten auf, als die Sargträger den Sarg mit auffallender Behutsamkeit auf das Gestell in der kleinen Aussegnungskapelle hievten.

»Was ist denn das für ein Sarg!«, flüsterte Frau Haag, Inhaberin des größten Klatschmauls von Altötting sowie eines kleinen Milchladens in der Bahnhofstraße, ihrer Busenfreundin Frau Peschek zu.

»Der ist ja ganz zerkratzt!«, empörte sich diese mit unverhohlener Freude.

Frau Haag nickte so heftig mit dem Kopf, dass ihr schwarzer Hut etwas zur Seite rutschte. »Eine Schande ist das!«, erwiderte sie indigniert und gleichzeitig entzückt, weil es bei dieser Beerdigung so viel Grund zum Tratschen gab. Erst die Verspätung, und dann der verunstaltete Sarg. »So ist das halt, wenn man keine eigene Familie hat. Dann muss man sich mit dem begnügen, was der Sargtandler im Keller hat.« Sie hielt kurz inne und dachte nach. »Meinst du, dass *er* den Sarg ausgesucht hat?«

»Wer *er*?«

»Der Halbindianer.«

»Wahrscheinlich. Die anderen kutschieren ja in der Weltgeschichte herum.«

Beide reckten ihre faltigen, verkropften Hälse nach vorne zum Eingang der Kapelle, wo ein älteres Ehepaar und ein Mann Ende dreißig standen und mit skeptischem Blick den Sarg musterten.

»Mich wundert es eh, dass die da sind. Australien ist ja nicht gerade um die Ecke.« Frau Peschek hatte inzwischen das Flüstern aufgegeben und sprach mit normaler Lautstärke.

»Die haben halt noch ein kleines bisserl Anstand. Oder sie wollen was erben.« Frau Haag entfuhr ein schiefes Lächeln. »Fällt dir was auf?« Sie wartete die Antwort ihrer Freundin gar nicht erst ab. »Die Nichte von der Burgstaller ist nicht da.«

»Heißt die nicht Katharina?«

Frau Haag nickte. »Die hält sich wohl für was Besseres. Dabei wohnt die nur in München, soweit ich weiß.« Missbilligend schüttelte sie den Kopf.

»Mei«, entgegnete die Peschek, die leicht auf und ab wippte, weil auch ihr langsam kalt wurde. »Die war doch immer schon ein Früchtchen. Da wundert mich gar nichts.«

»Und mich wundert schon lang, dass der Pfarrer euch alten Ratschen nicht schon Hausverbot erteilt hat.« Max Eberhardt, ein Mann Mitte siebzig mit beeindruckender silbergrauer Mähne, dem früher das größte Baugeschäft in der Stadt gehört hatte, drehte sich um und funkelte die beiden Frauen zornig an.

»Wenn es doch wahr ist«, antwortete Frau Haag beleidigt und sah demonstrativ in die andere Richtung. Die Wahrheit konnte ihr schließlich auch ein Großkopferter wie der Eberhardt nicht verbieten!

Während sich die Damen Haag und Peschek über die Rüpelhaftigkeit der Männer und Max Eberhardt über die weibliche Angewohnheit, die Nase in fremde Angelegenheiten zu stecken, mehr oder weniger still ärgerten, zwängte sich eine mädchenhaft wirkende Frau durch die Menge und nahm ihren Platz bei den trauernden Familienangehörigen genau in dem Moment ein, als der Pfarrer mit der Zeremonie begann.

»Wir kommen aus Australien und sind pünktlich, und du hast gerade mal hundert Kilometer!«, flüsterte Anneliese Graf und sah ihre Tochter missbilligend an.

In diesem Augenblick bedauerte es Katharina Graf, sich nicht einfach hinten an den Ausgang gestellt zu haben, doch das wäre wahrscheinlich noch schlechter angekommen. Sie sah zu ihrem Vater, der sie liebevoll anblickte. Das Schimpfen hatte er schon immer seiner Frau überlassen. Neben ihm stand Oswaldo, ihr Cousin, der dafür gesorgt hatte, dass sie nicht nur schöne Erinnerungen an ihre Kindheit und Jugend in Altötting hatte.

Sie war noch etwas außer Atem und ärgerte sich über sich selbst. Nicht einmal zur Beerdigung ihrer Tante konnte sie pünktlich sein. Schon als Kind war sie immer zu spät in die Schule gekommen, obwohl sie nur fünf Minuten entfernt gewohnt hatte. Irgendetwas in ihr zögerte alles bis zur letzten Minute hinaus. Jetzt, wo sie auf die vierzig zuging, wurde das allmählich peinlich. Katharina versuchte, die Anspannung der knapp zweistündigen Autofahrt und die Enttäuschung über die Begrüßung der Mutter wegzuatmen. Sie war den Ritualen des Pfarrers und dem Gemurmel der Trauergemeinde für ihre beruhigende Wirkung dankbar. Nach ein paar Minuten konnte sie sich auf das Geschehen um sie herum konzentrieren. Sie sah nach vorne auf den Sarg und registrierte mit Stirnrunzeln auffällige Kratzspuren, die nicht sehr sachkundig repariert worden waren. Darüber würden sich die stadtbekannten Klatschbasen sicher wieder das Maul zerreißen. Dem Verursacher hätte Tante Sophie die Ohren lang gezogen. Wehmütig schüttelte Katharina den Kopf. Kleine Szenen fielen ihr ein. Wie Tante Sophie mit ihren knubbeligen Fingern Heiligenbildchen aus dünnem Papier zu fünf Pfennig das Stück für Kinder einzeln abzählte oder mit schelmischem Lächeln eine Flasche Likör hinter der Theke hervorzog, um sich zwischen zwei Kunden mit genussvoll geschlossenen Augen ein Gläschen zu gönnen. Aus und vorbei. Ein Stich fuhr ihr durchs Herz, und unvermittelt schluchzte sie leise auf. Ihre Mutter nahm ihre Hand und drückte sie. Na also, Mama, geht doch, dachte sie. Mit einem Mal wurde Katharina bewusst, dass das nicht nur ein Abschied von Tante Sophie war, sondern von ganz Altötting. Jetzt verband sie nichts mehr mit dem Ort, an dem sie groß geworden war. Sogar ihre Eltern hatten in Australien ein neues Zuhause gefunden, zumindest für die meiste Zeit des Jahres. Sie hatte sich ein paar Tage Urlaub genommen und würde sie in aller Ruhe mit ihren Eltern verbringen. Wieder einmal so richtig faul sein. Und nicht an die Arbeit denken. Auf keinen Fall. Sie merkte, dass ihr Atem schneller wurde. Sie sah zu Oswaldo, um sich abzulenken. Seine dunklen Augen waren feucht. So kannte sie ihn gar nicht, aber genau genommen hatte sie ihn seit über zwanzig Jahren kaum gesehen. Ob er auch eine Vorladung vom Nachlassgericht bekommen hatte?

»Wahrscheinlich vererbt sie dir den Laden«, hatte ihre Mutter am Telefon gelacht.

»Guter Witz«, hatte sie nach Australien zurückgelacht. Das Schlimme war, dass sie Tante Sophie das durchaus zutrauen würde. Aber so weit würde sie doch nicht gehen? Nein. Niemals.

# 2

Das Wetter gab sich an Sophie Burgstallers Beerdigungstag genauso launisch wie die Verstorbene zeit ihres langen Lebens. Nach der Kälte des pannenreichen Vormittags riss der Himmel gegen Mittag auf und weckte mit seinem strahlenden Blau und angenehmen vierzehn Grad bei vielen heftigste Frühlingsgefühle. Der Kapellplatz, das Zentrum von Altötting, dem berühmten Wallfahrtsort in der nordöstlichen Ecke Oberbayerns, die geografisch Unkundige, und deren gab es nicht wenige, bereits zu Niederbayern zählten, erwachte zu neuem Leben. Die Jungen praktizierten auf den Bänken rund um den Platz mit großem Eifer christliche Nächstenliebe, und die Alten grantelten nicht wie sonst herum, sondern blieben bereitwillig auf ein Schwätzchen stehen. Auf der Terrasse des Hotels Kammermayr, neben dem Hotel Post das beste Haus am Platz, hatten die Kellner Tische und Stühle aufgestellt, und der alte Herr Grabmüller, ein ehemaliger Standesbeamter, der seit seiner Pensionierung vor achtundzwanzig Jahren an chronischer Langeweile litt und sich seitdem sommers wie winters täglich auf dem Platz herumtrieb, um die Fremden mit historischen Anekdoten zu unterhalten, postierte seinen Apparat, mit dem die Touristen aus Ein-Euro-Münzen Gedenkmedaillen prägen konnten, in der Aussicht auf ein gutes Geschäft auf seinen angestammten Platz neben dem Marienbrunnen.

Doch kaum hatten sich die Menschen und die Geschäftswelt von Altötting auf die ungewohnte Wärme eingestellt, verwandelte sich der leichte Wind innerhalb einer halben Stunde in einen hinterhältigen Sturm. Es war der große Auftritt des Tiefs »Berta«. Von eisigen Schauern begleitet fegte es so vehement über den Platz, als wolle es all den weltlichen Tand in seine Schranken weisen. Hektisch stellten die Kellner Tische und Stühle wieder zusammen, und Herr Grabmüller begab sich mitsamt seiner Prägemaschine auf ein kleines Bier zum Gasthof Zwölf Apostel. Ruhe bewahrten nur die Heiligenfiguren in den Schaufenstern der Andenkenläden, die mit unbewegter Miene zuschauten, wie sich das irdische Treiben in

Sekundenschnelle auflöste. Nun gehörte der Platz in seiner majestätischen Schönheit wieder sich allein. Die Türme der Wallfahrtskirche streckten sich dem dunkelgrauen Himmel entgegen, und das Häuserensemble, das sich in einem Kreis um sie scharte, wirkte, als suche es im Schatten der mächtigen Kirche Schutz vor den Elementen.

Keinen Blick für diese imposante Kulisse hatte ein Mann, der mit eingezogenem Kopf und einem großen Aktenkoffer, der ihm ständig in die Kniekehle schlug, schräg über den Platz lief. Als er das Vordach der Ladenzeile, die an die Kirche angebaut war, erreicht hatte, schüttelte er sich und riss die Tür zu »F.X. Maillinger, Wallfahrtswaren und Andenken« auf.

Im von Neonröhren hell beleuchteten Geschäft standen einige unfreiwillige Kunden, die vor dem Regen in den erstbesten trockenen Laden geflüchtet waren, verloren zwischen Postkartenständern, Rosenkränzen und grellbunten Kindergeldbeuteln »made in China«. Der Chef höchstpersönlich, Bruno Maillinger – der auf dem Schild genannte F.X. Maillinger war der Großvater und Gründer der Devotionalien-Dynastie – zeigte gerade einer skeptisch dreinblickenden älteren Dame eine kleine Madonna aus buntem, durchsichtigem Plastik, die von innen beleuchtet werden konnte und auf Knopfdruck ein derart blechernes »Meerstern ich dich grüße« von sich gab, dass die Frau unwillkürlich einen Schritt zurücktrat.

»Das wird besonders gern von unseren italienischen Kunden gekauft.«

»Zu Ihnen kommen Italiener?« Sie legte die Madonna wieder hin und sah ihn ungläubig an. »Die haben doch selber genug Kirchen, wo sie hinpilgern können.«

Maillinger zuckte mit den Achseln. »Mei, die Italiener wollen halt auch einmal woanders hin.«

Die Frau nickte zustimmend. »Wir waren auch mal in Italien.« Über diesen Tatbestand schien sie kurz nachzudenken. »Mein Mann hat gesagt, meine Nudeln schmecken ihm besser.«

»Das ist doch ein schönes Kompliment für eine Frau.«

»Vielleicht wäre das was für unsere Oma. Die ist schwerhörig.« Sie nahm die Madonna wieder in die Hand und wog sie abschätzend. »Mit einem anderen Lied haben's die nicht?«

»Leider nein, gnädige Frau. Ich bin ja schon froh, dass mir die Chinesen den Meerstern richtig einbauen und nicht ihren eigenen Singsang.« Durch ein Räuspern gestört blickte Maillinger zur Seite. »Ja der Herr Wagner, ich grüße Sie!«

Maillinger setzte ein professionelles Lächeln in Gang. Er ließ die Kundin mitsamt ihrem neu erwachten Interesse mit einem »Lassen Sie sich ruhig Zeit, gnädige Frau!« allein und ging mit dynamischen Schritten und ausgestreckten Armen zum Eingang, vor dem sich inzwischen ein kleiner See gebildet hatte. »Herr Wagner, da haben Sie uns aber wieder ein Wetter mitgebracht!«

»Grüß Gott, Herr Maillinger.« Konstantin Wagner, Vertreter und Juniorchef der Wagner Devotionalien Vertriebs GmbH, schüttelte Maillinger die Hand und drehte seinen Kopf zu der älteren Frau, die die Madonna in ihren Händen hin und her drehte und die Beleuchtung ständig ein- und ausschaltete.

»Aber Ihren Geschäften tut dieses Wetter ja keinen Abbruch, wie ich sehe. Lassen Sie sich nur nicht stören, ich warte gerne.«

Maillinger winkte ab und murmelte: »Das wird auch ohne mich was. Die braucht nur noch ein paar Minuten. Das hat ein alter Hase wie ich im Blut.« Er machte einen Schritt in ihre Richtung. »Na, gnädige Frau, ich glaube, den Lichteffekt haben wir jetzt schon genug gesehen. Wir sollten die Batterien ein wenig schonen.«

Konstantin Wagner hatte inzwischen seine Unterlagen auf der Ladentheke ausgebreitet. Zu zweit gingen sie die Bestellliste durch, und wieder einmal wunderte er sich, wie viel Maillinger bestellte. Dieser Mann musste ein Verkaufsgenie sein. Als sie bei den Holzstatuen angelangt waren, winkte Maillinger trotz eines sehr attraktiven Sonderpreises für Marienfiguren ab.

»Marias brauche ich heute nicht.« Er ließ den Blick über die hölzerne Versammlung von Heiligen schweifen, die aus dem Schaufenster auf den regennassen Kapellplatz blickten. Da standen sie und traten sich fast auf die Füße, die Marias, Josefs und Florians, und drehten ihnen ihre blau, braun oder grau bemalten und künstlich patinierten Rücken zu. »Da sehen Sie, alles noch da.« Maillinger ging einen Schritt näher an Wagner heran und flüsterte verschwörerisch: »Von Jungfrauen hat anscheinend im Moment jeder genug.« Begeistert über seinen Witz schlug er Konstantin Wagner auf die Schulter.

Der seufzte still und rückte einige Zentimeter ab. Auch wenn die Fachliteratur persönliche Nähe als Grundpfeiler des Geschäftserfolges propagierte, wollte er sie so wörtlich auch wieder nicht nehmen, selbst wenn Maillinger einer seiner besten Kunden war. Er suchte den Wallfahrtsladen mit schnellen Blicken nach etwas ab, das Maillinger hoffentlich nicht zu anzüglichen Kommentaren animierte und deutete schließlich auf die Behälter, in denen die Altarkerzen aufbewahrt wurden. »Wie schaut es mit den Kerzen aus? Ich glaube, von den fünfzig Zentimeter langen sind nicht mehr viele da.«

»Sie haben recht. Schreiben Sie mal fünf Dutzend auf.«

Während Konstantin die Bestellung mit seiner großen, ausladenden Schrift, die nie in die vorgegebenen Kästchen des Formulars passte, in den Bestellschein schrieb, ging die Kundin mit zwei Madonnen zur Kasse.

»Ich nehme auch noch eine für die Schwiegermutter.«

»Sehr schön, die Damen werden sich sicher freuen.«

»Hoffen wir es.« Ihre Stimme klang ein wenig resigniert.

Als sie draußen war, machte Maillinger ein schmatzendes Geräusch mit seinen Lippen. »Na, was habe ich Ihnen gesagt? Die kauft, und dann noch zwei.« Zufrieden blickte er sich um. »Sie müssen zugeben, Herr Wagner, dass ich hier der Einzige bin, der was vom Geschäft versteht. Die anderen sind doch nur kleine Fische.«

In der Tat fiel der Laden durch seine Größe auf. Maillinger hatte die drei Geschäftslokale neben sich aufgekauft und die anheimelnd antiquierte Atmosphäre der alten Läden zugunsten einer modernen, aber kalten Einrichtung geopfert.

»Auffallen ist heute alles. In diese dunklen kleinen Kabuffs verirrt sich doch heute kein Kunde mehr hinein.«

»Dafür geht es aber im Laden von der Frau Burgstaller recht geschäftig zu.« Konstantin deutete auf den Nachbarladen zu seiner Linken, »Devotionalien und Wallfahrtswaren Burgstaller, ehem. Graf«. Die Ladentür war offen, und ständig gingen Menschen aus und ein.

Neugierig reckte Maillinger seinen Hals. »Ach die!«, winkte er ab. »Das sind keine Kunden. Das ist heute eine geschlossene Gesellschaft.«

Wagner horchte auf. »Feiert die Frau Burgstaller Geburtstag? Oder ein Jubiläum?«

»Ja wissen Sie das nicht?« Die Sensationslüsternheit in Maillingers Stimme verhieß für Wagner nichts Gutes. »Einen Autounfall hat sie gehabt. Tödlich.«

»Nein, das tut mir aber leid.« Wagner sah betroffen aus. »Wie ist das denn genau passiert?«

»Sie wissen ja, wie eigensinnig sie war. Hat auf der Schnellstraße gewendet, weil sie eine Ausfahrt verpasst hat. Und dann kam ihr auf der Gegenfahrbahn ein Laster entgegen. Sie hat wohl nicht daran gedacht, dass auch für sie die Verkehrsregeln gelten.«

Wagner schüttelte bedauernd den Kopf. »Ihr hätte ich einen schöneren Tod gewünscht.« Er deutete nach draußen. »Und jetzt wird da drüben Abschied genommen?«

»Ja, die gute Sophie hat das so verfügt. Natürlich kein anständiges Trauermahl in einem Gasthaus wie es üblich ist, sondern nur ein Umtrunk bei ihr drüben.« Er verzog die Mundwinkel zu einem schiefen Lächeln. »Ich wäre schon auch eingeladen, aber ich kann ja nicht weg.«

»Das ist aber schade, Herr Maillinger. Sie als guter Nachbar.« Wagner begann, seine Unterlagen zusammenzusammeln. »Was jetzt wohl aus dem schönen Laden wird? Ob der Herr Obermeier –«

»Noch viel besser!«, unterbrach ihn Maillinger. »Er und ihre Nichte zusammen haben sie beerbt! Das wird was werden.« Er kratzte sich am Kopf, wobei einige Schuppen auf sein dunkles Sakko rieselten.

»Kennen Sie die Nichte?«

»Oh ja! Dieses Patenkind ist schon über dreißig, nein, warten Sie, die muss schon weit über dreißig sein, wenn die nicht schon auf die vierzig geht. Ist egal, als Jugendliche war die ein ganz schönes Früchtchen, das kann ich Ihnen sagen.« Er holte einen Lappen und begann, auf den makellos sauberen Resopalregalen Staub zu wischen. »Was die Frau Burgstaller sich dabei nur gedacht hat.«

Ungläubig schüttelte er seinen kleinen Kopf. »Es wird nicht lange dauern, bis die zwei alles verkaufen. Sie wohnt doch in München, die wird kaum zu uns ziehen, und er, mei, Sie kennen ja den Herrn Obermeier. Irgendwie ist er doch ein bisschen anders. Gegen die Gene kann man halt nichts machen. Mit dem Arbeiten haben es die Indianer ja nicht so.« Er hob die Stimme so an, dass es wie eine Frage klang.

Wagner hatte keine Lust, sich mit Maillinger auf ethnische Diskussionen einzulassen. Er heftete seine Prospekte in den Ordner zurück.

»Egal«, meinte Maillinger. »Der Obermeier hat in seinem Leben schon so viel angefangen, und nie ist etwas dabei herausgekommen.« Er begann, immer heftiger zu wischen. »So ein Laden, der gehört in die Hände von einem, der was vom Geschäft versteht!«

»Na, das wäre doch dann was für Sie«, meinte Wagner und packte seine Unterlagen in den großen Vertreterkoffer. »So wie ich Sie kenne, haben Sie schon ein Auge auf den Laden geworfen.« Er lächelte. »Andererseits, vielleicht bringen die beiden ein bisschen frischen Wind nach Altötting.« Mit einem lauten Klicken ließ er die Verschlüsse zuschnappen. »Wir wären ja dann so weit fertig, denke ich. Ich werde gleich mal rüberschauen und kondolieren.«

»Tun Sie das. Dann bekommen Sie gleich einen ersten Eindruck. Ein Himmelfahrtskommando wird das, ich sage es Ihnen.« Maillinger wischte nun so heftig, dass aus dem obersten Regal eine Marienstatue herunterfiel und zerbrach.

»Die späte Rache der Maria«, schmunzelte Konstantin.

»Wieso?« Stirnrunzelnd drehte sich Maillinger zu ihm um.

»Weil Sie sie nicht mehr brauchen. Bis zum nächsten Mal dann. Auf Wiedersehen.« Er gab dem verständnislos dreinblickenden Maillinger die Hand. »Und grüßen Sie Ihre Frau Mutter von mir.«

***

Katharina stand unter Schock. Sie hatte diesen verdammten Laden tatsächlich geerbt. Mit allem Drum und Dran. Mit Heiligenbildchen, Rosenkränzen, Rezepten für obskure Kräutergetränke und, als wäre das alles nicht schon schlimm genug, mit Oswaldo als Kompagnon. Genau das, was sie als überzeugte Großstädterin sich als Zukunftsperspektive vorstellte. Jetzt stand sie also in dem Laden, der nach dem Willen der Verstorbenen ihrer werden sollte, und die einzige Reaktion darauf, die sie ihrem Körper abringen konnte, war ein Lächeln, denn alle paar Sekunden kam jemand auf sie zu und gratulierte ihr zur Erbschaft. Wenn sie gefragt wurde, ob sie den Laden übernehmen würde, lächelte sie ebenfalls. Unergründlich wie eine Sphinx. Was erwarteten die von ihr? Dass sie alles, was sie sich in München aufgebaut hatte, stehen und liegen ließ für ein Geschäft, das wie im vorigen Jahrhundert geführt worden war und wahrscheinlich auch noch rote Zahlen schrieb? Und das in einer Kleinstadt, die sie in der Zeit, als sie hier leben musste, als tödlich langweilig betrachtet hatte? Da war schon wieder einer, der sie beglückwünschte. Sie kannte ihn nicht, aber sie lächelte. Mittlerweile hatte sie das Gefühl, als sei das Lächeln in ihr Gesicht eingemeißelt.

»Du schaust ein wenig verkrampft aus«, meinte Oswaldo, der auf einmal an ihrer Seite aufgetaucht war.

»Na Hauptsache, du bist gut drauf«, antwortete Katharina. »Und die anderen auch. Ist das der Nachschub für die trauernden Gäste?« Sie deutete auf das Tablett, das er in seiner rechten Hand balancierte und auf dem Likörgläser mit einer bernsteinfarbenen, sich träge bewegenden Flüssigkeit dicht an dicht standen. Irgendein Kräutertrunk aus Tante Sophies Hexenküche. Gelächter drang zu ihnen herüber, überhaupt war der Geräuschpegel in der letzten halben Stunde beträchtlich angeschwollen.

Oswaldo nickte. »Gibt es ein besseres Andenken an unser Tantchen? Ich glaube, genau so hat sie es sich vorgestellt.« Er lächelte, als er in die Runde sah.

Im sanften Licht der alten Lampen mit ihren Schirmen aus gelb marmoriertem Glas verwischten sich die Konturen, und alles erhielt durch den weichzeichnenden Effekt einen solch idyllischen Anstrich, dass man sich in einer Cognacwerbung glaubte. Die Alten wirkten milde und reif, die Dicken gemütlich, die Dürren agil und die Jungen attraktiv. Wobei der Einzige unter fünfzig außer ihr Oswaldo war. Und der, sie musste es zugeben, sah wirklich gut aus. Sein schwarzes, stufig geschnittenes Haar glänzte, die olivfarbene Haut schimmerte leicht, und seine Augen wirkten auffallend klar. Katharina seufzte. Sie hatte sich mit Oswaldo nie gut verstanden, weder als Kind noch als Jugendliche, und auch Tante Sophie hatte mehr als einmal über seine Streiche gestöhnt. Anscheinend hatte sich in ihrer Abwesenheit viel getan, sonst hätte ihn Sophie nicht als Co-Erben eingesetzt.

»Du scheinst ihr ja in letzter Zeit recht nahe gewesen zu sein«, meinte sie und nahm sich ein Glas. Vielleicht sollte sie sich einfach betrinken. Nachdenken konnte sie später immer noch.

Oswaldo stellte das Tablett auf der Theke ab. »Ich habe ihr ein wenig geholfen. Es war ja sonst keiner da.«

»Er hat sich wirklich rührend um Frau Burgstaller gekümmert«, mischte sich ein sanfter Bariton ein.

Katharina, die gerade auf den Vorwurf, den sie in Oswaldos Bemerkung zu hören geglaubt hatte, reagieren wollte, sah auf. Vor ihr stand ein groß gewachsener Mann in den Vierzigern mit regenfeuchtem blonden Haar und auffallend schönen, melancholischen Augen. Das war mit Abstand der beste Mann, der ihr seit Langem begegnet war.

»Herr Wagner!«, rief Oswaldo erfreut. »Katharina, das ist Herr Wagner, Vertreter für all das, was du hier drinnen siehst.«

»Konstantin Wagner, ich freue mich wirklich, Sie kennenzulernen.«

»Katharina Graf, ich freue mich auch.« Sie überlegte, an welchen Schauspieler er sie erinnerte. Kein Deutscher. Ein Engländer. Sie würde schon noch darauf kommen. Bis dahin würde sie ihn einfach anlächeln, das hatte sie heute Abend ja schon ausgiebig geübt.

»Entschuldigen Sie, dass ich so hereinplatze, aber ich habe gerade vom Tod Ihrer Tante erfahren. Mein herzliches Beileid. Ich habe Ihre Tante sehr gemocht.« An seinen Augen konnte sie ablesen, dass er es ehrlich meinte.

»Vielen Dank«, antwortete Katharina. »Ich kann es selbst noch gar nicht glauben. Möchten Sie ein Gläschen mittrinken? Fragen Sie mich aber bloß nicht, was das ist. Irgendein Kräuterlikör aus dem familieneigenen Hexenlabor.«

Konstantin schmunzelte. »Das klingt doch interessant. Ich muss zwar noch fahren, aber ich sehe das als Referenz an Ihre Tante.« Er trank einen Schluck und nickte anerkennend. »Nicht schlecht. Und Sie beide haben geerbt?«

»Ja. Ich kann es kaum fassen«, meinte Katharina. Von Oswaldo kam kein Kommentar, er war mit seinem Tablett bereits zu einem gut gelaunten Grüppchen in der Rosenkranzecke geeilt.

»Schlafen Sie ein paarmal darüber.« Konstantin sah sich im Laden um. »Als alter Romantiker liebe ich diesen Laden. Ich komme gerade von Herrn Maillinger. Wenn Sie sein Geschäft kennen, werden Sie sicher nachvollziehen können, dass ich gerade eine Art Kulturschock durchmache.«

Katharina lachte. »Das kann ich mir denken.«

»In meinem eigenen Interesse hoffe ich, dass dieses Kleinod so bleibt, wie es ist.« Seine Augen schienen genauso zu lächeln wie sein Mund.

»Mal sehen«, antwortete Katharina. Ihr war heiß, und sie konnte nicht sagen, ob die Hormone oder der Alkohol daran schuld waren.

Konstantin stellte sein Glas ab und streckte Katharina die Hand hin. »Ich muss leider los, durch das Gewitter bin ich mit meinem Zeitplan völlig im Rückstand.«

»Schade«, sagte Katharina und blickte vielsagend in die Runde.

»Vielleicht sehen wir uns in Zukunft öfter.«

»Das wäre schön. Auf Wiedersehen.«

Sein Händedruck war warm und fest, und sie spürte ihn noch, als Konstantin bereits draußen war.

»Netter Typ, dieser Konstantin Wagner«, meinte Oswaldo, der mit dem leeren Tablett zurück war.

Soweit Katharina sich erinnern konnte, war dies das erste Mal, dass sie mit ihrem Cousin einer Meinung war. Wobei sie »nett« absolut untertrieben fand. Doch sie kam nicht dazu, länger über den Lichtblick des Abends nachzudenken, denn Mira Wagenscheidt, eine gute Freundin von Sophie, bahnte sich einen Weg zu ihnen an die Theke, wobei ihr beeindruckender Körperumfang ihr eine große Hilfe war.

»Katharina! *Hola,* Oswaldo!«, rief sie übermütig. *»Un otra copa, por favor!«*

Was lief denn hier ab? »Frau Wagenscheidt, Sie sprechen Spanisch?« Katharina kannte die korpulente Frau, die der Prototyp einer richtigen »Mamma« war, seit ihrer Schulzeit. Sie hatte oft mit ihrer Tochter Gabi gelernt. Zur Stärkung gab es bei den Wagenscheidts damals immer wunderbaren Kuchen. Und zwar wirklich immer, sogar unter der Woche. Bei ihr zu Hause höchstens am Wochenende, denn ihre Mutter hasste Backen. Kein Wunder, dass sie ihre Hausaufgaben fast immer bei den Wagenscheidts gemacht hatte.

»Freilich! Wir alle machen doch bei Oswaldo einen Spanischkurs. Südamerikanisches Spanisch. An der Volkshochschule.«

Oswaldo als Pädagoge? Katharina trank einen großen Schluck. Das wurde ja immer schöner. Sie war gespannt, was sich in puncto Oswaldo noch für Überraschungen auftaten. »Sie alle?«

»Bis auf Eleonore natürlich, die sagt, ihr reichen Englisch und Italienisch.« Sie strahlte Oswaldo an. »Das muss man schon nutzen, wenn der Oswaldo ein halber Südamerikaner ist. Da ist so eine Sprache doch gleich viel echter.«

Katharina sah Oswaldo mit einem kritischen Seitenblick an. Seine Mutter, Tante Amelie, war nach der Legendenbildung ihrer Familie ein sehr romantischer und abenteuerlustiger Typ gewesen. Sie hatte als junges Mädchen ihre Floristenlehre abgebrochen und war als Entwicklungshelferin nach Kolumbien gegangen. Zwei Jahre später kehrte sie schwanger zurück, und am 12. August kam Oswaldo zur Welt. Am gleichen Tag wie Katharina. Amelie und Anneliese, Katharinas Mutter, teilten sich das Zimmer im Krankenhaus. Oswaldo mit seinen pechschwarzen Haaren und Augen und der dunklen Haut hatte ganz offensichtlich einen indianischen Vater, doch Amelie gab keine Details preis. Tatsache war jedoch, dass Oswaldo bis zu dem Zeitpunkt, als er ein Jahr vor dem Abitur trotz bester Noten die Schule verließ, kein Wort Spanisch sprach. Das Spanischste an ihm war sein Name. Angeblich wollte er nach Südamerika, um seinen Vater zu suchen. Er kehrte erst sechs Jahre später zurück, und bis heute konnte niemand genau sagen, was in dieser Zeit passiert war. Die Einzige, die wahrscheinlich Bescheid wusste, war seine Mutter, von der er diesen Hang zur Geheimniskrämerei geerbt hatte. Aber Tante Amelie war schon einige Jahre tot. Auf jeden Fall war Oswaldo alles andere als ein spanischer Muttersprachler, aber das schien niemanden zu stören. Einen Imageberater bräuchte dieser Kerl mit Sicherheit nicht. Die Damen schienen ihm aus der Hand zu fressen, denn inzwischen hatten sich vier weitere um ihn geschart, die munter auf Spanisch radebrechten.

»Du solltest etwas mehr auf die Aussprache achten, da klingt das Bayerische noch arg durch«, flüsterte Katharina ihm zu.

»Halb so schlimm«, flüsterte er zurück. »Hauptsache, die Ladys haben ihren Spaß.«

»Schaut euch die beiden an. Ihr passt richtig gut hier herein! Wenn die Sophie euch so sehen könnte ...« Mira Wagenscheidt schüttelte kurz den Kopf und nahm dann ihr Glas. In ihren Augen schimmerten Tränen. »Jetzt trinken wir auf die Sophie.« Sie hob das Glas. »Schön war es mit dir, Sophie! Wir werden dich alle vermissen.«

Die anderen Gäste murmelten beifällig, und für ein paar Minuten hing jeder seinen eigenen Erinnerungen an die Verstorbene nach.

»Schön, dass du aus der Großstadt jetzt wieder nach Hause kommst«, sprach eine sportliche Frau mit frechem Kurzhaarschnitt Katharina an. Als sie sah, wie Katharina überlegte, wer vor ihr stand, lachte sie. »Du kannst dich nicht mehr an mich erinnern, gell? Es ist auch schon sehr lange her. Anna Lorenz.« Sie streckte die Hand aus. »Du warst bei mir im Kinderturnen.«

Katharina schüttelte ihr die Hand und lachte ebenfalls. »Natürlich. Jetzt weiß ich es wieder. Eigentlich haben Sie sich gar nicht so sehr verändert.«

»Na ja«, sagte Anna Lorenz. »Bis auf die Schönheit, Jugend und Gesundheit, nicht wahr?«

Alle lachten und tranken auf diese Weisheit gleich noch einen Schluck.

»Ihr werdet den Laden doch weiterführen, Oswaldo und du?«, hakte Mira Wagenscheidt nach. »Auf uns als Kundschaft kannst du jedenfalls zählen.«

»Sagen Sie bloß, Ihr Damenkränzchen gibt es immer noch?« Katharina sah zu Oswaldo, der nickte. Seit Katharina denken konnte, trafen sich einmal in der Woche Sophies Freundinnen, die sich seit den Nachkriegsjahren kannten, in ihrem Laden auf einen Likör. Als sie noch klein war und sich, wann immer sich die Gelegenheit ergab, bei ihrer Tante im Laden aufhielt, fiel dabei immer eine Süßigkeit oder etwas Geld für sie ab.

»Natürlich! Je älter man wird, desto wichtiger wird so etwas«, antwortete Mira Wagenscheidt.

»Meine Ärztin sagt mir auch immer: Soziale Kontakte sind wichtig, gehen Sie unter die Leute.«

»Da hat sie recht, Rita«, meinte Anna Lorenz und tätschelte der kleinen alten Frau, die den Satz gesagt hatte, die Schulter. »Es ist schön, dass du wieder regelmäßig kommst.«

Katharina erinnerte sich an Rita Häberl als sanfte, unauffällige Person, die das Pech hatte, mit einem gewalttätigen und manisch eifersüchtigen Mann verheiratet zu sein, der ihr sogar die harmlosen Treffen bei Tante Sophie verbot. Doch schon kurze Zeit nach seinem Tod war Frau Häberl wieder bei ihren alten Freundinnen aufgetaucht und seither für jeden sichtbar aufgeblüht. Genauso hatte es Tante Sophie mit leichtem Stolz ausgedrückt, als sie Katharina bei einer Familienfeier von Rita erzählt hatte.

»Merkt ihr was?«, fragte Mira Wagenscheidt in die Runde. »Die Katharina weicht uns aus. Wir haben noch immer keine Antwort.«

Katharina druckste herum. »Ich weiche nicht aus, ich weiß nur noch nicht, was ich machen werde. Das kommt alles etwas plötzlich. Außerdem habe ich einen tollen Job in München.«

»Aber keinen Mann, oder?«

Statt eine Antwort zu geben, nippte Katharina an ihrem Glas. Jetzt waren sie wieder bei ihrem Lieblingsthema. Sie würde nicht darauf eingehen, auf keinen Fall.

Doch Mira kannte keine Gnade. »Also, wenn du in München nicht gebunden bist, komm doch zu uns herunter. Hier gibt es auch hübsche Exemplare. Stimmt doch, meine Damen?« Die bestens gelaunten Damen lachten. »Wer war denn das vorhin, mit dem du so nett geplaudert hast? Der hat sehr gut ausgesehen.«

»Wie ist das denn jetzt eigentlich mit der Erbschaft?«, dröhnte die Stimme des Pfarrers dazwischen und machte dem Thema Männer ein Ende. Katharina war ihm zutiefst dankbar. »Ich habe gehört, ihr könnt nur zu zweit?«

»Genau«, antwortete Oswaldo. »Tante Sophie hat offensichtlich vorgehabt, die Familienbande wieder etwas stärker zu verknüpfen. Wenn einer von uns beiden die Erbschaft ausschlägt, wird das Geschäft verkauft. Ich muss jetzt also Katharina davon überzeugen, dass diese Erbschaft das Beste ist, was ihr passieren konnte.« Er legte den Arm um Katharina, und als diese sich sofort herauswand, lachte er. »Das dürfte noch ein schönes Stück Arbeit werden!«

»Bedrängen wir die junge Dame doch nicht so«, meinte eine elegante Frau mit einem blond gesträhnten, jugendlichen Kurzhaarschnitt, die offensichtlich zum Kreis um Mira Wagenscheidt gehörte, Katharina aber völlig unbekannt war. »Für so eine Entscheidung braucht man Ruhe und einen klaren Kopf.« Sie lächelte Katharina an und gab ihr die Hand. »Ich bin Josephine Johnson. Wir kennen uns nicht, aber ich bin eine alte Freundin Ihrer Tante.«

Mira Wagenscheidt legte den Arm um sie und meinte: »Josephine ist sozusagen unsere verlorene Schwester, die wieder nach Hause gekommen ist.«

»Sie war fast sechzig Jahre in Amerika«, ergänzte Rita Häberl.

»Das ist ja interessant!«, rief Katharina lauter, als sie vorgehabt hatte. Verdammter Alkohol. »Und wo haben Sie gelebt?«

»In Arizona.«

»Dort habe ich den schönsten Urlaub meines Lebens verbracht«, seufzte Katharina. Mit einem tollen Mann. Die Beziehung war leider kurz danach in die Brüche gegangen. »Und jetzt sind Sie zu Besuch hier?«

»Wahrscheinlich kommt sie endgültig zurück«, antwortete Rita Häberl an Josephines Stelle.

»Das würde ich mir gut überlegen. Es ist alles nicht mehr so, wie es war«, meinte Eleonore Binder, eine große Frau mit perfekt gefärbten roten Haaren, die zu einer schmeichelnden Sturmfrisur geföhnt waren. An sie konnte sich Katharina noch gut erinnern, weil sie die rote Mähne und das starke, aber immer makellose Make-up als Kind immens beeindruckt hatten. Eleonore Binder war in ihren Augen eine richtige Dame gewesen. Und dann auch noch ihr Beruf: Chefsekretärin. Das klang nach großer Welt. Eleonore liebte es offensichtlich immer noch, sich zu schminken, aber sie hatte es verstanden, das Make-up ihrem Alter anzupassen, sodass es nicht peinlich wirkte.

Josephine wehrte ab. »Da ist noch nichts entschieden, ich brauche noch etwas Zeit.«

»Da haben wir beide ja etwas gemeinsam«, meinte Katharina.

*»Exactly«*, antwortete Josephine. Sie sah auf ihre Uhr. »Oh, schon so spät. Die Zeit ist wirklich wie im Flug vergangen. Es tut mir leid, aber ich muss jetzt gehen.«

»Wieso denn?«, fragte Rita Häberl.

Josephines Gesicht verhärtete sich. »Ich erwarte einen Anruf.«

Rita ließ sich durch den leicht genervten Tonfall nicht beirren. »Einen Anruf? Um diese Zeit?«

»Lass sie doch in Ruhe, Rita, Josephine ist dir keine Rechenschaft schuldig«, meinte Eleonore.

»Ach, was wisst ihr schon«, sagte Rita leise.

Josephine ignorierte Rita und wandte sich wieder Katharina zu. »Vielen Dank. Es hat mich gefreut, Sie kennenzulernen. Kommen Sie mich doch einmal besuchen, dann können wir uns ein wenig über Arizona unterhalten.« Sie öffnete ihre Handtasche und zog eine Visitenkarte heraus. »Hier ist eine Karte von der Pension, in der ich wohne.«

Katharina nahm die Karte entgegen. »Das mache ich gerne.«

»Lassen Sie sich von niemandem zu etwas drängen«, flüsterte Josephine ihr zu. »Andererseits, ein bisschen Mut kann auch nicht schaden.« Sie drückte Katharinas Hand und zog ihren Mantel an, den ihr Oswaldo, ganz Gentleman, aus dem Hinterzimmer geholt hatte. Alle Blicke ruhten auf ihr, als sie den Laden verließ. Eine schöne Frau, dachte Katharina und verglich sie mit den anderen Frauen des Damenkränzchens. Die Einzige, die ihr optisch das Wasser reichen konnte, war Eleonore. Der Blick, den diese Josephine nachwarf, war allerdings alles andere als wohlwollend. Ob da Eifersucht im Spiel war? Das hörte anscheinend nie auf, egal wie alt man war.

***

Drei Stunden später waren endlich die letzten Gäste gegangen. Oswaldo hatte sich irgendwann wortreich verabschiedet, zurück blieben Katharina und ihre Eltern, die die Gläser in der kleinen Küche spülten.

»Wenn das Oswaldos Auffassung von Partnerschaft ist, brauche ich über die Erbschaft gar nicht erst nachzudenken«, murrte Katharina.

»Heute ist halt ein Ausnahmetag«, meinte Anneliese Graf.

»Für uns doch genauso. Und wir stehen hier und machen die ganze Arbeit.« Katharina gab noch ein paar Spritzer Spülmittel in das dampfende Wasser. Sie liebte üppigen Schaum, Umweltschutz hin oder her. »Du hast Oswaldo schon immer in Schutz genommen.«

»Er hat mir leidgetan, so ganz ohne Vater.«

Katharina schnaubte. Ein paar Schaumbläschen lösten sich und schwebten in der Luft. Diese Ausrede hörte sie bereits ihr Leben lang. Wenn er ihre Sandkuchen mit einem triumphierenden »Ha!« kaputt getreten hatte und sie laut heulend zu ihrer Mutter gelaufen war, hatte sie statt eines Trostes zu hören bekommen: »Lass ihn doch, er hat keinen Vater.« Als er die Musikkassette, auf der sie die komplette Hitparade aus dem Radio aufgenommen hatte, in Cola geworfen hatte, nur um zu sehen, ob man darin sogar so ein großes Plastikteil auflösen könnte, hatte es wieder nur geheißen: »Ist doch nicht so schlimm. Dann nehmen wir das Lied halt noch einmal auf.«

»Aber als Gastgeber war er etwas eloquenter als du, das muss ich schon sagen. Du warst irgendwie«, Katharinas Mutter suchte nach einem Wort, »verkrampft.«

»Was wärst du denn an meiner Stelle gewesen? Wir haben heute Tante Sophie beerdigt, ich habe einen Wallfahrtsladen samt der Geißel meiner Kindheit, Oswaldo, geerbt – und das, wo ich nicht einmal mehr in der Kirche bin! –, und dann soll ich noch mit quasi fremden Menschen, die bis zu den Ohren mit selbst gebrautem Kräuterfusel abgefüllt sind, gepflegten Small Talk machen! Das ist ein bisschen viel verlangt, finde ich!«

»Also mit diesem reizenden Mann, diesem Vertreter, hast du dich anscheinend ganz nett unterhalten.« Ihre Mutter war einfach gnadenlos. »Aber bitte, wenn es für dich ein schrecklicher Abend war, kann man nichts machen. Ich fand es nett.«

»Nach neun Monaten im Outback ist wahrscheinlich alles nett.«

Ihre Eltern verbrachten wegen der Hautkrankheit ihres Vaters die meiste Zeit des Jahres in Australien. Er litt an einer seltenen Form von Schuppenflechte, die gegen jede Form ärztlicher Behandlung immun war und sich nur im trockenheißen Klima des Outback besserte. Ihrer Beziehung hatte Australien auf jeden Fall gutgetan. Katharina bemerkte zwischen ihren Eltern eine neue Vertrautheit und Innigkeit. Ihr Vater war so lieb und gelassen wie immer, aber ihre Mutter, die ständig unter Strom gestanden hatte, wirkte jetzt wesentlich entspannter und lässiger, was ihr sehr gut stand, genauso wie die grauen Natursträhnen, die sie früher penibelst in Kastanienbraun gefärbt hatte. Doch eines konnte sie nicht lassen – ihrer einzigen Tochter gute Ratschläge zu geben.

»Vielleicht. Obwohl ich dort unten nichts vermisse.« Anneliese Graf sah zu ihrem Mann, der am Tisch saß und Gläser polierte, und lächelte.

Nach ein paar Minuten, die sie schweigend vor sich hin arbeiteten, hielt es Katharinas Mutter nicht mehr aus. »Wenn ich es mir recht überlege, ist die Erbschaft eine Riesenchance für dich.«

»Jetzt mach aber mal halblang, Mama! Ich erinnere mich sehr gut, wie du den Laden immer ›muffig‹ genannt hast. Du musst ja viel von mir halten, wenn du das eine Riesenchance nennst.«

»Natürlich halte ich viel von dir!«, entgegnete ihre Mutter. »Wenn auch, ich gebe es ja zu, nicht alles so gelaufen ist, wie ich mir das gewünscht hätte.«

Katharina seufzte. Sie war aber auch wirklich keine gute Tochter. Achtunddreißig und noch nicht verheiratet, noch nicht einmal geschieden, was nichts anderes bedeutete, als dass sie noch keiner genommen hatte. Und, was vielleicht das Schlimmste war, sie war nicht Oberstudienrätin geworden wie ihr Vater, der es sogar zum Schuldirektor gebracht hatte. Stattdessen trieb sie sich nach dem Studium in der freien Wirtschaft herum, in nach Ansicht ihrer Mutter subalternen Positionen.

»Und was sollte ich in diesem Laden deiner Meinung nach tun?«, fragte Katharina. »Gelangweilt an der Tür stehen und jeden ansprechen, der vorbeikommt, so wie es der Maillinger macht? Oder«, grinste sie, »ich könnte mir ja den Tag damit vertreiben, Tante Sophies Alkoholsortiment einer ausgiebigen sensorischen Prüfung zu unterziehen. Mit einem gewissen Alkoholpegel ist das Leben hier vielleicht leichter zu ertragen.«

»Mach dich nicht lustig über mich«, sagte ihre Mutter und fuchtelte mit einem Geschirrtuch herum. »Ich mache mir ja nur Sorgen um dich. Ich sehe doch, dass du nicht glücklich bist. Weder privat noch beruflich. Vielleicht wäre ein richtiger Einschnitt das Beste. Noch einmal ganz von vorn anfangen. Ohne einen Chef, der dir im Nacken sitzt.«

»Dafür mit Oswaldo.« Katharina sah zu ihrem Vater, der gerade die von ihm auf Hochglanz polierten Gläser in den Hängeschrank räumte. »Was meinst du dazu, Papa?«

Bedächtig machte Justus Graf die Schranktür zu und setzte sich auf einen Stuhl. »Mir würde es sehr leidtun, wenn das Geschäft verkauft werden müsste. Ich bin darin groß geworden, und es gehört schon lange unserer Familie.« Er zuckte mit den Schultern und seufzte. »Andererseits sollte Tradition nie dazu missbraucht werden, Menschen einzuengen. Und Oswaldo? Er ist, auch wenn man es kaum glauben mag, erwachsen geworden. Er war Sophie in letzter Zeit eine große Hilfe.«

Katharina sah ihn lange an. »Irgendetwas in mir sagt mir, dass ich nicht hierher zurückkann.«

»Warum nicht?«, fragte ihre Mutter.

»Ich bin schon länger weg, als ich hier gelebt habe. Mein Zuhause ist jetzt München.« Sie hatte nach dem Abitur fast fluchtartig Altötting verlassen und war nur noch zu Festtagen zu ihren Eltern nach Hause gekommen. Es wäre keine Rückkehr zu ihren Wurzeln, wenn sie zurückkäme. Sie hatte in Altötting keine Wurzeln mehr, der Ort war ihr fremd geworden. »Ich glaube, ich würde mich fühlen wie lebendig begraben.«

»Du würdest dich wundern, wie sich dein Leben durch neue Gegebenheiten positiv verändern kann. Schau uns an, wir haben unser schönes Haus hier quasi aufgegeben und leben auf zwanzig Quadratmetern in einem Wohnmobil. Und soll ich dir etwas verraten, mein Schatz? Ich bin so glücklich wie nie zuvor. Weil ich frei bin.«

»Als Geschäftsfrau bist du aber nicht frei, Mama. Man arbeitet Tag und Nacht, die Bank sitzt einem im Nacken, in Urlaub fährt man mit schlechtem Gewissen, und im Endeffekt verdient man weniger als eine Putzfrau. Außerdem, wenn ich mein Leben schon radikal verändere, dann so, wie ich es mir vorstelle. Wallfahrtsartikel zu verkaufen gehört definitiv nicht dazu.«

»Das musst du doch auch nicht. Oder stand im Testament etwas davon, dass es ein Wallfahrtsladen bleiben muss?«, fragte Anneliese ihren Mann.

»Nicht dass ich wüsste«, antwortete er. »Du solltest dir auf jeden Fall ein paar Tage Ruhe gönnen. Du siehst nämlich blass aus, Kathrinchen. Dann setzen wir uns mit Oswaldo zusammen und besprechen alles in Ruhe. Wir müssen uns auch die Buchhaltung anschauen, aber ich bin mir sicher, dass das Geschäft gut gelaufen ist. Tja, und dann, dann kannst du in Ruhe überlegen.«

Katharina staunte. Das war eine ziemlich lange Rede für ihren Vater, der diesen Part sonst immer seiner Frau überließ.

»Fertig!«, rief Anneliese und hängte das feuchte Geschirrtuch auf den Haken. »Alles blitzblank. Wir können gehen, wenn ihr wollt.«

Justus Graf erhob sich und schob den Stuhl unter den Tisch.

Katharina überlegte kurz. »Geht ihr ruhig schon heim. Ich gehe noch eine Runde spazieren. Ich brauche ein wenig frische Luft.«

»Was, so spät noch?« Anneliese Graf runzelte die Stirn und sah ihren Mann an.

Der zuckte mit den Achseln. »Wenn du meinst.«

»Pass aber auf, Kind«, sagte Anneliese, »Altötting ist nicht mehr das, was es einmal war.«

Das hörte Katharina an diesem Abend schon zum zweiten Mal. Mal sehen, ob es stimmte. Sie verabschiedete sich von ihren Eltern und verließ den Laden. Da fiel es ihr wieder ein. Alan Rickman. Das war der Schauspieler, an den Konstantin Wagner sie erinnerte. Konstantin war zwar jünger, aber die Ähnlichkeit war eindeutig. Alan Rickman. Einer ihrer Lieblingsschauspieler. Extrem sexy, auf die verhaltene, englische Art. Sie grinste. Vielleicht war Altötting besser, als sie dachte.

# 3

»Und wohin jetzt?«, überlegte Katharina, als sie ihren Blick über den menschenleeren Kapellplatz schweifen ließ. Sie seufzte. Genau die gleiche Frage hatten sie sich als Jugendliche auch immer gestellt, wenn sie abends einfach einmal ausgehen und Spaß haben wollten. Die Stadt hatte es nie geschafft, für ihre jungen Bürger genauso viel zu tun wie für die Pilger, und soweit sie das beurteilen konnte, hatte sich daran nichts geändert. Sie knöpfte ihren Mantel noch nicht zu, denn sie wollte die kalte Luft an ihrem erhitzten Körper spüren. Es war still und dunkel, nur in der Pizzeria und in den beiden Hotels brannte noch Licht. Doch auch wenn Altötting nachts leblos wirkte, so hatte es doch Augen. Das wusste Katharina aus eigener Erfahrung. Immer, wenn sie heimlich unterwegs gewesen war, wusste ihre Mutter bereits zum Frühstück mit wem, wo und wie lange. Sie dachte nicht gern an die morgendlichen Mahlzeiten an einem »Tag danach« zurück, die oft den Charakter eines Verhöres angenommen hatten. Aber die Erinnerung brachte sie auf eine Idee. Jetzt wusste sie wenigstens, wohin sie gehen würde. Sie wandte sich nach links und bog nach wenigen Metern nochmals links ab, bis sie nach ein paar Schritten ein Gittertor erreichte, das in eine glatte Steinmauer eingelassen war. Sie drückte die Klinke nach unten, und sofort glitt das Tor geräuschlos nach innen. Aha, dachte sie, früher war es nachts immer verschlossen gewesen. Katharina sah sich kurz um und trat dann in den Kreuzweg. War es möglich, dass es hier noch stiller war als draußen auf den Straßen? Wohl kaum, aber die Stille schien hier eine andere Qualität zu haben. Vielleicht lag es an den wuchtigen Skulpturen, die wie dunkle Monolithen einer altertümlichen Kultstätte aus dem feuchten Dunkel des Bodens ragten. Der gepflasterte Weg lief in engen Windungen auf die letzte Station zu, das Kreuz mit dem Leichnam Jesu, eine kleine Abzweigung führte zu einem Nebenausgang.

Katharina blieb kurz stehen. Als Kind hatte sie sich vor dem Kreuzweg, genauer gesagt vor den Steinriesen, gefürchtet, hatte sogar ihre Mutter immer auf die andere Straßenseite gezogen, wenn sie daran vorbeikamen. Das änderte sich im Teenageralter grundlegend. Da wurde aus dem Kreuzweg die letzte Rückzugsmöglichkeit der Altöttinger Jugend, wenn sie etwas Intimität brauchte. Das hatte weniger mit Provokation zu tun als mit purer Not, denn Lokale, wo sich Jugendliche treffen konnten, gab es damals und, wie Katharina festgestellt hatte, auch heute nicht. Kino war ebenfalls Fehlanzeige, und den Freund nach Hause zu bringen stand völlig außer Frage. An guten Tagen traf man hier die halbe Schulklasse. Katharina schmunzelte und beschloss, kurz an ihrem Lieblingsplatz vorbeizuschauen, einem kleinen Séparée, das durch niedrige Bäume und Büsche abgegrenzt war. Schnell ging sie ein paar Schritte den gepflasterten Weg entlang, doch dann wurde sie langsamer und blieb schließlich stehen.

Sie fand sich nicht mehr zurecht. Kein Wunder, alle Pflanzen waren in den knapp zwanzig Jahren, die seither vergangen waren, deutlich gewachsen. Sie drehte sich um ihre eigene Achse und sah sich nach Hinweisen um. Aber es war sinnlos. Jeder Teil des Kreuzwegs schien in der Dunkelheit gleich auszusehen: Über dem mannshohen Gestrüpp der Büsche erhoben sich die krakeligen Silhouetten der kahlen Laubbäume, und dazwischen, wie schwarze Löcher, prangten die Skulpturen, die sich im changierenden Licht des Mondes zu bewegen schienen. Und dazu diese unwirkliche Stille. Der perfekte Drehort für einen Gruselfilm, dachte sie und war sich sofort bewusst, dass das nur eine Umschreibung dafür war, dass sie sich unwohl fühlte. Belüge dich nicht, Katharina, schimpfte sie in Gedanken mit sich selbst. Du fühlst dich nicht unwohl, du hast schlicht und einfach Angst. *Peur bleue. Blue funk.* Ein Knacksen von irgendwoher, und sie hätte laut losgeschrien. Aber immerhin funktionierte ihr Gedächtnis noch, kramte die französischen und englischen Wörter aus den ihr mittlerweile unheimlichen Untiefen ihres Gehirns. Das war beruhigend nach den kürzlichen Ausfällen. Beziehungsweise *dem* Ausfall. Die Erinnerung daran sandte eine heiße Welle durch ihren Körper und ließ ihr Herz schneller schlagen. Sie schüttelte den Kopf, um ihn frei zu bekommen. Was für eine blöde Idee, hierherzukommen. Es war Zeit, nach Hause zu gehen. Außerdem roch es hier seltsam. Am besten nahm sie gleich den Nebenausgang, der nur ein paar Schritte entfernt lag.

Sie drehte sich um und stapfte los. Nach einer Kurve blieb sie abrupt stehen. Hier ging es nicht weiter. Jemand versperrte ihr den Weg, und dieser Jemand lag. Er trug braune Schuhe, die beide nach links schauten, die Hose war nach oben geschoben und gab den Blick frei auf dunkle Socken mit eingestrickten hellen Pfeifen. Was für ein albernes Muster, fuhr es Katharina durch den Kopf. Über den Socken schimmerten etwa zehn Zentimeter weiße Haut, die im milchigen Mondlicht trocken und pergamentartig wirkte. Sie taumelte, als hätte sie ein Schlag getroffen, und hielt sich hilfesuchend an einem dürren Strauch fest. Ein Mann lag da, ein alter Mann mit blutigem Kopf, deshalb also der süßliche Geruch, das war das Blut, und der Mann hatte wirr abstehendes weißes Haar, so wie Einstein, und er sah tot aus, dessen war sie sicher, einer der lebt, würde nie so daliegen, das spürte sie, und wie um sich erst mit dem Furchtbaren, das sie da vor sich hatte, vertraut zu machen, hatte sie ihren Blick nach unten umgelenkt, auf das, was ihr harmloser erschien, auf die braunen Schuhe mit den Pfeifensocken. Ihr Blut schien mit Überschallgeschwindigkeit durch ihren Körper zu rasen, und angestrengt bemühte sie sich, ruhig und tief zu atmen. Sie wunderte sich, dass sie nicht geschrien hatte, doch dafür hätte sie erst glauben müssen, was sie da sah, und das tat sie auch jetzt noch nicht. Sollte da wirklich ein Toter liegen? Hier in Altötting, im Kreuzweg? Obwohl sie nicht gläubig war, schien ihr das nicht richtig zu sein. Wie auf Kommando fing in diesem Moment die Uhr der Stiftskirche an zu schlagen. Katharina zählte mit, während sie den Toten mit den Augen fixierte. Elf Uhr. Ich muss etwas tun, dachte sie. Helfen, die Polizei rufen. Gut, erst einmal helfen. Auch wenn das lächerlich schien, der Mann war schließlich tot. Sie war froh, dass seine Augen geschlossen waren. Vorsichtig streckte sie die Hand aus und berührte den Mann zart an der Wange. Sie zuckte zurück, denn er war wärmer, als sie erwartet hatte. Hektisch suchte sie seinen Puls, doch nichts pochte mehr. Wäre ein kalter Körper weniger unheimlich gewesen? So schien er noch so nah am Leben zu sein. Mitleid durchströmte sie. Katharina widerstand dem Impuls, ihn tröstend zu streicheln. Der Mann war ungefähr

Mitte siebzig und strahlte selbst jetzt noch etwas Viriles aus. Sein Gesicht kam ihr vage bekannt vor, sie konnte es aber im Moment keinem Namen zuordnen.

Ich brauche ein Telefon, murmelte sie.

***

»Sie haben uns gerufen?« Polizeiobermeister Faltlmeier baute sich vor Katharina auf und ordnete kurz sein Gemächt, das auf der kurzen Fahrt von der Wache offenbar verrutscht war.

Katharina wartete, bis er fertig war, und nickte. Faltlmeier war Ende fünfzig und genau der Typ, der von seiner Frau, die er wahrscheinlich »Mama« nannte, immer ein schönes Pausenbrot zur Arbeit mitbekam. Und dort das dazugehörige Bier trank. Das roch man, aber sie wollte ihn nicht verurteilen, ihr Atem ließ nach dem zurückliegenden Gelage sicherlich auch zu wünschen übrig.

Faltlmeier sah Katharina mit einer Mischung aus Misstrauen und Interesse an. »Na, dann gemma mal.« Er winkte eine sehr junge Polizistin zu sich. »Sabrina, kommen S' her. Und bringen S' die Taschenlampe mit.«

Sabrina durfte leuchten, doch als sie vor der Leiche standen, raste der Lichtkegel, der zuvor ruhig den Boden abgesucht hatte, auf einmal hektisch hin und her. Faltlmeier nahm ihr die Lampe ab und tätschelte ihre Schulter. »Danke, Sabrina. Jetzt gehen Sie und holen das Absperrband.« Dankbar zog sie sich zurück, man merkte ihr an, dass sie sich bemühte, nicht zu laufen. »Ihr erster Toter«, sagte Faltlmeier entschuldigend zu Katharina.

»Meiner auch«, antwortete sie. Aber Faltlmeier schien sie nicht gehört zu haben, denn er hatte inzwischen ein Handy aus der Jackentasche gezogen und führte mehrere Telefonate. Als er fertig war, zog er einen Block hervor und knurrte, während er einen Stift suchte: »Name?«

Sie seufzte. Sie wusste nicht genau, was sie erwartet hatte. Vielleicht ein Minimum an Mitgefühl? Interesse? Da schien sie bei ihm an der falschen Adresse zu sein. Wahrscheinlich musste sie froh sein, wenn er sie nicht in Handschellen abführte. »Katharina Graf.«

Faltlmeier notierte den Namen auf seinem Block. Er stutzte, als er den letzten Buchstaben geschrieben hatte, hob den Blick und musterte sie. »Haben Sie Ihren Ausweis dabei?«

Katharina schüttelte den Kopf. »Das war bis jetzt bei Abendspaziergängen nicht nötig.« Sie hatte ihn auch sonst nie dabei, aber das musste sie ihm ja nicht auf die Nase binden.

Ihre Antwort schien Faltlmeier nicht zu gefallen. Er schob die Mütze etwas nach vorn und kratzte sich am Hinterkopf. Das Kratzen klang in dieser Situation unangenehm laut, und Katharina sah weg. »So, so, haben wir nicht dabei? Sie wissen aber, dass Sie Ihren Ausweis immer dabei haben müssen.«

Sie zuckte mit den Schultern, sah ihn kühl an und richtete dann ihren Blick demonstrativ auf den Toten. Es dauerte offenbar lange, ein Absperrband zu holen, denn Sabrina war noch nicht zurück. Eigentlich schade, schließlich hätte sie in diesem Augenblick von ihrem Chef lernen können, wie man Prioritäten setzt. »Ich könnte mir vorstellen, dass Sie im Moment ein größeres Problem am Hals haben als meinen Ausweis.«

Er schüttelte den Kopf. »Ich? Ich habe kein Problem.« Faltlmeier senkte den Blick und sah auf seine Notizen. Lange, sehr lange, als überlege er sich eine Foltermethode, wie er amtliche Personaldokumente aus einer renitenten Verdächtigen pressen könnte. »Katharina Graf«, sagte er langsam und jede Silbe betonend. »Sind Sie zufällig die Tochter vom alten Schuldirektor, dem Doktor Graf?« Er schien seinen Notizblock gern zu haben, denn es sah so aus, als spräche er zu ihm.

»Ja.«

»Mein Beileid wegen Ihrer Tante.« Katharina glaubte, einen Anflug von Milde in seiner Stimme wahrzunehmen.

»Danke.« Das war ja ein rasanter Stimmungsumschwung. Ob sie das ihrem Vater zu verdanken hatte? Manchmal ging eben nichts über einen schönen Titel.

»Ich habe läuten gehört, dass Sie ihren Laden geerbt haben?«

»Mehr oder weniger.« Sie würde den Teufel tun und ihm mehr verraten. Da müsste er schon seine informellen Quellen anzapfen.

Er kratzte sich noch einmal und schob dann die Mütze wieder nach hinten. »Sauber.«

Das Quietschen von Bremsen durchschnitt das gespannte Schweigen zwischen den beiden, Türen wurden zugeschlagen. Katharina atmete auf. Vielleicht würde jetzt etwas Konstruktives passieren. Zwei Männer im Schutzanzug und ein Fotograf wurden von Sabrina in den Kreuzweg geleitet und von Faltlmeier zur Leiche gewunken. Sie packten ihre Geräte aus und nahmen sofort ihre Arbeit auf. Obwohl sie darauf vorbereitet war, erschrak Katharina, als die Scheinwerfer und das Blitzlicht des Fotografen in die Dunkelheit gleißten und die Leiche in allen Details ausleuchteten. Sie wandte ihren Blick ab und bemerkte, dass Sabrina dem Treiben des Kriminalteams völlig gebannt zusah. Das rot-weiße Absperrband hielt sie so fest in der Hand, dass ihre Knöchel weiß hervortraten.

Ein weiteres Auto war vorgefahren, und plötzlich besann sich Faltlmeier wieder auf seine Pflichten. »Was haben Sie eigentlich hier gemacht, um diese Uhrzeit? Bisserl a komische Zeit für den Kreuzweg.« Ein Mann von der Spurensicherung gab Faltlmeier einen Personalausweis. Der nickte und seufzte.

»Das würde mich jetzt aber auch interessieren.«

Katharina stutzte. War das möglich? Konnte man Stimmen tatsächlich nach so langer Zeit wiedererkennen?

»Ja, der Herr Kriminalhauptkommissar, gut dass Sie endlich da sind.« Faltlmeier war kurz davor, die Hacken zusammenzuknallen.

Kriminalhauptkommissar? Langsam drehte Katharina sich um. Nein, sie hatte sich nicht getäuscht. »Adrian!«

Faltlmeier war diese Begrüßung offenbar nicht respektvoll genug, denn er warf ihr einen tadelnden Blick zu.

»Katharina Graf.« Der Herr Hauptkommissar lächelte. »Ich glaube es nicht.«

Ihr Name klang richtig gut, wenn er von dieser dunklen Stimme, die sie schon vor zwanzig Jahren fasziniert hatte, gesprochen wurde. Adrian Behringer. Sie waren in die gleiche Klasse gegangen, und er hatte mit dieser Stimme – und seinem Aussehen – den Hormonhaushalt unzähliger Mädchen in Turbulenzen gestürzt. Auch Katharinas, doch sie hatte sich relativ schnell damit abgefunden, dass ihr Sehnen völlig vergeblich war, denn Adrian hatte damals – und das machte ihn noch geheimnisvoller – eine ältere Freundin, die, so wurde gemunkelt, schon zwanzig war. Mit so einer reifen Frau konnte man als Siebzehnjährige nicht konkurrieren. Katharina hatte ihn in der Zwischenzeit völlig vergessen, wie so viele und vieles aus ihrer Altöttinger Zeit, aber sie fand es schon etwas kapriziös von ihrem Schicksal, dass es ihr ausgerechnet ihn als Retter servierte.

Sie atmete tief durch. »Du glaubst ja nicht, wie froh ich bin, dich zu sehen!« Dieser Satz war ohne großes Nachdenken aus ihr herausgesprudelt, und erst jetzt wurde ihr bewusst, wie allein sie sich in der letzten halben Stunde gefühlt hatte. Gleichzeitig, als läge nicht direkt vor ihnen ein Toter, drängte sich ein Gedanke in ihr Bewusstsein, den sie normalerweise nur einer Pubertierenden, in nachsichtiger Stimmung höchstens noch einem schüchternen Twen zugestanden hätte: Hoffentlich sehe ich einigermaßen aus!

»Du hast den Toten gefunden?« Adrian nahm ihre Hände in seine. Katharina war sich nicht sicher, ob die Geste als Begrüßung gedacht war oder Trost spenden sollte. In jedem Fall war es die erste menschliche Geste, die sie seit dem Fund der Leiche genießen durfte. Auch wenn seine Hände eiskalt waren. Faltlmeier sah ihnen interessiert zu. Vielleicht konnte er noch etwas lernen. Andererseits legte sie keinen Wert darauf, dass so ein Typ Mann ihre Hände in seine nahm.

Sie nickte und sah zu Faltlmeier. »Ich habe das Gefühl, er verdächtigt mich.«

Adrian schmunzelte. »Das kannst du ihm kaum übel nehmen. Es wäre nicht das erste Mal, dass ein Mörder die Polizei ruft.«

»Wenn ich jemanden umbringen wollte, würde ich bestimmt nicht nach Altötting in den Kreuzweg gehen. Dazu bin ich doch zu katholisch erzogen.«

Er musterte sie. »Ja, ja, die Kinderstube. Verfolgt uns bis zum Ende.« Er richtete seinen Blick auf den grell erleuchteten Toten. »Was der wohl hinter sich hat, dass er so enden musste?«

Adrian gab sich einen Ruck. »Wer ist der Tote?«, fragte er Faltlmeier. Der gab ihm den Ausweis. »Max Eberhardt«, las er. »Ist das der Bauunternehmer?«

»Ja«, antwortete Faltlmeier. »Er hat am Unterkörper Trittspuren. Von allein ist der nicht gestolpert.«

Eberhardt! Jetzt erinnerte sich auch Katharina. Ihre Eltern hatten ihr Haus von seiner Firma bauen lassen. Zur Besprechung der Pläne waren sie in sein Haus eingeladen. Sie war ungefähr sieben gewesen, und das Haus war ihr riesig vorgekommen. Doch was sie wirklich fasziniert hatte, war die Barbie-Sammlung der Tochter, deren Namen sie vergessen hatte. Mindestens vier verschiedene Barbies, zwei Skipper und einige Kens waren in einem eigenen Regal aufgebaut. Natürlich mit den passenden Accessoires wie Häusern, Autos und Pferden. Als sie eine Puppe berührte, haute ihr die Tochter, die einige Jahre älter war als sie, auf die Hand und meinte, für Babys wären ihre Puppen nichts. Gedemütigt war sie daraufhin zu ihren Eltern zurückgegangen und hatte einen der langweiligsten Nachmittage ihres Lebens verbracht.

»Was hat der hier gemacht?«, murmelte Adrian und sagte dann lauter zu Katharina: »Und was hast du hier gemacht?«

»Ich hatte einen anstrengenden Abend, ach, was sage ich, einen harten Tag hinter mir und brauchte dringend frische Luft. Also bin ich herumspaziert und hier gelandet, ohne mir viel dabei zu denken. Wo soll man denn hier schon hingehen?«

Er nickte. »Aber ausgerechnet der Kreuzweg? Und dann noch mitten in der Nacht?« Er runzelte die Stirn. »Machst du das öfter?«

Seine Augen sahen weder spöttisch aus, noch verrieten sie ein verborgenes Wissen. Anscheinend wusste er nichts von der heißen Vergangenheit des Kreuzwegs. Warum auch? Mit einer älteren Freundin, die eine eigene Wohnung besaß, hatte er Rendezvous unter freiem Himmel nicht nötig gehabt.

»Soll ich jetzt meine Entscheidungsfindung analysieren? Ich war einfach da, okay?« Jugendschwarm hin oder her, diese Fragerei nervte sie. Das war aber auch wirklich der Gipfel. Sie hatte eine Leiche gefunden, und bis jetzt interessierte man sich vor allem dafür, was sie hier zu suchen gehabt hatte.

»Fragen gehören nun einmal zu meinem Beruf.« Seine Stimme klang völlig neutral. Natürlich, er hatte ja Erfahrung im Umgang mit störrischen Zeugen. »Als du dich spontan entschieden hattest, einfach da zu sein, was passierte da?«

»Ich habe das Tor aufgemacht und bin reingegangen. Dann habe ich gemerkt, dass es eine Schnapsidee war und wollte so schnell wie möglich hinaus. Und dann lag er da.«

»Du hast ihn erst beim Hinausgehen bemerkt?«

»Ja, ich bin ja auf der anderen Seite hereingekommen.«

»Ist dir irgendetwas aufgefallen? Beim Hereinkommen, beim Gehen?«

»Nein, alles war ruhig.« Sogar so ruhig, dass sie Angst bekommen hatte.

Adrians Augen, die bisher zwischen ihr und dem Toten hin- und hergewandert waren, nahmen ein neues Objekt ins Visier, das sich hinter ihrer rechten Schulter befand. Sekunden später stand ein junger Mann in Jeans und Felljacke neben ihm.

»Katharina, das ist mein Kollege, Manfred Hiebel. Katharina, Frau Graf, hat die Leiche gefunden.«

Sie gaben sich die Hand und begrüßten sich mit einem »Hallo«. Seine Hand war, anders als die von Adrian, warm. Er wirkte sehr jung, und das lag nicht an seinen Jeans und den zerstrubbelten blonden Haaren. Er strahlte eine solche Unverbrauchtheit aus, dass sich Katharina mit einem Mal bewusst wurde, wie ausgelaugt sie sich fühlte.

»Willst du nicht deinen Mantel zumachen?«, fragte Adrian sie. »Du siehst ganz verfroren aus.« Er zog aus seiner Manteltasche dünne weiße Handschuhe. »Wir müssen hier jetzt weitermachen.« Er nestelte an den Handschuhen herum, die sich nur widerwillig für seine Hände öffnen wollten. »Weißt du was? Setz dich doch einstweilen in mein Auto. Es hat Standheizung, da kannst du dich etwas aufwärmen. Und ich fahre dich dann nach Hause, wenn wir hier fertig sind. In Ordnung?« Er gab ihr einen Schlüssel. »Es ist der schwarze Alfa, direkt vor dem Tor.« Er drehte sich um, und seine Körpersprache schrie förmlich: Bitte nicht stören.

Für eine Einladung in Adrians Auto hätte Katharina vor zwanzig Jahren alles gegeben. Jetzt sah sie nur an sich herunter, knöpfte den Mantel mechanisch zu und ging in Richtung Ausgang. Sie setzte sich in das Auto, in dem es zumindest minimal wärmer war als draußen, und streckte die Beine aus. Ihr war erbärmlich kalt, und sie fragte sich, ob die Kälte daran schuld war oder der Schreck, einen Toten gefunden zu haben. Sie zitterte und schlang die Arme um sich. Immer wieder tauchte das Bild der Leiche wie ein Tableau vor ihr auf. Würde sie jetzt ihr Leben lang davon träumen? Würde sie jetzt nie mehr nachts allein spazieren gehen können, wie sie es so gerne tat? Sie sah, dass der Alfa eine Sitzheizung hatte, schaltete die Zündung an und drückte auf den kleinen Schalter neben ihrem Sitz. Schon nach wenigen Sekunden wurde es an Rücken und Po wohlig warm. Draußen lief die Polizeiarbeit auf Hochtouren, doch in Katharinas abgeschlossener Welt war das einzige Geräusch das leise Ticken des Sekundenzeigers, der seine Runden um das orange leuchtende Ziffernblatt der Uhr zog. Es war acht nach zwölf.

»Katharina!«

Ein kalter Luftzug strömte an ihrem Gesicht vorbei, jemand packte sie an der Schulter. Erschrocken setzte sie sich auf. Die Uhr zeigte zwanzig nach zwölf. Adrian und eine beunruhigend munter aussehende blonde Frau, die sie in ihrem Leben auch schon einmal gesehen hatte, beugten sich zu ihr und sahen sie mit einem amüsierten Gesichtsausdruck an, der ihr peinlich war. Das alarmierte ihren Selbsterhaltungstrieb und machte sie sofort hellwach.

»Bin ich etwa eingeschlafen?«, fragte Katharina.

Adrian nickte. »Ganz schön abgebrüht. Eine Leiche finden und dann im Auto des Kommissars einschlafen.«

»Ich weiß gar nicht, wie das passieren konnte.«

»Dafür gibt es eine plausible Erklärung«, mischte sich die Blonde ein.

Eine Frau, die eine andere aus einer peinlichen Situation rettete? Katharina musterte dieses eher seltene Exemplar, dann dämmerte es. »Sabine?«

Die Blonde nickte. »Sabine. Hallo, Katharina, schön, dich wiederzusehen.«

Sabine Hörmann? Das Ganze artete langsam zu einem Klassentreffen aus.

»Entschuldige, dass ich dich nicht gleich erkannt habe. Aber deine Haare sind so ganz anders.«

Sabine zog aus ihrer Tasche ein Blutdruckmessgerät hervor. »Ich wollte nicht länger mausbraun durchs Leben gehen. Du hast die Leiche gefunden?«

Katharina nickte.

»Geht es dir gut? Ich möchte zur Sicherheit deinen Blutdruck messen.«

Katharina schälte sich aus dem Auto und krempelte brav den linken Ärmel hoch. Sie war mehr als überrascht. Sabine, die Klassenbeste, immer brav, immer zielstrebig, hatte Medizin studiert wie ihr Vater, in einer Münchner Klinik eine rasante Karriere hingelegt und einen Kollegen geheiratet. So war zumindest ihr letzter Stand, den ihr ihre Mutter mit leicht spitzem Unterton (der sagen wollte: die hat alles, tollen Job *und* Mann – und *du*?) präsentiert hatte.

»Hundertsechzig zu fünfundneunzig. Ist dein Blutdruck immer so hoch?«

Katharina zuckte mit den Schultern. »Keine Ahnung. Was machst du denn hier? Ich dachte, du flickst die Münchner Schickeria zusammen?«

»Das ist eine längere Geschichte. Das Gleiche könnte ich dich auch fragen.«

»Auch das ist eine längere Geschichte.«

»Dann lass sie uns doch einmal austauschen. Hier ist meine Karte. Ich muss nämlich weiter, heute ist die Hölle los.«

»Eines noch!«, rief Katharina. »Du schuldest mir noch die Erklärung, warum ich eingeschlafen bin.«

»Dein Körper hat durch den Stress zu viel Adrenalin ausgeschüttet, und als Reaktion darauf fällt er danach in ein Loch, das heißt, du schläfst ein.«

»Das heißt, ich konnte gar nicht anders?«

»Genau.«

»Ich konnte gar nicht anders«, sagte Katharina zu Adrian.

»Ich habe es gehört«, antwortete er in neutralem Ton. »Das geht Verbrechern nach der Tat manchmal auch so.«

»Ach wirklich? Hast du das schon einmal erlebt?«

Adrian schüttelte den Kopf. »Nein, aber im Fernsehen gesehen.«

Sie sah ihn lange an. »Könntest du mich jetzt heimbringen?«

Er nickte.

»Gut«, meinte sie. Sie wollte nur noch nach Hause. Sie sehnte sich nach ihrer Mutter. Und das in ihrem Alter.

# 4

»Woher kennst du sie?«, fragte Manfred und blinzelte in die Nacht hinaus. Sie standen mit dem Auto an einer unbeleuchteten Kreuzung. Drei rote Grablichter flackerten an unterschiedlichen Stellen auf und ließen für Sekunden die Umrisse von Marterln und Blumen aufleuchten, bevor sie wieder in der Dunkelheit verschwanden. Ein Gedenken an die meist blutjungen Unfallopfer, die auf der Heimfahrt von einer Landdisco hier ihr Leben gelassen hatten.

»Rechts geht es nach Burg«, antwortete Adrian. Sie waren auf dem Weg zu Margit Eberhardt, der Tochter des Opfers. »Kann es sein, dass du eine Brille brauchst?«

»Schmarrn! Ich kenne mich hier nur nicht aus.«

»Deshalb fährst du fast den Wegweiser um, damit du halbwegs weißt, wo es langgeht?«

»Ist ja gut.« Manfred setzte den Blinker und bog ab.

»Oder hat dich Frau Graf so durcheinandergebracht, dass du nicht mehr klar sehen kannst?«

»Ganz im Gegenteil. Ich habe ganz deutlich gesehen, dass sie ziemlich gut aussieht. Und du hast mir immer noch nicht gesagt, woher du sie kennst.«

»Wir waren in einer Abiturklasse. Aber eigentlich kenne ich sie nicht so gut. Wir hatten nur ein paar Grundkurse zusammen. Religion und Erdkunde, glaube ich.« Adrian lächelte. »Hast du bemerkt, dass sie zwei verschiedene Augenfarben hat?«

»Echt?«

»Es fällt nicht sofort auf, aber eines ist grau und das andere grün.«

»Das muss ich mir mal von ganz nah anschauen.« Sie hatten den Ortseingang von Burg erreicht, und Manfred bremste ab. »Passt ja wieder, dass die Tochter hier wohnt. Welche Straße?«

»Sonnwendweg 4. Laut Faltlmeier die zweite Straße links und dann immer geradeaus. Angeblich nicht zu übersehen.«

Burg lag an den Ausläufern des Holzlandes und war die bevorzugte Residenz der gehobenen Schicht, doch außer Notaren oder Ärzten als Nachbarn hatte es nicht viel zu bieten. Da war Adrian seine Wohnung in der Altstadt von Mühldorf schon lieber. Zwar hatte er weder Aufzug noch Wintergarten, und der Holzboden knarzte vor Altersschwäche, aber wenn er aus seinem doppelten Holzfenster mit den welligen Scheiben sah, breitete sich vor seinen Augen das Panorama des Stadtplatzes aus. Das bedeutete ihm mehr als ein pompöser Autoport oder eine eigene Sauna im Keller.

Kurz darauf meinte Manfred: »Was haben wir denn da?« Er pfiff anerkennend und deutete auf ein Haus, das wie ein Raumschiff in der Dunkelheit schwebte. »Ich wette, das ist es. Genau das Richtige für eine Familie von Bauunternehmern.«

Keine kecken Erkerchen, keine antikisierenden Säulen wie bei den Nachbarn. Stattdessen ein schmuckloser Würfel aus großen, rötlichbraunen Holzplatten, deren glatte Fronten von schmalen, durchgehenden Fensterstreifen durchbrochen wurden, aus denen sanftes Licht strömte. Das Ganze ruhte auf Säulen aus Beton, nach hinten schmiegte es sich in den Hang hinein. In der Auffahrt stand ein Golf mit französischem Kennzeichen.

»Jetzt kommt gleich Käpt'n Kirk mit seinem Logbuch aus der Tür heraus.«

»Dann kann er uns gleich mal hineinbeamen. Wo ist denn bei diesem sogenannten Haus der Eingang?« Adrian spähte in die Nacht hinaus. »Oder muss man hier aus der Luft kommen?«

»Ich glaube, es geht auch terrestrisch. Da vorn geht eine Treppe nach oben. Sie sind anscheinend noch auf, das Licht brennt.« Manfred stieg aus und ließ die Autotür laut ins Schloss fallen. »Ich bin gespannt, wer in so etwas wohnt.«

»Ich auch«, antwortete Adrian. »Aber diese Festung schützt Margit Eberhardt auch nicht vor dem, was gleich auf sie zukommen wird.«

***

Die Frau, die ihnen die Tür öffnete, trug ein kamelfarbenes, sehr teuer aussehendes Strickensemble, das ihre weiblichen Rundungen betonte. Adrian tippte auf Kaschmir und schätzte, dass das, was diese Frau am Leib trug, locker zwei seiner Monatsgehälter gekostet hatte.

»Frau Margit Eberhardt?«

Sie taxierte die beiden kurz und nickte. Dann schien ihr etwas einzufallen, und sie sah stirnrunzelnd auf ihre Uhr. »Ein bisschen spät für Besuch.« Sie sprach sehr leise, und Adrian hatte das Gefühl, als sei sie trotz der Tatsache, dass um halb zwei Uhr morgens zwei wildfremde Männer vor ihrer Haustür standen, mit ihren Gedanken ganz woanders. Plötzlich ging ein Ruck durch ihren Körper, und sie fragte: »Was wollen Sie?« Mit ihrem Blick machte sie unmissverständlich klar, dass sie eine schnelle Antwort erwartete. Sie wirkte wie auf dem Sprung, zu was auch immer.

Adrian sah, dass das Haus eine Sprechanlage besaß, wunderte sich aber nicht, dass diese Frau sie nicht benutzte, nicht einmal weit nach Mitternacht. Margit Eberhardt hatte keine Angst, vor nichts und niemandem, auch wenn sie zu dieser späten Stunde sehr müde aussah und das Make-up um ihre grünen Augen bereits etwas verwischt war. Ihr attraktives Gesicht hatte etwas Nobles, was vor allem an der Hakennase lag. Es wirkte respekteinflößend und strahlte das gewisse Quäntchen Arroganz aus, das viele einschüchterte, die Selbstbewussten jedoch reizte. Sicher ein Erbe ihres Vaters. Adrian hatte ihn zwar nicht gekannt, aber der Tote hatte auf ihn genau den gleichen Eindruck gemacht.

Er zog seinen Ausweis aus der Manteltasche.

»Ich bin Hauptkommissar Behringer von der Kripo Mühldorf, das ist mein Kollege Hiebel. Dürfen wir hereinkommen?«

»Kripo? Ist etwas passiert? Irgendetwas mit der Firma?« Sie räusperte sich, ihre Stimme klang, als hätte sie länger nicht gesprochen. »Also, schießen sie los, ich habe wenig Zeit.«

»Frau Eberhardt, vielleicht wäre es doch besser, wenn wir hineingingen. So zwischen Tür und Angel ...«, schaltete sich Manfred ein.

Sie hob in einer fatalistischen Geste die Hände und seufzte. »Bitte.«

Sie führte die beiden in das Wohnzimmer, wobei Wohnhalle das passendere Wort gewesen wäre. Adrian hatte Skrupel, den seidig schimmernden Parkettboden mit seinen möglicherweise tatortbeschmutzten Schuhen zu betreten. Margit Eberhardt spürte das wohl und winkte ihn heran: »Kommen Sie, kommen Sie. Der Boden hält mehr aus, als man ihm ansieht.« Sie sah scharf zu Manfred, der vorausgegangen war. »Das gilt nicht für den Teppich.«

»Natürlich«, antwortete Manfred. »Entschuldigung.« Er lächelte und machte drei rettende Schritte auf das Parkett.

Adrian sah sich um und kam sich vor wie im edlen Ambiente eines Freitagabendkrimis. Der Perserteppich war mit Sicherheit größer als Manfreds Apartment, und das cremefarbene Sofa hätte er in seine eigene Wohnung nur gebracht, wenn er die Wand zum Treppenhaus eingerissen hätte. Dazu gab es zwei passende Sessel, in der Mitte stand ein honigfarbener, niedriger Holztisch, der mit Bildbänden und Zeitschriften fast völlig bedeckt war. Interessanterweise lagen dort keine Modeblätter, sondern nur Architektur- und Designmagazine. Auf Sofa und Sesseln gab es Dutzende von Kissen in grün und rosé, den Farben des Teppichs, verteilt in dekorativer Unordnung, die wirkte, als habe sie schon lange niemand mehr gestört. Auf zwei Seiten verlief das schmale Fensterband, durch das die Dunkelheit hereinstarrte.

»Also, was ist los?« Margit Eberhardt stand vor einem Sessel, sie bot ihnen keinen Platz an. Ihre Augen wanderten unruhig zwischen den beiden Polizisten hin und her.

Manfred und Adrian sahen sich an, dann sprach Adrian. »Frau Eberhardt, es tut mir sehr leid, Ihnen sagen zu müssen, dass Ihr Vater tot aufgefunden wurde.«

»Wie bitte?« Ihre Augen fixierten Adrian ungläubig.

»Ihr Vater wurde …«

»Wie? Und wo? Das ist doch nicht möglich!«

»Ich fürchte doch, Frau Eberhardt. Mein herzliches Beileid.«

»Mein Vater?« Sie wandte den Blick ab, starrte zur Wand gegenüber und schluckte.

Nach etwa einer halben Minute wandte sie sich wieder Adrian und Manfred zu und deutete auf das Sofa: »Setzen wir uns.« Sie wirkte gefasst, doch ihre Augen waren mit einem glasigen Film überzogen. »Aber wenn Sie kommen, um mir das zu sagen, war es kein natürlicher Tod, nicht wahr? Wurde er ermordet?« Sie sprach jetzt hektischer, ihre Stimme klang höher.

»Alles deutet darauf hin«, antwortete Adrian. »Ihr Vater ist gestürzt, aber er hat Verletzungen, die auf die Beteiligung einer weiteren Person schließen lassen. Ganz genau wissen wir es natürlich erst nach der Obduktion.«

»Sturz?« Sie runzelte die Stirn. »Wo denn?«

»Im Kreuzweg von Altötting.«

»Wie bitte?« Ihr entfuhr ein bitteres Lachen. »Was um Himmels willen hat er dort gemacht?«

»Das wollten wir eigentlich Sie fragen.«

»Moment mal.« Sie war aufgesprungen. »Ich brauche jetzt dringend eine Zigarette.«

Sie ging in den Nebenraum. Adrian sah von seinem Sessel aus einen vollgepackten Schreibtisch und einen eingeschalteten Computer. Man hörte ein Rascheln und das Klicken eines Feuerzeugs.

Als sie aus dem Büro herauskam, atmete sie langsam aus und blies dabei den inhalierten Rauch aus dem Mund. Sie wirkte ruhig, aber ihre Hände zitterten.

»Beteiligung einer weiteren Person, sagen Sie?« Margit Eberhardt schüttelte den Kopf. Sie ging zwischen Adrian und der Bürotür hin und her, die Zigarette verließ nur noch für Sekunden den Mund. Als sie abgebrannt war, holte sie sich aus dem Büro sofort eine neue.

»Wann haben Sie Ihren Vater das letzte Mal gesehen?«

Sie musste nicht lange überlegen. »Vor zwei Tagen.«

»Und wo?«, setzte Manfred nach.

Dass sich plötzlich Manfred einschaltete, schien sie zu irritieren. Anscheinend wollte sie nur mit dem Alphamännchen kommunizieren. Sie sah Adrian an, als sie antwortete.

»Er kam in meine Firma, in mein Büro. Das machte er in letzter Zeit häufiger. Er hatte anscheinend immer das Gefühl, ohne ihn würde es nicht laufen.«

»Womit er sicher unrecht hatte.« Adrian lächelte. »Was für eine Firma haben Sie?«

»Ich verkaufe amerikanische Holzhäuser.«

»Originale?«, fragte Manfred interessiert.

»So echt, wie es die Leute hier haben wollen«, meinte Margit Eberhardt. »Da decken sich die Geschmäcker nicht immer.« Sie sah demonstrativ auf Manfreds Cowboystiefel und gleich danach ihm ins Gesicht. »Aber jetzt zu den wichtigen Dingen. Wie geht es jetzt weiter?«

»Ich denke, mit Fragen«, sagte Adrian. »Was könnte Ihren Vater dazu bewogen haben, den Kreuzweg aufzusuchen?«

»Ich habe nicht die leiseste Ahnung.« Sie strich sich mit einer Hand durch die blond gesträhnten Haare. »Religiöse Gründe waren es ganz sicher nicht.«

»Wieso? War ihr Vater nicht gläubig?«

»Er hielt das ganze Getue mehr oder weniger für einen Witz, etwas, das die Leute davon abhält, ihr Leben selbst in die Hand zu nehmen.«

»Dann war er aber in einem Wallfahrtsort ein wenig fehl am Platz, nicht wahr?«

»Ach was, das ist doch den meisten ziemlich egal.« Sie machte eine wegwerfende Handbewegung und verlagerte das Gewicht auf den anderen Fuß. »Die einen leben davon, die anderen leben daneben her wie anderswo auch.«

Sie stutzte kurz, als im oberen Stockwerk Schritte zu hören waren.

»Sie wohnen nicht allein hier?«, fragte Adrian.

»Doch, aber ich habe gerade Besuch. Aus Frankreich. Sie haben sicher das Auto gesehen.«

Die Toilettenspülung rauschte.

*»Qu'est-ce qui se passe?«,* rief eine verschlafene Männerstimme von oben. Ein dunkelhäutiger junger Mann stand in T-Shirt und Boxershorts über das Treppengeländer gebeugt.

Sie deutete nach oben. »Vincent Lambert aus Paris.«

Adrian wartete, doch das schien Margit Eberhardt genug Erklärung zu sein. Lambert verschwand. Sie sah ihm nach und hatte offenbar einen Entschluss gefasst, denn sie stand auf und ging entschlossen in den Flur, gefolgt von Adrian und Manfred, die sich fragende Blicke zuwarfen.

»Wo ist er jetzt? Ich will ihn sehen.« Energisch nahm sie ihren Mantel vom Haken und zog ihn an.

»Jetzt?«

»Jetzt. Sie müssen doch sicher die Nacht durcharbeiten, um den

Fall zu lösen. Also macht es für Sie keinen Unterschied.« Sie knöpfte den Mantel zu, dessen Schokobraun ihr honiggelbes Haar zum Leuchten brachte. Jetzt wirkte sie nicht mehr verwirrt, sondern wie eine Chefin bei einer Einsatzbesprechung. »Also los, fahren wir. Muss ich ihn nicht sowieso identifizieren?«

Adrian, genervt von dieser Gutsherrinnen-Attitüde, hatte nichts dagegen, ihr eine der Zuckerseiten seines Berufes zu gönnen. »Das hätte auch Zeit bis morgen, aber wenn Sie darauf bestehen …«

*»Dis-moi, qu'est-ce qui se passe?«* Lambert, der sich inzwischen eine Jeans angezogen hatte, drängte sich an Adrian vorbei in den Flur und legte seiner Gastgeberin sanft eine Hand auf die Schulter.

*»C'est mon père«*, antwortete Margit und wand sich aus der Berührung. *»Il est mort. Quelqu'un l'a tué.«*

*»Mon dieu!«* Er sah sie erschrocken an und schluckte.

»Das sind die Herren von der Polizei.«

Vincent nickte ihnen zu.

»Haben Sie Herrn Eberhardt gekannt?«, fragte Adrian.

Lambert schüttelte den Kopf und wehrte mit den Händen ab. *»Non.«* Er sah zu Margit Eberhardt. »Du willst weg?« Für einen Franzosen sprach er mit erstaunlich wenig Akzent.

»Ich will ihn sehen. Ich möchte wissen, was los war.«

»Ich komme mit.«

»Barfuß?« Sie deutete auf seine Füße. »Bleib du mal lieber hier. Ich erzähle dir schon alles.« Sie hauchte ihm zwei Küsse auf die Wange und wandte sich dann Adrian und Manfred zu. »Also, verschwenden wir keine Zeit. Fahren wir. *A tout à l'heure, Vincent.*«

Diese Frau scheint es gewohnt zu sein, zu kriegen, was sie will, dachte Adrian. Mal sehen, ob ihr das immer gefällt.

***

Margit Eberhardt verlor nur kurz ihre kühle Beherrschtheit. »Mei, Papa«, murmelte sie zärtlich und mit weichen, bayerischen Konsonanten. »Wer hat denn dich so zugerichtet?« Sie streckte die Hand aus, um ihrem Vater über die Haare zu streichen, zog sie jedoch wenige Millimeter vor dem Kopf wieder zurück. Sie verharrte einige Sekunden, dann sah sie zu Adrian auf.

»Wo wird die Obduktion gemacht?«

»In München.«

»Ist das die fragliche Wunde?« Sie deutete auf das verkrustete Blut, das sich von der rechten Schläfe über den ganzen Hinterkopf ausgebreitet hatte.

»Höchstwahrscheinlich.«

»Hm.« Sie beugte sich über die Wunde. »Er ist wohl direkt auf eine Stufenkante gefallen. Das sieht nach einer Felsenbeinfraktur aus.« Sie schüttelte den Kopf. »Ich kann mir nicht vorstellen, dass er daran sofort gestorben ist. Wahrscheinlich hat sein Herz danach nicht mehr mitgespielt.«

»Sie kennen sich erstaunlich gut aus.«

»Ich habe ein paar Semester Medizin studiert.« Sie ging um die graue Bergungswanne herum, in der ihr Vater lag.

»Wieso nur ein paar Semester?«

»Ich habe festgestellt, dass ich nicht idealistisch genug bin, um als Ärztin arbeiten zu können.« Sie sah kurz zu Adrian und musterte dann wieder den Leichnam ihres Vaters. »Diese Tritte ... Das sind ja mindestens ein Dutzend. Wer hat so einen Hass?« Sie schüttelte den Kopf. »Wenn man ihn gleich medizinisch versorgt hätte, könnte er vielleicht noch leben. Da hat ihn jemand schwer verletzt liegen lassen. Wer tut so etwas?« Sie riss die Augen fassungslos auf und für Sekundenbruchteile wirkte sie wie ein kleines, hilfloses Mädchen.

»Eine Idee?«, fragte Adrian leise.

Margit Eberhardt verneinte. »Mein Vater war sicher nicht jedermanns Liebling, aber dass ihn jemand umbringt? Vor allem jetzt, in seinem Alter. Er war doch nur noch Privatier.«

»Lebte ihr Vater allein?«

»Ja, meine Mutter ist seit acht Jahren tot.«

»Nur der Vollständigkeit halber: Wo waren Sie heute Abend zwischen einundzwanzig und dreiundzwanzig Uhr?«

»Zu Hause, an meinem Schreibtisch. Ich bereite eine Rede vor, die ich am Wochenende halten muss. Deshalb muss ich jetzt auch gehen.«

»Kann Herr Lambert das bestätigen?«

»Nur zum Teil. So ein junger Kerl sitzt doch abends nicht auf dem Sofa herum. Der war unterwegs, in irgendeinem Club. Er kam aber schon kurz nach zehn wieder zurück. War wohl nichts. Na ja, er ist aus Paris. Da ist er was anderes gewohnt.« Sie warf einen letzten Blick auf ihren Vater und wandte sich zum Gehen. »Also«, Adrian war gespannt, welchen Auftrag sie für ihn hatte, »finden Sie den Mistkerl, der das getan hat.«

Es war doch immer wieder schön, wenn ihm jemand seinen Job erklärte.

***

Adrian stand mit einer Tasse Kaffee am Fenster seines Büros und beobachtete Tobias Nowak, den dritten Mann in seinem Team, der gerade seinen schwarzen Golf eingeparkt hatte. Mit einer Gewandtheit, die Adrian immer wieder erstaunte, hievte er sich aus dem Auto und fuhr mit dem Rollstuhl zur Rampe neben dem Hauptportal. Adrian sah auf die Uhr. Fünf vor sieben. Er grinste. Ein neuer Fall und keiner von ihnen konnte ruhig sitzen bleiben. Er goss Tobias eine große Tasse Kaffee ein, gab viel Milch dazu und noch mehr Zucker.

»Guten Morgen! Der ist hoffentlich für mich«, begrüßte ihn Tobias und schnappte sich die Tasse.

»Wenn du schon so früh kommst, muss ich dich ja irgendwie bei Laune halten«, antwortete Adrian. Er hatte kein Mitleid mit ihm, aber er empfand große Traurigkeit, wenn er den Sechsundzwanzigjährigen in seinem Rollstuhl sah. Tobias' unbeschwertes Leben als Hobby-Discjockey und eine vielversprechende Karriere bei der Polizei fanden vor drei Jahren an einer Linde an der B299 ein abruptes Ende. Immerhin, er hatte überlebt, die drei Mitinsassen, seine besten Freunde, nicht. »Fraktur des zweiten Lendenwirbels« hieß es trocken. Er war von der Hüfte an gelähmt. Ein knappes Jahr lang wäre er lieber tot gewesen und tat auch alles dafür, indem er sich jeder Therapie verweigerte. Irgendwann war ihm das zu langweilig geworden, und er hatte beschlossen, sich in sein Überleben zu fügen. Vielleicht hatte es daran gelegen, dass damals im Fernsehen jeden Tag Nero Wolfe lief, der im Rollstuhl seine Fälle löste. Vielleicht hatte er es auch nur sattgehabt, in seinem Alter scheintot zu sein. Also kam er zurück und wurde der Aktenprofessor. Detailversessen, penibel und manchmal zerstreut. An Letzterem war jedoch in den wenigsten Fällen seine Arbeit schuld, sondern seine Physiotherapeutin, die rot gefärbte Lilli, der im Gegensatz zu den meisten weiblichen Wesen jeder Mutterinstinkt beim Anblick von Kindern, Alten und Schwachen fehlte und die Tobias hart an die Kandare nahm. Diese kleine Sadistin war einer der Lichtblicke in seinem Leben, in dem ihn fast jeder mit Samthandschuhen anfasste.

Tobias rückte seine eckige, schwarz geränderte Brille zurecht. »Also, was gibt's? Ich weiß nur, dass wir einen Toten in Altötting haben.«

Adrian nickte. »Genauer gesagt, im Kreuzweg. Das Opfer ist ein Bauunternehmer im Ruhestand, Max Eberhardt. Vermuteter Todeszeitpunkt zwischen einundzwanzig und zweiundzwanzig Uhr dreißig.«

»Altötting. Kreuzweg. Bauunternehmer. Klingt nach einiger Aufregung. Hat schon jemand angerufen?«

»Und ob«, antwortete Adrian. »Der Bürgermeister, der Stadtpfarrer und unser Chef.«

»Der ruft sogar aus der Reha an? Dem muss ja ganz schön langweilig sein. Hat er noch keinen Kurschatten gefunden?«

Kriminalrat Petzold, genannt der »Warmblüter«, weil er immer schwitzte und zu jeder Jahreszeit ein kurzärmeliges Hemd trug, erholte sich im Allgäu von einem Herzinfarkt.

»Vielleicht kommen seine Hemden bei den Damen nicht so gut an.«

»Wahrscheinlich hat ihm seine Frau extra hässliche eingepackt. Guten Morgen allerseits!« Manfred war hereingestürmt und wedelte mit einem Packen Fotos. »Frisch aus dem Labor.«

Nachdem er sich die Aufnahmen vom Tatort gründlich angesehen hatte, trank Tobias seinen Kaffee aus und meinte: »Dann fangen wir doch gleich einmal an. Du hast doch bestimmt Anweisung, schnell und brutalst möglich aufzuklären, nicht wahr, Adrian?« Er schaltete sein Alter Ego, den Computer, ein. »Was brauchst du?«

»Alles über den Toten, über seine Tochter Margit und seinen

Sohn Thomas. Die Tochter hat eine Firma, die amerikanische Holzhäuser verkauft. Zum Sohn fahren wir gleich. Ach ja, und überprüfe doch auch gleich einen gewissen Vincent Lambert. Wenn du nicht weiter weißt, ruf den Faltlmeier vor Ort an. Der ist besser als dein Computer. Zumindest was Altötting angeht.«

***

Thomas Eberhardt wohnte in Mühldorf, in der Mitte eines dreiteiligen Reihenhausensembles. Die oberen Stockwerke waren durchgängig mit mittelbraun lasiertem Holz verkleidet, die Mülltonnen in adretten Holzverschlägen untergebracht, und in jedem Vorgarten blendeten auf Hochglanz polierte Rosenkugeln die vom Winter lichtscheuen Augen und ließen die schüchtern aus der Erde herausspitzenden Blumen wie arme Verwandte aussehen. Selbst die Haustüren waren bei allen drei Häusern gleich: mittelbraunes Holz mit wahllos verstreuten Glassegmenten. Doch einen Unterschied gab es, nämlich bei den Türschildern. Das Haus zur Linken der Eberhardts trug den Namen seiner Bewohner auf einem geschwungenen Schild mit kursiver Antiqua-Schrift, selbstverständlich ohne den Hauch einer Verschmutzung, die Nachbarn rechterhand liebten es anscheinend schlicht mit klarem Schwarz auf einem mattsilbernen Rechteck. Am Gartentor des mittleren Hauses stand nichts.

»Man will sich wohl nicht für jeden zu erkennen geben«, meinte Manfred. »Da hätten wir schon einmal eine Ähnlichkeit zwischen Bruder und Schwester.«

»Aber im Unterschied zu ihr schwimmt er mit dem Durchschnitt mit«, sagte Adrian, »zumindest was die Unterkunft betrifft.«

Als er läutete, tat sich zuerst einmal nichts. Er versuchte es noch einmal, diesmal zweimal kurz hintereinander. Nun hörten sie schlurfende Schritte näher kommen.

Die Tür ging einen Spalt weit auf, die Sicherungskette war eingehakt. Ein graugrünes Auge schaute sie an.

»Sind Sie von der Polizei?«

»Ja. Hauptkommissar Behringer, mein Kollege Hiebel. Herr Thomas Eberhardt?«

»Ja, ja. Kommen Sie herein, ich habe Ihren Besuch schon erwartet.«

Er zog die Tür ein wenig zu, hakte die Kette aus und ließ die beiden hinein.

Das Erste, was ihnen auffiel, war ein penetranter Pfefferminzgeruch. Das Zweite war die ungeheure Ähnlichkeit von Thomas Eberhardt mit seinem Vater. Die gleiche wilde Haarmähne, nur in mit silbernen Fäden durchzogenem Brünett anstatt blendendem Weiß, die gleiche knubbelige Nase. Auch die Augenpartie schien gleich zu sein, wenngleich sie den Toten nur von Fotos kannten. Und wie als Ausnahme von der Regel leuchtete auf der linken Wange ein tiefer roter Schmiss.

»Entschuldigen Sie mich bitte, aber ich bin noch etwas benommen. Nachdem mich meine Schwester heute Nacht angerufen hatte, bekam ich eine starke Migräne. Ich musste mich nach dem Frühstück sofort wieder hinlegen.«

»Aha«, meinte Adrian, »deshalb wohl das Pfefferminz?«

Eberhardt nickte. »Das Einzige, was bei mir wenigstens ansatzweise hilft. Ein bisschen Öl in zwanzigminütigem Abstand auf die Stirn, da können Sie jede Tablette vergessen.«

Er begann, sich heftig die Schläfen zu massieren. »Vielleicht gehen wir ins Wohnzimmer, ich würde mich gern hinsetzen.«

»Wir werden Sie nicht lange aufhalten, Herr Eberhardt«, meinte Adrian, als sie ihm in das leicht abgedunkelte Wohnzimmer folgten. »Zuerst einmal möchten wir Ihnen natürlich unser herzliches Beileid aussprechen.«

»Danke, meine Herren. Das Ganze ist schrecklich, einfach schrecklich.« Erschöpft sank Eberhardt auf die Couch, auf der Kissen und eine Wolldecke zu einer Bettstatt arrangiert waren. Auf dem Tisch stand ein Becher mit einer Flüssigkeit, die wie Tee aussah, daneben ein Fläschchen mit japanischen Schriftzeichen, wahrscheinlich das Pfefferminzöl. »Setzen Sie sich doch, meine Herren.«

»Haben Sie eine Vorstellung, wie es dazu kommen konnte?«

»Nein, ich habe ja schon Schwierigkeiten, mir vorzustellen, was er im Kreuzweg gemacht hat. Ich zerbreche mir schier den Kopf, das sehen Sie ja, aber mein Vater und der Kreuzweg – inkompatibel, schlichtweg inkompatibel.« Unglücklich schüttelte er den Kopf. »Sie sind sicher, dass es kein Unfall war?«

»Ja«, sagte Adrian.

»Nun ja«, meinte Eberhardt, »schon allein die Tatsache, dass er im Kreuzweg gefunden wurde, deutet für mich in diese Richtung. Meine Schwester ist diesbezüglich einer Meinung mit mir. Sie hat offenbar schon einen Blick auf Vater geworfen.«

»Etwas mehr als ein Blick wird schon nötig sein, um den Fall zu lösen«, antwortete Adrian. »Mit wem könnte er sich dort getroffen haben?«

»Das ist alles so absurd. Mein Vater hat im Laufe seines Lebens viele Geschäfte getätigt, einige davon mit Sicherheit hinter verschlossenen Türen, aber nie an solch einer Örtlichkeit mitten in der Nacht. Das ist ja wie in einem schlechten Film.«

»Das Leben ist nicht immer filmreif«, wandte Manfred ein, was ihm einen scharfen Blick von Eberhardt einbrachte.

»Mein Vater hat viel geleistet und mehr erreicht als die meisten. Da gibt es schon mal Neider«, meinte Eberhardt fast trotzig.

»Haben Sie da jemand Bestimmtes im Auge?«, wollte Adrian wissen.

»Nein, ich meine das ganz allgemein.«

»Haben Sie sich heute freigenommen?«, fragte Manfred.

Eberhardt winkte ab. »Ach, schön wär's!«

Beide sahen ihn erwartungsvoll an.

»Das hier ist mein Arbeitsplatz.« Mit einer weiten Geste beschrieb er einen Bogen durch das Zimmer. »Vor Ihnen sitzt der erste und ich glaube auch einzige Hausmann Altöttings.«

Adrian fand es selbst unmöglich, aber er ertappte sich dabei, wie er den Zustand des Raumes unter einem anderen Blickwinkel in sich aufnahm. An den Augenbewegungen von Manfred erkannte er, dass es ihm genauso erging. Thomas Eberhardt schien seinen Job gut zu machen, das Haus wirkte gepflegt, aber nicht steril, man merkte, dass hier eine Familie zu Hause war. Und diese Familie liebte kräftige Farben. Der Flur war grün gestrichen, das Wohnzimmer pink. An den Wänden standen dunkle, büchergefüllte Regale und Kommoden unterschiedlichster Stile, und ohne die sandfarbenen Polstermöbel hätte der Raum wie eine Höhle gewirkt. Diese geordnete

Unordnung mit ihren Bücher- und Zeitungsstapeln war sehr gemütlich und hatte etwas leicht bohemehaftes. Man konnte sich keinen größeren Unterschied zum Haus seiner Schwester vorstellen, das ein Porträt in einer der luxuriösen Wohnzeitschriften verdient hätte, aber so leblos wirkte wie ein Museum nach der Schließung.

»Da haben Sie sich nicht gerade den leichtesten Beruf ausgesucht.« Unwillkürlich überlegte Adrian, was wohl der Grund dafür gewesen war. Ein Scheitern im erlernten Beruf?

»Sie sagen es. Vor allem einen, der nicht respektiert wird. Als Mann schon überhaupt nicht.« Er machte eine resignierende Handbewegung. »Wenn mich die Leute hier sehen, liegt immer so ein mitleidiges Grinsen in ihren Gesichtern. Aber was kann man hier in der tiefsten Provinz schon anderes erwarten. Sie weichen ein klein wenig ab und«, er schnippte mit den Fingern, »schwups sind Sie bei denen unten durch. Aber lassen wir das.« Mit einem Seufzer beugte er sich nach vorn und nippte an seinem Tee.

»Wann haben Sie Ihren Vater zum letzten Mal gesehen?«, fragte Adrian.

Eberhardt lehnte sich zurück und schloss die Augen. »Vor ein paar Wochen. Warten Sie, ja, am 30. Januar kam er vorbei, weil meine Tochter an diesem Tag Geburtstag hatte.«

»Das ist ziemlich lange her«, meinte Adrian. »War Ihr Kontakt zu Ihrem Vater nicht besonders eng?«

»Nein«, antwortete Eberhardt. »Aber wenn man selbst schon auf die fünfzig zugeht, telefoniert man in der Regel nicht täglich mit seinem Vater, nicht wahr?«

Adrian ging nicht darauf ein, sondern stand auf und ging zur Terrassentür, die auf einen schmalen Streifen Garten hinausging.

»Herr Eberhardt, wo waren Sie gestern Abend?«

»Meine Frau und ich waren in Altötting bei einem Kabarettabend und sind erst sehr spät nach Hause gekommen.«

»Wann genau?«

»Kurz nach zwei. Wir sind nach der Vorstellung noch etwas trinken gegangen.« Eberhardt wirkte so abwesend, als spräche er unter Hypnose und müsse unter großer Geistesanstrengung etwas aus einer vergangenen Zeit mitteilen.

»Kann das jemand bestätigen?«

»Eine Kollegin von meiner Frau war dabei, mit ihrem Mann. Sind aber beide nicht so mein Fall.«

»Wann haben Sie vom Tod Ihres Vaters erfahren?«

»Wir waren schon im Bett, als meine Schwester angerufen hat. Gegen halb vier.« Eberhardt schnaufte laut aus, als hätte er etwas Großes geleistet und ließ sich in die Couch zurückfallen.

Manfred war inzwischen ebenfalls aufgestanden und betrachtete die Familiengalerie, die auf einem Regal im Wohnzimmerschrank aufgebaut war. Er deutete auf ein Foto, auf dem Thomas Eberhardt mit einer Frau und zwei Mädchen abgebildet war.

»Ist das Ihre Familie?«

Eberhardt nickte.

»Hat sie Sie heute allein gelassen?«

»Das ist schon in Ordnung«, antwortete Eberhardt. »Meine Frau ist in der Schule. Sie ist Lehrerin.«

»Und Ihre Kinder?«

»Eine ist auf Klassenfahrt, und die andere wollte unbedingt in die Schule. Den Vater zu trösten ist bei Pubertierenden nicht unbedingt angesagt. Wahrscheinlich hält sie heute Hof und genießt ihre Popularität.« In seiner Stimme klang kein Zynismus mit, eher der Pragmatismus eines erfahrenen Vaters.

»Herr Eberhardt, wir müssen den gestrigen Tag Ihres Vaters rekonstruieren. Nach unserem Wissen war er geschäftlich nicht mehr aktiv, nicht wahr?«, sagte Adrian.

»Richtig. Aber ich kann Ihnen nicht sagen, womit er seine Tage verbracht hat. Er hat einmal erwähnt, dass er regelmäßig ins Fitnessstudio geht. Was mich nicht gewundert hat, denn auf sein Äußeres hatte er schon immer viel Wert gelegt.«

»Und sonst? Das erscheint mir etwas wenig für jemanden, der Unternehmer war. Kein Verein oder Club?«

»Sein Stammtisch ist das Einzige, was mir dazu einfällt.«

»Wo?«

»Beim Kammermayr. Fragen Sie doch dort, die wissen sicher mehr. Hat meine Schwester nichts gewusst?«

»Hatte sie denn einen engeren Kontakt zu Ihrem Vater?« Adrian fielen Eberhardts Zehen auf, die in dicken Socken steckten und sich ständig auf und ab bewegten.

»Enger sicher nicht, aber öfter.« Eberhardt bemerkte Adrians Blick und sah irritiert auf seine Füße. »Sie hat sich mehr als einmal beklagt, dass er ständig bei ihr in der Firma auftaucht.«

»Sehen Sie Ihre Schwester oft?«

»Nein, wir führen ein sehr unterschiedliches Leben.« Er griff zum Pfefferminzfläschchen und drehte den Deckel ab. »Sind Sie mit Ihren Fragen fertig? Ich muss nämlich langsam anfangen, das Mittagessen zu kochen.« Er lächelte gequält. »Sie sehen, als Hausmann kann ich mir keinen Urlaub nehmen.«

»Für den Moment war es das von unserer Seite, Herr Eberhardt, nur noch eine letzte Frage: Hatte Ihr Vater eine Beziehung?«

»Beziehung?« Er lachte bitter. »Mein Vater war nie ohne Frauen, selbst als meine Mutter noch lebte, wenn Sie verstehen, was ich meine. Sicher gibt oder gab es da jemanden, aber ich weiß es nicht. Und wollte es auch nie wissen. Wenn Sie mich jetzt bitte entschuldigen wollen?«

»Natürlich«, antwortete Adrian. »Wir melden uns wieder. Auf Wiedersehen.«

Er war froh, der pfefferminzgeschwängerten Luft zu entkommen. Es hätte nicht mehr viel gefehlt, und ihm wäre schlecht geworden. Interessanterweise hatte ihm die pinkfarbene Wand des Wohnzimmers geholfen, sich zu konzentrieren. Was Wände betraf, war er so wie neunundneunzig Prozent aller Männer: Raufasertapete, weiß gestrichen, fertig. Vielleicht wäre es jetzt, da er sich unaufhaltsam seiner zweiten Lebenshälfte näherte, an der Zeit, daran etwas zu ändern.

»Haben die wirklich den gleichen Vater?«, fragte Manfred, als sie wieder im Auto saßen.

»Laut Familienstammbuch ja. Aber wer kann schon wissen, wer tatsächlich das männliche Chromosom beigesteuert hat? Verdammt!« Adrian kämpfte mit dem Sicherheitsgurt.

Manfred warf ihm einen Blick von der Seite zu, und Adrian wusste, woran er jetzt dachte. An David, Adrians Kuckuckskind. Vor ihnen zwängte sich ein Milchlastzug auf die B12.

Manfred bremste ab und stöhnte. »Der wird uns jetzt bis Weiding vor der Motorhaube sitzen.«

»Das macht doch nichts, dann haben wir Zeit zum Nachdenken.«

David, der Adrian eine überstürzte Heirat und die ebenso überstürzte erste Scheidung eingebracht hatte, war inzwischen elf Jahre alt. Von der Mutter des Jungen hatte sich Adrian gesetzlich und emotional getrennt, von David jedoch nicht. Er liebte den Jungen, auch wenn er nicht die Hälfte des Genpools beigesteuert hatte, so wie es ihm ein Jahr lang vorgegaukelt wurde. David lebte in München mit seiner Mutter, die inzwischen wieder geheiratet hatte – einen Geschiedenen mit neunjährigem Sohn –, und Adrian versuchte, sich regelmäßig mit ihm zu treffen. Davids Mutter, der das schlechte Gewissen auch nach elf Jahren noch ins Gesicht geschrieben stand, wenn sie Adrian sah, hatte nichts dagegen. Für David, der seinen biologischen Vater nicht kannte, war es nicht leicht, seine Position in dem komplizierten Beziehungsgeflecht zwischen seinem Stiefvater und seinem gefühlten Vater Adrian zu finden. Doch egal, wie schwierig die Situation für sie alle war, er und David hatten wahrscheinlich ein innigeres Verhältnis zueinander als die Mitglieder der Familie Eberhardt. Als Manfred scharf bremste, schoss ein stechender Schmerz in seinen Rücken. Adrian hielt kurz die Luft an.

»Geht es nicht ein bisschen sanfter?«

Manfred enthielt sich eines Kommentars, schaltete jedoch auf eine weichere Fahrweise um.

Adrian drückte mit der Hand auf die schmerzende Stelle. Er musste unbedingt wieder regelmäßig seine Rückengymnastik machen. »Die Eberhardt und dieser Vincent Lambert. Meinst du, das ist eine Bettgeschichte?«

Manfred überlegte kurz. »Ich traue ihr durchaus zu, dass sie sich einen jungen, gut aussehenden Liebhaber sucht. Falls er es nicht ist, wieso hat er sie besucht? Das hier ist ja nicht gerade eine Gegend, wo schicke Menschen Urlaub machen.«

»Und wieso wollte sie ganz schnell das Haus verlassen, als er auftauchte?«

»Ihr Bruder war ja auch interessant. Eine richtige Diva«, meinte Manfred. »Legt sich leidend auf die Couch. Aber von Trauer keine Spur.«

Adrian nickte. »Unser Hausmann … Der leidet nicht. Der inszeniert sein Leiden.« Adrian streckte seine Beine, die, egal wie groß das Auto war, in dem er saß, immer ein wenig zu lang waren. »Ist es nicht merkwürdig, dass die anderen Familienmitglieder zur Tagesordnung übergegangen sind?«

»Ich traue mich zu wetten, dass Margit Eberhardt heute ganz normal in ihrer Firma die Chefin spielt. Hast du seinen Schmiss gesehen?«

Adrian nickte. »Der war nicht zu übersehen.«

»Ein Hausmann mit Schmiss. Das passt doch nicht zusammen.«

»Hier passt einiges nicht zusammen. Der Vater kommt an einem Ort, den er sonst nie betreten hat, um, die Tochter, die kein brauchbares Alibi hat, will uns aus dem Haus haben, und der Sohn weiß nichts und will nichts wissen.« Adrian sah auf die Uhr. »Wann musst du in München sein?« Heute sollte die Obduktion stattfinden, die bei Mordfällen in ihrem Bezirk immer in München durchgeführt wurde.

»Um fünf.«

»Gut, dann können wir uns noch die Wohnung von Max Eberhardt ansehen.«

»Wohnung? Bei einem Bauunternehmer hätte ich eher auf eine Villa getippt.«

»Bis vor zwei Jahren hätte das auch noch gestimmt, doch laut Faltlmeier hat er damals seine Villa verkauft, in der jetzt übrigens der Chefarzt vom Kreiskrankenhaus wohnt, und ist in ein Penthouse in Neuötting gezogen, mit Blick auf den Inn.«

Manfred nickte anerkennend. »Auch nicht schlecht. Du, dieser Milchlaster nervt. Ich halte mal kurz an der Tankstelle und hole mir eine Butterbreze. Magst du auch eine?«

Adrian nickte. Etwas zu essen würde seinen Magen beruhigen. »Hauptsache nichts mit Pfefferminz.«

***

Das Penthouse war sensationell. Die Dachterrasse, die mindestens vierzig Quadratmeter groß war, und das ebenso große Wohnzimmer gaben den Blick frei auf die Innauen und den dahinter liegenden Höhenzug des Holzlandes, und auch der andere Teil der Wohnung, in dem Wohnküche und Schlafzimmer lagen, war nicht zu verachten: Vor den Fenstern präsentierte sich dort wie ein Bühnenbild die Silhouette der Neuöttinger Altstadt mit ihrer gotischen Stetthaimer-Kirche.

»Kultur und Natur bei jedem Blick, den man aus dem Fenster wirft«, meinte Adrian. »Und das auf, ich schätze mal, hundertfünfzig Quadratmetern. Nicht schlecht für einen Altersruhesitz.«

»Für mich stelle ich mir etwas anderes vor.« Manfred schüttelte den Kopf.

»Ich ahne es, du und dein Gaul in den Weiten der amerikanischen Prärie.« Adrian sah auf die Weiten des oberbayerischen Himmels, in den der Turm der Kirche wie ein ausgestreckter Finger ragte.

Manfred, der seit dem Lesen seines ersten Western-Groschenheftes vor sechzehn Jahren eine durch nichts zu zerstörende Leidenschaft für die Welt der Cowboys entwickelt hatte und jetzt aktives Mitglied im Mühldorfer Cowboy Club war, blieb gelassen.

»Lästere nur, aber wenn du dich nur mal entschließen könntest, dein heiß geliebtes Europa zu verlassen, wüsstest du, was ich meine. Hier ist alles so eng, da hinten sind die Hügel, vorn die Stadt. Immer steht hier etwas im Weg. Aber dort im Westen, da kann ich atmen. Da ist einfach auch einmal nichts.«

Adrian, der immer noch zum Fluss schaute, schüttelte abwägend den Kopf. »Weißt du, ich glaube das mit dem Nichts, das wäre mir zu viel.« Er drehte sich um und taxierte das Wohnzimmer. »Die Möbel können mit der Wohnung jedenfalls nicht mithalten.«

»Was erwartest du? Hier hat ein alter Mann gewohnt. Ich finde es ganz normal.«

Die Eichenmöbel – kannte diese Generation etwas anderes als Eiche? – nahmen dem Raum seinen lichtdurchfluteten Charakter und verliehen ihm eine rustikale Schwere. Alles war klobig, der Tisch, die Couch, der Sessel und der riesige Fernseher in der Ecke. Diese Möbel sahen aus, als würden sie mehrere Atomangriffe überleben.

»Gestern war er auf jeden Fall noch hier«, sagte Manfred und deutete auf die Lokalzeitung.

Adrian stand vor der Schrankwand, die die Büchersammlung von Max Eberhardt enthielt. Wobei Büchersammlung übertrieben war: Sie beschränkte sich auf insgesamt etwa zwanzig Bildbände. Viele waren aus dem ADAC-Verlag, über den Landkreis, über Bayern, über Höhepunkte des Jahrhunderts. Literatur? Fehlanzeige, nicht einmal der obligatorische Wilhelm Busch war vorhanden. Ob er ein Freund des gepflegten Alkoholgenusses war? Adrian öffnete eine betont unauffällige Tür und fand eine gut sortierte Bar. In einem Regal daneben standen einige Fotografien, ein junger Eberhardt mit Frau und zwei kleinen Kindern, ein Hochzeitsfoto und ein vor dem Krieg aufgenommenes Foto, auf dem zwei auf Heugabeln aufgestützte Männer ernst in die Kamera blickten, daneben eine Frau mit einem kleinen Kind auf dem Arm.

»Gibt es etwas Neues bei dir?«, fragte er in Richtung Manfred, der sich am Schreibtisch, natürlich Eiche, natürlich klobig, zu schaffen machte.

Manfred schüttelte den Kopf. »Bis jetzt nur der übliche Kram. Bankauszüge, Strom- und Müllrechnungen, du weißt schon.«

»Terminkalender?«

Manfred schüttelte den Kopf.

Adrian verließ das Wohnzimmer und ging ins Schlafzimmer. Auch hier dominierte die Eiche, vom Einbauschrank, der wohlgefüllt mit teurer, trachtlerisch angehauchter Kleidung war, bis zum französischen Bett mit gestreifter Tagesdecke, die etwas schlampig ausgebreitet war und Falten warf. Keine Kommode, kein Geheimfach. Max Eberhardt verbarg nichts und blieb dennoch bis jetzt völlig gesichtslos.

»Manfred, ich glaube, das bringt nichts. Unsere Jungs sollen alles untersuchen, aber ich möchte wetten, dass es da noch etwas anderes geben muss.«

Er hörte Manfred zustimmend brummen und ging pro forma ins Bad. Sein bewundernder Pfiff lockte Manfred ebenfalls dorthin.

»Aber hallo!«, war dessen Reaktion angesichts des riesigen Whirlpools, der erhöht in der Mitte des Raumes thronte. »Der Gute war offenbar ein Genießer.«

»Das glaube ich auch«, sagte Adrian, »ich wette, da kannst du nicht mithalten.«

»Dafür wird es mein Leben lang nicht reichen«, meinte Manfred.

»Ist schon klar«, sagte Adrian, »aber das meine ich nicht. Sondern das.« Er deutete auf den Badspiegel, dessen rechte Schranktür er geöffnet hatte. Darin befand sich eine beeindruckende Auswahl an Kondomen, von farbig über genoppt bis aromatisiert.

»Sexuell war er noch recht aktiv.«

»Aber nicht in seiner Altersklasse«, meinte Adrian und schloss die Tür. »Ich bin gespannt, ob die Hausbewohner etwas in dieser Richtung zu erzählen haben. Da schicken wir den Faltlmeier her. Der mag es, wenn es ein bisschen schlüpfrig wird. Im anderen Schränkchen war übrigens Viagra.« Er inspizierte kurz den Wäschekorb; er war zu ungefähr einem Drittel voll.

»Der hat es anscheinend richtig krachen lassen«, sagte Manfred.

»Und wenn es ihm zu viel wurde, hat er den Blutdrucksenker genommen. Der stand direkt daneben. Und jede Menge Aspirin. Wahrscheinlich hatte er Herzprobleme.«

»Kein Wunder bei dieser Libido. Jetzt bin ich aber gespannt, was im Kühlschrank ist«, sagte Manfred. »Champagner und Kaviar wären jetzt das Mindeste.«

Doch der Kühlschrank war eine Enttäuschung. Bis auf Butter, ein Glas Gewürzgurken, die bereits zu gären begonnen hatten, eine Tube Münchener Senf, eine eingeschweißte Blutwurst und zwei Flaschen Bier war er leer. »Das ist jetzt wie die Ernüchterung nach dem Höhepunkt.« Manfred ließ die Kühlschranktür zufallen.

Adrian dachte an sein im Moment inexistentes Sexleben und verbiss sich einen Kommentar.

Der Rest der Küche – wie zu erwarten Eiche rustikal mit Butzenscheiben – war sehr sauber, wie die ganze Wohnung, lediglich in der Spüle waren ein Teller, eine Tasse, ein Messer und ein kleiner Löffel aufgestapelt.

»So, und wie lautet unser Fazit?«, fragte Adrian in den Raum hinein.

»Auf mich wirkt das alles sehr steril.« Manfred sah sich noch einmal um. »Wir müssen die Putzfrau finden, denn dass der eine hatte, steht für mich außer Frage. Aber die hatte nicht viel Arbeit, denn Herr Eberhardt war entweder sehr ordentlich oder hat oft woanders logiert.«

»Letzteres glaube ich auch. Entweder wissen seine Kinder wirklich nichts, was mich bei den lockeren Kontakten, die sie zueinander pflegen, nicht wundern würde, oder sie verschweigen uns etwas.«

# 5

Sie hatte so gut geschlafen, dass sie sich fast ein wenig schämte. Anders als in den letzten Monaten war Katharina kein einziges Mal aufgewacht, hatte keine schweißtreibenden Albträume, genau genommen überhaupt keinen Traum gehabt, den das Gedächtnis für erinnerungswert erachtete. Seltsamerweise hatte sie auch keinen lästigen Harndrang verspürt, obwohl ihre Mutter sie nach ihrer Heimkehr mit Unmengen von heißem Tee abgefüllt hatte. Eine Nacht, wie sie sein soll. Ruhig und erholsam. Bin ich pervers, fragte sie sich, brauche ich eine Leiche, damit es mir gut geht? War das wieder so ein Beweis dafür, dass sie nicht mehr richtig tickte? Wurde sie mit noch nicht einmal vierzig langsam schrullig? Sie kuschelte sich noch ein wenig in der Embryostellung ein. Im Haus war es verdächtig still. Bestimmt schlich ihre Mutter auf Zehenspitzen umher, um sie nicht zu wecken. Ihren Vater, vergraben in seinen Zeitungen, hörte man sowieso nie. Es musste aber schon relativ spät sein, denn durch die Ritzen der Rollläden drang bereits helles Licht, das nichts mehr von einem schüchternen Morgen an sich hatte. Sie streckte eine Hand aus und griff nach ihrer Armbanduhr, die auf dem Nachttisch lag. Schon halb zehn. Sie drehte sich langsam auf den Rücken und streckte sich, bis es in den Armen und Beinen so stark kribbelte, dass sie es im Liegen nicht mehr aushielt. Dann schwang sie sich aus dem Bett und ging ins Bad. Als sie fertig war, empfing ihre Mutter sie mit ausgebreiteten Armen am Treppenabsatz.

»Mein Kind, guten Morgen, wie geht es dir?« In ihrer Stimme klang große Vorsicht mit, als fürchtete sie, eine unangenehme Wahrheit zu hören.

»Alles bestens, Mama, ich habe so gut geschlafen wie schon lange nicht mehr.« Katharina setzte sich an den Frühstückstisch, an dem ihr Vater eben noch mit der Zeitungslektüre beschäftigt war, jedoch jetzt die Zeitung zusammenfaltete und seine Tochter interessiert ansah. Das Reden überließ er wie immer seiner Frau.

»Also ich habe die ganze Nacht kein Auge zugetan.« Ein leiser Vorwurf schwang in Anneliese Grafs Stimme mit.

»Ich frage mich nur, wer dann heute Nacht so laut geschnarcht hat«, warf Justus Graf ein und amüsierte sich mit Katharina in stillem Einverständnis.

»Dein Vater hat akustische Halluzinationen«, antwortete ihre Mutter und stellte ein großes Glas mit einer sonnengelben Flüssigkeit vor ihre Tochter. »Ich nehme an, das kommt von der Zeitverschiebung.«

»Akustische Halluzinationen?« Justus lachte. »Die hätte ich, wenn es im Bett neben mir einmal still wäre.«

Anneliese winkte routiniert ab und wollte gerade zu einer Erwiderung ansetzen, als Katharina einwarf: »Mama, ist das das, wofür ich es halte?«

»Ja.«

»Toll.« Wie hatte sie als Kind diesen Trunk geliebt: frisch gepresster Orangensaft, vermischt mit einem Eigelb und Traubenzucker. Mutters Geheimrezept gegen Prüfungsangst.

»Ich habe mir gedacht, deine Nerven könnten etwas Stärkendes brauchen.«

»Eine gute Idee.« Katharina nahm einen großen Schluck und nickte zufrieden. »Ich glaube, meine Nerven brauchen das noch ein paar Tage. Auf jeden Fall so lange, bis der Mordfall geklärt ist.«

Anneliese runzelte die Stirn. »Du nimmst das ja ganz schön locker.«

»Sei doch froh«, meinte Justus. »Wäre es dir lieber, Katharina läge mit einem Nervenzusammenbruch im Bett?« Er beugte sich zu seiner Tochter hinüber. »Deine Mutter wollte schon den Weißen Ring anrufen, um psychologische Unterstützung für dich anzufordern.«

»Mama, ich bin doch kein Opfer eines Gewaltverbrechens.«

»Also ich finde schon, dass man einer Seele Gewalt antut, wenn man ihr plötzlich eine Leiche vor die Füße legt. Aber anscheinend bist du aus einem anderen Holz geschnitzt als ich.« Sie schüttelte resigniert den Kopf. »Ich könnte nicht so dasitzen und frühstücken, als wenn nichts gewesen wäre.«

»Wisst ihr, es war überhaupt nicht eklig.« Katharina legte das

Messer, mit dem sie sich gerade Butter auf eine Vollkornsemmel streichen wollte, wieder auf den Teller. »Der Mann lag einfach nur da. Natürlich bin ich furchtbar erschrocken …«, das war jetzt ein klein wenig untertrieben, aber schließlich wollte sie ihre Eltern nicht unnötig beunruhigen. Ihrem Körper konnte sie jedoch nichts vormachen: Als sie an die warme Haut des Toten dachte, fing ihr Puls zu rasen an.

Ihre Eltern, die ihr gegenübersaßen, sahen sie gebannt an und warteten auf mehr. Doch Katharina starrte auf ihren Teller und schien völlig in sich versunken zu sein.

»Schatz, ist alles in Ordnung?«, fragte ihre Mutter und warf ihrem Mann einen besorgten Blick zu.

»Ja, ja, alles klar«, antwortete Katharina und nahm einen großen Schluck von Mutters Aufbautrunk.

»Der arme Herr Eberhardt. Wer das wohl war?« Anneliese schüttelte den Kopf, ließ ihre Tochter jedoch nicht aus den Augen.

»Höchstwahrscheinlich jemand von hier. Jemand, den wir kennen. Oder besser, jemand, den ihr kennt, denn ich kenne ja nicht mehr alle.«

»Jetzt hör aber auf!« Anneliese riss entrüstet die Augen auf.

Justus streichelte die Hand seiner Frau. »Da hat sie schon recht. Die Täter kommen meistens aus dem engsten Umfeld.«

»Sag ich doch.« Katharina griff ruhig nach dem Messer und bestrich sich nun endlich ihre Semmel. »Dieser Eberhardt, der muss doch schon weit über siebzig gewesen sein, oder?«

Ihre Eltern sahen sich an und nickten.

»Hat der noch immer in seiner Firma gearbeitet oder inzwischen das Zepter an seine tolle Nachkommenschaft abgegeben?«

Sie konnte sich schwach an den Sohn und die Tochter erinnern, die ja beide einige Jahre älter waren als sie, was im Teenageralter Lichtjahre bedeutete. Sie hatte keinen Kontakt zu ihnen gehabt, doch es wurde immer gemunkelt, dass sie von ihrem Vater »kurz gehalten« wurden.

Sie biss in die Honigsemmel. Nur her mit dem Zucker, das hatte sie sich nach dem Schock von gestern wirklich verdient.

»Ich habe gehört, dass er letztes Jahr seine Firma verkauft hat«, meinte ihre Mutter.

»Komisch, nicht wahr«, Katharina sprach mit vollem Mund, schluckte jedoch nach einem tadelnden Blick ihrer Mutter schnell den Bissen hinunter, »dass er sie nicht seinen Kindern übergeben hat.«

»Hat sich der nicht mit beiden Kindern überworfen?«, fragte Anneliese in die Runde.

»Die Tochter hat eine eigene Firma gegründet«, sagte Justus. »Den Sohn kenne ich, weil er ab und zu Stücke für die Theatergruppe geschrieben –«

Er wurde durch ein Klingeln an der Tür unterbrochen.

»Hoffentlich ist das niemand von der Zeitung«, stöhnte Anneliese und stand auf. »Da hat heute früh schon jemand angerufen.«

»Ich bin grundsätzlich nicht da, Mama!«, rief ihr Katharina hinterher.

Sekunden später hörten Vater und Tochter ein aufgeregtes Schnattern, das erst aufhörte, als der Besuch Katharinas ansichtig wurde.

Mira Wagenscheidt blieb auf der Türschwelle stehen, breitete die Arme aus und rief, während sie auf Katharina zuging: »Mein Kind, wie geht es dir?«

Diese Worte und Gestik habe ich heute doch schon mal gehört, dachte sich Katharina. Wahrscheinlich läuft in bestimmten Situationen bei allen Müttern das gleiche Programm ab.

»Ganz gut, danke.«

»Diese Kinder von heute, ich habe das Gefühl, die kann nichts aus der Ruhe bringen«, meinte Anneliese.

»Die haben halt im Fernsehen schon zu viel gesehen«, winkte Mira Wagenscheidt ab.

»Wenn euch das so belastet, wieso seid ihr dann so scharf darauf, jedes kleinste Detail zu erfahren?« Katharina lehnte sich amüsiert zurück.

»Weil wir uns dafür interessieren, was in unserer nächsten Umgebung passiert«, erwiderte Anneliese in leicht defensivem Ton.

»Wie hältst du das dann nur in Australien aus, Mama, wo vorn und hinten und rechts und links von euch die große Leere ist?«

»Da täuschst du dich, wir könnten dir – Mira, was ist denn los?« Mira war auf einmal ganz blass geworden und stützte sich an einem Stuhl ab. »Komm, setz dich.«

Die dicke, immer gut gelaunte Mira saß wie ein Häufchen Elend auf dem Stuhl, Tränen liefen über ihr Gesicht.

»Da sitzen wir so nett in Sophies Laden beisammen, und dann passiert ein paar Meter weiter so etwas Furchtbares!« Dankbar nahm sie aus Justus' Hand ein Taschentuch und versuchte, damit dem unablässig fließenden Tränenstrom Herr zu werden. »Aber irgendwie hat man ja darauf warten können, dass der Mann so enden wird.«

»Wie meinen Sie denn das, Frau Wagenscheidt?« Katharinas Neugier war geweckt. Noch nie hatte sie diese Frau so aufgelöst gesehen. Nun gut, in Altötting wurde auch normalerweise niemand umgebracht. Sie erinnerte sich, dass Frau Wagenscheidt sehr mitfühlend war, aber wieso nahm sie der Tod dieses Mannes so mit? Mechanisch trank sie einen Schluck Tee. Die Geschichte schien interessant zu werden.

»Na ja«, schniefte Mira und tupfte wieder hektisch in ihrem Gesicht herum. »Der Eberhardt, der hat doch die Leute entlassen, wie es ihm in den Kram gepasst hat. Und die, die er behalten hat, hat er behandelt wie den letzten Dreck. Mich würde es nicht wundern, wenn sich da einer gerächt hätte.«

Katharina runzelte die Stirn. »Aber das müsste doch Jahre her sein, denn er war doch bereits im Ruhestand.«

»Schon, aber irgendwann holen einen seine Sünden ein.« Mira atmete tief aus und ein.

»Das ist gut!« Anneliese tätschelte Mira die Schulter. »Tief ein und aus! Jawohl, merkt ihr, wie sie schon ruhiger wird?«

Katharina war überrascht. Seit wann beschäftigte sich ihre Mutter, die ihrem Körper nie etwas Spirituelleres gegönnt hatte als ab und zu etwas Hochprozentiges, mit solch abgehobenen Dingen wie Atemtechnik? Machte sie im Outback etwa Yoga? Mütter hörten wohl nie auf, einen zu überraschen.

»Frau Wagenscheidt, es gibt doch viele Chefs, die Schweine sind, und die werden nicht umgebracht. Ich glaube nicht, dass so etwas dahintersteckt. Der Eberhardt hätte sich doch nicht nachts mit einem ehemaligen Angestellten im Kreuzweg getroffen.« Katharina sah sich um. »Wo ist eigentlich Papa?«

»Geflüchtet«, bemerkte ihre Mutter lakonisch. »Frauen und Tränen, das ist zu viel für ihn.«

Mira brachte ein schiefes Lächeln zustande. »Entschuldigt bitte meinen Auftritt. Es ist mir furchtbar peinlich. Ich wollte eigentlich nur wissen, wie es Katharina geht und ob mit dem Haus alles in Ordnung ist.« Mira wohnte nur drei Häuser weiter und passte während der Abwesenheit der Grafs auf das Haus auf. »Ich weiß auch nicht, warum mich das so mitnimmt.«

Katharina rutschte näher heran. »Haben Sie Herrn Eberhardt gut gekannt?«

Mira winkte ab. »Nein, komm, lassen wir das Ganze. Ich bin halt eine hysterische alte Frau.«

Katharinas Mutter, die hinter Frau Wagenscheidt stand, machte ihrer Tochter Handzeichen, dass sie endlich aufhören solle und fragte schnell: »Unsinn, du bist nur mitfühlend. Ich glaube, du brauchst jetzt was zu trinken. Kaffee?«

Mira lächelte sie dankbar an und nickte.

Noch bevor Anneliese in die Küche ging und Katharina Mira wieder mit Fragen löchern konnte, läutete das Telefon. Katharina sprang mit einem »Ich gehe schon!« auf und lief in den Flur.

Es war Pia, und mit einem Mal wusste Katharina, was ihr die ganzen Tage über gefehlt hatte. Pia war ihre beste Freundin, aber als professionelle Sachensucherin leider ständig unterwegs.

»Wo warst du!«, rief Katharina in den Hörer.

»Hey, du musst nicht so schreien, ich bin nur hundert Kilometer von dir entfernt. Sag mal, wieso bist du in Altötting?«

»Du wirst es nicht glauben: Ich habe geerbt und eine Leiche gefunden.«

»Ist das normalerweise nicht umgekehrt?«

»Nein, du Klugscheißerin.«

»Moment. Willst du mir damit sagen, dass du einfach so einen Toten gefunden hast?«

»Ja.«

»In Altötting?«

»Im Kreuzweg.«

»An so heiliger Stätte? Wow! Aber was hast du denn nachts in einem Kreuzweg gemacht? Jetzt lass dir doch nicht alles aus der Nase ziehen.«

»Ich war einfach spazieren. Du könntest übrigens ruhig etwas mitfühlender sein.«

»Du klingst aber eher aufgekratzt.«

»Das ist der Schock.«

Schweigen von Pia, dann ein vorsichtiges: »Und was hast du geerbt?«

»Den Devotionalienladen von Tante Sophie, zusammen mit Oswaldo.«

»Oswaldo?« Katharina konnte förmlich sehen, wie Pia jetzt die Stirn runzelte. »Bitte wer ist Oswaldo? Von dem habe ich noch nie etwas gehört.«

»Und das ganz zu Recht. Du, sag mal, was läuft denn da für eine bescheuerte Musik im Hintergrund?«

»Ich weiß. Johnny Logan.«

»Wo bist du denn? Bei Woolworth?«

»Nein, in einem Café. Es ist eigentlich ganz nett, und die Musik war bis jetzt gut. Vorhin haben sie sogar Fleetwood Mac gespielt.«

»In den Cafés hier wird nicht einmal Johnny Logan gespielt.«

»Das kann auch ein Segen sein. Komm halt wieder nach München.«

»Das geht jetzt nicht. Ich muss über die Erbschaft nachdenken, und ich glaube, das kann ich am besten hier. Und außerdem ist da noch diese Mordgeschichte. Stell dir vor, den Kommissar kenne ich noch aus der Schule.«

»Womit wieder einmal bewiesen wäre, dass die Welt ein Dorf ist.« Pia schwieg ein paar Sekunden. »Also hör mal, bei euch scheint es ja rund zu gehen. Ist das Fernsehen schon bei euch oder warum flötet deine Mutter so aufgeregt herum?«

Es hatte wieder geläutet, und als Katharina sich umdrehte, um zu sehen, wer gekommen war, setzte ihr Herz eine Sekunde lang zu schlagen aus.

»Der Kommissar ist da!«, flüsterte sie in den Hörer.

»Wow! Wirst du jetzt verhört?«

»Wahrscheinlich.«

»Wie sieht er denn aus? Wie Derrick oder eher wie Walter Sedlmayer?«

»Viel besser. Wie Behringer.«

Pia schwieg kurz. »Weiß ich da was nicht? Und ich habe immer noch nicht erfahren, wer Oswaldo ist.«

»Pia, ich muss jetzt auflegen. Wir sprechen uns später.«

»Ich bin aber die nächsten Tage wieder unterwegs, ich muss nach Köln –«

»Ist gut, ruf mich an, wenn du wieder da bist.« Katharina knallte den Hörer auf den Apparat. Für einen Moment sah sie Pia vor sich, die jetzt wahrscheinlich ungläubig auf ihr Handy starrte, denn so etwas war sie von Katharina nicht gewohnt. Aber das war jetzt nebensächlich, denn sie musste dringend ins Wohnzimmer, um Adrian den Fängen ihrer Mutter zu entreißen.

»Adrian!«, begrüßte sie ihn. »Guten Morgen!«

»Du scheinst guter Stimmung zu sein, das freut mich.« Er hatte beachtliche Augenringe, die ihm aber gut standen. In Katharina regte sich so etwas wie ein mütterlicher Impuls, etwas, das sie in Verbindung mit Adrian nicht vermutet hätte.

»Du siehst aus, als könntest du einen Kaffee brauchen.«

»Stimmt. Gerne.«

»Mira, das ist der Hauptkommissar Behringer, der den Todesfall untersucht. Und stell dir vor, er ist mit Katharina in die Schule gegangen«, flötete Anneliese.

Miras Begeisterung hielt sich in Grenzen. Sie erhob sich rasch von dem Stuhl, auf dem sie gerade noch sehr gemütlich gesessen hatte und meinte: »Dann störe ich mal nicht länger, sie wollen sicher in Ruhe miteinander sprechen.« Sie nickte Adrian zu. »Es hat mich gefreut, Sie kennengelernt zu haben«, presste sie heraus, drehte sich um, murmelte noch ein »Danke, Anneliese, Servus, Katharina«, und weg war sie. Die Tasse Kaffee war noch zu zwei Dritteln voll.

»Man könnte fast meinen, die hätte Angst vor dir«, staunte Katharina. »Hast du immer so einen Effekt auf Leute?«

»Nur auf die Hauptverdächtigen.«

»Na, dann raus mit den Handschellen und ihr nach.«

»Und auf die völlig Unschuldigen.«

»Ich habe ja geahnt, dass dein Job nicht so ganz einfach ist.« Sie schob ihm eine Tasse Kaffee über den Tisch. »Deine Nacht war wahrscheinlich ziemlich lang.«

Er nickte. »Und wie war deine? Konntest du überhaupt schlafen?«

Katharina nickte. »Ich habe ehrlich gesagt so gut geschlafen wie schon lange nicht mehr, wofür«, und dabei schaute sie zu ihrer Mutter, »ich mir auch schon eine Rüge eingehandelt habe.«

»Ich wollte dich noch einmal zu gestern Nacht befragen.«

»Dann lass ich euch beide lieber allein«, meinte Katharinas Mutter. »Möchten Sie etwas essen, Herr Behringer? Ich richte Ihnen gern etwas her.« Mutter hatte schon wieder ihre Schwiegersohn-Antennen ausgefahren.

»Nein danke. Obwohl das alles wunderbar aussieht.«

Anneliese strahlte und verschwand.

»Deine Mutter ist nett«, flüsterte Adrian.

»Sie liebt junge Männer«, flüsterte Katharina zurück. »Vor allem für mich.«

»Daran kann ich nichts Anstößiges finden.«

»Na ja«, meinte Katharina. Sie sah ihn an und wusste, dass er sie verstand. »Mütter.«

»Väter sind manchmal auch nicht besser.« Das wusste er aus eigener Erfahrung. »Nun gut, lass uns arbeiten. Von wo genau bist du gekommen?«

»Ich war in Tante Sophies Laden, du weißt ja sicher inzwischen, dass ich ihn geerbt habe.«

»Gratulation.«

»Na ja. Die Sache hat zwei Riesenhaken. Der erste ist, dass der Laden in Altötting steht und ich eigentlich in München lebe.« Adrian nickte mitfühlend. »Und der zweite heißt Oswaldo.«

»Oswaldo? *Der* Oswaldo?«

»Natürlich *der* Oswaldo. So viele gibt es hier ja nicht.«

»Und ihr habt den Laden zusammen geerbt?« Er grinste, wie Katharina meinte, ziemlich gemein. »Da hat sich deine Tante ja was Schönes einfallen lassen.«

»Ich kann mir richtig vorstellen, wie sie in ihrem Grab liegt und sich eins lacht.«

»Und was machst du jetzt?«

»Ich weiß es nicht. Ich kann mir beim besten Willen nicht vorstellen, einen Devotionalienladen zu führen, in Altötting und dann noch mit Oswaldo als Kompagnon.« Sie schüttelte den Kopf.

»Was machst du eigentlich beruflich?«

»Ich arbeite bei einer Kosmetikfirma. Im Bereich Marketing Communication.«

Sie sah ihm an, dass er damit nicht viel anfangen konnte. »Ich mache zum Beispiel die Kundenzeitschrift und sorge dafür, dass die deutschen Frauen die französischen Beipackzettel verstehen.«

»Hoffentlich bist du besser als die Japaner mit ihren Gebrauchsanweisungen«, meinte Adrian trocken.

Sie schmunzelte. »Ich gebe mir Mühe. Und wenn ich brav bin, darf ich mit dem Chef auf Reisen gehen, als Dolmetscherin.«

»Klingt interessant.«

»Na ja. Eigentlich nur noch Routine. Vielleicht ist das Ganze ein Wink mit dem Zaunpfahl, etwas zu ändern.«

»Könnte sein. Du musst dich ja nicht sofort entscheiden.« Er rührte ausgiebig mit dem Löffel in der Tasse herum, hörte dann aber abrupt auf. »Jetzt zurück zum Thema. Um welche Uhrzeit bist du aufgebrochen?«

»Es muss kurz vor elf gewesen sein, denn nachdem ich den Toten gefunden habe, hat die Kirchenuhr elf Uhr geschlagen.«

»Ist dir jemand begegnet?«

»Nein.«

»Und warum bist du in den Kreuzweg gegangen?«

»Es war ja ein ganz schön turbulenter Tag, und ich wollte etwas Vertrautes sehen. Etwas, woran ich eine schöne Erinnerung habe.« Katharina griff nach der Thermoskanne und schenkte sich heißen Kaffee nach. »Es ist doch nichts mehr so, wie es war. Ich komme hierher, in meine sogenannte Heimatstadt, und alle, die ich kenne, sind weg. Nur das, weswegen ich weggegangen bin, ist immer noch da.«

»Und im Kreuzweg, was war da?«

»Ich bin geradewegs nach hinten gegangen, zu den Büschen. Na ja, das sagt dir jetzt nichts.« Sie sah ihn unsicher an.

Er lächelte. »Oh doch. Der Treffpunkt.«

»Du kennst den?«

»Klar, warum nicht?«

»Na ja, ich dachte, du mit deinen älteren Freundinnen hättest diese Probleme nicht gehabt.«

Er lachte schallend. »Das wusstet ihr?«

»Klar, und es hat uns schwer beeindruckt.« Sie kam sich vor, als würde sie die Geheimnisse eines kleinen Mädchens ausplaudern. Das war ihr ein wenig peinlich, und so kam sie wieder auf ihr eigentliches Thema zurück. »Ich habe nicht groß nach rechts oder links gesehen. Aber es ist alles so gewachsen, dass ich mich kaum orientieren konnte. Wenn ich ehrlich bin, war es ziemlich gruselig, und ich wollte ganz schnell wieder hinaus.«

Er nickte ihr aufmunternd zu.

»Und als ich schon kurz vor der Gittertür war, habe ich ihn gesehen.«

»Ist dir irgendetwas aufgefallen?«

»Bis auf das, dass er tot war, nichts.«

»Du hast nichts gehört, niemanden gesehen, kein Auto, das weggefahren ist?«

Katharina schüttelte den Kopf. Plötzlich war die Stimmung von gestern Nacht wieder da, die Kälte, das endlose Warten auf die Polizei. Sie fror und nahm einen Schluck aus ihrer Tasse. Der heiße Kaffee tat gut.

»Hast du eigentlich sofort erkannt, wer da vor dir lag?«

»Nein, das Gesicht kam mir vage bekannt vor, aber ich bin auch schon zwanzig Jahre lang weg. Erst als der Name Eberhardt gefallen ist, hat es geklingelt.«

»Der Name sagt dir also schon noch was?«

»Natürlich. Bauunternehmer, zwei Kinder mit viel Geld im Rücken. Er hat übrigens dieses Haus hier gebaut.«

»Er hat wahrscheinlich fast jedes Haus hier im Ort gebaut«, meinte Adrian. »Der Wallfahrtsladen ist doch gleich um die Ecke vom Kreuzweg, nicht wahr?«

Katharina nickte.

»Wann hat sich denn eure Gesellschaft aufgelöst?«

»Also, meine Eltern und ich waren kurz vor elf mit dem Aufräumen fertig. Wir haben ungefähr eine Dreiviertelstunde gebraucht, also dürfte gegen zehn der letzte Besucher gegangen sein.«

Sie sah Adrians Blick. »Ich interpretiere jetzt mal deinen Gesichtsausdruck und vermute, dass das genau in die Tatzeit passt.«

»Genau. Wer war denn alles da?«

»Uh, das waren einige. Ich habe nicht alle gekannt.«

»Kannst du mir eine Liste mit allen Namen schreiben? Deine Eltern kannten doch sicher alle.«

»Klar.« Sie legte den Kopf auf die Seite. »Dass du wieder hier bist, wundert mich ehrlich gesagt schon.«

»Das ist eine lange Geschichte.«

Sie sah ihn erwartungsvoll an, doch es kam nichts nach. Typisch Mann. Stattdessen schrieb er etwas in sein Notizbuch. »Gut, das war's fürs Erste. Wenn dir noch etwas einfällt, meine Karte hast du ja.« Er stand auf und ging schon in Richtung Tür, als er sich plötzlich umdrehte. »Trinkst du immer noch gerne Bier?«

»Ja.« Sie sah ihn verblüfft an. »Aber woher weißt du das?« Hatte die Polizei sie schon so gründlich überprüft?

»In der Schule eilte dir dein Ruf als trinkfestes Mädchen voraus. Und als du Sam unter den Tisch getrunken hast –«

»Hör bloß auf, mir meine Jugendsünden aufzuzählen!« Katharina lachte, aber in Wirklichkeit fand sie es beschämend. »Das ist wirklich nichts, worauf ich stolz sein kann.« Wahrscheinlich war das der Grund, warum Adrian damals nichts mit ihr zu tun haben wollte. Trinkfest! Das kam ungefähr gleich nach Schlampe.

»Das geht uns doch allen so«, beruhigte sie Adrian. »Hast du Lust, die Nachtszene von Mühldorf kennenzulernen?«

»Unbedingt.«

»Gut, dann treffen wir uns doch mal im Irish Pub.«

»Irish Pub. Klingt gut.« Sie war schon lange nicht mehr in einem gewesen. Nicht, seitdem sie damals Kev, den süßen Schotten, mit Jessica, dieser Schlampe aus dem Altenglischkurs, bei einer intensiven Zungenkussübung im Vorraum der Toilette vom Finnegan's in Schwabing erwischt hatte. Danach war das Thema Pub erledigt gewesen, denn es folgten andere Männer mit anderen Freizeitaktivitäten. In Bezug auf Männer war sie immer sehr anpassungsfähig gewesen. Vielleicht zu sehr. Zum Glück hatte sie sich nie in einen aus der Unterwelt verknallt – sonst hätte sie noch als Bonnie-und-Clyde-Verschnitt durch die Lande ziehen müssen.

»Wir sind zwar hier nicht in München, aber wir haben trotzdem unseren Spaß.« Er lächelte so, dass sie ihm sofort glaubte. »Ich rufe dich an.«

Prompt klingelte sein Handy, und schon während er sich meldete, merkte Katharina, dass er mit seinen Gedanken bereits ganz woanders war. Er beendete das Gespräch mit einem »Ich bin gleich bei dir« und sagte zu ihr: »Ich muss los. Denk an die Liste, so schnell wie möglich, bitte!«, rief ein »Auf Wiedersehen« in Richtung Küche, wohin Katharinas Mutter verschwunden war, und weg war er.

»Der hat sich aber gut gemacht.« Diese Erkenntnis kam von Anneliese, die sich neben ihre Tochter gestellt hatte. Sie schauten Adrian vom Küchenfenster aus zu, wie er seinen Alfa wendete und in Richtung Zentrum davonfuhr.

»Mama, wir müssen für Adrian eine Liste schreiben, wer alles auf dem Umtrunk gestern Abend war. Unsere Gäste sind alle verdächtig.«

»Ach komm! Das ist sicher nur Routine. Er muss sich doch nur absichern. Von denen bringt doch niemand einen um!«

»Kannst du dir da wirklich sicher sein? Das war gestern ja ein ganz schöner Haufen. Irgendwie hat doch jeder von denen seinen Schlag weg.«

»Katharina! Jetzt hör aber auf!«

»Stimmt doch!« Und wie das stimmte. Sie selbst vergaß Wörter, die man im ersten Jahr des Fremdsprachenunterrichts lernte. Jede Zimmerpflanze, in deren Nähe sie kam, hauchte ihr Leben aus. Sie war Ende dreißig und noch nie verheiratet gewesen. Trotzdem fühlte sie sich im Prinzip völlig normal.

»Denk doch nur mal an Oswaldo.«

Ihre Mutter stöhnte und holte Papier und Stift für die Liste.

# 6

Adrian sah das Grüppchen sofort, als er in den Parkplatz des Wal-Mart einbog. Wenn man außer Acht ließ, dass zwei Personen Polizisten waren und drei Autos, die in merkwürdigem Winkel zueinander geparkt waren, heftige Dellen aufwiesen, wirkte die Szene ganz normal und völlig entspannt. Da waren einfach einige Menschen, die sich unterhielten. So gut, dass lautes Lachen durch die geschlossenen Autofenster zu ihm hineindrang. Adrian konnte sich ein Grinsen nicht verkneifen. Hatte er sie wieder einmal herumgekriegt. Noch bevor er aussteigen konnte, riss sein Vater die Tür auf.

»Das ist mein Sohn, meine Herrschaften, Kriminalhauptkommissar Behringer!« Er sprach den Satz mit drei Ausrufezeichen und legte die Betonung auf »Haupt«.

»Grüß Gott allerseits!« Adrian nickte in die Runde. »Papa, was ist los?«

Joseph Behringer winkte ab. »Nichts Besonderes, Adrian. Du hättest gar nicht kommen müssen. Wir haben das auch so geregelt, nicht wahr, meine Damen?«

Adrian war inzwischen zu den drei Autos gegangen, die die mittlere Zufahrt zu den Parkbuchten versperrten. Bei einem dunkelgrünen BMW war die gesamte Beifahrerseite eingedellt, beim gelben Opel Escort seines Vaters waren vorne und hinten die Scheinwerfer und die Schutzbleche kaputt, und bei einem weißen Ford Mondeo musste wohl das ganze Karosserieblech hinten rechts ausgetauscht werden. Adrian seufzte. Das würde teuer werden. Er wandte sich an Babsi Heinzl, die Polizistin, die ihn angerufen hatte. »Hallo, Babsi. Was ist passiert?«

»Ich würde mal so sagen«, sie konnte ein Grinsen nicht unterdrücken, »sein Temperament und sein Fahrvermögen passen nicht mehr so recht zusammen. Er ist wohl etwas rasant zurückgestoßen und dabei der Frau Papucek«, bei diesem Namen sah sie vorsichtshalber in ihren Notizen nach, »die gerade ebenfalls ausparken wollte, voll in die rechte Seite gefahren. Was die Frau Papucek aber noch mehr geärgert hat, ist die Tatsache, dass sich dein Vater mit einem, ich zitiere, ›nonchalanten Winken‹ aus dem Staub machen wollte. Gleichzeitig ist er vorwärts gefahren und in das nächste Auto gerumst. Das gehört der Frau Schulz.« Sie klappte ihren Block zu. »Sag mal, Adrian, gibt es eigentlich noch eine Versicherung, die deinen Vater nimmt?«

Damit spielte sie auf die Tatsache an, dass dies bereits der achte Unfall innerhalb weniger Monate war.

Adrian holte sein Portemonnaie aus der Manteltasche und suchte die Karte des Versicherungsvertreters. Sie war inzwischen recht abgenutzt. »Wenn er so weitermacht, wird es kritisch. Er ist auf jeden Fall wieder bei hundertfünfundvierzig Prozent.«

»Da wäre ja Taxi fahren langsam billiger«, meinte Babsi. »Hast du mit ihm schon einmal über eine Brille gesprochen?«

»Er hat Augen wie ein Luchs, sagt er, hat er immer gehabt, und daran hätte sich bis zum heutigen Tag nichts geändert.«

»Dass sich die alten Leute so schwer damit tun, Änderungen zu akzeptieren«, sagte sie und schüttelte leicht den Kopf. »Meine Oma lebt immer noch so, als wäre sie auf der Flucht. Neulich wollte sie sich aus einem alten Vorhangstoff ein Kleid nähen.«

Wieder waberte ein Lachen zu ihnen herüber.

»Aber ein Charmeur ist er, dein Vater, das muss man ihm lassen. Die beiden waren auf hundertachtzig. Ein bisschen Schmäh hier und ein Kompliment da, und er hat sie um den Finger gewickelt. Vielleicht sollte er bei uns einmal einen Vortrag über Deeskalationsstrategien halten.«

»Was heißt Strategien?«, sagte Adrian. »Er hat nur eine einzige, und die lautet: Erzähle heitere Geschichten aus deinem Leben.« Davon hatte Joseph Behringer alias Joe Santini, Chef des Santini-Clans, der als »The Miraculous Santinis« mit seiner Schlangenmenschen-Nummer in ganz Europa aufgetreten war, jede Menge auf Lager. Gerade war er dabei, den entzückten Damen die Geschichte von Georges zu erzählen, dem Seiltänzer aus der Schweiz, der nach einem Doppelsalto einen Blumenstrauß aus seiner Jacke zog und Natascha, der reizenden russischen Hundedompteurin, einen Heiratsantrag machte, als er den Blick seines Sohnes auffing. Sofort sammelte er sich und ging zu ihm.

»Adrian, hast du die Karte von unserem Versicherungsmenschen? Ich möchte den Damen gern seine Nummer geben.«

Adrian gab ihm die Karte und überlegte sich, wie viel wohl ein Taxi-Abo kosten würde. Wahrscheinlich weniger als die mittlerweile abenteuerlich hohe Versicherungsprämie.

»Vergiss nicht zu erzählen, dass Georges das Ganze noch viermal gemacht hat«, gab er seinem Vater mit auf den Weg. Dann wandte er sich an Babsi. »Er hat nämlich fünfmal geheiratet, und wie viele Kinder er hat, bleibt ein Geheimnis. Sie sind auf jeden Fall über ganz Europa verteilt.«

»Das ist doch egal«, erwiderte Joseph. »Aber romantisch ist es. Das mögen die Frauen, nicht wahr, Frau Polizistin?«

Babsi sah kurz zu Adrian und meinte: »Ich habe es eigentlich gern etwas handfester.« Mittlerweile hielt Joseph wieder Hof. »Dein Vater ist schon eine Nummer«, sagte sie. »Übrigens, er hat erzählt, dass du der gelenkigste von seinen drei Kindern warst. Stimmt das?«

»Kann schon sein, aber mein kleiner Bruder war auch nicht schlecht«, antwortete er. Um seine Vergangenheit als Zirkuskind rankten sich im Revier die abenteuerlichsten Legenden. Viele davon hatten mit Sex zu tun und damit, welch atemberaubende Dinge er mit seinem Körper anstellen könne. Die Gerüchte würden jedoch schlagartig verstummen, wenn er eines Tages die Röntgenbilder seiner abgenutzten Wirbelsäule ans Schwarze Brett hängen würde. Sie war das einzig Konkrete, das ihm aus dieser Zeit geblieben war. Babsi sah ihn mit einem merkwürdig verträumten Blick an. Adrian hatte eine dumpfe Ahnung, in welche Richtung ihre Fantasien gingen. Er dachte schon daran zu erwähnen, dass das Kamasutra für ihn nicht mehr infrage käme, hielt es dann aber für besser, sich einfach vom Schauplatz zu entfernen.

»Noch eine Bitte, Babsi. Könntet ihr meinen Vater nach Hause bringen?«

»Aber klar doch. Es ist uns ein Vergnügen, nicht wahr Hansi?«

Kollege Hansi nickte.

»Das glaube ich euch.« Ihm war nicht ganz wohl bei dem Gedanken, welche Geschichten sein Vater noch zum Besten geben würde. Und wie Babsi sie interpretieren würde.

Vom Auto aus rief er Tobias im Büro an, doch der hatte noch nichts Wichtiges zu berichten. Der Kabarettbesuch von Thomas Eberhardt wurde von dem anderen Paar bestätigt, und die Haus-zu-Haus-Befragung rund um den Tatort hatte noch nichts ergeben. Adrian hatte das Gespräch gerade beendet, als das Handy wieder läutete. Es war Manfred.

»Was gibt's? Ich denke, du bist unterwegs?«

»Das dachte ich auch, aber die Obduktion wurde auf sieben Uhr abends verschoben. Ich habe also noch etwas Zeit.«

Adrian überlegte kurz. »Lust auf ein Mittagessen? Ich lade dich ein zum Kammermayr. Bei der Gelegenheit können wir den Senior gleich zu Max Eberhardt befragen.«

»Okay, in zehn Minuten bin ich da.«

Adrian grinste und sah auf die Uhr. Da müsste der Gute aber fliegen. Essen und der Wilde Westen, das war das Universum von Manfred. Aber er war auch ein hervorragender Polizist. Der beste Partner, den er je gehabt hatte.

***

Acht Minuten und dreiunddreißig Sekunden später stieg Manfred am Parkplatz des Gasthauses Zum Kammermayr aus dem Auto.

»Ich hoffe, du bist nicht mit Blaulicht gefahren«, begrüßte ihn Adrian.

»Der Bleifuß hat heute gereicht. Lass uns reingehen, sonst halten die hier mein Magenknurren für ein neues Wunder.« Manfred öffnete die schwere Holztür, zog den dunkelroten Vorhang des Windfangs zur Seite und ging voll freudiger Erwartung in den Gastraum. Die Mittagssonne brach sich in den warmen Farben der bleiverglasten Fenster und tauchte den Raum in sanftes Licht. An den Fenstern, die zum Kapellplatz schauten, saß eine übersichtliche Anzahl an Wallfahrern, die bei bayerischer Hausmannskost und leisem Gemurmel die Eindrücke kommerziellen Christentums verarbeiteten.

Ein Fenstertisch war noch frei, und sie ließen sich dort nieder. Nachdem sie bestellt hatten, Adrian gebratene Putenstreifen auf

Salat und eine Apfelschorle, Manfred ein Rindersteak mit Pommes und Salat und ein Radler, sahen sie auf den Platz hinaus.

»Welchen Laden hat Frau Graf eigentlich geerbt?«

Adrian deutete auf den Laden rechts neben dem Hauptportal. »Der dort drüben müsste es sein.« Der altdeutsch geschwungene Schriftzug »Devotionalien und Wallfahrtswaren Burgstaller, ehem. Graf« schimmerte mit angemessener Patina.

»Das sieht ja alles ganz hübsch aus, aber ich kann mir diese Frau nicht da drin vorstellen«, sagte Manfred.

Adrian stellte sich diese Frage zum ersten Mal und kam zu dem gleichen Ergebnis. »Da ist was dran. Aber sie muss es ja nicht so lassen.«

»Was macht sie eigentlich beruflich?«

»Nennt sich Marketing Communication.«

»Was soll das denn sein?« Die Bedienung hatte die Getränke gebracht und Manfred trank sein Glas sofort zur Hälfte leer.

»Das soll sie dir am besten selbst erklären. Ich habe sie ins Irish Pub eingeladen.«

»Ins Irish Pub?« Manfred lachte auf. »Mann oh Mann, da hat sie sicher vor Rührung gleich zu weinen angefangen.«

»Täusch dich nicht. Sie mag Bier.« Adrian wickelte sein Besteck aus der Serviette. »Außerdem geht es zwischen mir und ihr nicht um Romantik. Bei dir scheint es etwas anders zu sein.«

Ein leichte Röte überzog Manfreds Gesicht. »Wann seid ihr im Pub?«

»Ich sage dir Bescheid. Sie stellt uns übrigens eine Liste zusammen.«

»Was für eine Liste?«

»Mit den Namen aller Gäste, die am Abend der Tat in ihrem Laden zu einer Art Trauerumtrunk zu Ehren ihrer verstorbenen Tante eingeladen waren. So wie es aussieht, sind die Herrschaften alle rund um den Zeitpunkt aufgebrochen, an dem Max Eberhardt gestorben ist.«

»Der Laden liegt um die Ecke.«

»So ist es.«

»Schwer vorstellbar, dass niemandem etwas aufgefallen ist.«

»Das sehe ich auch so«, meinte Adrian. »Schön langsam erweitert sich der Kreis derjenigen, die etwas zu sagen haben könnten.«

»Und der Kreis derjenigen, die sich bald satt und zufrieden nach hinten lehnen.« Hocherfreut sah Manfred der Bedienung zu, wie sie den Teller mit dem saftig glänzenden Steak und den dampfenden Pommes frites vor ihn hinstellte.

Eine Viertelstunde später kam die Bedienung wieder, um abzuräumen. »Wünschen die Herren noch etwas, eine Nachspeise, einen Kaffee?«

»Nein danke«, antwortete Adrian. »Wenn Sie mir bitte die Rechnung bringen würden. Und dann hätten wir gern den Herrn Kammermayr gesprochen.«

»Junior oder senior?«

»Den Senior.«

»Wenn Sie kurz warten, ich hole den Chef sofort.«

Ungefähr zwei Minuten später kam sie wieder, mit einem älteren Herrn in Kochjacke im Schlepptau.

»Kammermayr, grüß Gott. Sie wollten mich sprechen?«

Beide zückten ihre Dienstausweise. »Wegen dem Eberhardt?« Auf das Nicken der Kommissare drehte er sich um und winkte sie zu sich. »Dann müssen Sie mit in die Küche kommen, denn wenn ich meinen Sauerbraten nicht fertig mache, gibt es heute Abend nichts zu essen. Heute ist nämlich unser Sauerbraten-Tag.«

»Ach, davon habe ich schon gehört«, sagte Manfred. »Ihr Sauerbraten ist ja im ganzen Landkreis bekannt.«

»Ein Rezept von meiner Mutter«, bekannte Kammermayr nicht ohne Stolz.

»Sie sind also der Koch hier?«, fragte Adrian.

»Nicht mehr, das habe ich schon vor Jahren an meinen Schwiegersohn übergeben.« Er deutete auf einen schlanken, himmellangen Burschen, der auf der anderen Seite der Küche mit zwei anderen Männern beschäftigt war. »Der Sauerbraten ist das Einzige, was ich mache. Ansonsten ist er der Chef in der Küche. Aber ich habe so viele Stammgäste, die einmal in der Woche nur deswegen kommen, und die will ich nicht enttäuschen. Außerdem macht es Spaß. Ich habe schon mal ein Jahr lang nichts gemacht, aber das war nichts für mich. Seit ich hier wieder mitmische, geht es mir wieder gut. Arbeit hält jung.«

»Ihren Schwiegersohn lassen Sie nicht an den Sauerbraten ran?« Adrian betrachtete die appetitlich aussehenden Fleischstücke.

»Natürlich probiert er es, aber er kriegt es nicht so hin. Das fuchst ihn ungemein.« Er kicherte, jedoch ohne jede Boshaftigkeit. »Das Rezept kenne nur ich. Er kriegt es, wenn die Zeit gekommen ist.«

»Das kann aber schneller sein, als man denkt, wie man an Herrn Eberhardt sieht«, bemerkte Adrian.

Sanft bettete Kammermayr ein Bratenstück in den großen Schmortopf, in dem bereits zwei andere Fleischstücke lagen. »Gut, dass man es nicht vorher weiß.« Liebevoll arrangierte er die drei Braten und verteilte darüber eine Gewürzmischung aus einem Plastikgefäß, das er mit einer gewissen Verstohlenheit aus seiner Schürzentasche holte.

Adrian deutete auf die bräunliche Mischung. »Ist das das Geheimnis?«

Kammermayr nickte. »Unter anderem.« Er sah Adrian in die Augen. »Behringer heißen Sie?« Er verschloss die Dose sorgfältig. »Sind Sie der Sohn vom Joseph, dem Artisten?«

Adrian nickte.

»Das ist vielleicht ein Hund. Der hat uns immer wunderbar unterhalten mit seinen Zirkusgeschichten.« Er wandte sich zu Manfred. »Kennen Sie den Vater vom Herrn Behringer?«

Manfred sah einen Moment lang so aus, als wolle er nein sagen, um eine neue Version von Behringer senior zu erfahren, besann sich aber wohl eines Besseren. »Ja, ich habe ihn schon ein paarmal getroffen.«

»Wie geht es ihm denn? Er war schon lange nicht mehr hier, der Joseph.«

»Wie es einem halt so geht mit über siebzig«, antwortete Adrian. In Altötting kam er anscheinend an seinem Vater nicht vorbei. Aber er war schließlich nicht hier, um über ihn zu plaudern. »Herr Kammermayr, wir haben erfahren, dass Herr Eberhardt Mitglied Ihres Stammtisches war.«

Kammermayr nickte in seine Bratenpfanne hinein. »Freilich. Zwei- bis dreimal die Woche ist er gekommen. Dienstag, Donnerstag und manchmal auch noch am Sonntag. Wenn ihn seine Gefährtin gelassen hat.«

Adrian horchte auf. Endlich. »Er hatte also eine Gefährtin?« Das Wort gefiel ihm.

»Freilich. Die Eleonore.«

»Kennen Sie auch ihren Nachnamen?«

»Binder.«

»Hatte diese Frau Binder etwas gegen seine Besuche hier?«

»Ich glaube an sich nicht, nur am Sonntag gab es manchmal Schwierigkeiten. Sie wollte immer etwas unternehmen. Wie Frauen halt so sind.«

»Sind Sie auch verheiratet?«

Er schüttelte den Kopf. »Witwer. Meine Frau ist vor fünf Jahren gestorben. Im Urlaub in Tunesien. An Hitzschlag. Ich wäre ja nie dorthin gefahren, aber die Frauen …«

»… müssen halt immer was unternehmen«, ergänzte Manfred und nickte verständnisvoll. »War Herr Eberhardt gestern Abend auch hier?«

»Logisch. Der fehlt eigentlich nie. Da muss er schon krank sein.«

»Mit wem war Herr Eberhardt denn gestern zusammen?«, fragte Adrian.

»Da brauche ich gar nicht lange überlegen. Das ist immer die gleiche Runde: der ehemalige Landrat Sommer, der Moosmüller, der war mal Rechtsanwalt, und der Fink vom Autohaus.

»Und Sie setzen sich immer mit dazu?«

»Ja, wenn ich Zeit habe.«

»Hatten Sie gestern Zeit?«

»Ja, gestern war es ruhig.«

»Und? Ist Ihnen irgendetwas aufgefallen?«

Kammermayr überlegte und schüttelte leicht den Kopf. »Eigentlich nicht, es war alles wie immer. Aber er ist früher gegangen als sonst.«

»Aha. Wissen Sie noch wann genau das war?«

»Ja, ungefähr Viertel nach neun. Da ist er auf einmal aufgestanden und hat gesagt, er müsse jetzt gehen.«

»Sie haben auf die Uhr gesehen?«

»Ich nicht, der Sommer hat seine Taschenuhr herausgezogen und ihn ein bisserl aufgezogen, ob er nicht länger Ausgang hat.«

»Wie hat Herr Eberhardt darauf reagiert?«

»Schmarrn, hat er gesagt. Sonst nichts.«

»Wie lange sind denn die anderen Herren geblieben?«

»Bis kurz vor Mitternacht. Wir waren die Letzten.«

»War Herr Eberhardt nervöser als sonst oder grantiger?«

Kammermayr seufzte. »Was Sie alles wissen wollen.«

»Herr Kammermayr«, Adrian sah den alten Herrn ernst an, »wir müssen einen Todesfall aufklären, und so wie es aussieht sind Sie einer der Letzten, die Herrn Eberhardt noch lebend gesehen haben.«

Kammermayr wischte sich mit dem Ärmel über das gerötete Gesicht. »Sie haben ja recht. Wissen S', die Männer kommen her, trinken ihr Bier, essen ein bisserl was und reden ein bisserl was. Manchmal ist einer ein wenig grantig, aber da fragt man doch nicht nach, warum er grantig ist. Das sind doch Weibersachen. Die wollen immer alles wissen. Warum, wieso, weshalb. Wenn einer bei uns grantig ist, dann ist er es halt, und dann lassen wir ihn in Ruhe. Deshalb geht man doch in ein Wirtshaus, dass man unter Leuten ist und seine Ruhe hat.«

»Aber Sie haben etwas gemerkt?«

Er nahm einen tiefen Schluck aus einem Weißbierglas. Der Adamsapfel unter seiner pergamentenen Haut tanzte auf und ab, und Adrian spürte förmlich, wie das kalte Bier den erhitzten Körper kühlte. Langsam setzte Kammermayr das Glas ab und wischte sich den Schaum vom Mund. »Er war seit einiger Zeit ein wenig ruhiger als sonst, hat nicht mehr so bei unseren Spaßettln mitgemacht. Aber sonst? Nein.«

Wieder wischte er sich mit dem Ärmel über die Stirn. »Heiß ist es hier drinnen. Wollen Sie auch ein Bier? Oder etwas ohne Alkohol?«

Er musterte sie mit seinen wasserblauen Augen, und als sie den Kopf schüttelten, heftete er seinen Blick auf Manfred. »Junger Mann, Sie schauen dauernd so hungrig auf das Fleisch. Ich gebe Ihnen was mit.«

Manfred strahlte. Adrian war fassungslos. Dieser Kerl konnte wahrscheinlich eine ganze Kuh im Magen haben und würde trotzdem immer und überall etwas zu essen abstauben.

Kammermayr schnitt ein großzügiges Stück vom Braten ab und legte es in einen kleinen Topf. »Den lassen Sie jetzt ungefähr zwei Stunden lang schmoren, Sie wissen doch hoffentlich, wie das geht?« Er sah Manfred streng an. »Ihr jungen Leute habt's ja keine Ahnung mehr vom Kochen, es muss ja alles schnell gehen heutzutage. Und ganz wichtig: immer wieder mit Flüssigkeit aufgießen.«

»Welcher?«

»Wasser oder Wein.«

»Danke, Herr Kammermayr.«

»Den Topf krieg ich aber wieder zurück.«

»Ehrensache, Herr Kammermayr, ich bin doch Polizist.«

»Nichts für ungut, Herr Kommissar, aber hören Sie mir bloß mit der Ehre auf. Die gibt's doch heutzutage nicht mehr.«

»Würden Sie sagen, dass Herr Eberhardt ein ehrenwerter Mann war?«, fragte Adrian.

»Nicht anders als Sie oder ich, Herr Kommissar.«

***

Adrian war kein esoterischer Typ, aber wenn es ein Wort gab, das Eleonore Binders Aura angemessen beschreiben konnte, dann war es Feuer. Das lag nicht nur an ihren von einem offensichtlich teuren Friseur rot gefärbten Haaren, die zu einer lässigen Kurzhaarfrisur gefönt waren. Auch nicht an dem rostbraunen Strickensemble aus Hose und bis zu den Waden reichender Jacke, unter der sie eine cremefarbene Seidenbluse trug. Es waren ihre Augen, mandelförmig und dunkelbraun, die ihn mit lodernden Blicken musterten. Früher hätte man sie wahrscheinlich als Hexe verbrannt, dachte Adrian fasziniert. Max Eberhardt hatte sich also entgegen des Klischees keine junge Geliebte gesucht, sondern war in seiner Altersklasse geblieben. Adrian schätzte sie auf Ende sechzig, aber sie wirkte nicht wie eine Frau, die vergessen hatte, eine Frau zu sein.

»Frau Binder?«, fragte er.

»Ja?« Sie nickte und bedachte ihn mit einem kühlen Lächeln. Dabei musterte sie ihn von oben bis unten.

»Kriminalhauptkommissar Behringer.«

Sie zog die Augenbrauen hoch. »So hoher Besuch? Und was wollen Sie von mir? Geht es um die Russen hier im Haus?«

»Es geht um Herrn Eberhardt.«

»Oh.« Sie runzelte die Stirn, und für Sekunden verriet das glatt geschminkte Gesicht sein wahres Alter. »Aber was habe ich damit zu tun? Nun gut, kommen Sie herein.«

Sie führte Adrian in das Wohnzimmer, das ganz in Weiß gehalten war und einen beruhigenden Gegenpol zu ihrer Erscheinung bildete.

»Bitte, setzen Sie sich. Möchten Sie etwas trinken?«

»Nein danke, aber ich nehme gerne Platz. Sie wissen, was mit Herrn Eberhardt passiert ist?«

Eleonore Binder nickte. »Hat ihn wirklich jemand gestoßen?«

»Ja.«

»So, so«, murmelte sie und schüttelte leicht den Kopf. In ihren Augen lagen Ungläubigkeit und noch etwas, das Adrian nicht einordnen konnte, ihn jedoch irritierte.

»Frau Binder, Sie waren doch die Lebensgefährtin von Herrn Eberhardt –«

»Was erzählen Sie denn da«, unterbrach sie ihn. »Da waren Ihre Informanten wohl nicht auf dem neuesten Stand.« Ihre Stimme troff vor Ironie. »Ich habe mich von ihm getrennt.« Sie verzog den Mund zu einem spöttischen Lächeln. »Dass Max das nicht herumerzählt hat, wundert mich nicht. Das hätte seiner Männlichkeit einen schweren Schlag versetzt.«

Damit hatte sie offenbar recht. Kammermayr zumindest hatte nichts davon gewusst. »Und wann haben Sie sich von ihm getrennt?«, fragte Adrian.

»Letzte Woche.«

»Darf ich fragen, warum?«

Sie warf ihm einen abschätzigen Blick zu. »Ich wüsste nicht, wozu Sie das für diesen Fall wissen müssten. Aber egal. Max und ich waren wohl beide zu eigensinnig, um uns in unserem Alter noch so stark aufeinander einzulassen.«

Ungenauer ging es wohl kaum. Aber Adrian war klar, dass diese Frau im Moment nicht mehr preisgeben würde. »Wann haben Sie Herrn Eberhardt zum letzten Mal gesehen?«

»Gestern. Leider.«

»Wie darf ich das verstehen?«

»Max hat gestern noch ein paar Sachen abgeholt und wollte, dass ich es mir noch einmal überlege. Aber vorbei ist vorbei. Aufgewärmte Sachen taugen nichts. Oder, Herr Hauptkommissar?« Sie sah ihn auffordernd an, doch Adrian verzichtete auf einen Kommentar. Auf sein Schweigen reagierte Eleonore Binder mit einem süffisanten Lächeln.

»Frau Binder, um welche Uhrzeit war Herr Eberhardt gestern hier?«

»Gegen halb drei. Ich war gerade nach Hause gekommen, aus Burghausen. Ich war dort mit einer Freundin essen. Max blieb nicht lang.«

»Wie lang?«

»Vielleicht eine Viertelstunde.«

»Und danach haben Sie ihn nicht mehr gesehen?«

»Nein.«

»Als Sie noch ein Paar waren, hat Herr Eberhardt hier bei Ihnen gelebt? Seine Wohnung wirkt etwas unbewohnt.«

Sie nickte wissend. »Kennen Sie einen alten Mann, der allein lebt und eine schöne Wohnung hat?« Sie zündete sich eine Zigarette an. »Diese Generation hat sich doch immer auf die Frauen verlassen. Das wird, so hoffe ich, langsam besser.« Sie lehnte sich mit übereinandergeschlagenen Beinen zurück. »Ich war nur einmal in seiner Wohnung, das hat mir gereicht.«

Adrian sah sich um und konnte sie verstehen. Diese Wohnung war in allem das genaue Gegenteil der Wohnung von Eberhardt. Hier war alles lichtdurchflutet, von den hellen Stoffen bis zu den bunten Aquarellen an der Wand, selbst die Alpen, die man im Hintergrund erkennen konnte, wenn man aus dem Dachterrassenfenster blickte, glitzerten mit ihren Schneegipfeln wie zarte Kristalle.

»Sie haben hier also nicht mit Herrn Eberhardt zusammengelebt?«

Sie hatte den letzten Zug tief inhaliert und blies langsam den Rauch aus. Ihre Hände zitterten ein wenig. »Wissen Sie, wir hatten etwas, was man ein ›gschlampertes Verhältnis‹ nennt. Er war oft hier, natürlich auch über Nacht, manchmal auch ein paar Tage hintereinander, aber gewohnt hat er hier nicht.«

»Wie lange bestand das Verhältnis zwischen Ihnen und Herrn Eberhardt?«

Ihre Antwort kam sehr schnell. »Eineinhalb Jahre.«

»Haben Sie eine Ahnung, was Herr Eberhardt nachts im Kreuzweg wollte?«

Sie schüttelte heftig den Kopf. »Absolut nicht. Max ist höchstens an Weihnachten in die Christmette gegangen.«

»Hatten Sie eigentlich Kontakt zu Herrn Eberhardts Kindern?«

Sie wandte den Kopf zum Fenster und sah hinaus. »Nein. Ich wurde nie offiziell in die Familie eingeführt.«

Adrian beobachtete sie. Eleonore Binder wirkte unangenehm berührt. Ein unbekanntes Anhängsel nach einer eineinhalbjährigen Beziehung? Kein Wunder, dass Bitterkeit in ihrer Stimme mitklang.

»Wo waren Sie gestern Nacht zwischen neun und elf?«

»Ab neun? Da war ich hier.«

»Alleine?«

»Ich bin frisch getrennt, mein lieber Herr Kommissar.«

Adrian ging ihre Koketterie auf die Nerven. Außerdem, vielleicht war er in diesem Punkt etwas konservativ, fand er ein solches Verhalten bei einer Frau dieses Alters unpassend.

»Wann haben Sie von seinem Tod erfahren?«

»Heute früh. Eine Freundin hat mich angerufen.«

»Gut, ich denke, das wäre es einstweilen, Frau Binder.« Er erhob sich aus dem Sessel.

»Behringer ist Ihr Name, nicht wahr?« Sie fuhr sich durch die Haare. »Sagen Sie bloß, Sie sind aus der Artistenfamilie rund um den Joseph?«

»Ich bin einer der drei Söhne.«

Sie lächelte und hatte diesen sanften Ausdruck in den Augen, den die meisten älteren Menschen bekommen, wenn sie an die Vergangenheit denken.

»Für Sie war die Zirkusluft wohl nichts?«

»Für meine Brüder auch nicht.«

»Schade. Ihr Vater war eine Augenweide. Diese Körperbeherrschung …« Ihre Stimme bekam einen sanften Schmelz. »Auch wenn Sie nicht in seine Fußstapfen getreten sind, das gute Aussehen hat er Ihnen vererbt.«

Ob Eleonore Binder mit jedem männlichen Wesen so plump flirtete? Doch vielleicht hatte das Max Eberhardt gar nicht gestört. Denn der hatte sich sowieso anderswo schadlos gehalten. Das bewiesen die Kondome in seinem Badschrank.

# 7

Der Anruf, mit dem alles begonnen hatte, war kurz und knapp gewesen.

»Halten Sie sich übernächsten Mittwoch und Donnerstag schon einmal frei«, hatte Frau Riemann, die Sekretärin des Chefs am Telefon gesagt. »Ein Treffen mit allen Vertriebschefs Europas in Knokke. Dr. Merx braucht Sie zum Dolmetschen.«

Knokke im Januar. Belgische Kanalküste. Ging es noch trister? Wieso nicht wenigstens das Mittelmeer? Katharina hatte Überstunden machen müssen, um mit ihren anderen Projekten, einer Fotoproduktion mit einem zickigen Männermodel für die Kundenzeitschrift und den Texten für eine neue Anzeigenserie, rechtzeitig fertig zu werden. Viele Überstunden. Und für was? Um sich blöde Vertreterwitze und langweilige Absatzzahlen anzuhören und dann noch diese grauenhaften Muscheln mit Pommes essen zu müssen, die der Chef so liebte. Wenn sie vor lauter Dolmetschen überhaupt zum Essen kam. Völlig überreizt und mit einem Kopf, der vor lauter Tabletten zwar nicht geschmerzt, sich aber merkwürdig entrückt angefühlt hatte, war sie in Knokke gelandet. Und dann stand sie neben dem humorig vor sich hinparlierenden Chef auf der Bühne vor dem Fachpublikum und rang mit den Worten. Sie konnte noch immer kaum glauben, dass ihr selbst banalste Vokabeln nicht einfallen wollten. Zu allem Unglück trug sie auch noch ein rotes Kostüm, damit sie auch ja niemand übersehen konnte. Irgendwie war es ihr gelungen, sich mit Umschreibungen aus der Affäre zu ziehen, aber Merx war misstrauisch geworden. Gedächtnislücken durch Burn-out, hatte sie danach in einer Zeitschrift gelesen.

Katharina seufzte. Burn-out. Sie hatte sich in den Beschreibungen wiedererkannt. Perfektionismus. Nicht Nein sagen können. Es allen recht machen wollen. Sie konnte seitdem nicht mehr richtig schlafen, wachte mitten in der Nacht mit klopfendem Herzen auf. Am liebsten hätte sie sich manchmal eine Decke über den Kopf gezogen, um für die anderen nicht mehr da zu sein. Verdammt. Auch jetzt kreisten ihre Gedanken wieder um den peinlichen Zwischenfall, und Nervosität kroch in ihr hoch. Würde das etwa immer so weitergehen, dass sie nicht mehr abschalten konnte? Selbst am Schreibtisch in ihrem Jungmädchenzimmer, wo sie einfach nur ein altes Vokabelheft durchblätterte, das sie in der Schublade gefunden hatte? Genervt warf sie das Heft in die Ecke. Sie sollte sich lieber mit ihrer Zukunft befassen. Entschlossen zog sie die Schublade wieder auf und suchte zwischen alten Buttons mit sanft feministischen Slogans und antik anmutenden Aufklebern von Duplo und Hanuta nach einem Block. Sie fand nur einen kleinen mit Siebzigerjahre-Blumenmuster auf dem Deckblatt, dessen rosarote Blätter am Rand zu einem milchigen Graubeige vergilbt waren. Die ersten zwei Blätter waren mit Notizen gefüllt, die sich größtenteils darum drehten, wer mit wem wann in die Eisdiele ging und welche Jungs gerade besonders gefragt waren. Ab und zu tauchte auch ein »Adrian« auf, immer mit einem umringelten »Seufz!« dahinter. Katharina grinste. Wie herrlich dramatisch war man nur in der Pubertät! Sie riss zwei Blätter aus dem Block und legte sie nebeneinander. Auf das linke schrieb sie ein großes Pluszeichen für alles, was für die Erbschaft sprach, auf das rechte Blatt ein Minuszeichen. Sie begann zu schreiben und forderte ihr Unterbewusstsein auf, ihr ein wenig die Hand zu führen. Nach ein paar Minuten stand unter dem Plus ein Satz: Endlich kein Chef mehr! Bei Minus war ihr wesentlich mehr eingefallen: Keine Erfahrung – kein Interesse an kirchlicher Thematik – Kleinstadt – Oswaldo?! – kein Urlaub – will keine Kneipenmutti werden! Ein unbefriedigendes Ergebnis, wie sie fand. Vielleicht wäre es das Beste, gleich zum Amtsgericht zu fahren und das Erbe auszuschlagen. Dann fiel ihr wieder Knokke ein. War die Erbschaft wirklich ihre Chance, solch deprimierenden Erfahrungen ein für alle Mal zu entkommen? Katharina knüllte die beiden Zettel zusammen und stand auf. Sie brauchte dringend Hilfe von außen. Von Pia. Die war schließlich ihre beste Freundin, unvoreingenommen und ehrlich, verrückt und vernünftig zugleich. Sie würde jetzt zum Laden radeln, ein paar Fotos machen, sie Pia als E-Mail schicken und sie dann um ihre Meinung bitten. Katharina überlegte, ob es Pia wohl eine Hilfe wäre, wenn Sie ein Foto von Oswaldo mitschickte.

***

Der Laden war geschlossen. Das überraschte Katharina positiv, ein solches Ausmaß an Pietät hätte sie Oswaldo nicht zugetraut. Auch Herr Maillinger stand entgegen seiner sonstigen Angewohnheit nicht vor seiner Ladentür, und so nutzte sie die günstige Gelegenheit, eine Außenaufnahme zu machen. Nachdem sie das Geschäft mal mit, mal ohne Kirche geknipst hatte, sperrte sie auf und machte Fotos von der Inneneinrichtung. Es war interessant, wie sich die Wahrnehmung eines Objektes durch den begrenzten Ausschnitt eines Fotoapparates änderte. Sie hatte den Laden mit seiner altmodischen Aura schon immer geschätzt, aber erst jetzt fiel ihr auf, wie schön das Holz gemasert war und welch harmonische Formen die Regale besaßen. Und erst die seidig schimmernde Theke mit ihren weiblichen Kurven – ein Traum. Es wäre ein Jammer, wenn das alles jemandem wie Maillinger in die Hände fallen würde. Ein ernstes Gespräch mit Oswaldo war überfällig. Warum eigentlich nicht sofort? Sie würde ihn besuchen. Mal sehen, was er zu Hause so trieb, der Kräuterguru aus Altötting.

***

Von außen sah das Haus genauso unauffällig aus wie immer. Nur nicht so geschniegelt wie zu der Zeit, als Oswaldos Stiefvater, ein Finanzbeamter, noch lebte. Dem Putz hätten selbst nach Katharinas in dieser Hinsicht eher lässigen Einstellung ein paar Kübel frischer Farbe gutgetan, und der Garten wirkte sehr biologisch-dynamisch, nach dem Motto »Wir lassen der Natur freien Lauf«. Das verdreckte Kinderfahrrad, das vor dem Eingang lag, vervollständigte diesen Eindruck. Katharina hatte schon gehört, dass Oswaldo den ersten Stock des Hauses vermietet hatte. Laut Namensschild an eine Familie namens Niemand. Das Kind tat ihr jetzt schon leid, wenn es in die Schule kam. »Hier kommt der Niemand!« Dann schon lieber Gräfin, auch wenn sie das immer gehasst hatte. Sie klingelte. Gerade als sie ein zweites Mal auf den Klingelknopf drücken wollte, hörte sie Schritte. Sekunden später öffnete Oswaldo die Tür.

»Katharina! Mit dir hätte ich nicht gerechnet.«

Er war also überrascht, aber Katharina war es auch. Seine Ärmel waren hochgekrempelt, und er erweckte den Eindruck, als sei er mit so etwas Ähnlichem wie Arbeit beschäftigt. Vielleicht sollte ich nicht so gehässig sein, dachte Katharina. Und ungerecht. Auch das wäre typisch für Burn-out. Wir sind inzwischen beide erwachsen, haben uns beide verändert, und ich werde mich jetzt ganz unvoreingenommen mit ihm unterhalten.

»Störe ich dich?«, fragte sie. »Normalerweise rufe ich immer vorher an, wenn ich jemanden besuche, aber das war eine ganz spontane Eingebung.«

»Jetzt hör schon auf, dich zu entschuldigen! Du gehörst ja schließlich zur Familie. Außerdem störst du nicht.« Er winkte sie in den Flur, den Katharina noch genau so aus ihrer Kindheit in Erinnerung hatte, komplett mit dem berühmten grünen Post-Telefon aus den Siebzigern. Alles wirkte sehr sauber, und es roch stark nach Putzmittel.

»Das war Mira. Sie hat wieder einmal etwas zu viel Reinigungsmittel benutzt.«

Konnte Oswaldo Gedanken lesen? Wieso wusste er, was ihr gerade durch den Kopf ging? Sie hatte doch nicht wie ein Hund herumgeschnüffelt! »Mira Wagenscheidt?«

»Ja, sie kommt einmal die Woche und putzt.«

»So wie ich sie einschätze, macht sie das für dich umsonst.«

»Dafür muss sie für den Spanischkurs nichts bezahlen.«

»Kein schlechter Handel. Oswaldo, ich wollte mit dir über den Laden reden.«

»Gut.« Er sah sie interessiert an. Versuchte wohl, irgendetwas aus ihrer Miene herauszulesen. »Ich hoffe, du hast nichts dagegen, wenn wir in den Keller gehen. Ich bin gerade dabei, etwas Neues auszuprobieren.«

»Kein Problem«, meinte Katharina und roch durch die chemische Keule des Putzmittels hindurch, dass das Neue von Oswaldo etwas mit Kräuterschnaps zu tun haben musste. Je tiefer sie die

Treppe hinunterstieg, desto intensiver wurde das Aroma, eine Mischung aus Gewürzen, Kräutern und Alkohol.

Sie wusste nicht, was sie erwartet hatte – Opa Munsters Hexenküche? –, aber sicher nicht diesen laborähnlichen, klinisch rein wirkenden Raum. Er war so hell beleuchtet, dass sich die Altöttinger Fußballmannschaft glücklich schätzen würde, so eine Flutlichtanlage zu besitzen. Auf dem großen Tisch, der in der Mitte des Raumes stand, lagen Bündel verschiedenster Kräuter, eine Apothekerwaage, Siebe, Messer in verschiedenen Größen, Dutzende Glasgefäße von groß bis klein, Trichter, Gummischläuche und Filtertüten.

»Du scheinst deine Kräuterforschung richtig ernsthaft zu betreiben«, sagte Katharina. Zumindest musste sie sich um die hygienische Unbedenklichkeit der Produkte wohl keine Sorgen machen.

»Das hast du mir nicht zugetraut, was?«

Bevor ihr etwas herausrutschte, nahm sie ein Bündel Kräuter und hielt es sich unter die Nase. Sie musste sofort niesen. Als sie das Kraut zurück auf den Tisch fallen ließ, stach sie sich in den Zeigefinger. »Was ist denn das?«, rief sie empört. »Und Stacheln hat es auch noch!«

»Sarsaparille.«

»Danke, jetzt weiß ich Bescheid.« Sie nieste zweimal hintereinander. »Was ist das für ein Zeug?«

»Die Azteken nannten sie Syphilisblume. Oder *nanahua-xochitl*.«

»Nett, und das willst du den Wallfahrern in den Schnaps geben?«

»Ich experimentiere gerade damit. Bei den Andenindianern ist es ein Allheilmittel. Regelt von der Blutreinigung bis zur Höhenangst so ziemlich alles.«

»Übernimmst du dich da nicht ein bisschen?« Sie steckte sich den Zeigefinger in den Mund, um den kleinen Blutstropfen abzulecken.

»Wieso?«

»Ich denke da an Risiken und Nebenwirkungen. Sollte man nicht pharmazeutische Kenntnisse besitzen, wenn man mit so etwas Exotischem arbeitet? Wo hast du das Kraut überhaupt her? Ist das bei uns erlaubt?«

»Du kannst dich abregen, es ist legal. Das gibt es sogar in der Apotheke.«

»Da bekommt man auch Arsen.«

»Sie kommt aus Südamerika.« Oswaldo öffnete ein großes Einweckglas, das auf einem kleinen Blumenständer stand. Auf dem Boden waberte eine schlammähnliche Masse, darüber lag still und rein eine bernsteinfarbene Flüssigkeit.

»Diese Syphilispflanze haben sich die Spanier nach der Entdeckung wahrscheinlich gleich unter den Nagel gerissen«, sagte Katharina. »Es soll damals ja ziemlich locker zugegangen sein.«

»Stimmt«, murmelte Oswaldo. »Die Pflanze hat sich im alten Europa ziemlich schnell unter den Medizinern verbreitet. Gib mir doch bitte eines von den Gläsern, die neben dir stehen.«

Katharina schob ihm eines hin. Er stellte es neben das große Glas auf den Tisch. Dann nahm er einen Gummischlauch und steckte ihn in das große Glas. Das andere Schlauchende nahm er in den Mund und saugte die Flüssigkeit an. Bevor sie seinen Mund erreichte, zog er den Schlauch heraus und hielt ihn in das kleinere Einweckglas. Die klare Flüssigkeit konnte nun hineinlaufen.

»Was machst du da?«, fragte Katharina.

»Das nennt man Abziehen. Vor ein paar Wochen habe ich eine Kräutermischung mit Alkohol angesetzt. Die festen Stoffe haben sich unten abgesetzt, und jetzt fülle ich die klare Flüssigkeit ab.«

»Ist das dann schon der fertige Schnaps?«

»Nein, der muss noch verfeinert und abgeschmeckt werden. Aber du kannst gerne probieren.«

»Nein danke«, lehnte Katharina ab. Irgendwie sah das noch zu sehr nach menschlichen Ausscheidungen aus. »Und was passiert mit den Kräutern, werden die weggeworfen?«

Oswaldo schüttelte den Kopf. »Nein. Die kommen in ein Seihtuch und werden ausgedrückt. Was dann noch rauskommt, wird gefiltert und kommt dann zum Ansatz dazu.«

»Das macht dir Spaß, nicht wahr?«

Er nickte. »Ja. Und ich kann dir sagen, die alten Rezepte haben es wirklich in sich. Aber ich will etwas Neues machen, denn einen eigenen Kräuterschnaps und Likör hat doch fast jedes Gasthaus. Ich plane Kräutergetränke mit indianischen Substanzen.«

»Indianische Kräuterschnäpse direkt neben dem Haupteingang der Pfarrkirche? Finsterste Naturmedizin gegen unsere katholische Kirche?«

»Wieso nicht? Die Zeiten haben sich geändert, und der Pfarrer ist einer meiner größten Fans.«

»Jetzt wird mir einiges klar! Deshalb kam er mir bei der Beerdigung schon etwas beschwipst vor.« Sie roch an der Flüssigkeit, die Oswaldo gerade abgezogen hatte. »Sehr natürlich« war noch das freundlichste Wort, das ihr dazu einfiel. »Grundsätzlich finde ich deine Idee gar nicht so schlecht. Denn eines steht fest: Sollte ich bei der ganzen Sache einsteigen, könnte ich auf keinen Fall Rosenkränze und den ganzen Kram verkaufen. Wir müssten das Sortiment schon gewaltig verändern.«

Er sah sie misstrauisch an. »Wieso denn? Der Laden läuft gut. Du wirst sehen, man kann sich an vieles gewöhnen.«

»Ich bin doch nicht einmal mehr in der Kirche. Es muss doch Alternativen geben.

»Komm doch einfach morgen in den Laden und übe.«

»Du willst morgen aufmachen?«

»Na klar, morgen kommen doch die Sensationstouristen. Heute hätte es sich noch nicht gelohnt. Die Einheimischen kaufen ja nichts.«

Hatte sie ihm tatsächlich so etwas Edles wie Pietät zugetraut? Sie staunte über ihre eigene Gutgläubigkeit. Wahrscheinlich war das Edelste an ihm seine Sammlung von Alkoholika, die in unterschiedlichsten Entwicklungsphasen in diesem Hobbylabor gelagert waren. Doch Oswaldo holte zum nächsten Schlag aus: »Ach, da fällt mir ein, du hast ja den toten Eberhardt gefunden. War es schlimm?«

Nein, Pietät war nichts, was dieser Mensch auch nur ansatzweise zu seinem Repertoire zählen konnte. Sie schüttelte den Kopf und wechselte das Thema. »Kannst du dich noch an Adrian erinnern?«

»Adrian, Adrian …«

»Jetzt tu nicht so, es gab doch nur einen.«

»Meinst du diesen Zirkusheini, der in Sport immer so eine Show abgezogen hat?«

Hierzu musste man wissen, dass bei Oswaldo jeder eine sportliche Show abzog, der schneller als ein zweijähriges Kind ging. »Ich fand das immer toll. Aber genau der ist es. Er ist inzwischen Hauptkommissar und untersucht den Fall. Er wird sich bei dir melden, du stehst nämlich auf der Liste.«

»Liste? Auf welcher Liste?«

»Der Liste derjenigen Personen, die auf unserem Trauerumtrunk waren. Die sind nämlich alle potenziell verdächtig, weil –« Katharina hörte auf zu sprechen, denn Oswaldo starrte sie an wie vor den Kopf geschlagen.

»Oh, oh«, murmelte er.

»Was ist?«, fragte sie. »Warst du es?«

»Schmarrn«, erwiderte Oswaldo. »Unsere Gäste doch auch nicht. Aber die Eleonore … Und dann die anderen …«

»Die Binder? Wieso die?«

»Die war die Freundin von deiner Leiche.«

»Freundin im Sinne von Verhältnis?«, hakte Katharina nach.

Oswaldo nickte.

»Oh, oh.«

»Eben. Hoffentlich schießt sich dein Adrian nicht auf sie ein. Eleonore hat nämlich ein ganz schönes Temperament.«

»Was heißt hier mein Adrian!« Da lag der Gute aber wirklich völlig falsch. »Und wen meinst du mit ›die anderen‹?«

»Die restlichen Mädels.«

Katharina stöhnte. Sie hasste es, wenn alte Frauen Mädels genannt wurden. Das Nicht-ernst-genommen-Werden vonseiten der Männer machte offenbar auch vor über Siebzigjährigen keinen Halt.

»Sie kannten ihn alle. Seit ihrer Jugend.«

»Wieso war er dann gestern nicht bei uns dabei?«

»Irgendetwas muss da vorgefallen sein, aber ich weiß nicht, was«, sagte Oswaldo. »Ich habe mit Tante Sophie öfters die Fotoalben angesehen. Da gibt es ein Gruppenfoto vom Flüchtlingslager. Da sind sie alle drauf und sehen aus wie dicke Freunde.«

Katharina fiel ein, wie Mira Wagenscheidt heute Vormittag reagiert hatte. Ganz normal war ihr das nicht vorgekommen, und jetzt noch weniger.

»Vielleicht waren sie es alle zusammen? So wie im ›Mord im Orient-Express‹?«

Oswaldo sah sie streng an.

»Das war nur ein Witz«, sagte sie entschuldigend. »Ich weiß ja, dass du auf deine Ladys nichts kommen lässt.«

»Eben.« Oswaldo nahm ein Bündel Kräuter aus dem Regal. »Die sind so harmlos wie das da.«

»Na, dann bin ich ja richtig beruhigt.« Katharina deutete auf eine Flasche mit rötlichem Inhalt. »Wenn das trinkbar ist, würde ich das gerne probieren. Ich habe den Eindruck, ich sollte ein Gespür für die Materie entwickeln.«

# 8

Susannes Wagen, ein mit Erdspritzern verkrusteter schwarzer Passat Kombi, stand vor dem Haus, wie immer so schräg eingeparkt, dass er zwei Parkplätze für sich beanspruchte. Adrian sah sich um. Natürlich waren es auch die einzigen, die um halb neun Uhr abends noch frei waren. Er seufzte. Sie würde es nie lernen. Genauso wie er – so fürchtete er zumindest – es nie lernen würde, auf seine Exfrau mit normalem Pulsschlag zu reagieren. Er setzte den Blinker und fuhr langsam weiter. In diesem Abschnitt des Mühldorfer Stadtplatzes war die Chance auf einen Parkplatz gleich null, denn eine Pizzeria und eine bayerische Gaststätte lagen fast direkt nebeneinander. Das Auto hinter ihm fuhr jetzt sehr dicht auf und gab Zeichen mit der Lichthupe. Er sah in den Rückspiegel. Soweit er erkennen konnte, war es ein alter Golf GTI mit einem an der Antenne baumelnden Fuchsschwanz und einer Kopfsilhouette, der die Haare fehlten. Offenbar ein leicht erregbarer Typ, dessen Intelligenzquotient mit höchster Wahrscheinlichkeit nur knapp den zweistelligen Bereich schaffte. Das große Pech für die Allgemeinheit war, dass es selbst bei solchen Unzulänglichkeiten immer für den Führerschein reichte. Als Adrian hinter einem Opel Omega, der gerade ausparkte, stehen bleiben musste, zuckten sowohl der Fuchsschwanz als auch der windschnittige Kopf des Fahrers hektisch hin und her. Zentimeterweise ruckelte der Opel aus seiner Parklücke, und Adrian konnte fast spüren, wie dem gamsbartbehüteten Fahrer der Nacken beim Zurückschauen vor Alterssteifheit schmerzen musste. Als es der Opel endlich geschafft hatte und sich nur unmerklich schneller entfernte, fuhr er in die Parklücke. Mit heulendem Motor gab der Fuchsschwanz Gas, nur um sofort wieder vom Opel ausgebremst zu werden. Adrian wünschte beiden eine gute Fahrt. Er zog den Zündschlüssel ab und blieb unschlüssig sitzen. Eigentlich hatte er sich auf einen ruhigen Abend und einsiedlerisches Nachdenken gefreut. Warum Susanne wohl gekommen war? Nach der Wal-Mart-Episode von heute Vormittag hoffte er, dass es nichts mit seinem Vater zu tun hatte, der bei

Susanne auf dem Hof lebte. Er gab sich einen Ruck und stieg aus. Vielleicht war ihr Besuch eine gute Ablenkung, denn seine Gedanken begannen, sich im Kreis zu drehen. Aus der Beziehung zwischen Eberhardt und seinen Kindern wurde er nicht schlau, und auch bei Eleonore Binder war er sich sicher, dass mehr hinter dem Beziehungsende steckte, als sie ihn glauben machen wollte.

Lachen empfing ihn, als er die Tür aufsperrte und seinen Mantel aufhängte. Es hatte seine Vorteile, wenn man nicht allein wohnte, selbst wenn der Mitbewohner ein Studienrat mit nymphomanen Neigungen war, der seine Bettgeschichten mit Vorliebe nach Hause brachte. Noch bevor er den zweiten Schuh ausgezogen hatte, riss Norbert die Küchentür auf und begrüßte ihn mit einem fröhlichen: »Susanne ist da!« Fehlte nur noch eine Fanfare.

»Ist nicht zu übersehen«, antwortete Adrian. »Sie hat wieder zwei Parkplätze blockiert.«

»Jetzt kehr nicht den Polizisten heraus. Dass Frauen Probleme mit dem Einparken haben, ist mittlerweile bekannt.« Norbert drehte sich um in Richtung Küche. »Susanne, *cara,* schenk ihm mal was ein, Adrian braucht was Aufbauendes!«

Oh Gott, Norbert gab wieder den Italiener. Oder zumindest das, was er mit seinem Volkshochschulitalienisch dafür hielt, denn sein bayerischer Papa hatte den dunkel gelockten Stammhalter nicht überfordern wollen und darum seine Frau, eine Sizilianerin, gezwungen, nur deutsch mit ihm zu sprechen. Ihr südländisches Aussehen hatte sie ihm jedoch vererbt, und nachdem einige Frauen seinem glutäugigen Charme erlegen waren, hatte der erwachsene und frühzeitig ergraute Norbert beschlossen, seine Latin-Lover-Aura auszubauen, und fleißig einige Sprachkurse besucht. Er würzte seine Sätze seitdem mit italienischen Allerweltseinsprengseln, dramatisierte seine Gestik und wirkte oft wie ein Schauspieler aus einem C-Movie, der einen Italiener darstellen sollte. Aber die Frauen, Susanne inklusive, standen darauf, eine Tatsache, die Adrian nie verstehen würde. Er knetete kurz seine eiskalten Füße.

»Und bitte etwas Wärmendes.«

»Das, was du brauchst, gibt es nicht in Flaschen.« Susanne war in den Flur gekommen und lehnte am Türrahmen. Sie hielt eine Gabel in der Hand, auf der eine dampfende Kartoffel aufgespießt war, und musterte ihn kritisch. »Wieder Ärger mit dem Magen? Oder in der Arbeit?«

»Was war zuerst da, das Huhn oder das Ei?«

»Ich frage dich jetzt nicht, ob du es schon mal mit Schlafen versucht hast. Aber vielleicht habe ich was anderes für dich.« Als Adrian sich nicht rührte, zog sie ihn am Ärmel in die Küche. »Jetzt komm schon rein.«

»Guten Abend, Adrian, schön, dich zu sehen!«, deklamierte er übertrieben und umfasste ihre Hüfte.

Sie drehte sich zu ihm und lächelte. »Entschuldige, aber mir kommen als einsame Bäuerin allmählich die guten Manieren abhanden. Einen schönen guten Abend.« Sie gab ihm zwei Küsschen auf die Wange und umfasste ihn ebenfalls mit beiden Armen. Dann sah sie mit gerunzelter Stirn nach unten. »Du hast abgenommen. Oder trägst du neuerdings Hüfthosen?«

Anstatt darauf einzugehen, deutete Adrian auf das blau-weiß marmorierte, dampfende Etwas auf Susannes Gabel. »Was ist das? Eine mutierte Niere?«

»Das ist eine Vitelotte, du Banause«, rief Susanne empört.

»Eine Französin? Oh, là, là! Das allein macht sie aber auch nicht hübscher. Ist die noch im Versuchsstadium?«

Adrian spielte darauf an, dass Susanne alte, vom Aussterben bedrohte Kartoffelsorten anbaute. Das war eigentlich verboten, denn der deutsche Verbraucher durfte laut Gesetz seinem Körper nur Sieglinde und Konsorten, das heißt amtlich zugelassene Sorten zuführen, die unzähligen Normen entsprechen mussten und daher kaum noch nach etwas schmeckten. Das wollte die in Bezug auf Essen sehr konservative Susanne nicht akzeptieren, und so hatte sie sich von einer Genbank alte Sorten besorgt, mit so schönen Namen wie »Rosa Tannenzapfen« oder »Piroschka«. Sie verkaufte sie in ihrem Hofladen, offiziell »zu Ausstellungszwecken«. Die Exponate ihrer Ausstellungen waren stets in kürzester Zeit ausverkauft, und Adrian hoffte, dass sich nicht eines schönen Tages ein übereifriger Beamter über Susannes Kartoffeln und deren Existenzberechtigung hermachte.

»Probier sie einfach mal, dann wirst du schon sehen«, insistierte Susanne.

»Ich glaube, ich lass das lieber.« Kritisch beäugte er das Gebilde. »Das soll wirklich eine Kartoffel sein?«

»Willst du mich beleidigen? Ich habe euch ein Kilo davon gebracht.« Energisch drückte Susanne Adrian auf den Küchenstuhl und schob ihm einen Teller mit Besteck hin.

»Ich esse nichts Blaues«, wehrte sich Adrian.

»Perlen vor die Säue.« Sie schüttelte den Kopf. »Weißt du, wie viel die kosten? Dafür bekomme ich im Verkauf sieben Euro pro Kilo! Und überhaupt, seit zwei Wochen liegen diese Schätzchen für euch zur Abholung bereit, aber wer kommt nicht? Die beiden Herren Beamten.« Sie sah, dass Adrian etwas sagen wollte und brachte ihn vorsichtshalber mit der Hand zum Schweigen. »Die treiben doch sonst aus. Und ich brauche Platz für die Frühjahrssaat. Ihr wisst schon, im Märzen der Bauer … Und weil ich weiß, dass ich euch schlichte Gemüter nicht überfordern darf, habe ich euch auch noch zwei Säcke gelbfleischige gebracht. Die sind aber auch was Besonderes.« Sie schob ihm eine Schüssel mit dampfenden, gebogenen Kartoffeln hin.

Wenn Susanne von ihrer Arbeit sprach, war sie für Adrian der lebende Beweis dafür, dass wahre Schönheit von innen kommt. Ihre hellbraunen Augen glänzten, das kurz geschnittene, fast schwarze Haar stand so kraftvoll ab, als müsste es als Blitzableiter für die Energie dieser Frau dienen, und die Sommersprossen auf ihrer blassen Haut sorgten dafür, dass man sie nicht fälschlicherweise für ein ätherisches Wesen hielt. Diese schöne Frau hatte offensichtlich ihr Glück gefunden. Leider nicht an seiner Seite und nicht in seinem Leben. Vor fünf Jahren waren sie von München aufs Land gezogen. Susanne hatte ihren Bürojob gekündigt, um Landwirtin zu werden. Er hatte nicht richtig daran geglaubt, was ein Fehler war. Er ließ sich zur Kripo nach Mühldorf versetzen, und sie kniete sich im wahrsten Sinne des Wortes in ihre Arbeit. Irgendwann waren sie morgens aufgewacht und hatten ungläubig festgestellt, dass das, was man Liebe nennt, verflogen war. Seit zwei Jahren waren sie nun getrennt, seit einem guten Jahr geschieden. Und sie verstanden sich, ganz modernes Paar, immer noch gut. Er war erst mal zu Norbert gezogen, der an der Pinnwand im Supermarkt einen Mitbewohner gesucht hatte. Wie es sich für ein

Provisorium gehörte, war Adrian mittlerweile ganz zufrieden damit und dachte nicht daran, in nächster Zeit etwas zu ändern. Susanne versorgte den Männerhaushalt mit Öko-Obst und -Gemüse, er half ihr so gut es mit seinen handwerklich eher ungeschickten Händen ging bei Reparaturen auf dem Hof. Mittlerweile hatte Susanne aber festgestellt, dass sie das meiste besser konnte als ihr Exmann, und so lud sie ihn meistens nur noch ein, am Wochenende etwas frische Landluft zu schnuppern.

Adrian nahm sich Messer und Gabel und spießte eine Kartoffel auf. »Die nehme ich, die sind wenigstens gelb.«

Susanne lächelte zufrieden. »Dein Vater ist übrigens ganz verrückt nach den blauen Kartoffeln.«

Adrian legte die Gabel, die er gerade genommen hatte, zurück. »Er hat heute wieder einen Unfall gebaut.«

Sie lächelte. »Ich weiß, er hat mir das Auto gezeigt. Ich sollte ihn nicht mehr auf Einkaufstour schicken.«

Adrians Vater ignorierte die Scheidung von Adrian und Susanne und hatte darauf bestanden, auf dem Hof zu bleiben. Dort lebte er in einer kleinen Wohnung im ersten Stock und passte auf, wenn seine Exschwiegertochter unterwegs war. Langsam schien sich die Situation umzukehren, und es war Joseph Behringer, der einen Aufpasser brauchte.

»Es ist nicht leicht, wenn die Eltern alt werden«, meinte Susanne.

Norbert, der leise vor sich hingemampft hatte, unterbrach seine Nahrungsaufnahme. »Allerdings. Meine Oma Tiziana hat sich in ihrem letzten Jahr gern splitternackt auf die Hollywoodschaukel gelegt, die im Vorgarten stand. Sie schrie, sie würde in den dunklen Kleidern ersticken und bräuchte Luft zum Atmen. Abgesehen davon, dass ein sechsundachtzigjähriger nackter Körper nicht unbedingt eine Augenweide ist, hat sie sich eine saftige Lungenentzündung eingefangen und ist dann gestorben. Im Krankenhaus. In einem Flanellnachthemd, das sie nur unter Protest angezogen hat.«

Adrians Vater war dreiundsiebzig. »Wer weiß, was Papa noch mit uns vorhat. Ich traue ihm da einiges zu.«

»Solange es geht, kann er bei mir bleiben, das weißt du«, sagte

Susanne mit sanfter Stimme. Manchmal hatte Adrian das Gefühl, dass sie mehr an seinem Vater hing als er selbst.

»Danke.« Er lächelte sie an.

Susanne lächelte zurück. »Sag mal, der Tote im Altöttinger Kreuzweg, ist das dein Fall?«

Adrian nickte.

»Und das war wirklich Max Eberhardt?«

»Ja, wieso? Hast du ihn gekannt?«

»Nein, aber seine Tochter kauft öfters bei mir im Hofladen ein.«

Adrian zog die Brauen hoch. »Und? Was macht sie auf dich für einen Eindruck?«

»Das ist keine Frau, die beim Einkaufen Gespräche führt. Die kommt, sucht sich, was sie braucht, und fährt wieder. Sag mal, wie alt ist die eigentlich?«

»Euch Frauen interessiert immer nur das eine ...«

»Ach komm, jetzt sag schon.«

»Sechsundvierzig.«

Sie gab ein anerkennendes Geräusch von sich. »Gut gehalten, ich hätte sie für höchstens Ende dreißig gehalten. Da siehst du mal, was eine gesunde Ernährung ausmacht.« Sie warf Adrian einen langen Blick zu. »Du kommst jetzt auch in das gefährliche Alter.«

Als Norbert zu einem hämischen »Hört, hört« ansetzen wollte, fuhr sie im ins Wort: »Du übrigens auch, mein Lieber. Selbst deine italienischen Gene schützen dich nicht hundertprozentig.«

»Aber *cara*«, säuselte er, »was meinst du, was dein Ex und ich alles tun, um für dich jung und knackig zu bleiben!«

»Erzähl!«

»Wir joggen am Inn entlang.«

»Gut. Und wie oft?«

Die beiden sahen sich an. »Einmal die Woche.«

Susanne lachte. »Dann könnt ihr es gleich ganz lassen. Das bringt doch nichts. Dreimal die Woche ist das Minimum.«

»Dreimal?« Norbert wurde blass.

»Ja, ja, *caro*«, lachte Susanne. »Das kriegst du nie und nimmer mit deinen unzähligen Verabredungen auf die Reihe, stimmt's?«

»Wird schwierig«, gab er zu.

»Und sonst?« Adrian hatte sich noch Bier nachgeschenkt.

Beide sahen ihn fragend an.

»Was hast du sonst für einen Eindruck von ihr? Ihr Aussehen scheint mir nicht sehr relevant zu sein in diesem Fall.«

»Sehr selbstsicher, sehr distanziert. Darum kann ich nicht mehr sagen.« Susanne setzte ihr Glas, aus dem sie eigentlich trinken wollte, ab und sah auf eine tiefe Kerbe im Holztisch. »Als ich von dem Unglück gelesen habe, musste ich sofort an Ralf denken.«

Adrian sah sie fragend an. »Welcher Ralf?«

»Ralf Detschey, der Bäcker aus Neuötting.«

»Und? Jetzt lass dir doch nicht alles aus der Nase ziehen.«

»Ralf hat vor ein paar Jahren geheiratet. Die Hochzeitsfeier war beim Huberwirt. Tja, und beim Hochzeitstanz stürzt das Obergeschoss plötzlich herunter. Die Braut und noch einige andere sind dabei umgekommen. Das hat mir meine Nachbarin erzählt.«

»Ich kann mich vage daran erinnern«, murmelte Norbert. »Das war ein Riesenthema in der Zeitung.«

»Eine tragische Sache«, meinte Adrian. »Aber was hat das mit meinem Fall zu tun?«

»Die Firma Eberhardt war verantwortlich für die Renovierungsarbeiten, die kurz zuvor abgeschlossen wurden.«

»Oha.« Jetzt war sein Interesse geweckt. »Und was passierte dann?«

»Ralf war stundenlang verschüttet. Als man ihn fand, hat er Rache geschworen. Verständlich, wie ich meine. Er hat gegen Eberhardt geklagt, aber das ist vor Gericht ins Leere gelaufen. Außerdem hat er ihn, wenn man dem Klatsch glauben darf, ein paarmal tätlich angegriffen.«

Adrian schob den Teller von sich, sein Hunger hatte sich schlagartig verflüchtigt. »Wie hat er reagiert, als seine Klage abgewiesen wurde?«

Susanne zuckte mit den Achseln. »Keine Ahnung, er hat sich wohl damit abgefunden. Jedenfalls arbeitet er wieder. Aber er ist immer wieder mal weg. Warum, da rückt niemand so recht mit der Sprache raus. Vielleicht ist er auch in irgendeiner Klinik zur Behandlung. Verschüttet zu sein ist ja eine extrem traumatische Erfahrung. Allein kann man das kaum bewältigen.« Sie legte ihre

Hand auf Adrians Arm. »Ich habe das aber nicht gesagt, weil ich ihn für verdächtig halte, dass das klar ist.« Sie sah ihn ernst an und verstärkte den Druck ihrer Hand. »Ist das klar?«

Adrian machte eine unverbindliche Kopfbewegung.

»Ich wollte damit eigentlich nur andeuten, was für eine Art Unternehmer der Eberhardt war.«

»Das ist dir gelungen«, meinte Adrian.

Susanne sah auf die Uhr. »Was, schon so spät?« Sie sprang auf. »Ich muss los. Morgen geht es ganz früh raus.«

Schnell trank sie ihre Apfelschorle aus und ging in den Gang, um sich Schuhe und Jacke anzuziehen.

»Passt mir auf die Kartoffeln auf. Schön kühl und dunkel lagern. Und nicht austreiben lassen, sonst waren das die letzten, die ihr von mir bekommen habt.« Sie hob warnend den Zeigefinger.

»Pass du auf dich auf«, meinte Adrian. »Und wenn du auf dem Hof Hilfe brauchst ...«

»Ist schon klar, dann rufe ich dich an.«

Küsschen links, Küsschen rechts, noch ein »Viel Glück für deinen Fall!«, und weg war sie. Ein ungewohnt schneller Abgang. Wahrscheinlich hatte sie ein schlechtes Gewissen, weil sie diesen Ralf Detschey möglicherweise in eine unangenehme Situation gebracht hatte. Als erklärter Feind des Toten würde er mit Adrians Besuch rechnen müssen.

***

Adrian schaltete seinen CD-Player wieder aus. Er hatte Eva Cassidy aufgelegt. Früher hatten ihre Lieder immer zu denen gezählt, die er in seinen Mußestunden hörte, doch seit er gelesen hatte, dass sie jung an Krebs gestorben war, machte ihn ihre Musik unendlich traurig. Wurde er mit einem Male sentimental? Die Endlichkeit des Menschen war nun weiß Gott keine neue Erkenntnis für ihn, bei seinem Beruf schon gar nicht, und doch beobachtete er sich dabei, wie er seinen Vater mit einer Ängstlichkeit musterte, die er früher nicht gekannt hatte. Mit jeder Begegnung kam er ihm fragiler vor, und übersensibel achtete er auf jedes Zeichen des Verfalls. Er vermutete darin den Grund dafür, warum er ihn so selten besuchte. Als ob man die Wirklichkeit negieren konnte, indem man sie ausblendete. Er griff sich den Stapel Notizen, den ihm Tobias mitgegeben hatte. Darunter war auch die Liste von Katharina. Eine schöne Handschrift. Was für ein Zufall, sie nach so langer Zeit wieder zu treffen. Äußerlich machte sie den Eindruck, als habe sie sich kaum verändert, sie wirkte immer noch so mädchenhaft wie als Achtzehnjährige. Ihre Ausstrahlung war aber definitiv die einer erwachsenen Frau, mit all ihren inneren Narben. Das fand er sehr attraktiv. Es war verrückt, dass sie den Wallfahrtsladen geerbt hatte. Ob sie sich wohl darauf einließ? Dann wäre sie nach Sabine Hörmann, ihm und Oswaldo die Vierte im Bunde, die mit Ende dreißig und ohne Familie in die Heimat zurückkäme. Er lehnte sich an die Heizung, weil ihm langsam kalt wurde, und konzentrierte sich wieder auf die Liste. Die meisten Namen sagten ihm nichts. Bis auf einen: Eleonore Binder. Irgendwie wunderte es ihn nicht, dass sie dabei war, und er war gespannt, wie sie sich herausreden würde.

# 9

Katharina kannte schönere Arten, den Tag zu beginnen: Sie saß zwischen einer alten Frau, die ganz offensichtlich Klosterfrau Melissengeist zum Frühstück getrunken hatte, und einer gestressten Mutter mit einem pausenlos sabbernden Baby auf dem Schoß im Wartezimmer von Sabine Hörmanns Praxis. Aber sie hatte keine andere Wahl, denn heute morgen war sie mit dem seltenen, wenn auch vertrauten Jucken im Schritt und rund um die Taille aufgewacht. Was noch komischer war: Es hatte sie beinahe beruhigt. Das fast euphorische Aufwachen des vorigen Tages hatte sie ziemlich irritiert, doch der Ausschlag zeigte ihr, dass mit ihr doch so ziemlich alles in Ordnung war. Sie bekam den Ausschlag nämlich immer dann, wenn sie sehr unter Stress stand oder größere Probleme hatte. So einfach hatte ihr Innerstes den Leichenfund also doch nicht weggesteckt. Da Katharina gegen den Ausschlag noch kein wirksames Mittel gefunden hatte, beschloss sie, Hilfe bei Sabine zu suchen.

An der Tür stand recht eindrucksvoll »Dr. med. Sabine Hörmann, Fachärztin für Allgemeinmedizin, Naturheilverfahren, Homöopathie und Akupunktur«. Was könnte ich eigentlich auf mein Schild schreiben, hatte sich Katharina gedacht. Mäßig erfolgreiche Quereinsteigerin, in letzter Zeit etwas vergesslich?

Es war sehr voll, in dem kleinen Wartezimmer hatte es nur noch einen freien Platz gegeben. Als ihr die Fahne ihrer Nachbarin in die Nase gestiegen war, hatte sie gewusst, warum. Angewidert drehte sie sich zu der Mutter mit ihrem Baby. Während sie sich noch wunderte, wie viel Flüssigkeit so ein kleiner Körper aus dem Mund absondern konnte, wurde sie von einem »Ja, guten Morgen, Fräulein Graf, was machen denn Sie bei unserer Ärztin?« abgelenkt.

»Frau Häberl, so eine Überraschung!«

»Was heißt Überraschung, uns alte Leute trifft man doch ständig beim Arzt.« Mit einem Seufzer der Erleichterung ließ die alte Dame sich auf den Stuhl neben Katharina sinken, der gerade frei geworden war. Nach dem Alkoholdampf ihrer Vorgängerin war der Kernseifenduft von Frau Häberl für Katharina ein geradezu paradiesisches Odeur.

»Was fehlt Ihnen denn?«, fragte Katharina.

Frau Häberl verzog das Gesicht und hob die Schultern. »Irgendwas ist mir ins Kreuz geschossen. Gestern ging es noch, aber heute, ich sag's Ihnen, ich bin kaum aus dem Bett gekommen!«

»Na ja, bei so etwas weiß man wenigstens, dass es wieder vorbeigeht«, versuchte Katharina zu trösten.

»Und Sie, warum sind Sie hier? Wegen dem?« Sie deutete auf die Zeitung eines gegenüber sitzenden Patienten, auf deren Titelseite groß über den Mordfall berichtet wurde.

»Indirekt«, antwortete Katharina, die keine Lust hatte, in diesem Kreis über die Befindlichkeit ihrer Haut zu diskutieren. Und nicht mit dieser Frau, die sie im Grunde kaum kannte. Rita Häberl war immer still und unauffällig gewesen, für Katharina die perfekte Verkörperung des fünften Rades am Wagen. Doch jetzt wirkte sie trotz ihrer Schmerzen richtig aufgedreht. Ob das daran lag, dass sie sie allein traf, ohne den Einfluss der anderen?

»Also, ich glaube, ich hätte Albträume, wenn mir so was passiert wäre wie Ihnen. Nachts über eine Leiche zu stolpern, und das bei uns in Altötting.« Ihr von Tausenden kleinen Fältchen umsäumter Mund, der in seinem ganzen Leben bestimmt noch nie mit Lippenstift in Berührung gekommen war, bewegte sich mit rasender Geschwindigkeit.

»Das glaube ich Ihnen«, erwiderte Katharina. »Ich habe den Herrn Eberhardt ja wenigstens nicht gekannt, im Gegensatz zu Ihnen.«

Widerwillig riss Rita Häberl den Blick von der Zeitung ihres Gegenübers los und sah Katharina erstaunt an. »Gekannt? Den Eberhardt? Mei, was heißt gekannt.« Ein kurzer, knarzender Laut entkam ihrem geschlossenen Mund. »Den hat jeder bei uns gekannt. So wie man halt eine sogenannte führende Persönlichkeit einer Kleinstadt kennt. Vor allem aus der Zeitung. Der verkehrte ja in ganz anderen Kreisen als wir kleinen Leute.«

Katharina begnügte sich mit einem »Ah«. Schon wieder wurde die alte Freundschaft bestritten.

»Sind Sie nicht mit den Kindern in die gleiche Schule gegangen?«, fragte Frau Häberl.

»Ja, aber die sind einige Jahre älter. Ich frage mich, wer einen alten Menschen so hilflos liegen lässt?«

Auf diese Bemerkung hin sah Frau Häberl Katharina spöttisch an. »Bloß weil er alt war, muss er noch lange kein Unschuldslamm gewesen sein.«

»Wie meinen Sie denn das?«

Sie zuckte mit den Schultern. »Mei, seine Baugeschichten sind ja allgemein bekannt, da hat er manchen ganz schön reingeritten. Und sonst …« Sie ließ den Satz triumphierend ausklingen. »Aber über Tote soll man ja nichts Schlechtes reden.«

Oh ja, dachte Katharina. Mit einem Satz den Toten denunzieren und im nächsten gleich wieder die religiöse Form wahren.

»Sie machen sehr vielsagende Andeutungen, Frau Häberl.« Katharina versuchte, einen neckischen Ton anzuschlagen, was ihr relativ schwerfiel, da das Jucken langsam unerträglich wurde und sie sich schlecht so ausgiebig kratzen konnte, wie es nötig gewesen wäre. »Passen Sie nur auf, dass Sie nicht von der Polizei vorgeladen werden.«

Die Alte winkte ab. »Was ich weiß, wissen die bestimmt schon längst.«

Na, wollen wir es hoffen, dachte Katharina und rutschte ein wenig auf dem Stuhl hin und her. Das verschaffte wenigstens ein bisschen Abhilfe.

Endlich wurde sie aufgerufen, und mit einem Seufzer der Erleichterung stand sie auf und ging ins Besprechungszimmer.

»Katharina! Das ist aber eine Überraschung!«, sagte Sabine. »Obwohl, eigentlich auch wieder nicht. So ein Ereignis muss man erst einmal verdauen.«

»Auch wenn es zynisch klingt. Ich hatte es mir schlimmer vorgestellt.« Katharina schaute sich anerkennend um. Das Zimmer strahlte eine warme Atmosphäre aus mit seinen apricotfarbenen Wänden und den einfachen, aber schön geformten Holzmöbeln. »Schön hast du es hier. Anders als bei deinem Vater.«

»Danke. Ja, ich habe einiges verändert.«

»Und die ganzen Leute im Wartezimmer mit den Nadeln im Ohr, das wäre vor zwanzig Jahren noch undenkbar gewesen.«

»Für manche ist es heute noch undenkbar. Viele sagen, mein Vater würde sich im Grab umdrehen, wenn er wüsste, was ich aus seiner Praxis gemacht habe. Manche tun gerade so, als hätte ich hier irgendein Sektenzentrum gegründet.« Sie zuckte mit den Schultern. »Aber jetzt reden wir nicht über mich. Du bist sicher nicht gekommen, um mit mir über meine Praxis zu plaudern. Also, was kann ich für dich tun?«

Anstatt einer Antwort stand Katharina auf und zog ihre Hose etwas hinunter.

»Oh, oh«, meinte Sabine, als sie die von Bläschen übersäte Haut sah. »Das ist ja ganz schön heftig. Juckt wahrscheinlich wie die Hölle.«

Katharina nickte.

»Hast du so etwas schon öfter gehabt?«

»Immer, wenn ich größeren Stress oder Probleme habe.«

»Oder über eine Leiche stolperst.« Sabine fing an, etwas in die Kartei zu kritzeln.

»Das käme jetzt als neuer Auslöser infrage.«

»Wie kommst du damit zurecht?«

»Ich dachte eigentlich, erstaunlich gut. Ich habe seit Langem wieder einmal richtig gut geschlafen. Keine Albträume, nichts.«

»Du bist unglaublich«, lächelte Sabine. »Aber das warst du ja schon immer.« Sie fing an, Katharina die Manschette des Blutdruckmessgerätes anzulegen. »Aber dein Körper zeigt dir, dass er mit irgendetwas nicht zurechtkommt.« Sie pumpte die Manschette auf. »Was meinst du mit ›wieder einmal gut geschlafen‹?«

Katharina rutschte auf dem Sessel hin und her. »Ich wache in letzter Zeit nachts ein paarmal auf, träume schlecht, bin total verschwitzt.«

»Wie lange geht das schon so?«

»Ungefähr drei Monate.«

»Warum schon so lange?« Sabine sah sie erwartungsvoll an.

»Stress vermutlich. Ein bisschen viel Arbeit.«

An Sabines Blick sah Katharina, dass sie Bescheid wusste. Dass sie ihr nur die halbe Wahrheit erzählte. Aber dabei wollte sie es im Moment belassen.

»Das sieht man dir aber nicht an.« Sabine runzelte die Stirn.

»Hundertfünfzig zu fünfundneunzig. Dein Blutdruck ist immer noch hoch. Wusstest du das?«

Katharina schüttelte den Kopf. »Nein, ich gehe ja kaum zum Arzt.« Sie runzelte die Stirn. »Hoher Blutdruck? Kriegt man da nicht Herzinfarkt? Oder Schlaganfall?« Sie sah sich schon als sabberndes, der Sprache nicht mehr mächtiges Etwas in einem Pflegeheim liegen.

»Nicht sofort.« Sabine lächelte ihr professionell beruhigendes Arztlächeln, das man wahrscheinlich auch an der Uni lernte, dann schüttelte sie unzufrieden den Kopf. »Rauchst du?« Katharina schüttelte stolz den Kopf. »Wie sieht es mit Sport aus?« Das war kein Punkt, auf den sie stolz sein konnte. Andererseits konnte sie sich nicht vorstellen, dass etwas, was man so ungern machte, auch nur in irgendeiner Weise gesund sein konnte. Sie lächelte, als sie Nein sagte.

»Dass das nicht gut ist, weißt du sicher selbst. Was hast du bisher genommen gegen die Bläschen?«

»So ein Cortisonzeug vom Hautarzt.«

Sabine nickte resigniert. »Und gegen die Schlafstörungen?«

»Eine Antifaltencreme.«

Sabine beugte sich mit prüfendem Blick nach vorne. »Welche ist das? Die wirkt toll. Die will ich auch.«

»Hey, du bist ja doch ein richtiges Mädchen!«, rief Katharina erstaunt.

Sabine sah verblüfft auf. »Das war ich doch schon immer.«

»Ja, klar. Aber du warst immer so«, Katharina suchte nach den richtigen Worten, »so clean, so puristisch. Wir hatten alle dicke Margaret-Astor-Wimpern, diese pappigen Lipglosse und alles, was ein Mädel will. Du hast immer Tennis gespielt, Polohemden getragen und dich wahrscheinlich nur mit Seife gewaschen, stimmt's? Und jetzt interessierst du dich für eine Antifaltencreme?«

»Auch puristische Mädels hassen es, Falten zu bekommen.«

»Dann stimmt es also doch, dass sich im Alter alle Unterschiede verwischen.«

»Exakt, ab vierzig sieht uns kein Mann mehr an«, meinte Sabine trocken.

Sie lachten, aber irgendwie blieb es ihnen beiden ein bisschen im Hals stecken.

»So, jetzt aber zurück zum Thema. Ich würde bei dir gern Akupunktur machen. Hast du schon Erfahrung damit?«

»Nein, aber ich finde es wahnsinnig interessant, Nadeln in die Haut gesteckt zu bekommen.«

»Ich steche dir Nadeln gegen die Bläschen, den hohen Blutdruck und noch was zur Entspannung.«

»Das geht alles auf einmal?«

»Es werden schon sechs Nadeln werden.«

Katharina schluckte tapfer.

»Es wird nicht schlimm. Du darfst dich auch hinlegen.«

»Ja dann ...«, meinte Katharina todesmutig und streckte sich auf der Liege aus.

Sabine legte sich die Nadeln zurecht und desinfizierte Katharinas Ohr. »Ich suche jetzt die Punkte, und wenn ich zu dir sage einatmen, machst du das, okay?«

Katharina nickte.

»Jetzt gib mir deine linke Hand.« Katharina beschloss, nicht lange nachzufragen, sondern Sabine einfach zu vertrauen. Diese fuhr, während sie Katharinas Puls fühlte, mit einer Nadel über das Ohr. »Einatmen!«

Und schwupps, steckte eine Nadel drin. »So, die erste ist schon drin. War nicht schlimm, oder?«

»Nein.«

»Gut, dann kommt gleich die nächste.« Konzentriertes Suchen, dann: »Einatmen.«

»Ui«, entfuhr es Katharina, »das hat jetzt aber wehgetan.«

»Das hört gleich auf.«

Die nächsten vier Nadeln waren ein Klacks.

»So«, meinte Sabine mit weicher Stimme, »jetzt kannst du eine halbe Stunde hier liegen bleiben und dich entspannen. In der Zwischenzeit suche ich für dich noch ein homöopathisches Mittel aus.«

Katharina machte die Augen gar nicht mehr auf, sondern nickte nur noch. Sie spürte, wie Sabine eine Decke über ihre Beine legte. Ihre Ohren wurden warm, und sie hatte das Gefühl, dass in ihrem

Körper alles zu fließen begann. Was völliger Unsinn war, denn es floss ja sowieso alles, das Blut und so weiter, aber irgendetwas war anders. Auf jeden Fall fühlte es sich gut an. Sie gab sich ganz diesem Gefühl hin und musste auf einmal kichern. In der Schule hätte sie sich die Kugel gegeben bei der Vorstellung, von Sabine untersucht zu werden und ihr etwas Intimeres als den Belag des Pausenbrotes zu verraten. Aber jetzt fühlte sie sich bei ihr sauwohl, und sie musste zugeben, Sabine machte ihre Sache gut. Sehr gut sogar. Täuschte sie sich, oder juckten die Bläschen nicht mehr so stark? Und ihr Blutdruck war sicher auch schon gesunken, so entspannt wie sie war. Die leisen Stimmen, das Telefongeklingel und die anderen sporadisch auftretenden Geräusche des Praxisalltags waren ein wunderbarer Klangteppich, auf dem man davondriften konnte. Im Niemandsland zwischen Schlafen und Wachsein fielen ihr plötzlich wieder Tante Sophie und ihr Damenkränzchen ein. Und etwas, das Oswaldo gesagt hatte. Da müsste sie zu Hause sofort –

»Katharina, aufwachen! Wir sind fertig!«

»Ich scheine immer zu schlafen, wenn du in der Nähe bist.« Es war ihr ein wenig peinlich.

»Das macht nichts. Ich habe dich absichtlich vierzig Minuten liegen lassen.« Sabine hielt ein kleines Plastiktütchen mit weißen Kügelchen in der Hand.

»Was, vierzig Minuten?«

»Du warst richtig weg. Das ist gut, sehr gut. Ich messe jetzt noch einmal deinen Blutdruck. Wie fühlst du dich?«

»Das Jucken ist viel besser geworden.« Ungläubig fühlte sie in ihren Körper hinein. »Toll!«

»Das freut mich.« Sabine überreichte ihr das Tütchen. »Dieses Mittel ist gegen den Ausschlag. Dreimal täglich fünf Kügelchen.«

»Danke.« Katharina schwang ihre Füße auf den Boden. »Jetzt müssen nur noch die Nadeln raus. Sind die eigentlich aus Gold?«

»Jein«, antwortete Sabine. »Vergoldet. Kannst du behalten. Bleibst du noch länger in Altötting?«

»Mal sehen. Es ist einiges passiert. Ich habe nämlich geerbt.«

»Das habe ich gehört. Glückwunsch.« Sie grinste. »Du kannst dich jederzeit melden, wenn das Jucken wieder schlimmer wird. Und sonst auch.«

»Danke.«

»Ich muss jetzt weitermachen. Tschüss dann. Und denk mal ernsthaft über Sport nach.« Und fort war Frau Doktor.

Sport hatte sie gesagt? Nun gut, dann würde sie gleich im schnellen Walkingschritt nach Hause laufen. Es waren ja immerhin so um die achthundert Meter. Wie sagten die alten Chinesen? Auch der längste Weg beginnt mit dem ersten Schritt.

***

»Tante Sophie war ja ein richtiger Feger«, staunte Katharina und beugte sich vor, um das Schwarz-Weiß-Foto mit dem gezackten weißen Rahmen genauer sehen zu können. Ihre Patentante, die sie nur als sportlichen Typ mit Hosen und kurzen Haaren kannte, trug einen gestreiften Rock, der ihre schmale Taille betonte, und ein Blüschen – Bluse wäre wirklich zu viel gesagt –, das nur dazu da war, die weiblichen Attribute der Trägerin zu betonen. Plus Pferdeschwanz und Lippenstift auf den verschmitzt lächelnden Lippen.

»Sie muss ja jede Menge Verehrer gehabt haben.«

»Hat sie auch, wenn man deinem Vater glauben darf«, antwortete ihre Mutter.

»Wieso hat sie sich dann für diesen österreichischen Hallodri entschieden?«

»Wieso hast du nicht Jürgen geheiratet?«

»Ich hasse es, wenn man eine Frage mit einer Gegenfrage beantwortet.«

»Ich wollte damit nur sagen, dass es in Liebesdingen keine Logik gibt. Sonst wärst du jetzt die Frau eines Chefarztes.«

»Mama, das ist zwanzig Jahre her.«

»Er mochte dich wirklich.«

»Mögen kann man viel. Auch Sülze oder ein Schlammbad. Ich fasse es einfach nicht, dass dich das immer noch beschäftigt. Und außerdem, ist Jürgen nicht schon zweimal geschieden? Dann wäre es eh schon aus mit meiner Chefarztfraukarriere. Und eine Glatze hat er auch schon.« Katharina blätterte das Seidenpapier um, das die Fotos voneinander trennte. »Wo sind denn die Fotos von dem Flüchtlingslager?«

Sie war tatsächlich in schnellem Tempo nach Hause gegangen und hatte ihre Mutter nach dem Mittagessen mit dem Ansinnen überrascht, die alten Fotoalben ansehen zu wollen. Nun saßen sie zu zweit auf der Couch im Wohnzimmer und sahen sich bei Walnusseis von Mövenpick die alten Fotos an.

»Schau mal, hier ist ein Foto vom Laden«, meinte Anneliese. »1946 steht hier.«

»Der sieht heute noch genauso aus. Ist das Opa?«

Ihre Mutter nickte.

»War der dünn damals. Ich kenne ihn nur von Fotos, wo er ziemlich zugelegt hat.« Katharina hatte ihren Großvater nie kennengelernt. Er war in russischer Gefangenschaft gewesen, und als er nach Hause kam, galten für ihn als Lebensprinzip nur noch drei Sätze: »Nie mehr frieren«, »Nie mehr hungern« und »Nie mehr laufen«. Er hatte das so ernst genommen, dass er es zehn Jahre später bereits auf hundertzehn Kilo brachte und noch einmal fünf Jahre später an einem Herzinfarkt starb. Mit nur fünfundfünfzig Jahren. Ein echtes Opfer des Wirtschaftswunders. »Wie war er denn so?«

»Dein Großvater? Da musst du deinen Vater fragen. Ich habe ihn nie als Schwiegervater kennengelernt. Ich kannte ihn nur vom Vorbeigehen am Laden. Er stand ja immer vor der Tür. Wie der Maillinger heute.«

Katharina rechnete kurz nach. Er war ein halbes Jahr vor der Heirat ihrer Eltern gestorben. Da musste die Liebe zwischen ihren Eltern schon voll erblüht gewesen sein. Doch wie es damals so üblich war, musste die Beziehung geheim gehalten werden, besonders, wenn es eine Liebe zwischen Lehrer und Schülerin war.

»Hast du damals Papa schon als Lehrer gehabt?«

Ihre Mutter nickte.

»Komm, erzähl es noch mal.«

Ihre Mutter lehnte sich in die weiche Sofalehne zurück, den Löffel hielt sie noch in der Hand. »Ich war in der Abiturklasse und unglaublich schlecht in Mathe.«

»Das hast du mir erfolgreich vererbt«, meinte Katharina.

»Tja, man tut, was man kann. Ich hatte mich auf jeden Fall immer mit einer Fünf durchgemogelt. Aber in der letzten Klasse, Statistik, das war mein Untergang. Ich habe es einfach nicht kapiert. Ich war kurz davor, im Abitur durchzufallen. Na ja, und dann bekamen wir eines Tages einen neuen Lehrer, ungefähr zweihundert Jahre jünger als unser voriger. Dein Vater. Er machte einen tollen Unterricht, aber ich habe immer noch nichts verstanden. Und so hat er mir Nachhilfestunden angeboten, ganz offiziell natürlich, in der Schule. Ich hatte viele Nachhilfestunden, und ganz langsam ist mir die Materie klar geworden. Und dass dieser schüchterne, sommersprossige, schlaksige Kerl der Mann war, den ich heiraten wollte.« Versonnen schleckte sie den Eislöffel ab, an dem schon längst kein Eis mehr war.

In den Sommerferien nach dem Abitur hatten die beiden geheiratet. Katharinas Mutter war zu diesem Zeitpunkt bereits im dritten Monat schwanger. Ihr Mann Justus ließ sich, um sich und seiner kleinen Familie den vorhersehbaren Klatsch zu ersparen, nach Niederbayern versetzen, wo im Februar ihr erstes Kind, Simon, zur Welt kam. Katharinas Mutter, die sich trotz Abitur nie etwas anderes für ihr Leben gewünscht hatte, als Hausfrau und Mutter zu sein, spürte, dass sie ihren Platz im Leben gefunden hatte. Bis zu jenem kalten Aprilmorgen, als sie im Babybettchen ihren Sohn still liegen sah. Als sie ihn berührte, war er kalt wie Marmor gewesen. Sie hatte ihn an sich gedrückt und war wimmernd durch die Wohnung gelaufen, bis sie von ihrem Mann aufgehalten wurde. Sie hatte sich geweigert, ihren Sohn herauszugeben, und erst als der von ihrem Mann gerufene Arzt ihr ein starkes Beruhigungsmittel gegeben hatte, konnten man die beiden voneinander trennen. Plötzlicher Kindstod hieß es lapidar. Es folgte ein Umzug zurück nach Altötting, in den Schoß der Familie, und zwei Jahre später kam Katharina zur Welt. Im ersten Jahr hatte ihre Mutter Nacht für Nacht an ihrem Bett gesessen, um jeden ihrer Atemzüge zu bewachen.

»Wieso willst du denn eigentlich die Bilder vom Flüchtlingslager sehen?«

»Da muss es ein Foto geben, wo Tante Sophie mit dem ganzen Damenkränzchen drauf ist. Jetzt, wo ich sie alle wiedergetroffen habe, interessiert mich das halt.«

Ihre Mutter glaubte ihr kein Wort und sah sie streng an.

»Weißt du, ich finde es komisch, dass sich alle so bedeckt halten. Frau Wagenscheidt gestern Vormittag, kein Wort hat sie darüber verloren, dass sie den Herrn Eberhardt von früher gut kannte, und Frau Häberl heute in der Arztpraxis hat auch so getan, als sei er ein Fremder. Aber Oswaldo hat mir von einem Foto erzählt wo sie alle mit Eberhardt drauf sind, in dicker Freundschaft.« Katharina registrierte den skeptischen Blick ihrer Mutter und lächelte sie entschuldigend an. »Ich war halt schon immer neugierig.«

Anneliese nickte gequält und fragte: »Seit wann zählt für dich das, was Oswaldo sagt?«

Katharina blätterte schnell eine Seite nach der anderen um. »Mei, wir sind jetzt halt beide erwachsen.« Sie tippte mit dem Zeigefinger auf eine Seite. »Da, das muss es sein. Wo ist die Lupe?«

»Da muss ich direkt überlegen, ich brauche dieses Ding ja nie.« Anneliese stand auf und sah sich im Zimmer um. »Eigentlich müsste sie in der Kommodenschublade sein.« Sie zog sie auf und kramte einige Sekunden herum. »Hab ich doch recht gehabt.« Sie ging zum Sofa zurück. »Hier.«

Auf dem Foto waren junge Leute vor einer Holzbaracke abgebildet. Sie hatten sich zu einem Gruppenbild aufgestellt. Es war Sommer, im Hintergrund sah man dick belaubte Bäume und Wiesen, die jungen Männer trugen helle Hemden und hatten die Arme mit den bis zum Ellbogen aufgekrempelten Ärmeln lässig um den Nachbarn gelegt. Überhaupt, die ganze Ausstrahlung der Jungs war lässig, sie erinnerten Katharina an James Dean. Die Mädchen trugen einfache Dirndl und schulterlange Haare, die in der Mitte zu einer Tolle frisiert waren.

»Schau mal, das muss er sein!« Katharina hielt ihrer Mutter das Album vor die Nase. »Er ist ziemlich gut zu erkennen mit den abstehenden Haaren und den vollen Lippen.«

»Stimmt«, meinte Anneliese. »Ein ziemlich attraktiver Bursche. Das ist mir später nie aufgefallen. Wie alt war er denn damals? Lass uns mal nachrechnen. Das war«, sie zog das Foto aus den Halteecken und sah auf die Rückseite, »1946. In der Zeitung steht, dass er dreiundsiebzig war. Dann war er damals sechzehn.«

»Und Tante Sophie?«

»Na, die ist 1932 geboren, also war sie vierzehn.«

»Die waren alle so schlaksig wie kleine Fohlen. Sogar die Frau Wagenscheidt.«

»Die hatten ja auch kaum etwas zu essen. Und schau mal, wie klein die Baracken waren.« Auf einem anderen Foto sah man die Baracken von etwas weiter weg. Es konnte jeweils nicht mehr als ein größeres Zimmer gewesen sein.

»Hast du die Baracken noch gekannt?«

»Nein, die wurden abgerissen, als ich noch ein Kind war.«

»Das muss Josephine Johnson sein.« Katharina tippte auf eine Blondine, die die Arme um einen kleineren Jungen und ein etwas jüngeres Mädchen gelegt hatte. »Die sah wahnsinnig gut aus. Das tut sie eigentlich heute noch.«

»Das stimmt.«

»Sie war sehr nett, wir wollten uns einmal unterhalten, über Amerika.« Katharina nahm wieder die Lupe und sah sich das jüngere Mädchen an. »Ich glaube, dass das hier Frau Häberl ist. Was meinst du?«

Ihre Mutter wiegte den Kopf zweifelnd hin und her. »Könnte sein.«

»Also«, dozierte Katharina. »Fakt ist, dass all diese Damen, die sich bei Tante Sophie zum Likörkränzchen getroffen haben, Max Eberhardt aus ihrer Jugendzeit kennen. Fakt ist außerdem, dass eine davon, nämlich Eleonore Binder, mit ihm zusammen war, was alle anderen natürlich wussten. Über so etwas wird doch geredet! Aber nein, die zwei, die ich seit seinem Tod getroffen habe, tun so, als sei er ein Fremder. Findest du das nicht merkwürdig?«

»Eigentlich schon«, gab Anneliese widerwillig zu.

»Warum verhält man sich so? Wenn jemand ermordet wird, den man kennt, spricht man doch darüber, oder?«

»Was willst du denn damit andeuten? Dass diese alten Damen etwas mit seinem Tod zu tun haben könnten? Also das halte ich für etwas weit hergeholt. Ich glaube eher, dass es mit dem typisch menschlichen Verhalten in so einer Situation zu tun hat: nix hören, nix sehen und vor allem nix sagen.«

»Ich weiß nicht, Mama, überhaupt kein Kommentar zum Tod eines Jugendfreundes?«

»Irgendwie macht sich in mir das Gefühl breit, dass du dich in die Arbeit der Polizei einmischen willst.«

»Na hör mal. Ich habe den Toten schließlich gefunden. Findest du es nicht völlig normal, dass es mich interessiert, wer ihn dort so hinterlassen hat?«

»Ich fände es normal, wenn du diese Arbeit der Polizei überlassen würdest. Und ich fände es überdies noch normaler, wenn du dir stattdessen überlegen würdest, was du mit der Erbschaft machst.«

Doch Katharina ließ sich nicht beirren. »Mörder kommen meistens aus dem nächsten Umfeld des Opfers.«

»Das spricht doch auch wieder gegen dein Hirngespinst, denn dann stehen wohl seine Kinder an erster Stelle.«

Mutter und Tochter sahen sich lange an. Es stand unentschieden, bis Anneliese schließlich aufseufzte und meinte: »Du machst ja sowieso, was du willst. Aber denk dran: Miss Marple war für die Polizei die reinste Nervensäge. Das würde ich mir bei Kommissar Behringer genau überlegen.«

# 10

»Pfarrer, Kapuziner, Organist!«, schnaubte Adrian und schob Faltlmeiers Bericht über die Aussagen der Gäste von Sophie Burgstallers Trauerumtrunk resigniert von sich. »Ich komme mir vor wie in einem Kirchenkrimi!«

Tobias schmunzelte. »Oder wie in ›Arsen und Spitzenhäubchen‹, bei der stattlichen Anzahl alter Damen.«

Adrian war nach einer morgendlichen Joggingrunde mit Norbert gut gelaunt ins Büro gekommen, hatte Telefonate mit dem Chef und dem Bischof, die sich nach dem Stand der Dinge erkundigt hatten, diplomatisch und zufriedenstellend hinter sich gebracht und sich dann erwartungsvoll dem Bericht des Altöttinger Teams gewidmet. Doch der schien alles noch komplizierter zu machen.

»Es könnte jeder von denen gewesen sein«, murmelte er. »Bis auf diesen Vertreter waren zur fraglichen Zeit alle unterwegs.«

»Nur Katharina Graf und ihre Eltern waren noch beim Aufräumen«, sagte Tobias. »Und die Alibis sind im Grunde nichts wert, die decken sich entweder gegenseitig oder es sind die Ehepartner.«

»Der Faltlmeier soll noch mal bei allen nachhaken.« Adrian sprang nervös auf und ging zur Kaffeemaschine. »Obwohl ich eher nicht glaube …« Mit gerunzelter Stirn roch er an der Kanne und stellte sie wieder ab. »Wo ist eigentlich Manfred?«

»Bei der Spurensicherung.«

»Staubt er dort wieder den guten Kaffee ab?«

»Als ich hier angefangen habe, musste ich kein Hauswirtschaftsdiplom vorlegen«, verteidigte sich Tobias.

»Nimm's nicht persönlich. Ich gehe hinunter und hole ihn.«

»Nicht nötig«, rief Manfred und stürmte in das Büro. »Guten Morgen!«

»Guten Morgen. Und, was sagt die Spurensicherung?«

»Im Grunde nichts. Eine recht saubere Leiche. Anscheinend hat kein Körperkontakt stattgefunden. Und die Flecken auf dem Mantel und der Hose geben auch nichts her.«

»Na wunderbar.« Adrian seufzte. »Wie war denn die Obduktion gestern?«

»War schon okay«, sagte Manfred. »In der Kurzfassung sieht es folgendermaßen aus: Tod durch Eindringen von Schädelsplittern in das Gehirngewebe nach einem Sturz auf die Stufenkante.« Er legte den Bericht auf Adrians Schreibtisch.

»Ist ja nichts Neues«, murmelte Adrian. »Was ist mit den blauen Flecken?«

»Die stammen eindeutig auch von dieser letzten Begegnung«, antwortete Manfred. »Der Eberhardt wurde heftig mit den Füßen getreten, die Flecken auf seiner Kleidung passen exakt dazu, und zwar an den Armen, im Hüftbereich und an den Oberschenkeln.«

»Also lag er schon am Boden, als er die Tritte eingesteckt hat«, meinte Adrian.

Manfred nickte. »Sehr unwahrscheinlich, dass sich da jemand im Kickboxen geübt hat. Am Brustbein ist das stärkste Hämatom, punktförmig.«

»Ein Stoß«, warf Tobias ein.

»Ja. Mit einem Gegenstand, dessen Durchmesser maximal einen Zentimeter beträgt. Zum Beispiel eine Regenschirmspitze. An dem Tag hat es geregnet.«

»Das wäre eine Erklärung, warum Eberhardt gestolpert ist. Der Täter rammt ihm seinen Regenschirm in die Brust, er taumelt und fällt auf die Stufe.« Adrian überflog den Bericht. Dann schloss er seufzend den Aktendeckel. »Ein Regenschirm als Tatwaffe. Keine Spuren am Opfer. Das bringt uns wirklich nicht weiter.«

»Laut Professor Bösendorfer hat das alles nicht unmittelbar zum Tod geführt. Doch selbst wenn Eberhardt nicht liegen gelassen worden wäre und schnell ärztliche Hilfe bekommen hätte, wäre er durch die Verletzung des Hirngewebes nicht mehr zu retten gewesen. Und noch etwas«, fügte Manfred hinzu. »Er hatte einen ziemlich hohen Alkoholspiegel, circa 1,3 Promille.«

»Vielleicht hat deshalb die Auseinandersetzung schlimmer geendet als beabsichtigt«, sagte Tobias.

»Warum im Kreuzweg? Warum trifft sich Eberhardt ausgerechnet dort mit jemandem?« Adrian stand vor der Pinnwand mit den Fotos des Toten. »Wer hat so eine Wut auf ihn, dass er wie besessen auf ihn eintritt?«

Tobias warf Adrian einen Computerausdruck auf den Schreibtisch. »Ich habe ein bisschen im Zeitungsarchiv gestöbert. Für mich ist dieser Ralf Detschey ein ziemlich heißer Tipp. Wenn mir das Gleiche passiert wäre wie ihm, wüsste ich nicht, wie ich reagieren würde.«

Adrian überflog die Zeilen, die das bestätigten, was ihm Susanne am Abend zuvor erzählt hatte. Detschey hatte nach der Tragödie vor Gericht gegen Eberhardt, dessen Firma die Renovierung des Gasthofes durchgeführt hatte, gekämpft. Es gab Gutachten und Gegengutachten, und am Ende stand die Baufirma Eberhardt unbescholten da. Detschey, der von seinem Vater eine gut gehende Bäckerei übernommen hatte, griff Eberhardt danach mehrmals tätlich an. Eberhardt hatte eine gerichtliche Verfügung erwirkt, nach der sich Detschey ihm auf höchstens hundert Meter nähern durfte. Seither, das hieß seit eineinhalb Jahren, war anscheinend Ruhe.

Adrian ließ einen Pfiff los. »Der hätte einen triftigen Grund, sich an Eberhardt zu rächen.«

Manfred sah skeptisch aus. »Wieso gibt er dann relativ lange Ruhe?«

»Wir fahren hin. Die Geschichte interessiert mich.« Adrian zog seinen Mantel an und stibitzte von Tobias einen Riegel Kinderschokolade. Das konnte er sich nach dem Frühsport sicher leisten. »Außerdem ist es ein Anhaltspunkt, und allzu viele haben wir bisher nicht.«

***

»Wusstest du, dass die Leute kilometerweit für das Detschey-Brot fahren?« Heute war Markttag in Neuötting, und Manfred lenkte den Wagen ungeduldig durch den Pulk langsam flanierender Hausfrauen, die aus dem Stadtplatz kurzerhand eine Fußgängerzone gemacht hatten.

»Du auch?« Adrian wusste, dass dies eine rhetorische Frage war.

»Ich hab es nicht so mit dem Vollkornzeugs.«

»Ist ja auch überhaupt nicht amerikanisch.«

»Wir sind da«, sagte Manfred mit seinem Ich-lass-mich-nicht-auf-deine-Sticheleien-ein-Blick. »Kannst du dir vorstellen, dass Detschey wieder ganz normal als Bäcker arbeitet und weitermacht wie zuvor?«

»Vielleicht bleibt ihm gar nichts anderes übrig«, meinte Adrian und stieg aus. Sie standen mitten auf dem Stadtplatz, der etwas kleiner war als der Mühldorfer, ihm jedoch mit seinen bunt gestrichenen Häusern an südländischem Flair in nichts nachstand. Schade nur, dass die hier keine Bäume pflanzen, dachte Adrian. Dann wäre es perfekt. Unter den Laubengängen befand sich die Bäckerei Detschey. Alle Bistrotische waren von erschöpften Marktbesuchern besetzt, die dringend eine Tasse Kaffee brauchten. Adrian bekam sofort Lust, sich dazuzusetzen, doch zuerst mussten sie in die Bäckerei. Drinnen empfing sie der warme Duft nach Teig und Kaffee. In der Vitrine türmten sich kleine Kuchen, Hörnchen und Blätterteigkreationen mit frisch glänzendem Zuckerguss, das Wandregal präsentierte mindestens zehn verschiedene Brotsorten. Dazu die übliche Tchibo-Ecke mit allem, was man garantiert nicht in einer Bäckerei erwarten würde. Auch die vier Stehtische hier drinnen waren besetzt. Die drei Verkäuferinnen waren beschäftigt, doch als eine zur Seite ging, um für einen Kunden eine Tasse Kaffee einzuschenken, nutzte Manfred die Gelegenheit, um sie nach Ralf Detschey zu fragen.

»Der Juniorchef?« Sie sah ihn fragend an, ihre Wangen glühten. »Milch und Zucker?«, rief sie dem wartenden Kunden zu. Als dieser nickte, nahm sie ein abgepacktes Milchdöschen und eine große Zuckerdose und stellte sie auf die Theke. »Der ist im Moment nicht da. Aber vielleicht wollen Sie mit dem Senior sprechen?« Als Manfred nickte, fiel ihr noch was ein. »Wer sind Sie überhaupt?«

Als Manfred seinen Dienstausweis vorzeigte, schien sie um ein paar Zentimeter zu schrumpfen. »Ich hole ihn gleich.« Sie eilte durch die Schwingtür in die hinteren Räume und war schon wenige Sekunden später wieder zurück. »Er kommt gleich«, sagte sie eifrig und wandte sich erleichtert wieder ihrer eigentlichen Arbeit zu.

Die Schwingtür öffnete sich wieder, und ein älterer Mann in Bäckerkluft winkte sie zu sich. »Kommen S' rein!«

Unter den neugierigen Blicken aller, die im Laden waren, folgten ihm Adrian und Manfred nach hinten. Er führte sie in einen kleinen Aufenthaltsraum, in dem eine Eckbank mit Tisch und zwei Stühlen stand, an der gegenüberliegenden Wand war eine kleine Küchenzeile. »Es muss ja net jeder wissen, warum Sie da sind.« Er bedeutete ihnen, Platz zu nehmen. »Also, was ist los? Ist was mit dem Ralf passiert?«

»Wieso fragen Sie das? Sie sind Herr Detschey senior, nehme ich an?«, wollte Adrian wissen.

Er nickte und schnaufte erleichtert. »Gott sei Dank. Ich hab schon gedacht …«

»Was haben Sie gedacht?«

»Mei, irgendein Unfall, was Schlimmes halt.«

»Ihr Sohn ist nicht hier?«

Er schüttelte den Kopf, seine Haare waren staubig vom Mehl. Er fuhr sich mit den blank gewaschenen Händen müde über das Gesicht.

»Wann kommt er denn wieder?«, hakte Adrian nach.

»Weiß ich nicht.«

»Sie wissen es nicht? Ich dachte, Ihr Sohn sei inzwischen der Chef?«

»Stimmt auch.«

»Und dann lässt er Sie ganz allein? Das können Sie doch allein gar nicht schaffen. Wir haben draußen Ihre wunderbaren Sachen gesehen.« Adrian lächelte.

Detschey winkte ab. »Ich hab schon meine Leut. Hab ja die letzten Jahre auch durchkommen müssen.«

»Wo ist denn Ihr Sohn?«

Anstatt einer Antwort zuckte Detschey mit den Schultern.

»Ist das üblich, dass Sie nicht wissen, wo Ihr Sohn ist?«

»Er ist erwachsen, er kann tun, was er will. Er ist mir keine Rechenschaft schuldig.«

»Aber er ist auch Ihr Geschäftspartner.«

»Erich, Erich!«, klang eine weibliche Stimme von hinten.

»Ich bin in der Küch, Traudl!«, rief Detschey zurück.

Sie hörten kräftige Schritte, dann öffnete eine mollige Frau Ende fünfzig die Tür.

»Was ist denn hier los?« Sie schaute fragend auf die drei Männer. »Sind Sie von der Polizei?«

»Sieht man uns das an?«

»Na, die vom Ordnungsamt kennen wir alle.« Ihre Augen blieben misstrauisch. »Ist was passiert?«

Ihr Mann gab die Antwort. »Die suchen den Ralf.«

»Wieso?« Traudl Detschey nahm die wachsame Stellung einer Clanchefin ein.

»Wir ermitteln in einem Mordfall.«

»Da sind Sie bei uns falsch. Der Ralf tut doch keinem was, der ist doch froh, wenn man ihn Ruhe lässt. Welcher Mordfall überhaupt? Doch nicht etwa der Eberhardt?«

Detschey lachte bitter. »Sie glauben doch nicht im Ernst, dass mein Sohn …?« Er machte eine kleine Pause. »Nach all der Zeit?«

»Herr Detschey, wir müssen jeder Spur nachgehen. Es ist nun einmal so, dass Ihr Sohn zu Herrn Eberhardt nicht gerade ein ungetrübtes Verhältnis hatte.«

»Wundert Sie das? Außerdem gibt es viele, denen der Eberhardt geschadet hat.«

»Meinen Sie damit jemand Bestimmtes?«

Detschey schnaubte. »Nehmen S' doch bloß die angebliche Ökohaus-Siedlung! Öko! Wenn ich so was schon hör! Aber die Zeitungen waren voll davon, wie wunderbar das vom Eberhardt ist, dass er so was baut! Tja, und wie dann alles fertig war, hat sich herausgestellt, dass nix ist mit Öko und Energiesparen. Pfusch von vorn bis hinten. Aber des haben die Zeitungen nicht g'schrieben.« Er schob ein paar Teigkrümel auf dem Tisch hin und her. »So einer wie der hat überall seine Freunderl.«

Traudl Detschey ließ sich erschöpft neben ihren Mann auf die Bank fallen. Plötzlich fing sie zu weinen an. »Das ist so schlimm. Erst macht dieser Mann unser Leben kaputt, und sogar jetzt, wo er tot ist, lässt er uns nicht in Ruhe.« Sie suchte in ihrer Kitteltasche nach einem Taschentuch, und als sie keins fand, gab ihr Manfred ein Päckchen Tempos. Sie nickte ihm kurz zu und tupfte sich die Augen ab. »Nichts ist mehr so, wie es früher war. Wir machen halt einfach weiter, weil irgendetwas müssen wir ja machen. Aber wenn man als Mutter mit ansehen muss, was aus seinem Kind geworden ist …«

Ihr Mann tätschelte ungeschickt ihren Unterarm. Seine abgearbeiteten Hände verstanden sich sicher besser auf das Brezen drehen als auf tröstende Gesten.

»Es ist bestimmt nicht leicht für Sie, das alles ganz allein zu schaffen.« Manfred rutschte ein wenig näher zu ihr hin.

Sie nickte. »Wir wollten eigentlich vor zwei Jahren aufhören und uns dann die Welt anschauen. Eine Kreuzfahrt in die Karibik, davon träume ich mein Leben lang. Seit der Harry Belafonte dieses schöne Lied gesungen hat.«

»Mister Tallyman?«, fragte Manfred.

»Genau.« Sie lächelte ihn schief an. »Wir haben ja vierzig Jahre nur geschuftet. Und dann das.« Sie schüttelte den Kopf und schaute unverwandt auf das zerknüllte Taschentuch.

»Wo wohnt Ihr Sohn denn?«, fragte Adrian.

»Hier im Haus, ganz oben, in der Einliegerwohnung.« Traudl Detschey schluckte und bemühte sich rührend um Fassung.

»Dann wissen Sie immer, wann Ihr Sohn da ist und wann nicht?«

»Ja.«

Darauf könnte ich in Detscheys Alter auch verzichten, dachte Adrian. Er fing Manfreds Blick auf und wusste, dass es ihm genauso ging.

Detschey senior stand auf. »Ich muss jetzt wieder. Meine Frau ist ja jetzt bei Ihnen.« Man merkte ihm die Erleichterung an, sich aus dieser Runde zurückziehen zu können. Doch er besann sich noch auf die guten Sitten und gab jedem der beiden Kommissare die Hand, bevor er mit müden Schritten den Raum verließ.

»Frau Detschey, seit wann ist Ihr Sohn weg?«, fragte Adrian.

Sie sah ihn offen an. »Seit vorgestern.«

Also seit dem Tag vor Eberhardts Tod. »Wie lange wird er weg sein?«, hakte Adrian nach.

»Am Sonntag kommt er wieder.«

»Ihr Mann scheint ja nicht viel über diese Reisen Ihres Sohnes zu wissen –«

»Mein Sohn ist nicht verantwortungslos«, fiel ihm Traudl Detschey ins Wort. Sie wirkte etwas verlegen, als müsse sie das Verhalten ihres Sohnes verteidigen. »Er weiß, dass es auch so läuft. Nicht dass sie einen falschen Eindruck vom Ralf bekommen.« Die Löwenmutter, die ihr Junges beschützen musste, kam allmählich zum Vorschein. »Sobald er nach dem Unglück wieder auf dem Damm war, ist er schon wieder in der Bäckerei gestanden.« Leichter Stolz schwang in ihrer Stimme mit. »Arbeit ist halt immer noch die beste Medizin.«

»Hat Ihr Sohn jemals professionelle Hilfe angenommen?«

»Nein.« Sie schüttelte vehement den Kopf. »Davon wollte er nichts wissen. Er hat immer gesagt, ›Mama, im Grunde muss ich sowieso ganz allein damit fertig werden, was soll ich da beim Psychologen?‹.«

»Haben Sie den Eindruck, dass Ihr Sohn das Unglück gut verarbeitet hat?«

Sie zuckte mit den Schultern. »Ich glaube schon. Er redet ja nicht viel.« Ihre Augen füllten sich wieder mit Tränen. »Er lag damals stundenlang unter den Trümmern. Wir haben alle mit den Händen und dem, was wir finden konnten, gegraben, aber wir haben nur so wenig tun können.«

Manfred zog ein frisches Tempo aus der Packung und gab es ihr.

»Er hat einen großen Hass auf Max Eberhardt gehabt, nicht wahr?«, sagte er sanft.

»Freilich«, antwortete sie, nachdem sie sich die Augen abgetupft hatte. »Wir alle. Wir haben auch alle gewusst, dass wir gegen ihn nichts tun können, aber Ralf wollte es unbedingt versuchen.«

»Leider hat es nicht funktioniert«, sagte Manfred.

»An dem Eberhardt ist doch alles abgeprallt.« Sie schnaubte und es klang bitter. »Ober sticht Unter, das ist auch im richtigen Leben so.«

»Ihr Sohn hat Herrn Eberhardt dann tätlich angegriffen«, sagte Adrian.

»So schlimm war es auch wieder nicht«, erwiderte Traudl Detschey. »Er hat ihn ein paarmal am Schlafittl gepackt, mehr war da nicht. Seit dieser gerichtlichen Verfügung war für meinen Sohn das Thema erledigt.«

»Nimmt sich Ihr Sohn öfter frei?«, fragte Adrian.

Frau Detschey nickte. »Alle paar Wochen. Aber das hat auch einen Grund. Einen ganz bestimmten.« Sie flüsterte. »Mein Mann weiß nichts davon. Der Ralf, der bereitet sich nämlich auf die Weltmeisterschaft vor.« Ihr Gesicht strahlte vor Stolz.

Adrian sah Frau Detschey ungläubig an. »Und wieso muss er das heimlich machen?«

Die Bäckersfrau seufzte. »Oh mei. Mein Mann und der Ralf. Die sind schon übers Kreuz gekommen, wie der Ralf noch klein war. Die sind ja alle zwei so stur.« Sie strich die Tischdecke glatt. »Freilich ist mein Mann stolz auf den Ralf. Wie er deutscher Meister geworden ist … Er kann's halt nicht so zeigen.«

Das konnte sich Adrian bei diesem Mann gut vorstellen.

»Aber die Vorbereitung kostet halt unheimlich viel Zeit, dauernd Seminare, sogar im Ausland. Und mein Mann meint, das Geschäft läuft eh so gut, da brauchen wir nicht noch so einen Titel, der nichts bringt. Mehr als den ganzen Tag backen können wir eh nicht.

»Und um den Familienfrieden zu wahren, verschweigen Sie Ihrem Mann das alles?«

»Und was erzählen Sie ihm dann?«, wollte Manfred wissen.

»Dass er zu einer Selbsthilfegruppe fährt. Da kann mein Mann ja wohl schlecht was sagen.«

Adrian räusperte sich. Er fand es bestürzend, mit welchen Tricks in den Familien gearbeitet wurde. Wenn man nicht einmal da ehrlich sein konnte, wo dann bitte schön sonst? »Geben Sie uns doch bitte eine Telefonnummer oder Adresse, unter der wir Ihren Sohn erreichen können.« Seine Stimme klang barscher als beabsichtigt.

»Freilich«, antwortete Traudl Detschey schnell. »Adresse habe ich keine, aber seine Handynummer. Sie werden sehen, dass mein Ralf nichts mit dieser Eberhardt-Geschichte zu tun hat. Und ich gebe Ihnen auch noch ein bisserl was von unseren Sachen mit.«

Nach Manfreds Grinsen zu urteilen, war zumindest einer von ihnen damit zufriedengestellt.

***

Nach einer kleinen Pause mit Kostproben aus dem Hause Detschey fuhren Adrian und Manfred nach Altötting zurück, um Eleonore Binder einen zweiten Besuch abzustatten. Das Hochhaus am Stadtrand – für Altöttinger Verhältnisse war ein achtstöckiges Gebäude ein Hochhaus – erhob sich einsam zwischen einstöckigen Doppel- und Reihenhäusern, direkt dahinter verlief eine Bundesstraße, und wenn man den Blick nach rechts wandte, reckten sich in ungefähr zweihundert Metern Entfernung die meterhohen Werbetafeln der neuen Discounter, Baumärkte und Tankstellen in schreienden Farben gen Himmel. Die neue Schäbigkeit der Provinz, dachte Adrian. In ihrem Versuch, das Flair einer Großstadt nachzuahmen, würde sie irgendwann als riesiges, von Umgehungsstraßen durchzogenes Gewerbegebiet enden.

»Jetzt komm schon«, rief Manfred ungeduldig. »Ich spüre schon die ersten Tropfen.«

Dunkle Wolken waren von Westen aufgezogen, und kaum hatten sie das Haus erreicht, fing es heftig an zu regnen. Ein kleines Mädchen, dessen Schulranzen auf dem zierlichen Körper wie ein Folterinstrument wirkte, stand vor dem Aufzug, der sich gerade mit einem leisen Piepton ankündigte.

»In welchem Stock wohnt Frau Binder?« Manfred wischte sich einige Tropfen von seiner Jeansjacke.

»Ganz oben, im achten.« Adrian wollte sich schon in Richtung des Treppenhauses wenden, doch Manfred ging zielstrebig zum Aufzug.

»Ich glaube, wir können es riskieren mitzufahren. Bei so einem netten Schutzengel.« Er grinste das Mädchen an, das verlegen wegschaute.

Adrian nickte. »Wahrscheinlich.« Er hasste Aufzüge, aber ein wenig Abhärtung konnte nicht schaden.

Sie stiegen in den Aufzug, in dem außer dem Mädchen noch jemand war: Frau Binder. Das freute Adrian in doppelter Hinsicht. Zum einen natürlich, weil ihr Besuch nicht umsonst war. Zum anderen lenkte ihn ihre Präsenz von seinen Grübeleien hinsichtlich der Gefahren einer Liftpartie ab.

»Frau Binder, so ein Glück, wir wollten gerade zu Ihnen!«

»Tatsächlich?« Sie klang gerade so spitz, dass es nicht unverschämt wirkte. Sie sah erschöpft aus; die Falten um die Augen traten stärker hervor als bei Adrians erstem Besuch. Das konnte aber auch an der flackernden Neonröhre liegen, die den Lift beleuchtete. Selbst Manfred, dieser junge Spund, sah aus, als würde er dringend eine Extradosis Vitamine brauchen.

Nachdem das Mädchen auf die Drei gedrückt hatte, zog es sich in eine Ecke zurück und starrte alle der Reihe nach an. Es hatte offensichtlich noch nichts vom ungeschriebenen Aufzuggesetz gehört, nach dessen Regeln jeder geflissentlich am anderen vorbeizuschauen hatte. Kindsein hatte seine Vorteile, dachte Adrian, der Gesichter faszinierend fand und es bedauerte, dass er als domestizierter Erwachsener Menschen, die ihn optisch interessierten, nicht ungeniert betrachten durfte, ohne als Perverser zu gelten.

Der Aufzug gab ein ächzendes Geräusch von sich, als er sich in Bewegung setzte. Manfred suchte Adrians Blick und nickte ihm aufmunternd zu. »Er fährt doch prima«, murmelte er leise, und tatsächlich schnurrte der Lift sanft nach oben.

»Das passt mir jetzt aber gar nicht.« Eleonore Binder zog ihren Schal vehement enger, als wäre durch die beiden Polizisten die Temperatur in der Kabine auf den Nullpunkt gefallen.

»Das tut mir leid, Frau Binder«, antwortete Adrian, »aber es geht nicht anders. Das ist übrigens mein Kollege Hiebel.«

Manfred sandte sein strahlendes Lausbubenlächeln zu ihr hinüber, und für den Bruchteil einer Sekunde schienen sich ihre Gesichtszüge zu entspannen. Dann fing sie den faszinierten Blick des Mädchens auf.

»Haben dir deine Eltern nicht beigebracht, dass man die Leute nicht anstarrt?«, blaffte sie die Kleine an.

Die blieb stumm und drückte sich etwas enger an die Fahrstuhlwand. Als der Aufzug im dritten Stock hielt, drehte sie sich um und lief hinaus.

»Russen«, seufzte Frau Binder, als würde das alles erklären. »Kein Benehmen …«

Sie ließ den Satz ausklingen, was Adrian die Gelegenheit gab, darüber nachzudenken, dass es auch nicht gerade von guten Manieren zeugte, Kinder nach Belieben anzuschnauzen. Er fuhr zusammen, als sich die Tür schloss. Schon wieder komische Geräusche.

»Denken Sie sich nichts, der klingt immer so«, meinte Eleonore Binder. »Seit das halbe Haus voller Russen ist, ist er ständig kaputt. Kein Wunder, die Kinder von denen benutzen ihn ja als Spielzeug. Den ganzen Tag rauf und runter. Na ja, in Sibirien gibt es so etwas anscheinend nicht.«

Bevor sie zu weiteren Ausführungen ausholen konnte, ruckelte die Kabine. Eleonore Binder fiel leicht nach vorn und streifte Adrians rechten Arm. Sie waren stecken geblieben, irgendwo zwischen dem sechsten und siebten Stock.

»Da sehen Sie's! Das ist jetzt schon das dritte Mal in dieser Woche, dass das passiert.« Sie klang leicht triumphierend, als diene dies als Beweis für irgendetwas. Eine Verschwörung russlanddeutscher Aussiedlerkinder gegen bayerische Aufzüge? Sie drückte auf den Alarmknopf, der zuverlässig funktionierte. »Freuen Sie sich nicht zu früh. Wenn der Kraus nicht da ist, können wir hier lange sitzen.«

»Ist das der Hausmeister?«, fragte Adrian, dessen Herzschlag ziemlich schnell geworden war.

»Ja, ist zwar auch ein Russe, trotz des Namens, aber bei Aufzügen kennt er sich aus.«

»Ja, was ist?«, krächzte es auf einmal aus dem Lautsprecher.

»Herr Kraus, Binder hier, ich stecke wieder einmal fest. Mit zwei Herren.«

»Wo?« Das war offenbar keine Nachricht, die den Hausmeister in Hektik versetzte. Er klang beunruhigend gelassen.

»Zwischen dem sechsten und siebten Stock!«, rief Adrian dazwischen, der das Gefühl hatte, er müsse in dieser Situation etwas Konstruktives leisten.

»Ich komme«, sprach es aus den Schlitzen, dann wurde die Verbindung mit einem lauten Knarren gekappt.

»Dann schauen wir mal, wann er kommt, der Herr Kraus«, meinte Eleonore Binder und sah Adrian an, der auffallend tief ein- und ausatmete. »Geht es Ihnen nicht gut, Herr Behringer?« Sie klang amüsiert.

»Doch, doch«, antwortete er etwas zu schnell und lehnte sich an die Wand.

Sie war gnädig und wandte ihren Blick Manfred zu. »Es fährt

halt nicht jeder gerne Aufzug.« Sie lockerte den Schal und zog ihre Handschuhe aus. »Aber Sie, Herr Behringer, wo Sie als Kind so tolle Kunststücke gemacht haben ...« Sie wandte sich verschwörerisch Manfred zu. »Ganz oben auf der Menschenpyramide ist er gestanden. Auf den Schultern von seinem Papa ist er gestanden und hat laut gelacht. Ein richtiger Sonnenschein war er, der Herr Behringer.«

»Tatsächlich?« Manfred, der sich ganz entspannt nach hinten lehnte, schmunzelte und holte eine Packung Pfefferminzbonbons aus seiner Hosentasche. »Möchte jemand?«

Nach einem kurzen Blick auf die verknitterte Packung verneinte Eleonore Binder, Adrian verzichtete auf eine Antwort und drückte stattdessen hektisch auf den Alarmknopf, der jedes Mal einen tiefen, sinnlosen Signalton ausstieß. »Wieso geht denn hier nichts vorwärts?«

»Ein bisschen Geduld«, meinte Frau Binder gut gelaunt. »Beim Kraus geht nichts hopplahopp.«

»Dann nützen wir doch die Zeit und stellen Ihnen unsere Fragen einfach hier«, meinte Manfred.

»Sie meinen, in diesem engen Aufzug können Sie mich so richtig in die Zange nehmen?« Lässig wirbelte sie ihren linken Arm nach oben und sandte eine Wolke schweren Parfums in die dumpfe Aufzugluft.

Als Adrian der Duft in die Nase stieg, wurde ihm fast unmittelbar übel, und sein Brustkorb verengte sich. Er musste sich ablenken. Er besann sich auf seine Arbeit und auf den Grund, warum er hier war, in diesem seltsamen Vernehmungsraum.

»Wenn es sein muss auch das, Frau Binder«, sagte er. »Wieso haben Sie mir nicht erzählt, dass Sie am Abend des Todes von Herrn Eberhardt außer Haus waren?«

Sie runzelte kurz die Stirn, dann folgte ein Lächeln. »Das muss ich wohl vergessen haben!« Schmunzelnd schüttelte sie den Kopf. »Na ja, ist ja auch kein Wunder.«

Adrian verzichtete auf eine Antwort und sah sie kühl an.

»Ich war beim Trauerumtrunk von der Sophie, und dort gab es nur diese selbst gemachten Kräuterliköre zu trinken. Die sind eigentlich gar nicht mein Fall. Aber was soll man machen? Ich konnte danach nicht einschlafen und habe Schlaftabletten genommen. Starke. Da war ich halt am nächsten Morgen, als Sie bei mir waren, noch nicht ganz da.«

»Sie waren nur fünfzig Meter vom Tatort entfernt.«

»Unglaublich, nicht? Da sehen Sie mal, was es für Zufälle gibt.«

»Wann haben Sie denn diesen Umtrunk verlassen, Frau Binder?«

»Auf jeden Fall vor neun.«

»Kann das jemand bestätigen?«

»Genug Leute waren da. Ob die allerdings auf mich aufgepasst haben?« Eleonore Binder fächelte sich mit der Hand Luft zu. Wieder stieg der schwere Duft ihres Parfums auf, und Adrian musste sich kurz wegdrehen, um einen erneuten Brechreiz zu unterdrücken.

Nun übernahm Manfred. »Wann waren Sie zurück, Frau Binder?«

»Meinen Sie hier zu Hause?«

Manfred nickte.

»Ich habe nicht auf die Uhr gesehen.«

»Sie sind also direkt vom Umtrunk nach Hause gegangen?«

»Mehr oder weniger. Das habe ich doch bereits alles Ihrem Kollegen erzählt.« Sie nestelte an ihrem Schal herum.

»Was heißt mehr oder weniger?«

»Ich bin zum Taxistand am Bahnhof gegangen. Dort können Sie ja fragen, wenn Sie die genauen Zeiten brauchen.« Ihre Kopfbewegungen machten deutlich, dass sie das Ergebnis dieser Befragung völlig kalt ließ. »Ich weiß nur, dass ich gegen halb zwölf ins Bett gegangen bin.«

»Sie sind in der Nacht allein bis zum Bahnhof gegangen?« Manfred verlagerte das Gewicht auf den anderen Fuß und atmete tief ein. Auch ihm wurde die Luft langsam zu dünn. »Das sind ja mindestens zehn Minuten Fußmarsch. Wieso haben Sie kein Taxi bestellt?«

»Ich fühlte mich nicht wohl und war ganz froh um ein bisschen frische Luft. Immerhin war eine meiner Freundinnen gestorben, und der ganze Trubel im Laden war mir zu viel. Ich brauchte etwas Ruhe.«

»Hat Sie irgendjemand beim Nachhausekommen gesehen?« Adrian hatte sich wieder gefangen und hoffte, dass Frau Binder sich mit ihrer Gestik zurückhalten würde.

»Nicht dass ich wüsste.«

»Wir werden das klären.«

»Viel Spaß. Die Nachbarschaft ist reizend.«

»Wieso habe ich das Gefühl, dass ich Ihnen nicht trauen kann, Frau Binder?«

»Die Nachbarschaft ist wirklich reizend, Herr Kommissar.«

»Hauptkommissar, wenn wir schon bei den Titeln sind.«

Von draußen waren hämmernde Geräusche, die bei genauerem Hinhören alles andere als vertrauenerweckend klangen, zu hören. Glücklicherweise färbte die Selbstsicherheit von Frau Binder auf Adrian ab. »Ich fasse zusammen, Frau Binder. Sie haben mich belogen, als es um Ihren Aufenthaltsort zur Tatzeit ging. Sie waren zur Tatzeit nur wenige Meter vom Tatort entfernt, wissen nicht, wann Sie die Feier verlassen haben, geschweige denn, wann Sie zu Hause waren. Keine Zeugen. Das sieht nicht gut für Sie aus.«

»Und was wäre mein Motiv, Herr Hauptkommissar?«

Er dachte an Max Eberhardts Kondomsammlung. »Eifersucht?«

Sie lachte auf. »Haben Sie schon vergessen, dass ich mich von ihm getrennt hatte?«

»Das behaupten Sie, Frau Binder. Niemand scheint bisher etwas davon zu wissen. Und wenn es genau umgekehrt war? Dass sich Herr Eberhardt von Ihnen getrennt hat? Dass Sie eifersüchtig waren?«

Sie sah Adrian kalt an. »Ich kann Ihnen versichern, dass das nicht der Wahrheit entspricht.«

»Frau Binder!«, krächzte es aus dem Lautsprecher.

»Ja, Herr Kraus?«, rief sie zurück.

»Ich bin gleich so weit. Ist nur ein kleiner Fehler.«

Adrian wollte nicht darüber nachdenken, was bei einem größeren Fehler geschehen wäre.

»Wunderbar, mein Guter!«, rief sie zurück.

Die Kabine ruckelte heftig, dann setzte sie sich sanft schnurrend in Bewegung, allerdings nach unten.

»Prima!«, rief Eleonore Binder. »Endlich können wir raus. Langsam wurde die Luft doch etwas dünn, nicht wahr?«

Als die Tür mit einem Piepton aufging, erwartete sie ein zufrieden aussehender Mann mit Baseballkappe und blauem Arbeitsmantel. »Alles in Ordnung?«, fragte er.

»Bestens, mein lieber Herr Kraus«, flötete Frau Binder. »Kann ich gleich wieder hinauffahren?«

»Natürlich«, sagte der liebe Herr Kraus. »Das hält eine Weile.«

»Meine Herren?« Eleonore Binder sah die beiden Polizisten fragend an. »Müssen Sie noch mit nach oben? Eigentlich habe ich Ihnen schon alles gesagt.«

»Tatsächlich, Frau Binder?« Adrian lächelte sie an. Es war gut, wieder mehr Luft zu bekommen, auch wenn sie nach nasser Kleidung und diversen Kohlgerichten roch. »Nun gut. Sie kommen morgen zu uns aufs Revier, dann nehmen wir ein Protokoll auf.«

»Ein Protokoll? Na, wenn Sie meinen.« Sie drückte auf den Etagenknopf. »Auf Wiedersehen!« Sie nickte ihnen kurz zu, bevor sich die Tür schloss.

Adrian und Manfred sahen einige Sekunden versonnen auf die Tür, doch es waren keine auffälligen Geräusche zu hören. Auch Herr Kraus war inzwischen verschwunden, in vollem Vertrauen auf seine handwerklichen Fähigkeiten.

»Würdest *du* gleich wieder mit diesem Teil hinauffahren?«, fragte Adrian.

Manfred schüttelte den Kopf. »Niemals.«

»Gut. Und ich dachte schon, ich hätte ein Problem.«

# 11

Es war Maillingers große Stunde. Wie ein Operettengeneral marschierte er vor seiner Ladenfront auf und ab und informierte die mal schüchtern, mal forsch nachfragenden Mordtouristen huldvoll über den Stand der Dinge bezüglich dieses »furchtbaren Verbrechens auf heiligem Grund«, eine Phrase, die er sich wohl schon bei der Morgentoilette zurechtgelegt hatte. Er hatte sich herausgeputzt, trug einen grau gesprenkelten Anzug mit rostfarbenem Hemd und schwarz-weißer Krawatte. Das leicht Schleimige seines Aussehens würde er wohl nie loswerden, aber immerhin sah man auf dem Anzugstoff, der an das Schneegeriesel eines Fernsehers nach Programmschluss erinnerte, seine Schuppen nicht. Das Geschäft brummte. Die meisten Kunden verließen den Laden mit einer Kerze in der Hand. Die waren billig, und man konnte sie später vor der heiligen Madonna anzünden und für sich selbst um ein friedlicheres Ende des Lebens bitten. Man konnte ja nie wissen … Auch vor den anderen Devotionalienläden herrschte reger Betrieb. Die Aniol-Schwestern, die Katharina entfernt an die Jacob-Sisters erinnerten, füllten gerade die leer gekauften Körbchen mit dem Glücksklee in Dosen auf, und sogar der Imbiss vom alten Morawetz, dessen Spezialität trockene Fischsemmeln und Getränkedosen mit fragwürdigem Mindesthaltbarkeitsdatum waren, erlebte so etwas wie einen Besucheransturm. Katharina, die hinter der verschlossenen Eingangstür des Wallfahrtsladens stand, seufzte. Vielleicht sollte ich doch wieder herziehen, dachte sie. Wichtige Voraussetzungen erfülle ich schon: Neugier und Heimlichtuerei. Sie war sich selbst peinlich, doch dieses Gefühl steigerte sich noch, als sie auf einmal einen Atem an ihrer linken Halsseite spürte.

»Na, kleine Spannerin?«

Sie fuhr herum und sah direkt in Oswaldos Augen. Dass diese spöttisch guckten, wäre untertrieben gewesen. Ihr fiel keine passende Antwort ein, was sie maßlos ärgerte, jedoch nicht weiter auffiel, da Oswaldo sofort weiterredete.

»Wieso hast du nicht aufgesperrt? Wir hätten sofort den Laden voll, bei dem Betrieb, der draußen herrscht.«

»Wieso bist du dann nicht da und hältst die Stellung, so wie Maillinger?«

»Ich musste noch etwas erledigen.«

»Das erklärt natürlich alles.« Sie ging langsam in das Innere des Ladens zurück und blieb vor den Regalen mit den Heiligenfiguren stehen. »Vielleicht sollten wir uns noch einmal in Ruhe unterhalten.« Sie fing seinen ungeduldigen Blick auf. »Danach können wir aufsperren.«

»Denk daran, alles, was wir einnehmen, gehört jetzt uns.«

»Erst einmal abwarten.« Sie nahm einen Sebastian aus dem Regal. Er gefiel ihr, mit seinem graublauen Umhang und den tiefbraunen, glutvollen Augen. So viel Schönheit hatte ihren Preis: sechshundertzwanzig Euro. Nicht billig, der Gute. Und die ganze Wand war voll davon. Sie konnte sich nicht vorstellen, dass Wallfahrer, die in ihrer Vorstellung eher sparsam waren, in den Laden kamen und mal eben eine hübsche Holzfigur für über tausend Mark mitnahmen.

»Wie viele verkaufen sich davon?«

Oswaldo dachte kurz nach. »So an die zwanzig im Monat.«

»Wow!«, entfuhr es Katharina.

»Eben«, meinte er lakonisch. »Meinetwegen könntest du das ganze Glump wegschmeißen, aber es ist das Einzige hier, das richtig Geld bringt.«

Irgendwie tat es ihr leid, dass Oswaldo den Sebastian als Glump bezeichnete. Sie strich mit den Fingern über die Konturen des Gesichtes. Sie musste grinsen, denn plötzlich fiel ihr ein, dass sie, als sie klein war, einer heiligen Barbara mit dem Lippenstift ihrer Mutter ein Make-up aufgemalt hatte. Der Wutanfall von Tante Sophie war nicht von schlechten Eltern gewesen, und sie hatte einen Monat Ladenverbot bekommen. »Die Figuren sind gar nicht übel. Wer schnitzt die?«

»Ein begabter junger Mann aus der Gegend«, sagte Oswaldo.

»Das kannst du vielleicht fußlahmen Pilgern erzählen, aber als Partnerin in spe muss ich mehr wissen. Die Kundschaft will schließlich kompetent beraten werden.«

»Ein pickliger Chemielaborant aus Burghausen, den sein Job ankotzt. Ich bin mir nicht sicher, ob die Leute so etwas hören wollen.«

Katharina antwortete nicht, dachte aber, dass »begabter junger Mann aus der Gegend« wirklich besser klang. »Wie viel zahlst du ihm?«

»Details gibt es erst, wenn das mit uns beiden hier ernst wird«, sagte Oswaldo. »Nur so viel: Er ist zufrieden.«

»Wie schön«, meinte Katharina. Ein Blick in die Bücher würde genügen, und sie wüsste Bescheid. Es sei denn, Oswaldo machte ein paar krumme Geschäfte hintenherum. »Wenn ich mich auf dieses Abenteuer einlasse, dann müssten wir hier schon einiges ändern.«

»Aber nicht an der Einrichtung«, protestierte Oswaldo sofort.

»Natürlich nicht, das ist unser einziger Pluspunkt. Die Leute fahren nach Wien oder Triest, um so etwas zu sehen.« Damit zitierte sie Pia, die sie kurz nach dem Mittagessen angerufen hatte.

»Das ist ja ein richtiges Schatzkästchen, das dir da ins Nest geflogen ist!« Sie hatte völlig überdreht geklungen. »Du musst die Erbschaft auf jeden Fall annehmen!«

»Aber es ist in Altötting, nicht in einer Großstadt!«, hatte Katharina protestiert.

»Das macht doch nichts! Was sind denn heutzutage hundert Kilometer! Dieses Holz! Und diese Metallbeschläge! Einfach gigantisch. Wenn das Ganze platzt, nehmt ihr aber die Einrichtung mit. Ich habe Kunden, die schlecken sich danach die Finger ab!« Pia war immer auf der Jagd nach außergewöhnlichen Gegenständen für Filmaufnahmen oder Restaurants. »Das musst du mir versprechen.« Und dann hatte sie, irgendwo auf der Autobahn zwischen Frankfurt und Würzburg, ein Wort ins Handy gebrüllt, das Katharina den Laden in einem völlig anderen Licht sehen ließ. Er würde nicht nur modern sein, sondern trendy.

»Oswaldo?« Sie stellte den Sebastian in das Regal zurück. »Die sind alle ganz schön staubig. Wo ist denn hier ein Staubtuch?«

»In der Küche, unter der Spüle.«

Als sie mit dem Tuch zurückkam, stand Oswaldo immer noch an der Tür und sah nach draußen. Es war höchste Zeit, ihn aus seinen Träumereien aufzuwecken.

»Oswaldo?«

Er brummte, drehte sich jedoch nicht um.

»Sagt dir der Begriff ›Konzept-Store‹ etwas?«

»Ist das wieder so etwas Bescheuertes von euch Marketing-Leuten?« Er kam auf sie zu. »Nein, es sagt mir nichts.«

»Das sind die Läden der Zukunft!«

»Und was ist daran so besonders?«

»Dort gibt es alle möglichen schönen Dinge.«

»Was soll daran besonders sein?«

»Dort gibt es nicht nur, sagen wir mal, Schmuck oder Kleidung, sondern Schmuck und Kleidung und Platten und Bücher und Dessous. Lauter Lieblingsdinge.«

»Dessous?«

»Das war nur ein Beispiel.«

»Klingt für mich ganz nach Gemischtwarenladen.«

»Da hast du nicht ganz unrecht, aber in so einem Laden gibt es keine normalen, banalen Sachen, sondern eben besondere Stücke. Nur Dinge, die wir beide schön finden.« Genau das wäre wahrscheinlich der Knackpunkt der ganzen Idee, eine gemeinsame ästhetische Basis mit Oswaldo zu finden.

»Und welche Waren sollten wir deiner Meinung nach hier verkaufen?«

»Darüber müssen wir noch genau nachdenken. Aber schau, auf dem ganzen Platz hier gibt es so viele Devotionalienläden, und jeder hat im Grunde das gleiche Angebot. Rosenkränze, Bildchen, Kerzen, Statuen, Spielzeug, Souvenirs. Wenn wir etwas Besonderes machen, heben wir uns ab.«

Oswaldo nickte. »Ich frage mich nur, wie wir die Dessous hier unterkriegen.«

»Auch Wallfahrer brauchen Unterwäsche«, erwiderte Katharina trocken. »Was tragen eigentlich die Kapuziner drunter?«

»Keine Ahnung.«

»Sicher irgendwas Kratziges. Ungebleichtes Leinen oder so.« Schon bei dem Gedanken daran fing es bei ihr wieder zu jucken an.

Oswaldo nahm seine Jacke vom Stuhl und zog sie an. »Ich muss weg, etwas erledigen.«

»Du willst mich wirklich allein lassen?«

»Warum nicht? *Learning by doing.*«

»Wohl eher *trial and error*«, murmelte Katharina und sah ihm nach, wie er durch die Küche verschwand. Zurück blieb ein sanftes Kräuteraroma. So, und was sollte sie jetzt tun? Aufsperren traute sie sich ehrlich gesagt nicht. Etwas Reales musste her, und was gab es realeres als Staubwischen? Sie hasste Staubwischen, so wie sie alles hasste, was mit Hausarbeit zu tun hatte. Deshalb hatte sie, sobald es ihre Gehaltsklasse ermöglichte, eine Putzhilfe gesucht, eine Investition, die sie nie bereut hatte. Sie arbeitete sich von Regal zu Regal vor. Auch eine gute Möglichkeit, das Inventar des Ladens kennenzulernen, dachte sie sich und machte sich im Kopf eine Liste, was im Sortiment bleiben konnte und was nicht. Nach gut einer Stunde war sie fertig. Sie öffnete die Hintertür, um das Staubtuch auszuschütteln.

»Ja, die frischgebackene Erbin! Samma schon dabei, den alten Mief rauszukehren?«

Katharina, die ganz in Gedanken war, zuckte zusammen.

»Herr Maillinger, so eine Überraschung. Sie hier im Hinterhof, wo es doch heute an der Front so viel zu tun gibt?«

»Da haben Sie recht. Ist es nicht schlimm, dass einer sterben musste, dass unser Geschäft blüht? Aber so sind sie halt, die Leute. Sensationsgierig.«

»Schlimm, wirklich schlimm, Herr Maillinger.«

»Sagen S' einmal, Frau Graf, Sie wollen doch nicht ernsthaft den Laden weiterführen? So eine fesche junge Frau wie Sie, mit so einer guten Bildung, die gehört doch in die Großstadt, nicht in einen Wallfahrtsort.«

»Jetzt machen Sie mal die Kleinstadt nicht so schlecht, Herr Maillinger. Sie sind ja schließlich auch dageblieben.« Katharina glaubte nicht, was sie da von sich gab. Stand in einem Hinterhof und raspelte bei einem Mann, den sie nicht einmal mit der Kneifzange anfassen würde, Süßholz. Nur, um sich nichts zu verbauen. Das fing ja gut an.

»Ich bin halt da hineingewachsen«, meinte Maillinger. »Aber Sie, für Sie ist das doch alles fremd. Und so was«, er nickte den Staublappen an, »müssen Sie dann auch dauernd machen.«

»Es gibt Schlimmeres«, antwortete Katharina, obwohl sie ganz und gar nicht dieser Meinung war.

»Haben Sie schon überlegt, das Ganze zu verkaufen?«

»Sie gehen es ja ganz schön direkt an, Herr Maillinger. Meinen Sie, Sie hätten bei mir ein leichteres Spiel als bei meiner Tante?«

»Bei Frauen hat man nie leichtes Spiel.«

So viel Einsicht hätte sie ihm gar nicht zugetraut.

»Sie haben es in diesem Fall aber nicht nur mit mir zu tun, sondern auch mit Herrn Obermeier.«

»Da haben Sie recht. Aber Herr Obermeier ist ein sehr vernünftiger Mann.«

»Noch ist nichts entschieden, Herr Maillinger. Ich würde sagen, Sie machen einfach weiter wie bisher.« Sie sah in sein leicht enttäuschtes Gesicht und wollte ihm noch etwas Aufmunterndes auf den Weg geben. »Außerdem glaube ich, dass Sie vorn wieder gebraucht werden.«

»Da haben Sie recht.« Er triefte vor Wichtigkeit. »Man bekommt ja heutzutage kein vernünftiges Personal mehr.« Das ist richtig, dachte Katharina, nicht für drei Euro die Stunde. Mehr als diesen Hungerlohn war er nicht bereit zu zahlen, jedenfalls laut Tante Sophie, die in solchen Dingen nicht zu Übertreibungen geneigt hatte.

Als Maillinger sich wieder in seinen Laden begeben hatte, dachte sich Katharina, dass sie vielleicht doch einmal aufschließen sollte, Bammel hin oder her. Einfach mal probehalber, um ihren unternehmerischen Gedankenspielen mit ein bisschen Praxis auf die Sprünge zu helfen.

Es war ein komischer Akt, als sie zum ersten Mal den Laden von innen aufsperrte. Und – der Traum eines jeden Geschäftsmannes – es kamen sofort potenzielle Kunden, genauer gesagt fünf, herein, die auf ihrer wallfahrtlichen Shoppingtour von Maillinger nun zu ihr herüberschlenderten. Mit Befriedigung stellte Katharina fest, dass sie bei ihm offenbar nichts gekauft hatten. Zumindest nichts Größeres. Da sie keine Ahnung hatte, zog sie sich diskret hinter die Theke zurück und ließ die Leute unbehelligt ihre Bahnen durch den Laden ziehen, so wie sie es auch am liebsten hatte. Nichts hasste sie so sehr wie Verkäufer, die sich sofort auf einen stürzten, sobald ein Fuß die Schwelle des Ladens überschritten hatte. Zwei füllige, stark sächselnde Frauen mit kurz geschnittenen, dauergewellten Haaren unterhielten sich angesichts eines Buches über die Heiligen Bayerns angeregt darüber, welche Tötungsart nun grausamer war, Pfählen wie beim heiligen Tobias oder Rädern wie bei der heiligen Barbara. Schließlich kamen sie überein, dass der Altöttinger Mord, bei dem das Opfer einfach einen Schlag auf den Kopf bekommen hatte, noch vergleichsweise human war. Lieber Gott, was hast du da nur für Schäflein zusammen, dachte sich Katharina. Da können sie alle noch so katholisch sein, gegen einen guten Mord kommt einfach nichts und niemand an.

Die beiden Frauen kauften zwei Rosenkränze, einen in Korallenrot, den anderen in Silber. Nervös kramte Katharina unter der Theke, wo die kleinen Papiertütchen sein mussten, die sie Tante Sophie als Kind für ihren Einkaufsladen abgeluchst hatte. Einige Nieser später tauchte sie mit rotem Kopf wieder auf und packte die Rosenkränze ein. In der Zwischenzeit läutete die Ladenglocke. Der alte Herr, der zuvor noch fasziniert die verschiedenen Kerzen begutachtet hatte, war gegangen. Noch nervöser wurde sie, als die beiden ihr das Geld reichten und sie feststellen musste, dass die altertümliche Kasse leer war. Mit einem »Entschuldigung« und dem Gedanken »Ist das peinlich« ging sie schnell nach hinten und fischte das Wechselgeld aus ihrer Geldbörse. Gerade noch ein Euro und zwei Zwanzigcentstücke blieben übrig. Wenn jetzt noch jemand kam und es nicht recht hatte, dann musste sie zu Maillinger Geld wechseln gehen. Und das wäre absolut oberpeinlich. Als die beiden fröhlich schnatternden Frauen aus dem Laden waren, atmete sie durch. Ihr erster Verkauf! Und es war nicht einmal schlecht gelaufen. Aber sie hatte ja auch nichts sagen müssen. Jetzt waren nur noch ein Mann und eine Frau in den Fünfzigern im Laden, die sich sehr für die kleineren Holzfiguren interessierten, sich aber jedes Mal, wenn sie einen Blick auf das Preisschild warfen, desillusioniert ansahen. Die Glocke bimmelte, und der alte Herr von vorhin kam wieder herein. Sie begrüßte ihn mit einem Nicken.

»Könnten Sie bitte einmal herkommen?« Der Mann des Ehepaares winkte sie zu sich.

Katharina ging mit leicht klopfendem Herzen zu ihnen rüber und hoffte inbrünstig, dass die beiden keine umfassende Beratung wünschten, die über »Die Dinger sind aus Holz« und »Sie sind geschnitzt« hinausging. »Was kann ich für Sie tun?«

»Wir finden diese Heiligenfiguren ganz außerordentlich hübsch. Können Sie uns sagen, von welchem Künstler Sie die beziehen?«

»Sind Sie vom Fach?« Katharina versuchte, Zeit zu gewinnen.

»Nein, ich habe nur einmal selbst geschnitzt, und da achtet man ein bisschen mehr auf die Details.«

»Und welche Details gefallen Ihnen besonders gut?« Ein bisschen Marktforschung nebenbei konnte auch nicht schaden.

»Der Faltenwurf des Umhangs hat eine ganz besondere Dynamik und auch die Bemalung, das müssen besondere Farben sein.«

Jetzt griff die Gattin in das Gespräch ein: »Vor allem das Gesicht, wissen Sie, die Figuren, die schauen doch sonst alle gleich aus, was kein Wunder ist, denn die kommen ja aus der Rohlingfabrik.« Aha. Katharina passte genau auf, Rohling stand ganz oben auf der Frageliste. »Aber der Florian hier«, und hier bekam ihr Gesicht einen schwärmerischen Ausdruck, »der hat doch Augen, da wird es einem warm ums Herz.«

Katharina musterte das Holzgesicht und kam zu dem Ergebnis, dass die Augen irgendwie an Oswaldo erinnerten. Wenn sie ganz genau hinsah, nicht nur erinnerten, sondern genauso aussahen.

»Vielleicht ein wenig exotisch?«, bot sie der Frau an.

»Da«, nickte die bestätigend, »Sie sehen das auch.«

»Aber wer …«, versuchte der Mann nachzuhaken.

»Gerhard«, unterbrach sie ihn, »den nehmen wir.«

»Aber billig ist er ja nicht. Ich würde doch gerne wissen, wo er herkommt, der Florian«, versuchte er sich zu wehren.

Ein Mann im Würgegriff von zwei Frauen. Er hatte keine Chance.

»Dieser Florian kommt von einem hochbegabten, sehr jungen Einheimischen«, sagte Katharina milde lächelnd. »Er schnitzt in einer kleinen Werkstatt auf der Burghauser Burg.«

»Auf der Burghauser Burg? Ich wusste gar nicht, dass dort ein Schnitzer seine Werkstatt hat. Ich weiß nur von einer Malergruppe.«

»Er ist sehr zurückgezogen. Man kann die Werkstatt nicht besichtigen«, sagte Katharina schnell.

So ganz zufrieden war der Mann nicht mit ihrer Antwort, aber sie fand den Gedanken bestechend, so ein teures Teil zu verkaufen, wenn auch nur, um Oswaldo zu beweisen, dass sie mehr war als eine Schreibtischtäterin.

»Das reicht doch, Gerhard«, drängte die Frau. Sie konnte es anscheinend nicht erwarten, bei der Hausarbeit vom glutäugigen Florian beobachtet zu werden.

Katharina wollte die beiden nicht unter Druck setzen und ließ ihren Blick durch den Laden schweifen. Der alte Mann war jetzt bei den kleinen Holzbildchen angelangt, die die heilige Maria in allen möglichen Variationen zeigten. Sie waren nicht gerade das, was sich Katharina in ihr Wohnzimmer gehängt hätte, aber den Plastikmadonnen Maillingers mit ihrem bunten Lichterkranz eindeutig vorzuziehen. Nachdem der Alte zuerst alle Bildchen aus dem Behälter herausgenommen und anschließend wieder akribisch eingeordnet hatte, wandte er sich den verschiedenen Kerzen zu. Wahrscheinlich nur so ein Stöberer, der alles anfasst und dann unverrichteter Dinge wieder geht, dachte Katharina. Hoffentlich wird das kein Stammkunde.

Nach einigem Gemurmel, von dem Katharina nur mitbekommen hatte, dass die Farben wunderbar zu den Polstern der Eckbank passen würden, meldete sich der Mann wieder zu Wort. »Also gut, wir nehmen ihn.«

»Sehr schön«, sagte Katharina. »Ich packe Ihnen die Figur ein.«

Der Mann musste sich noch einmal kurz aufregen, als er erfuhr, dass er nicht mit Kreditkarte zahlen konnte. Zum Glück half ihm die Ehefrau mit ihrem Handtäschchengeld aus, wobei sich Katharina wunderte, wie viel Geld manche in ihrer Handtasche mitführten. Schließlich gingen die beiden, sie hochzufrieden, er noch etwas skeptisch, nach draußen.

Katharina freute sich. Ihr erster großer Verkauf!

»Also Mädel, so wird das nichts.«

Katharina, die sich noch in ihrem Erfolg sonnte, fuhr zusammen. »Jetzt haben Sie mich aber erschreckt!«

»Das tut mir leid«, meinte der alte Mann. »Aber Sie werden gleich noch mehr erschrecken.«

Was soll denn das, dachte Katharina. Will der mir jetzt sein bestes Stück zeigen? Sie repetierte gerade die Nummer der Polizei, als er aus seiner Jackentasche eine Handvoll kleiner weißer Kerzen zog, die er triumphierend auf die Theke legte.

»Hey, die sind doch von hier!«

Ungerührt zog er aus seiner anderen Tasche zwei Marienbilder.

»Und die auch!« So ein schamloser Kerl, klaute am helllichten Tag Devotionalienzeugs und gab danach auch noch damit an! »Was soll denn das? Sind Sie einer, der sich gerne verhaften lässt? Denn ich werde jetzt mal die Polizei rufen!«

»Und was wollen Sie denen sagen? Dass ein verrückter Alter bei Ihnen im Laden steht und Ihnen gezeigt hat, wie leicht man bei Ihnen was mitgehen lassen kann? Übrigens«, er zog einen imaginären Hut vom Kopf, »Kammermayr ist mein Name. Von drüben.« Er bewegte seinen Kopf Richtung Kapellplatz.

»Herr Kammermayr, also Sie hätte ich wirklich nicht mehr erkannt. Sie haben ja eine Menge abgenommen. Sie sind ja nur noch die Hälfte von früher«, lachte Katharina erleichtert.

»Ja mei, nach dem ersten Schlaganfall wird auch der Dümmste ein bisserl gescheiter«, antwortete er.

»Also auf den Schreck brauche ich jetzt was zu Trinken. Sie auch, Herr Kammermayr, oder dürfen Sie nicht mehr?«

»Wenn ich mag, dann darf ich auch. Und jetzt mag ich. Was haben S' denn da?«

»Nichts, was Sie im Supermarkt bekommen.«

»So ein feines Wasserl von Ihrer Tante, Gott hab sie selig?« Seine Stimme klang hoffnungsvoll.

Sie goss den bernsteinfarbenen Likör in zwei Gläser. Sie prosteten sich zu, und als der hüpfende Adamsapfel Kammermayrs zeigte, dass das Gebräu den Gaumen passiert hatte, meinte der Wirt anerkennend: »Hui, das ist aber etwas Feines! Das kenn ich gar nicht.«

»Mein Cousin experimentiert ein bisschen mit den alten Familienrezepten«, antwortete Katharina und nahm noch einen Schluck. Gewöhnte sie sich langsam daran, oder schmeckte das Zeug wirklich nicht schlecht? »Mein Gott, Herr Kammermayr, Sie haben mich eben ganz schön bloßgestellt.«

»Das war keine böse Absicht, nur ein kleiner Test.«

»Und ich bin mit Pauken und Trompeten durchgefallen. Warum haben Sie das gemacht? Ihnen könnte es doch egal sein, ob mir der Laden weggeklaut wird oder nicht.«

»Könnte es. Ist es aber nicht.« Er beugte den Kopf nach hinten und trank das Glas leer. »Das ist doch der schönste Laden hier am

Platz. Da macht sich unsereins halt so seine Gedanken, wie es damit in Zukunft weitergeht.«

Der Mann hatte doch was vor. Katharina beschloss, ihn kommen zu lassen. »Was meinen Sie denn damit konkret? Noch ein Schluckerl?« Vielleicht würde das diesem schlitzohrigen Menschen die Zunge lösen.

Er nickte und ließ seinen Blick durch den Laden schweifen. »Ich bin immer gerne hier hereingegangen.« Sein Blick hatte etwas Gieriges. Sie ahnte fast schon, was jetzt kommen würde.

»Aber das ist doch nichts für so eine junge Frau wie Sie.«

»So?«, sagte Katharina lang gezogen. »Was wäre denn Ihrer Meinung nach was für mich?«

Er sah sie von oben bis unten an, und es war offensichtlich, dass ihm das, was er sah, gefiel.

»Sie gehören dorthin, wo Sie bisher waren. In die Großstadt. Sie brauchen doch Kultur und das Ganze. Sie würden sich hier doch fürchterlich langweilen.«

Katharina drehte ihr Glas und beobachtete die Schlieren, die in der Flüssigkeit umherwaberten. »Wissen S', Herr Kammermayr, irgendwann möchte man sein Leben auch einmal verändern. Und vielleicht wäre das jetzt eine gute Gelegenheit dazu.«

Er nickte zustimmend. »Ich wollte eigentlich Boxer werden.«

»Sie?«

Er nickte nachsichtig. »Ich weiß schon, was Sie jetzt denken. Was, der? Der war doch mal so dick, dass er kaum noch durch die Tür gepasst hat. Aber für einen Wirt war des gar nicht so schlecht.« Er nippte an seinem Glas, seine Wangen waren bereits mit einer zarten Röte überzogen. »Damals, nach dem Krieg, waren wir ja alle spindeldürr. Aber durch das Boxen haben wir ein bisschen Muskeln gekriegt. Der Max, Gott hab ihn selig, war übrigens auch dabei. Schmalz, haben wir immer gesagt, des wird nichts bei dir. Dem hat immer so des letzte bisserl gefehlt, um gut zu sein. Aber er hat ja dann auf andere Art Erfolg gehabt. Na ja, mei, aber dann ist mein Vater ganz plötzlich gestorben, und ich musste den Gasthof übernehmen. Ich denke öfter darüber nach, wie mein Leben sonst verlaufen wäre. Darauf trinken wir noch einen.« Er hob sein Glas und leerte es in einem Zug. »Wirklich gut.«

»Sie haben den Herrn Eberhardt also besser gekannt?«

»Was heißt besser. Er war beim Stammtisch, wir haben zusammen getrunken und ein bisschen Witze gemacht.«

Das war genau der Grund, warum Katharinas Vater nie bei einem Stammtisch war.

»Wer, glauben Sie, hat ihn umgebracht?«

Er lächelte. »Sie sind immer noch genauso neugierig wie früher. Ihre Tante hat oft gejammert, was Sie alles wissen wollten.«

»Aber es ist doch normal, wenn man bei so etwas neugierig ist. Das ist doch was anderes als Klatsch und Tratsch.«

»Dann sollten Sie mal hören, was die Leute alles so reden. Da ist es bis zur Verleumdung nicht mehr weit. Nein, nein, das überlasse ich der Polizei. Und Sie am besten auch.« Er stellte sein leeres Glas ab.

»Glauben Sie, dass es etwas mit seiner Baufirma zu tun hat?«, fragte Katharina und goss ihm noch ein Stamperl ein.

»Nein!«, kam es von ihm im Brustton der Überzeugung. »Der ist doch schon ein paar Jahre in Rente. Die Gaudi, die es ab und zu gegeben hat, ist doch schon zu lange her.«

»Oder es steckt irgendetwas Gefühlsmäßiges dahinter«, überlegte Katharina.

»In seinem Alter?« Er amüsierte sich köstlich. »Junge Frau, es ehrt Sie, dass Sie uns noch so viel Temperament zutrauen, aber das halte ich für ausgeschlossen. In seiner Jugend war er ja ein wilder Hund, aber das ist ja alles verjährt.«

»In der Liebe verjährt nichts.«

»Hm.« Er sah sie kritisch an. »Mit Eifersucht hat er sicher öfter zu tun gehabt. Bis zuletzt. Die Eleonore hat ihm schon auch ganz schön zugesetzt. Die Rothaarigen halt ...« Er sinnierte, ein leichtes Lächeln umspielte seine Lippen. »Aber so was? Nein, so weit würde die sich nie gehen lassen.« Bekümmert schüttelte er den Kopf. »So ein Ende wünscht man wirklich niemandem.«

»Heißt das, Sie haben ihn nicht besonders gemocht?«

Überrascht schaute er auf. »Wie kommen Sie denn darauf?«

»Zwischen den Zeilen gelesen.«

»Mei oh mei, ihr Studierten, ihr legt aber auch jedes Wort auf die Goldwaage.«

Katharina grinste. »Zu irgendwas muss das teure Studium ja gut gewesen sein.«

»Darum dürfen Sie das nicht wegwerfen. Zum Verkaufen von Rosenkränzen hätte auch die Hauptschule genügt.« Er stellte das Glas auf die Theke und wandte sich zum Gehen. »Verkaufen Sie das Ganze. Siebenhunderttausend.« Er klang völlig emotionslos. Was Kaltschnäuzigkeit anging, konnte man von diesem alten Haudegen eine ganze Menge lernen.

»Herr Kammermayr«, lachte sie. »Ich bin gerade dabei, mich an eine Karriere als Ladenbesitzerin zu gewöhnen. Das möchte ich schon noch ein wenig auskosten. Außerdem hat der Gedanke was, sein eigener Chef zu sein.«

»Da haben Sie schon recht«, erwiderte Kammermayr. »Aber allein wären Sie ja nicht. Und mit Herrn Obermeier ...« Er ließ den Namen vielsagend ausklingen.

»Ich bin bisher noch mit jedem Mann fertig geworden.«

»Das glaube ich Ihnen gerne.« Seine Augen wanderten wieder an ihr hinauf und hinunter. Katharina überlegte schon, ob sie ihre Bluse ein wenig aufknöpfen sollte, damit seine Augenakrobatik nicht ganz umsonst war, als der Alte ganz ruhig meinte: »Wie schaut es denn eigentlich mit der Schanklizenz aus? Ist die noch gültig?«

»Davon gehe ich aus.« Katharina wurde heiß.

Er nickte, und ein wissendes Lächeln umspielte seinen Mund.

»Denken Sie darüber nach, junge Frau!« Er schwankte ein wenig, als er die Tür aufriss. »Pfüat eana Gott.«

Als er draußen war, schrieb sie auf ihren Zettel das Wort »Schanklizenz« mit einem ganz großen Fragezeichen. Wo könnte sie da nachfragen? Wahrscheinlich im Rathaus. Sie war gerade dabei, die Likörflasche wegzuräumen, als die Türglocke wieder klingelte. Es war der Pfarrer Brandstätter, und er machte nicht den Eindruck, als wolle er etwas kaufen, sondern eilte sofort zu ihr. Sie ließ die Flasche stehen.

»Frau Graf, ich bin gekommen, um Sie zu fragen, wie es Ihnen geht!« Dabei nahm er ihre Hände fest in seine.

»Gut geht es mir«, antwortete Katharina verwundert und wand sich aus seinem Griff. Hier gab sich ja die Hautevolee von Altötting die Klinke in die Hand. Vielleicht sollte sie einen Jour fixe einrichten.

»Wenn man innerhalb so kurzer Zeit zweimal mit dem Tod konfrontiert wird, und einmal auf so besonders drastische Weise, braucht man sehr viel Kraft.«

»Das ist sehr, sehr nett von Ihnen, Herr Pfarrer«, unterbrach ihn Katharina. »Ich werde damit schon fertig.«

»Sie sind eine starke Frau, das habe ich sofort bemerkt.«

»Ach wirklich?« Er hatte sie doch nur kurz beim Umtrunk gesehen, gesprochen hatten sie kaum miteinander. Jetzt bemerkte sie, dass er gierig nach der Likörflasche schielte.

»Darf ich Ihnen etwas anbieten?«

»Nur ein kleines Schlückerl probieren. Ihre Spirituosen genießen ja bereits einen gewissen Ruf. Ich nehme aber nur etwas, wenn Sie mir Gesellschaft leisten.« Er sah ihr zu, wie sie zwei frische Gläser auf die Theke stellte. »Wenn man bedenkt, dass wir vor zwei Tagen hier so schön beieinandergesessen haben und nur ein paar Meter entfernt ist so etwas Schreckliches passiert!« Er schüttelte den Kopf, sein Tonfall konnte jedoch die Vorfreude auf sein Getränk nicht ganz verbergen.

Katharina goss ihm großzügig ein, sich selbst erheblich weniger. Wenn das so weiterging, würde sie hier noch zur Alkoholikerin werden. Sie prosteten sich zu, und dem Pfarrer stieg ein glückliches Lächeln auf. Er hatte ex getrunken.

»Die haben früher schon gewusst, was gut war. Könnte ich noch einmal eins haben, vielleicht kann man das eine oder andere Kräutlein herausschmecken.«

»Aber freilich, Herr Pfarrer, man muss doch wissen, was man trinkt.«

Irgendwie hatte sich ihr Leben in den letzten Tagen verändert. Sie saß in einem altertümlichen Devotionalienladen in einer Kleinstadt, in der das Nachtleben noch nicht erfunden war, sollte über eine Summe von siebenhunderttausend nachdenken und hatte einen Pfarrer bei sich sitzen, der sich am helllichten Nachmittag in aller Gemütsruhe betrank. War das das Leben, das ihr eventuell bevorstand?

»Wenn das stimmt, was in der Zeitung steht, waren wir alle zur fraglichen Zeit draußen unterwegs.«

»Ein unglücklicher Zufall«, meinte Katharina.

»Natürlich, natürlich, ich wollte damit nichts andeuten«, sagte der Pfarrer schnell. »Aber reden wir doch lieber über Sie. Was wollen Sie denn jetzt machen?«

»Wie sagt man in Bayern: Schaun mer mal, dann sehn ma's schon.«

Wie Kammermayr wirkte er nicht sehr zufrieden mit ihrer Antwort. »Ich muss gestehen, dass mir ein wenig frisches Blut hier auf dem Platz gut gefallen würde.«

Katharina sah ihn fragend an.

»Wir haben ja auch viele junge Wallfahrer. Die müssten auch angesprochen werden. Die hängen sich doch keine kitschigen Heiligenbildchen in ihre Wohnungen. Da war Ihre Tante wirklich vorbildlich. Bei ihr gab es so etwas nicht.«

»Aber nebenan.«

Er nickte gequält. »Und diese Barbiepuppen. Und Pumpguns. Was hat denn das hier zu suchen?«

»Maillinger versucht halt, ein Geschäft zu machen. Es scheint ja auch prima zu laufen.« Ob so ein Konzept-Store hier funktionieren würde? Sollte sie eine Andeutung machen? Lieber nicht, sonst wäre die Geschichte zu Ende, bevor sie angefangen hätte. Sie seufzte. »Es ist halt so ganz anders als alles, was ich bisher gemacht habe.«

»Das verstehe ich. Was haben Sie denn bisher genau gemacht?«

»Wenn ich ein Formular ausfüllen muss, schreibe ich immer bei Berufsbezeichnung ›Philologin‹ hinein. Das klingt gut und akademisch, und die meisten trauen sich nicht nachzufragen.«

»Sprach- und Literaturwissenschaft. Schön, schön. Welche Sprachen?«

»Anglistik und Romanistik. Aber ich habe mich auf die Sprachwissenschaft konzentriert. Ich hatte keine Freude daran, Literatur bis in die kleinsten Atome zu zerpflücken.«

»Das kann ich verstehen. Literatur muss auch ohne Analyse direkt in den Bauch zielen.«

»Ein wahres Wort, Herr Pfarrer.« Sie prostete ihm zu. Das wurde langsam eine richtig gemütliche Runde.

»Französisch war immer mein Lieblingsfach in der Schule.«

»Wirklich?« Katharina war erstaunt. »Es gibt wenige Männer, die sich dafür interessieren. Ein klassisches Mädchenfach.«

»Dann sind die Männer ganz schön dumm. Ich habe die Erfahrung gemacht, dass Männer, die gut französisch können, gut bei Frauen ankommen.«

Aha, der Mann hatte offensichtlich eine Vergangenheit. Aber wenn sie ihn sich so ansah, konnte sie das gut verstehen. Dachte sie sich sein unübersehbares Bäuchlein weg und machte sie ihn um zwanzig Jahre jünger, dann war er mit seinen blaugrünen Augen, die fast ins Türkis gingen, seinem netten Lachen und dem wirren Haar, das jetzt zu einem grau melierten Mecki geschnitten war, sicher ein richtiger Sonnyboy gewesen. Was diesen Mann in den Schoß der Kirche getrieben hatte, wäre sicher einmal interessant zu erfahren.

Draußen läuteten die Glocken. Der Pfarrer sah aufgeschreckt auf seine Uhr und trank schnell den letzten Rest aus seinem Glas. »Schon vier! Ich muss los, ich habe noch einen Termin im Altenheim. Und die alten Herrschaften sind sehr penibel, wenn es um die Pünktlichkeit geht.«

»Na ja, dafür wird es heute wahrscheinlich eine besonders geistvolle Begegnung.«

»Meinen Sie? Zumindest werden sich die Kräuter positiv auf mein Nervenkostüm auswirken. Wo ist denn eigentlich Ihr Kompagnon, der Herr Obermeier?«

»Den haben Sie knapp verpasst. Er musste etwas erledigen.«

»So, so, etwas erledigen?« Er schmunzelte. »Der Herr Obermeier und seine Erledigungen.«

»Was sind denn das für Andeutungen, Herr Pfarrer?«

»Ich habe ihn einmal in München gesehen, in einem Ferrari.« Er hatte seine Stimme gesenkt und war gleichzeitig aufgestanden. »So, jetzt muss ich aber. Adieu, meine Liebe! Danke für die Bewirtung!« Und weg war er, erstaunlich behände angesichts seines Bauches.

Katharina beschloss, den Laden zuzusperren. Weitere Besuche, womöglich auch noch inklusive Bewirtung, konnte sie heute nicht mehr brauchen. Als sie den Schlüssel herumdrehte, dachte sie an das Foto, das Sophie und ihre Freundinnen mit Max Eberhardt zeigte. War nicht morgen Freitag, der traditionelle Treff der Damenrunde? Eine gute Gelegenheit, ein wenig nachzubohren. Sie holte sich das Telefonbuch, das wie alles Wichtige unter der Theke lag, und suchte sich die Nummern heraus. Packen wir mal alle in einen Dampftopf und schauen, was dabei herauskommt. Und wo hatte Oswaldo einen Ferrari her?

# 12

Nach dem unfreiwillig langen Aufenthalt im Aufzug hatten Adrian und Manfred das gleiche Bedürfnis: Sie wünschten sich an einen Ort, der nie zwischen Himmel und Erde baumelte und so vertraut war, dass er keine Überraschungen bot. Da sie auch noch Hunger hatten, gab es nur eine Möglichkeit.

»Der Chinese?«, fragte Manfred, als er sich auf dem Beifahrersitz anschnallte. Nach der erzwungenen Untätigkeit im Aufzug hatte Adrian unbedingt selbst fahren wollen. »Es ist erst kurz nach zwei, das würde noch passen. Um drei macht er zu.«

»Einverstanden.« Adrian lenkte den Wagen in Richtung Zentrum und blieb bereits nach wenigen Minuten auf einem großen, gekiesten Parkplatz stehen. Dort stand einsam und monolithengleich ein imposanter, beige gestrichener Wohnwagen, aus dessen Schornstein Rauch in schlanken Spiralen stieg. Auf einem verblichenen Coca-Cola-Schild stand in schwarzen, sich bereits in einem Zustand der Auflösung befindenden Selbstklebelettern »China-Imbiss«, die Fenster waren mit Speisekarten und pastellfarbenen Fotos von asiatischen Schönheiten beklebt. Das war er, der beste Chinese des Landkreises. Er war so gut, dass er nicht einmal einen Namen brauchte, und so gut, dass er sogar in einem Reiseführer mehr als lobend erwähnt wurde. Dieser Reiseführer war in keinem Laden Altöttings käuflich zu erwerben, denn ein Buch, das einem Urlaub im oberbayerischen Chemiedreieck mit eher verhaltenem Enthusiasmus gegenüberstand und daher außer kurzen Abstechern nach Burghausen (wegen der Burg), Neuötting (wegen der typischen Innstadt) und Altötting (als Inbegriff urbajuwarischer Frömmigkeit) die schnelle Durchreise empfahl, so ein Buch war nach Meinung des Tourismusverbandes Inn-Salzach und des Werbevereins der Altöttinger Geschäftsleute indiskutabel. Aber nicht nur ihnen, auch den alteingesessenen Altöttingern war dieser improvisierte Feinschmeckertempel ein Dorn im Auge, und schon oft hatten sie versucht, die Besitzerin, Lin Gong, in feste Gemäuer zu locken. Doch Frau Gong, eine fünfzigjährige Mutter von sechs Söhnen, dachte nicht daran, das Ambiente rund um ihre Kochkünste aufzupolieren. Die Stehplätze waren immer belegt und die Standmiete lächerlich niedrig, sodass sich Frau Gong vom Zurückgelegten ein schönes Haus im alpenländischen Stil hatte bauen können. Ihre Gartenzwergsammlung war legendär, und alle waren sich sicher, dass es nicht mehr lange dauern würde, bis sie im Dirndl durch den Wallfahrtsort spazieren würde.

Als Manfred die Tür öffnete, schlug ihnen eine Wärme entgegen, die so wunderbar duftete, dass der Magen seine Kapazitäten spontan um ein paar Zehntel ausweitete. Da die Mittagspause des benachbarten Amtsgerichtes schon vorbei war, war der Wagen bereits leer, und einer von Gongs Söhnen lugte aus seiner Küchenzeile hervor.

»Ah, die Polizei hat Hunger!«, begrüßte er sie.

»Das kannst du wohl sagen«, antwortete Manfred, der sich sofort eine Speisekarte schnappte.

»Was soll das mit der Karte, du nimmst doch sowieso immer dasselbe«, sagte Adrian, der auch nur pro forma einen Blick auf die Karte warf. »Einmal Huhn süß-sauer und für mich das Scharfe mit den Erdnüssen. Auch Huhn. Und zwei große Cola.«

»Vorspeise?«, fragte Gong junior, der schon den Wok herrichtete.

»Frag den Meister, der weiß sowieso alles.« Manfred knöpfte seine Jacke auf und machte es sich so gemütlich, wie es in einem Stehimbiss nur möglich war.

»Zweimal Frühlingsrollen«, sagte Adrian, ohne zu zögern.

Der Koch nickte und machte sich ans Werk. Er holte aus dem Kühlschrank vier Frühlingsrollen, die seine Mutter jeden Morgen frisch zubereitete und die nichts mit den üblichen tiefgekühlten zu tun hatten. Behutsam legte er sie in die Frittierpfanne und überließ sie dem zischend heißen Erdnussöl. Während sie ihn beobachteten, wie er Fleisch, Gemüse und Nüsse zu einem Ganzen kombinierte, mit Pfannen hantierte und die Gasflammen regulierte, fragte Adrian Manfred: »Was hältst du von der Binder?«

Ohne den Blick von den beruhigend routinierten Handgriffen des Kochs zu wenden, antwortete Manfred: »Ich habe mir ein paarmal gedacht, dass Max Eberhardt froh sein konnte, dass mit dieser Frau Schluss war.« Dampfwolken stiegen vom Herd auf, und als Gong die Frühlingsrollen aus der Fritteuse nahm, wurde es fast unwirklich still.

Adrian nickte. »Oh ja. Sie wirkt wie eine Spinne, die ihre Männchen frisst. Und sie ist eine von denen, die nur zugeben, was wir bereits wissen.«

Gong reichte die Frühlingsrollen über die Theke. Adrian trug seinen Teller zum Tisch, der aus einer langen, an der Wand befestigten, schmalen Resopalplatte bestand, und wartete, bis Manfred mit seinem Essen bei ihm war.

»Ihr Alibi ist auf jeden Fall mehr als wacklig. Wenn wir den Taxifahrer finden, wissen wir mehr.« Manfred sah Adrian zu, wie er die ganze Rolle in gleich große Teile schnitt und dann zufrieden das Ergebnis auf dem Teller betrachtete. Er selbst nahm seine Teigrolle in die Hand, pustete kräftig und biss hinein. Eineinhalb Minuten später brachte er seinen Teller zu Gong zurück, Adrian war da erst bei der Hälfte seiner Portion angelangt.

»Aber wieso sollte sie sich mit ihm im Kreuzweg treffen, wo sie es doch zu Hause viel gemütlicher haben könnte?«, sinnierte Adrian zwischen zwei Bissen.

»Vielleicht wollte sie keine Leiche in ihrem Wohnzimmer liegen haben.« Manfred lächelte, weil der Koch die zwei Teller mit dem Hauptgang auf die Durchreiche gestellt hatte.

»Wenn es stimmt, dass sie mit ihm Schluss gemacht hat, ergibt das Ganze wirklich keinen Sinn.« Adrian schob seinen Teller von sich weg, der sofort von Manfred gegen die Hauptspeise ausgetauscht wurde. Adrian musste lächeln. Er fand es rührend, dass sich Manfred trotz seines pubertär anmutenden Hungers seinem Tempo anpasste und brav darauf wartete, dass beide zur gleichen Zeit mit dem Hauptgang beginnen konnten. »Eberhardt hat sie nie offiziell seiner Familie vorgestellt.«

»Das hat sie bestimmt gewurmt«, meinte Manfred.

»Mit Sicherheit«, gab Adrian zurück und vermischte sorgfältig den Reis mit der Soße. »Detschey?«

Manfred legte kurz die Gabel ab und trank einen Schluck. »Sein Motiv wäre überzeugend, und er ist mehrmals gegen Eberhardt handgreiflich geworden. Dagegen spricht, dass der Zeitabstand recht groß ist.«

»Vielleicht ist er erst jetzt so weit«, meinte Adrian. »Er ist seit Dienstag weg. Wenn die Eltern nicht wissen, wo er sich aufhält, könnte er sich auch in der Nähe versteckt haben.«

»Du kannst deine Morcheln ruhig mir geben«, sagte Manfred.

»Gerne. Gibt es eigentlich etwas, das du nicht isst?« Adrian sammelte die schwarzen Teile auf seinem Löffel und lud sie auf Manfreds Teller ab.

»Eintopf, und zwar generell jeden. Da bin ich kindheitsgeschädigt. Schwester Immaculata war zwar eine ganz anständige Köchin, aber Eintöpfe konnte sie einfach nicht.«

Adrian nickte mitfühlend. Seine Mutter hatte überhaupt nicht kochen können, und so war er hauptsächlich mit Konservenkost groß geworden. Und Eintopf aus der Dose, na ja, zu diesem Thema waren seine Kindheitserinnerungen auch nicht die besten.

»Aber selbst bei dem schlimmsten Fraß haben wir uns gestritten, wer die größte Portion bekommt.« Manfred war nach dem Unfalltod seiner Eltern in einem Waisenhaus aufgewachsen und die Nimm-schnell-was-da-ist-Philosophie aus diesen Tagen hatte er in puncto Essen noch nicht ganz abgelegt. »Dein Vater scheint bei den älteren Damen nicht ganz jugendfreie Erinnerungen hinterlassen zu haben. Frau Binder war nicht die Erste, die ins Schwärmen kam.«

»Der hat auch heute noch seine Fans«, antwortete Adrian. »Hab ich dir erzählt, dass er schon wieder einen Blechschaden hatte?«

Manfred schüttelte den Kopf.

»Auf dem Parkplatz vom Wal-Mart. Manchmal frage ich mich, ob er das absichtlich macht. Er fährt nämlich immer nur in Autos von Frauen.«

»Zumindest ist es keine blöde Methode, welche kennenzulernen. Wie hoch warst du eigentlich auf eurer Menschenpyramide?«

»Als ich klein war, natürlich ganz oben, sozusagen in der vierten Etage.«

Manfred pfiff anerkennend. »Ganz schön weit oben. Für mich wäre das nichts.«

»Dafür warst du im Aufzug aber sehr ruhig.«

»Solange ich nicht sehe, was oben und unten ist, vertraue ich da völlig auf die Technik. Du offenbar nicht.«

Adrian hielt kurz den Atem an. Der leere Raum oben und unten war nur ein Problem. Das andere war, mit fremden Menschen auf engstem Raum eingesperrt zu sein. Ihre Gerüche, ihr Atem, ihre Blicke, alles Dinge, die Adrian ab einem Abstand von weniger als einem halben Meter bedrohlich fand. Diese Enge hatte sich heute Vormittag in seinem Brustkorb fortgesetzt, und er hatte Angst gehabt, sein frenetisch pochendes Herz würde so zusammengepresst, dass es aufhören würde zu schlagen. Er sah Manfred an, der auf eine Antwort wartete, sich aber nicht sicher war, ob er sie bekommen würde. Adrian hatte keine Probleme damit, Schwächen vor seinem Untergebenen zuzugeben, aber er wollte darüber nicht mit ihm reden. Nicht jetzt, denn er befürchtete, dass sein Herz schon beim bloßen Gedanken daran wieder anfangen würde zu rasen. So begnügte er sich mit einem »Wieso sollte ich der Technik vertrauen, wenn solche Typen wie dieser Hausmeister daran herumpfuschen?« und fuhr gleich fort mit dem nächsten Thema: »Aber zurück zu unserer Zirkusnummer. Es war toll dort oben.« Immer wenn er seinen Handstand auf den knochigen Schultern seines Bruders vollführte, kam die Musik zu ihrem Höhepunkt, und der Applaus des Publikums dröhnte in seinen Ohren. War es das gewesen, das vollkommene Glück? Auf jeden Fall musste er immer lachen, weil ihn sonst dieses überschwängliche Gefühl überwältigt hätte. »Leider bin ich schneller gewachsen als mein großer Bruder und musste weiter hinunter. Dann stand ich immer auf meinem Vater.« Dessen harte Schultern, auf denen er sich abgestützt hatte, konnte er immer noch spüren. Sie waren sein Fundament gewesen, stark und im richtigen Moment nachgiebig. Von der Stärke seines Vaters war noch erstaunlich viel übrig, doch Adrian hatte das Gefühl, dass ein Windhauch genügte, um unter der vitalen Hülle den alten, gebrechlichen Mann freizulegen.

»Wie hat die Binder dich genannt?«

Tu nicht so, als würdest du überlegen, dachte Adrian. Na los, sag's schon.

»Sonnenschein.« Manfred grinste anzüglich und tupfte sich den Mund ab. »Zeigst du mir mal ein Foto von damals? Ich würde so gerne sehen, wie du sonnenscheinmäßig lächelst.«

Adrian verzog seinen Mund zu etwas, das eher an einen Killerhai erinnerte. »Bestelle lieber etwas für Tobias, und dann geht es wieder an die Arbeit.«

***

Das Lächeln von Tobias, als er den Plastikdeckel von der Aluschale entfernte, kam der Beschreibung Sonnenschein entschieden näher. »Eine gute Tat hättet ihr damit heute schon geleistet«, meinte er und schob resolut Papiere und Stifte nach hinten, wo bereits andere Büroutensilien auf diese Art arrangiert waren. »Abgesehen davon ist es gut, dass ihr da seid.«

»Hast du Neuigkeiten für uns?« Manfred holte Besteck und eine Serviette aus einer Schublade und legte sie neben das Essen.

»Mehrere«, deutete Tobias an und häufte so viel Reis auf die Gabel, als wolle er einen Versuch zum Thema Schwerkraft durchführen. »Eberhardt junior ist pleite.«

»Sieh mal einer an.« Adrian setzte Wasser für einen Tee auf. Das chinesische Essen war offenbar keine so gute Idee gewesen, sein Magen schrie nach etwas Beruhigendem. »Und weißt du auch, warum?«

»Er wollte wohl beim Börsenboom mitmachen und hat dafür sogar Kredite aufgenommen.«

»Lass mich raten. Er hat aufs falsche Pferd gesetzt, und das Geld ist weg.«

»Gut, dass seine Frau Beamtin ist«, warf Manfred ein.

»Schon, aber mit dem, was sie verdient, kommen die nicht im Entferntesten aus. Von der Tilgung für das Haus ganz zu schweigen.«

»Wie tief steckt er in den roten Zahlen?«

Tobias musste zuerst hinunterschlucken. »Im sechsstelligen Bereich.«

Adrian pfiff durch die Zähne. »Das heißt, der Geldsegen einer Erbschaft käme für ihn nicht ganz ungünstig.«

»Absolut nicht.«

Manfred öffnete seine Schublade und suchte aus seiner Schokoladenriegelsammlung ein kleines Dessert aus. Auch Adrian wühlte in einer Schublade, aber deutlich ungeduldiger. Ungläubig hielt er eine kleine Packung Teebeutel hoch. »Ist das alles, was wir haben? Lindenblütentee?«

Manfred zuckte mit den Schultern und öffnete mit einem lauten Ratsch eine Packung Schoko-Crossies. Adrian verzog das Gesicht.

»Den konnte ich noch nie ausstehen. Ich finde, Lindenblüten riechen wie Katzenpisse.« Unter den überraschten Blicken der anderen beiden, die solch ein Vokabular von ihrem Chef nicht gewohnt waren, warf Adrian die Teepackung in die Schublade zurück und goss sich stattdessen nur das heiße Wasser in die Tasse.

»Tobias, hast du etwas über Margit Eberhardt?« Manfred griff in die goldfarbene Tüte und sah das Schokoladenteil, das er herausgefischt hatte, voller Vorfreude an.

»Wieso ist sie eigentlich nicht in die Firma des Vaters eingestiegen?«, fragte Adrian.

»Das ist auch eine nette Geschichte«, antwortete Tobias und kratzte die letzten Reiskörnchen aus den Ecken. »Da gibt es doch diese Siedlung in der Kandinskystraße.«

»Die Holzhäuser, die aussehen, als müssten sie dringend gestrichen werden?« Adrian nahm noch einen Schluck. Das Wasser tat gut. Es schmeckte wunderbar neutral, eine Wohltat nach dem stark gewürzten Essen. Er blies in den Dampf, der nach oben stieg. In letzter Zeit dachte er beunruhigend oft über seinen Körper nach. Wurde er langsam alt?

»Sind das die, die Detschey senior erwähnt hat?«, fragte Manfred.

Tobias nickte. »Die waren groß als Öko- und Energiesparhäuser propagiert worden. Doch als die Ersten eingezogen waren, stellte sich heraus, dass nichts war mit Energiesparen. Die Heizkosten waren genauso hoch wie bei konventionellen Häusern.«

»Nur der Kaufpreis war um mindestens ein Drittel höher«, ergänzte Adrian, der sich mit Susanne vor Jahren ebenfalls für ein Haus dieser Art interessiert hatte.

»Stimmt. Das war für das Image der Firma Eberhardt natürlich eine Katastrophe.«

»War das die Pfuschgeschichte, von der alle erzählen?«

Tobias nickte. »Ich denke schon, ich habe sonst nichts gefunden. Bis auf die Detschey-Geschichte natürlich.«

»Schon etwas Neues von ihm?«, fragte Adrian.

»Bis jetzt nicht, er hat sein Handy abgeschaltet.« Tobias faltete die Aluschale sorgfältig zusammen. »Wollt ihr noch wissen, wer für das Ökodesaster verantwortlich war?«

»Die Tochter?« Adrian schenkte sich heißes Wasser nach.

»Genau.« Tobias wischte sein Besteck mit der Serviette ab. »Der Vater lag nach einem Herzinfarkt in der Klinik und hat sie als Vertretung geholt.«

»Da war sie bestimmt nicht lange«, vermutete Adrian.

»Korrekt«, bestätigte Tobias. »Ihr Vater hat sie hinausgeworfen und das Unternehmen an einen Konkurrenten verkauft.«

»Und sich mit dem Geld ein schönes Leben gemacht«, sagte Adrian.

»Da könnte man schon sauer werden als Erbin«, meinte Tobias. »Vor allem weil Margit Eberhardt dringend eine Geldspritze brauchen könnte. Wenn sie mit ihrer Firma in der oberen Liga mitspielen will, was gemunkelt wird, müsste sie sich vergrößern. Aus eigenen Mitteln ist das nicht drin.«

»Wir müssen Sohn und Tochter auf jeden Fall heute noch einmal befragen.« Adrian trank aus und lächelte zufrieden. Sein Magen hatte sich beruhigt.

»Ich glaube, ich habe noch einen Kandidaten für ein Plauderstündchen«, meinte Tobias.

»Jetzt lass dir nicht alles aus der Nase ziehen«, sagte Manfred, der ihm ohne weiteren Kommentar die Schokotüte zuschob.

»Eine Nachbarin von Eberhardt hat ausgesagt, dass am Tag vor dessen Tod ein junger, groß gewachsener Farbiger heftig an Eberhardts Tür geklingelt und dann geklopft hat und sichtlich verärgert das Haus verlassen hat.«

Adrian und Manfred sahen sich an.

»Hat sie ihn erkannt?«

»Nein, aber seine Autonummer. Ein Golf mit französischem Kennzeichen. Ihr Sohn hat gemeint, es sei aus Paris, wegen der 75 am Ende. Ich habe die Nummer verglichen. Es stimmt.«

»Vincent Lambert.« Adrian stand auf. Endlich tat sich etwas. »Und er hat behauptet, er kenne Max Eberhardt nicht. Ich will ihn so schnell wie möglich hier haben.«

»Hier riecht es ja wie an einer Imbissbude!«, kam es von der Tür. »So könnte ich nicht arbeiten!«

Synchron bewegten die drei ihre Köpfe zur Tür, wo eine sichtlich erregte Eleonore Binder Position bezogen hatte. Sie brachte das Kunststück fertig, dass sogar ihr schlichter dunkelbrauner Mantel aggressiv wirkte.

»Frau Binder!« Adrian, der in Gedanken noch bei Lambert war, fasste sich als Erster. »So eine Überraschung. Ich habe Sie erst morgen erwartet. Was verschafft uns die Ehre?« Manfred kaute inzwischen leise fertig, und Tobias nahm seine Hand aus der Rascheltüte.

»Hier«, sagte sie nur und warf ein zusammengefaltetes Blatt Papier auf den Tisch. »Das habe ich vorhin beim Aufräumen in seinem Mantel gefunden.«

Adrian war überrascht. »Ich dachte, Herr Eberhardt hätte bereits alle seine Sachen geholt?«

»Der hing ganz hinten im Schrank. Wir haben beide nicht mehr daran gedacht«, antwortete sie gleichmütig.

Adrian klappte das Blatt auf und ertappte sich dabei, dass er fast gegrinst hätte. Nicht wegen des Inhalts, sondern wegen der Form. Wie aus einem Freitagabendkrimi brüllten ihm aus verschiedenen Zeitungen und Magazinen ausgeschnittene Buchstaben mit dem Wortlaut »Mörder! Deine Zeit ist gekommen!« entgegen.

Manfred, der sich neben Adrian gestellt hatte, nahm den Brief. »Haben Sie eine Ahnung, von wem dieser Brief sein könnte?«

Frau Binder schüttelte den Kopf.

»Hat Ihnen Herr Eberhardt von dem anonymen Brief erzählt?«, fragte Adrian.

»Natürlich nicht! Sonst hätte ich es doch erwähnt!«

»Natürlich«, antwortete Adrian und versuchte, jede Ironie aus seiner Stimme zu verbannen. Wenn alle Zeugen der Polizei immer alles sagen würden, was sie wüssten, wären viele Fälle in der Hälfte der Zeit gelöst.

Eleonore Binder seufzte und fing an, in ihrer Handtasche zu kramen. Sie zog eine Schachtel Zigaretten heraus und war schon dabei, sie mit einem silbernen Feuerzeug anzuzünden, als sie sich besann und fragte: »Ich darf doch wohl? Ich brauche jetzt dringend eine.«

Manfred und Adrian nickten, und Tobias nutzte die Pause, um ein weiteres Schoko-Crossie aus der Tüte zu fischen.

Als Frau Binder den ersten tiefen Zug inhaliert hatte, wiederholte Adrian seine Frage. »Also noch einmal, Frau Binder. Von wem könnte dieser Brief sein? Ist Ihnen inzwischen etwas eingefallen?«

»Ich habe keine Ahnung, meine Herren. Max war erfolgreich, und das hat sicher nicht allen gefallen. Aber ich kann mir nicht vorstellen, dass es auf dem Weg dorthin irgendeine Leiche gegeben haben soll.«

»Na ja«, sagte Adrian, »da gab es immerhin diese unglückliche Hochzeitsfeier –«

»Papperlapapp!«, fuhr sie ihm ins Wort. »Das waren Subunternehmer. Max hatte keine Schuld. Das wurde auch vor Gericht bestätigt.«

»Natürlich«, sagte Adrian.

»Ihren ironischen Unterton können Sie sich sparen, Herr Behringer.«

»Ihnen fällt also zu diesem Thema nichts ein?«

»Nein.«

»Hat er früher schon einmal anonyme Schreiben bekommen?«

»Er hat mir nichts davon erzählt.«

»Von diesem wussten sie ja auch nichts.«

»Eben.« Sie zuckte mit den Schultern und inhalierte tief. Sie spielte Grande Dame. Eine Zigarettenspitze hätte gut zu ihr gepasst. »Aber ich denke, ich weiß, wann ungefähr er ihn bekommen hat.«

»Aha.« Jetzt war Adrian gespannt.

Sie verlagerte ihr Gewicht und schlug ihre wohlgeformten, krampfaderlosen Beine, die in bronzen schimmernden Strumpfhosen steckten, übereinander. »Zumindest kann ich mir denken, wann der Brief im Mantel gelandet sein muss. Es kann nicht länger als drei Wochen her sein.«

»Was ist vor drei Wochen passiert?«

»Nichts Besonderes, seien Sie jetzt bloß nicht enttäuscht. Der Mantel war in der Reinigung, und ich kann mir nicht vorstellen, dass der Brief diese chemische Tortur so unbeschadet überstanden hätte.«

»Das ist immerhin ein Anhaltspunkt. Frau Binder, angenommen, der Brief kam innerhalb der letzten drei Wochen an, ist Ihnen in dieser Zeit irgendetwas an Herrn Eberhardt aufgefallen?«

Sie sah Adrian tief in die Augen. »Da war etwas, das mich ziemlich geärgert hat.« Ein tiefer Zug an ihrer Zigarette folgte. Vom Spannungsaufbau einer Rede verstand diese Frau eine ganze Menge. »Er ist in den letzten zwei, drei Monaten ein paarmal nach Paris gefahren.«

Nach Paris. Vincent Lambert hatte ein Pariser Kennzeichen.

»Und das hat Sie geärgert?«, fragte Manfred.

»Er hätte ja mal fragen können, ob ich mit will«, antwortete sie indigniert. »Ich liebe Paris. Das hätte er früher nie gemacht. Wir haben schöne Reisen unternommen.«

»Was hat er in Paris gemacht?«

»Ich weiß es nicht. Das hat mich ja so geärgert.« Und schien es immer noch zu tun, wenn Adrian ihren Blick richtig interpretierte. »Er ist schon etwas wunderlich geworden in letzter Zeit.« Sie stand auf. »Nun gut, ich habe es Ihnen gesagt, und jetzt liegt es an Ihnen, daraus was zu machen. Oder auch nicht.« Sie strich ihren Rock glatt und knöpfte den Mantel zu. »Ich muss wieder los.«

»Moment, Frau Binder«, sagte Adrian. »Wir nehmen noch kurz Ihre Fingerabdrücke. Wegen des anonymen Briefes.«

»Ich soll den fabriziert haben?« Sie klang ein Spur beleidigt. »Sie haben eine bewundernswerte Fantasie, Herr Behringer. Aber schauen Sie sich dieses Machwerk doch einmal an.« Sie schnaubte, als sie auf den Schreibtisch deutete. »Ich bitte Sie, das Papier. Das sind doch ganz billige Blättchen, aus denen die Buchstaben ausgeschnitten sind. So etwas wie ›Silbernes Blatt‹ und wie sie alle heißen.«

»Blätter, die Sie nicht lesen?« Adrian sah sie skeptisch an.

»Genau.«

»Das könnten Sie auch absichtlich gemacht haben, um uns auf eine falsche Spur zu lenken.«

Sie drückte ihre Zigarette aus. »Natürlich. Aber das ist kompletter Unsinn.«

»Frau Binder?« Tobias' Rollstuhl quietschte etwas, als er die Räder nach links verstellte.

Sie lachte ein kurzes, gezwungenes Lachen. »Was, Sie stellen auch Fragen? Und ich dachte schon, Sie essen nur die ganze Zeit.«

Adrian und Manfred grinsten und genossen den Anblick eines konsternierten Tobias. Das war ganz klar keine Frau, die Behinderte mit Samthandschuhen anfasste.

Tobias blieb ruhig. »Kennen Sie einen Vincent Lambert?«

Sie sah überrascht auf. »Nein, wer soll das sein?«

»Ein Herr aus Paris.«

Sie verzog ihren Mund zu einem arroganten Lächeln. »Glauben Sie mir, meine Herren Kommissare, an einen Monsieur aus Paris würde ich mich erinnern.«

***

Vater und Sohn haben offensichtlich einen sehr unterschiedlichen Geschmack, was Frauen betrifft, dachte Adrian, als ihnen Klara Eberhardt die Tür öffnete. Wenn Eleonore Binder Feuer war, was wäre dann die Frau, die hier vor ihnen stand? Für Erde wirkte ihre überschlanke Figur zu nervös, für Luft ihr Gesichtsausdruck zu schwermütig. Eis traf es auch nicht richtig, denn die tiefbraunen, von auffallend breiten, aber gut geformten Brauen überdachten Augen strahlten eine Wärme aus, die dem scharf geschnittenen Gesicht mit der eindrucksvollen Nase seine Strenge nahm. Diesen Eindruck konnte nicht einmal die rechteckige Brille mit dem dicken schwarzen Rand, die Eleonore Binder nicht einmal unter Androhung von Folter aufgesetzt hätte, zunichte machen. Dieses Gesicht flößte Respekt ein und war zugleich irritierend attraktiv. Adrian war sich sicher, dass diese Oberstudienrätin bei ihren Schülern heftigste Fantasien auslöste.

Als sie »Ja bitte?« sagte, klang es ein wenig so wie »Setzen, sechs!«

Nachdem er sich und Manfred vorgestellt hatte, produzierte sie ein unverbindliches Lächeln. »Sie wollen sicher zu meinem Mann«, meinte sie. »Ich weiß nicht, ob Sie da Glück haben werden.«

»Warum?«, fragte Manfred.

»Er sitzt seit gestern Abend praktisch ununterbrochen oben in seinem Arbeitszimmer und schreibt. Aus dem Familienleben hat er sich seitdem völlig ausgeklinkt.«

»Ich denke, für uns wird er schon eine Ausnahme machen. Dürfen wir reinkommen?«

»Ja, natürlich, entschuldigen Sie bitte.«

»Wir müssen uns sowieso auch mit Ihnen unterhalten.«

»Tja, ich denke, das ist wohl so. Gehen Sie schon mal vor ins Wohnzimmer, ich sage meinem Mann Bescheid.«

Das Wohnzimmer wirkte dieses Mal nicht so peinlich aufgeräumt wie bei ihrem ersten Besuch. Die Kissen waren nicht aufgeschüttelt, Zeitungen und Zeitschriften lagen aufgeschlagen auf dem Sofa und dem Tisch. Adrians Blick wurde wieder gefangen von den rosa gestrichenen Wänden, die ihm beim ersten Besuch dabei geholfen hatten, den intensiven Pfefferminzgeruch ohne Brechreiz zu ertragen. Im sanfteren Spätnachmittagslicht wirkte die Farbe äußerst angenehm, und Adrian nahm sich vor, wirklich eine Abkehr von seinen weißen Raufaserwänden zu wagen.

Mit einem »So, da bin ich wieder« holte ihn Klara Eberhardt aus seiner Farbmeditation zurück. Sie war allein. »Eine interessante Wirkung hat diese Farbe«, sagte er.

»Das heißt, Sie mögen sie nicht«, interpretierte sie und lächelte.

»Na ja, Rosa ist nicht gerade eine männliche Farbe«, antwortete Adrian. »Aber ich bin überrascht, wie warm und lebendig es diesen Raum macht.«

Sie schmunzelte. »Als ich dieses Zimmer zum ersten Mal mit diesem Anstrich, den mein Mann zu verantworten hat, gesehen habe, hätte ich fast einen Schreikrampf bekommen. Aber mittlerweile habe ich mich daran gewöhnt und will es nicht mehr anders. Wie Sie sehen, haben wir peu à peu das ganze Haus bunt gestrichen. Unsere Kinder haben es natürlich geliebt. Wie ein riesengroßes Spielzeughaus, haben sie immer gesagt. Aber jetzt ist es ihnen peinlich. Die Große hat gerade eine Schwarzphase.«

»Sie haben zwei Töchter, nicht wahr?«, fragte Manfred und deutete auf Fotografien, die im Regal verteilt waren.

»Ja«, lächelte sie. »Aber manchmal habe ich das Gefühl, die kommen nur noch zum Schlafen hierher. Sie leben schon ihr eigenes Leben. Irgendwie waren wir in diesem Alter noch etwas kindlicher.« Sie zuckte mit den Achseln und nahm die Brille ab. »Oder legt sich über diese Erinnerung auch schon der Schleier der Vergesslichkeit? Sei's drum, was wollten Sie mich fragen? Doch bestimmt nicht Details zum Leben meiner Töchter.«

»Was hatten Sie für ein Verhältnis zu Ihrem Schwiegervater?«, fragte Adrian.

»Setzen Sie sich doch.« Sie deutete auf die beiden Sessel und setzte sich auf die Couch, nachdem sie zwei Kissen in die Ecke geworfen hatte.

»Kein schlechtes«, antwortete sie. »Ich habe mich mit ihm recht gut verstanden. Wenn wir uns gesehen haben.«

Wenn ich so eine Schwiegertochter hätte, würde ich wahrscheinlich jeden Tag auf der Matte stehen, dachte Adrian.

»Ihr Mann verstand sich nicht sehr gut mit seinem Vater, nicht wahr?«, sagte er.

»Das ist milde ausgedrückt. Trotzdem habe ich darauf bestanden, dass wenigstens ein Minimum an Familientreffen stattfand.« Sie fuhr sich durch das dichte, kastanienbraune Haar, das glatt auf ihre Schultern fiel. »Ich habe selbst keine Familie mehr, wahrscheinlich war es mir deshalb so wichtig.«

»Wann haben Sie Ihren Schwiegervater das letzte Mal getroffen?«, fragte Manfred aus den Untiefen des gestreiften Sessels.

»Am 30. Januar. Da hatte meine jüngere Tochter Geburtstag und Max hat uns alle zum Essen eingeladen.«

»Das heißt, obwohl Sie ein recht gutes Verhältnis zu Ihrem Schwiegervater hatten, haben Sie ihn zuletzt vor knapp drei Monaten gesehen?«

»Das Leben unserer Familie bietet außerhalb der Feiertage keine Berührungspunkte mit seinem. Unser Lebensstil ist völlig unterschiedlich. Ich weiß nicht, was daran so außergewöhnlich sein soll. Wir sind schließlich keine Großfamilie.« Sie klang leicht defensiv.

»Gab es bei der Geburtstagsfeier Streit zwischen Ihrem Mann und Ihrem Schwiegervater?«

»Nein«, sie schüttelte den Kopf, »sie haben sich beide bemüht, friedlich zu bleiben.«

»Worüber haben sich die beiden denn in der Regel gestritten?«

Klara Eberhardt winkte resigniert ab. »Über alles. Die beiden standen für zwei verschiedene Lebensentwürfe. Und sie waren beide stur.«

»Hat Ihnen Ihr Schwiegervater jemals Vorwürfe gemacht, dass Sie seinen Sohn als Hausmann arbeiten ließen?«

»Nein.« Sie lachte kurz auf. »Er hatte kein Problem mit berufstätigen Frauen. Nur mit nicht berufstätigen Männern, denn dass für ihn Hausmann kein Beruf war, ist klar. Das war ein Problem zwischen den beiden.«

»Hat ihr Mann unter dem gespannten Verhältnis gelitten?«

»Mit seiner Mutter hatte er einen guten Kontakt, und es war schwer für ihn, als sie starb. Mit seinem Vater hatte er sich nie gut verstanden. Offen gelitten hat er darunter nie, aber möchte nicht jedes Kind einfach nur von seinen Eltern geliebt werden?«

»Wie war dieses lose Verhältnis zu Ihrem Schwiegervater für Ihre Töchter?«

»Die beiden sehen das ganz pragmatisch. Er ist eine Geldquelle zu Weihnachten und zum Geburtstag, und ansonsten finden sie es gut, in Ruhe gelassen zu werden.«

»Wie war denn der Kabarettabend am Dienstag?«

»Aha, jetzt wird das Alibi überprüft«, mischte sich Thomas Eberhardt von hinten ein. »Jetzt sei ganz vorsichtig mit dem, was du sagst.«

Adrian drehte sich um und bemerkte sofort, dass Thomas Eberhard förmlich von innen glühte. »Grüß Gott, Herr Eberhardt, schön, dass Sie Zeit für uns finden. Sie sind ja offenbar sehr beschäftigt.«

»Haben wir wieder die Polizei im Haus?« Er ließ sich auf die Couch plumpsen. Auf gute Manieren war im Hause Eberhardt offenbar kein großer Wert gelegt worden. »Na, ist der Mörder schon gefunden?«

»Sie erfahren es als einer der Ersten, wenn es so weit ist«, sagte Adrian. »Bis dahin müssen wir noch ermitteln.«

»Und dazu müssen Sie wissen, wie meiner Frau die Vorführung dieses Schmalspurkabarettisten gefallen hat?« Er lächelte verächtlich. »Pass auf Klara, erst lullen sie dich ein, und dann stecken sie dir das Messer in den Rücken mit einer Fangfrage. In Wirklichkeit wollen sie nur wissen, ob wir auch tatsächlich dort waren.«

»Thomas!« Seine Frau klang genervt. »Das ist nun wirklich keine neue Erkenntnis. Jeder, der einmal in seinem Leben einen Krimi gesehen hat, weiß das.«

Eberhardt hatte offenbar ein dickes Fell und ignorierte die Zurechtweisung seiner Frau. »So eine Vorlesung in Verhörtechnik würde ich gerne mal besuchen.«

»Ich fand es höchst intelligent und sehr amüsant.« Jetzt legte Klara Eberhardt ihre Oberstudienrätinnenstimme auf und brachte ihren Mann damit sofort zum Schweigen. »Eine Kombination, die man nicht sehr oft findet.« Sie warf einen vielsagenden Seitenblick auf ihren Mann, und Adrian konnte ihr nur zustimmen. Ihr Mann hatte bisher weder von dem einen noch von dem anderen Nennenswertes gezeigt.

»Na ja, wenn man einen übergewichtigen, ich denke, meine Frau würde sagen, athletischen, schwitzenden Bauarbeitertyp, der ein paar zusammenhängende Sätze ohne Stottern formulieren kann, gut findet, dann ja.« Eberhardt hatte sich bei seiner Tirade weit nach vorne gebeugt und ließ sich nun wieder mit hochmütigem Gesichtsausdruck nach hinten fallen.

Wahrscheinlich wäre das der Typ gewesen, der seinem Vater gefallen hätte, dachte Adrian. Nicht so ein dünnknochiges Hausmännchen wie der Sohn. Wenn er ihn so ansah, hatte er immer das Gefühl, er sähe die Notausgabe des Vaters vor sich. Viril wäre weiß Gott nicht das Wort, das ihm zu Thomas Eberhardt einfallen würde. Wie wird man als Sohn damit fertig, kleiner, schmächtiger und erfolgloser als der Vater zu sein? Vater bald besuchen, notierte er sich in seinen inneren Terminkalender. Zumindest heute noch anrufen. Er lächelte Klara leicht abwesend an, doch ihr strenger Blick brachte ihn schnell zum Thema zurück.

»Frau Eberhardt, ist Ihnen in der letzten Zeit an Ihrem Schwiegervater etwas aufgefallen?«

»Ich habe Ihnen doch erzählt, dass ich ihn schon länger nicht mehr gesehen habe, und damals war er so wie immer.« Sie klang zunehmend gereizt.

Da es sowieso an der Zeit war, aufzubrechen, stand Adrian auf. »Kennen Sie Eleonore Binder?«, fragte er.

Beide schüttelten den Kopf. Sie antwortete, nun wieder etwas freundlicher. »Ich habe nur einmal gehört, dass sie seine Freundin sein soll. Aber uns gegenüber hat er sie nie erwähnt. Wir wären auch nicht scharf darauf gewesen, seine ständig wechselnden Partnerinnen kennenzulernen. Schon wegen der Kinder.«

»Werden Sie eigentlich erben?«

Klara sah ihren Mann an. »Höchstens die Kinder«, meinte der und zuckte gleichgültig mit den Schultern, »mich würde es aber nicht wundern, wenn er uns völlig übergeht.«

Im Auto kramte Manfred aus seiner Jackentasche eine Musikkassette hervor.

»Ein bisschen gute Musik wäre doch jetzt nicht schlecht?«

Adrian sah ihn misstrauisch an. Die beiden hatten bezüglich der musikalischen Untermalung im Auto eine Vereinbarung getroffen: Entweder ein neutrales Radioprogramm mit normaler Mainstream-Musik oder gar nichts, denn die Musikgeschmäcker der beiden waren unvereinbar. Manfred liebte Country, Adrian war ein Reggae-Veteran, und jeder wurde beim Hören des anderen ungeduldig bis aggressiv.

»Was ist da drauf?«

»Black Country«, sagte Manfred. »Lass dich vom Wort Country nicht täuschen, das ist eher Soul. Es wird dir gefallen.«

»Na, da bin ich ja gespannt«, murmelte Adrian.

Die Texte der Lieder, die von der Einsamkeit der Herzen und der Verlorenheit in den Weiten der Prärie erzählten, passten auch auf eine Bundesstraße in Oberbayern. Der abendliche Berufsverkehr war bereits abgeflaut, und die unspektakuläre, flache Landschaft, deren höchste Erhebungen die Strommasten waren, weckte Fernweh. Sie waren unterwegs zu Margit Eberhardts Firma. Tobias hatte von ihrer Sekretärin erfahren, dass Frau Eberhardt gerade von einem Ausflug zurückgekehrt war. Mit ihrem französischen Besuch. Selbstverständlich würde sie ausrichten, dass die beiden auf die Herren von der Polizei warten sollten.

***

Frau Wild, die Sekretärin von Margit Eberhardt, wirkte trotz Adrians und Manfreds nettem Auftreten übernervös und führte sie eilfertig in einen Raum, der von einem auf Hochglanz polierten Holztisch dominiert wurde. Entlang der Wand verlief ein Sideboard, auf dem Modelle von Häusern standen, die von Manfred mit einem »Wow!« kommentiert wurden. Sein Cowboyherz schlug bei den Modellen, die »Virginia«, »Modern South« oder »Tex-Mex« hießen, höher, und er fragte die Sekretärin sofort, ob er sich einen Prospekt mitnehmen dürfe. Diese nicht polizeiliche Frage schien Frau Wild zu beruhigen, und sie machte sich sofort auf den Weg, um ein kleines »Informationspaket« zusammenzustellen, wie sie es nannte. Nach einem kurzen Blickwechsel mit Adrian meinte Manfred: »Da komme ich doch gleich mit!« Auf diese Weise konnte er etwas über Frau Wilds Sicht der Dinge zum Tod von Max Eberhardt in Erfahrung bringen.

Als Margit Eberhardt mit Vincent Lambert im Schlepptau den Raum betrat, kam sie sofort zur Sache.

»Herr Hauptkommissar, was haben Sie uns so Wichtiges zu berichten, dass Sie uns unbedingt noch sprechen mussten? Wir sind beide müde und möchten nach Hause.«

Sie trug einen grünen Hosenanzug, die Haare waren hochgesteckt. Sie war bis zu den auf dezente Art teuer aussehenden Ohrringen die Inkarnation der erfolgreichen Geschäftsfrau. Im Gegensatz zu ihr wirkte Vincent Lambert schüchtern wie ein kleiner Junge. Von der selbstsicheren Lässigkeit beim ersten Besuch war nichts geblieben, seine dunkelbraunen Augen blickten unsicher, als er Adrian zunickte.

Adrian ignorierte den Vorwurf und begrüßte die beiden. Wenigstens einer sollte gute Manieren zeigen. Doch auch er hielt sich nicht lange mit Höflichkeiten auf. »Zu berichten habe ich Ihnen nichts, ich glaube eher, dass Sie beide mir noch etwas zu erzählen haben.«

»Das glaube ich zwar nicht, aber wenn Sie meinen.« Sie ließ den Satz ausklingen. »Setzen wir uns doch.«

»Darf ich fragen, wo Sie heute Nachmittag waren?«

Sie seufzte genervt auf. »Ich weiß zwar nicht, was das soll, aber bitte, wir waren in München.«

»In meinem Beruf bin ich auf Fragen angewiesen, Frau Eberhardt. Manchmal ziehen meine Fragen weite Kreise.«

Sie sah ihn spöttisch an. »Dann ist also Columbo ihr großes Vorbild?«

Adrian lächelte. »Er löst immerhin jeden Fall.«

»Ist Ihre Erfolgsquote auch so gut?« Sie setzte sich, flüsterte Vincent, der verwirrt zwischen den beiden hin- und hersah, zu, er solle das Gleiche tun.

Adrian bot sie mit einer Handbewegung einen Stuhl an, doch bevor er sich setzte, meinte er: »Ich würde gerne zunächst mit Herrn Lambert allein sprechen.«

Margit Eberhardt runzelte die Stirn. »Wieso das denn?« Sie sah beunruhigt zu Vincent, der auf seinem Stuhl kauerte. »Nein, ich würde gerne hierbleiben, falls es Sprachprobleme gibt.«

Adrian schüttelte den Kopf. »Ich denke, das bekommen wir hin. Und wenn wir Sie brauchen, holen wir Sie. Wenn ich Sie jetzt bitten dürfte, Frau Eberhardt?«

Sie sah ihn skeptisch, Vincent mit einer Mischung aus aufmunternd und beruhigend an und verließ den Raum. »Ich bin gleich nebenan, falls etwas sein sollte.«

Adrian nickte und wartete, bis die Tür ins Schloss fiel. Vincent arrangierte sich in seinem Stuhl neu und setzte sich aufrechter hin.

»War es schön in München?«

»Ja. Wir waren in der Pinakothek der Moderne.«

»Interessieren Sie sich für moderne Malerei?«

»Mehr für die Architektur.« Er zuckte auf die typisch französische Art die Schultern, bei der gleichzeitig der Kopf etwas zur Seite gelegt wird und sich die Augen für den Bruchteil einer Sekunde schließen. »Ich studiere Architektur in Paris.«

»Schön. Gefällt Ihnen die Pinakothek?«

»Sehr.« Sein Blick sagte Adrian, dass zu diesem Thema nichts Weiteres kommen würde. Er konnte ihn verstehen. Wenn er als Zwanzigjähriger in Frankreich von einem Kommissar auf Französisch befragt worden wäre, hätte er seine Aussagen auch auf ein Minimum beschränkt.

»Monsieur Lambert, woher kennen Sie eigentlich Frau Eberhardt?«

»Unsere Familien kennen sich.«

Adrian erinnerte sich, dass Margit Eberhardt in Paris studiert hatte.

»Waren Sie schon öfter hier zu Besuch?«

Er schüttelte den Kopf. »Nein.«

»Schlimm, dass bei Ihrem ersten Besuch so etwas passiert.«

Adrian ging zu den Modellen. »Was halten Sie davon?«

Vincent warf einen flüchtigen Blick auf »Florida Style«. »Wie sagt man? *Maisons de poupée*?«

»Puppenhäuser?«

»*Oui.* Puppenhäuser.« Er zog eine Schulter hoch und grinste schief. »Ich liebe pure Formen, das ist nicht mein Stil.«

Adrian konnte ihm nur zustimmen. In Lamberts Alter wäre ein Haus mit Veranda und Fensterläden auch nicht sein Stil gewesen. Ein Riesenloft im Zentrum einer Großstadt schon eher.

»Als wir uns das erste Mal trafen, sagten Sie, dass Sie Herrn Eberhardt nicht kennen.« Adrian ging zu seinem Stuhl, der gegenüber dem von Lambert stand, und setzte sich.

Vincent nickte unmerklich in Richtung des Tisches. Unter der dunklen Haut glaubte Adrian, die Spur einer Errötung erkennen zu können.

»Wenn Sie Herrn Eberhardt nicht gekannt haben, wieso haben Sie dann am Tag seines Todes an seiner Wohnungstür geläutet?«

Vincent sah ihn erstaunt an. »Nein!«

»Nein?« Adrian beugte sich zu ihm. »Geklopft haben Sie auch noch.«

»Wer sagt so etwas?«

»Nachbarn.«

Adrian ließ das Wort einige Zeit auf Lambert wirken, doch der schien sich völlig in die Betrachtung seiner Finger zurückzuziehen. »Ihr Auto stand vor dem Haus. Wir können gerne eine Gegenüberstellung mit der Nachbarin machen.«

»Eine Gegenüberstellung? Was ist das?«

Adrian fiel das französische Wort nicht ein. »Sie kommt hierher und erkennt sie.«

Lambert sah Adrian an und seufzte. »Okay, ich war dort. Aber das ist doch kein *crime*, nicht wahr?«

»Das allein nicht, da haben Sie recht. Was wollten Sie von Herrn Eberhardt?«

»Ist das wichtig?«

»Ja.« Adrian sah, wie der junge Mann mit sich kämpfte und ließ ihm Zeit.

»Ich sollte ihm etwas vorbeibringen«, stammelte er schließlich.

»Was denn?«

*»Documents.«*

»Von wem?«

»Frau Eberhardt.«

»Wieso schickt Frau Eberhardt Sie zu ihrem Vater, um etwas vorbeizubringen? Sie kannten ihn doch gar nicht?«

Lambert schwieg ihn an und vermied seinen Blick.

»Die Nachbarn sagen aus, dass Sie gar keine Unterlagen dabei hatten. Außerdem hätten Sie sie in den Briefschlitz werfen können.«

Lambert biss sich auf die Unterlippe. Er sah aus wie ein ertapptes Kind vor dem Lehrer.

»Kannten Sie Herrn Eberhardt aus Paris?«

Überrascht sah er auf. »Paris?«

»Paris. Herr Eberhardt ist in letzter Zeit öfter nach Paris gefahren. Hatten seine Reisen etwas mit Ihnen zu tun?«

»Ich weiß nicht.« Er sah Adrian unsicher an. »Ich fühle mich nicht gut mit Ihnen. Ich vergesse mein Deutsch. *Je veux parler à ma mère.«*

»Sie möchten mit Ihrer Mutter sprechen?« Es war unglaublich, wie oft bei solchen Gesprächen die Mutter ins Spiel kam. »Ich glaube nicht, dass das nötig …«

Lambert stand auf und riss die Tür auf. *»Maman!«*

Adrian war kurz davor, seinen Mund vor Staunen aufzuklappen, doch es gelang ihm, Haltung zu bewahren. Lediglich seine Augenbrauen rutschten nach oben.

Margit Eberhardt, die anscheinend Gewehr bei Fuß vor der Tür gestanden hatte und sofort ins Zimmer stürzte, war von der Enthüllung ihres Sohnes nicht begeistert. »Ich weiß nicht, ob das so gut war«, zischte sie in seine Richtung.

»Wie meinen Sie das?« Adrian betrachtete die beiden jetzt mit anderen Augen und bemerkte, dass beide eine ähnliche Kieferpartie hatten. Eckig und energisch.

»Wenn er mit mir verwandt ist, steht er doch bei Ihnen in einem ganz anderen Licht, nicht wahr, Herr Kommissar? Die böse Familie ist doch immer verdächtig.« Sie setzte sich neben ihren Sohn und legte ihre Hand auf seinen Unterarm.

Adrian ging darauf nicht ein. »War Herr Lambert in Ihrem Auftrag im Haus von Ihrem Vater?«

Mutter und Sohn sahen sich an. Sie seufzte. »Ja.«

»Warum?«

»Er wollte ihn zur Rede stellen. Aber er war nicht da. Wie üblich. Er war ja nie da.«

Adrian schwieg. Eberhardt, der Profiteur des Wirtschaftswunders, war einer dieser Väter, für die Familie nur ein Accessoire war. Er dachte an seinen Vater, an ihr Leben im Wohnwagen. Es war immer laut, immer chaotisch gewesen, aber er war wie seine Position in ihrer Menschenpyramide: das Fundament, ohne dessen Stabilität alles zusammenbrach.

Margit Eberhardt strich ihrem Sohn kurz über die Wange. »Mein Vater dachte, er könne mit den Menschen umspringen, wie es ihm gerade passte. Doch bei Vincent ist er zu weit gegangen.«

»Hat Ihr Vater von seinem Enkel gewusst?«

Sie schüttelte den Kopf. »Ich war dreiundzwanzig, als ich ihn bekommen habe. Das war in meiner Pariser Zeit. Ich war zu jung damals, jung und blöd und egoistisch.« Sie zuckte entschuldigend mit den Schultern. »Letzteres ist wahrscheinlich ein Erbe meines Vaters. Vincents Vater war erheblich älter als ich und besser als Erzieher geeignet. So beschlossen wir gemeinsam, dass Vincent bei ihm bleiben sollte.«

»Ihre Eltern haben nichts davon gewusst?«

Sie schüttelte den Kopf. »Mein Vater wäre durchgedreht. Er war ein«, sie zögerte kurz, »doch, das kann man sagen. Er war ein Rassist. Und dann ist sein Enkel ein Schwarzer! Undenkbar! Politisch war er nämlich ultrarechts, müssen Sie wissen. Wussten Sie, dass er einmal versucht hat, für die Republikaner Bürgermeister in Altötting zu werden?«

Adrian nickte.

»Zum Glück waren die Wähler klüger.«

Frau Eberhardt schien im Moment genug gesagt zu haben, deshalb wandte sich Adrian wieder an Vincent. »Herr Lambert, Sie wollten Ihren Großvater zur Rede stellen. Was genau bedeutet das?«

»Er war immer noch ein verdammter *raciste*«, brach es trotzig aus ihm heraus.

Als Adrian ihn auffordernd ansah, flüsterte Vincent seiner Mutter zu: »Mach du weiter.«

»Mein Vater bekam durch was auch immer einen Anfall von Altersmilde. Ihm fiel auf einmal ein, dass er eine Familie hatte. Dauernd kam er bei mir vorbei und wollte reden. Als ich wieder einmal wenig Zeit hatte, wurde er weinerlich, faselte davon, dass ich nicht den gleichen Fehler machen solle wie er, dass die Familie das Einzige sei, was einem bleibt. Er legte mir tatsächlich nahe, mir noch ein Kind anzuschaffen. In meinem Alter!« Sie schnaubte. »Daraufhin sagte ich ihm, dass ich in dieser Hinsicht bereits etwas geleistet habe und erzählte ihm von meinem Sohn.«

»Wie hat er reagiert?«

»Er war außer sich vor Freude und wollte ihn gleich sehen.«

»Und?«

»Ich gab ihm seinen Namen, sonst nichts. Ich wollte, dass er sich ein wenig anstrengt. Er hätte ja auch früher danach fragen können.«

Vater und Tochter waren wirklich aus dem gleichen Holz geschnitzt, dachte Adrian. Sie hatte es ihm mit gleicher Münze heimgezahlt. »Deshalb die Reisen nach Paris.«

»Genau. Es gibt natürlich mehrere Vincent Lamberts in Paris, und deshalb hat er schließlich eine Detektei beauftragt.«

»Die ihn gefunden hat.«

Sie nickte. »Nur, das, was sie fand, hat ihm nicht gefallen.«

»Weil ich schwarz bin«, meldete sich Vincent zurück. »Er stand vor meiner Tür, hat geläutet, und als er mich sah, ist er ganz weiß geworden. *Bizarre, non?*« Er lächelte bitter. »Er fragte nur, ob ich Vincent Lambert sei, und dann ist er abgehauen.«

»Dann hat er mich angerufen«, unterbrach Margit Eberhardt. »Dieses Telefonat werde ich mein Leben lang nicht vergessen. Er schrie mich an, wie ich ihm das antun könne, er hätte sich zum Affen gemacht und so weiter. Er hat mir in diesem Moment eine Zusammenfassung seines Charakters gegeben. Und dann war für mich klar, das war's. Ich wollte nichts mehr mit ihm zu tun haben, ihn nie wieder sehen.«

»Das hat aber nicht geklappt.«

»Genau. Ständig tauchte er hier auf.«

»Haben Sie ihn noch einmal gesehen?« Adrian wandte sich an Vincent, der erschöpft in seinem Stuhl hing.

Er schüttelte den Kopf. »Ich war so schockiert über das, was in Paris geschehen ist. Ich konnte es nicht glauben, dass ein Mensch so sein kann. In Frankreich bin ich Rassismus gewöhnt, das können Sie mir glauben, aber dieser Mann war mein Großvater! Ich habe viele Tage nachgedacht, was ich tun soll, habe mit meiner Mutter telefoniert, und sie hat gemeint, ich solle herkommen. Ich wollte ihm noch einmal gegenübertreten, dort, wo er nicht davonlaufen kann, in seiner Wohnung. Aber er war nicht da.« Er sah Adrian flehend an. »Ich habe ihn nicht getötet. Das müssen Sie mir glauben. Und *Maman* auch nicht.«

Adrian sah sich um und deutete auf die Modelle. »Ihre Firma ist am Expandieren, wie ich gehört habe. Da käme doch eine Erbschaft nicht ganz ungelegen.«

Margit Eberhardt sah ihn angewidert an. »Geld von meinem Vater brauche ich in meiner Firma nicht. Es geht auch ohne ihn. Auch wenn er das zu Lebzeiten nie eingesehen hat.«

»Gut, das reicht für heute«, sagte Adrian und verabschiedete sich. Er ging in den Vorraum, wo es sich Manfred in einem Ledersessel bequem gemacht hatte und in einem Prospekt blätterte. Als Adrian kam, packte er zusammen und stand auf. Sie schwiegen, bis sie im Auto saßen.

»Was hast du vom Personal erfahren?«

»Eberhardt senior ist in letzter Zeit tatsächlich öfter hier aufgetaucht, was der Chefin überhaupt nicht gepasst hat. Sie hat sich sogar manchmal verleugnen lassen. Letzte Woche gab es einen heftigen Krach.«

»Worum ging es?«

Manfred grinste. »Das konnte sie mir nicht sagen, und du

kannst mir glauben, das hat sie wirklich bedauert. Es war nämlich gerade jemand von der Telefongesellschaft da und hat die Anlage repariert. Da war lauschen nicht möglich. Sie war untröstlich.«

Adrian nickte. »Sie wird noch untröstlicher sein, dass sie unser Gespräch nicht mitbekommen hat.«

»Wieso, gab es einen Knaller?«

»Das kann man wohl sagen. Lambert ist Eberhardts Enkel.«

Als Adrian Manfred die Geschichte erzählt hatte, sah er angewidert aus dem Fenster. »Je mehr wir in dem Fall wühlen, desto weniger mag ich diesen Eberhardt. Wahrscheinlich ist der, der an seinem Tod Schuld ist, ein total netter Kerl.«

»Wir werden es herausfinden«, meinte Adrian. »Für heute machen wir Schluss. Kannst du mir deine Kassette für heute Abend leihen?«

Manfred lächelte. »Ich wusste es doch, dass sie dir gefällt.«

# 13

»Ich gehe normalerweise nicht mit meinen Patienten aus«, hatte Sabine am Telefon gesagt, »da bin ich ganz konsequent. Außer sie sind mindestens einsneunzig groß und sehen aus wie George Clooney.«

»Dann bist du wahrscheinlich keinen Abend mehr zu Hause«, meinte Katharina trocken. »Kannst du dich trotzdem für mich freischaufeln? Ich habe das Gefühl, ich muss raus.«

Und dieses Gefühl versetzte ihr einen Stich. Sie kannte hier tatsächlich niemanden mehr, mit dem sie abends ausgehen konnte. Das war wohl die Strafe dafür, dass sie Hals über Kopf von hier weggegangen war. Doch Sabine war keinesfalls eine Lückenbüßerin. Im Gegenteil, sie hatte so aufgeräumt gewirkt, so in sich ruhend, und das war etwas, das Katharina nach dem gluckenhaften Verhalten ihrer Mutter gut brauchen konnte. Außerdem wollte sie sich dafür bedanken, dass es ihr wieder gut ging. Der Ausschlag juckte selbst dann nicht mehr, wenn sie an den Toten im Kreuzweg dachte, und sie fühlte sich fast ein wenig euphorisch. Wer weiß, welch obskure Punkte Sabine mit den Nadeln gestochen hat, dachte Katharina und fasste sich unwillkürlich ans Ohr. Irgendwie war sie in ein Nest alternativer Heilmethoden geraten: Oswaldo vermischte indianische Kräuter mit Alkohol, und selbst ihre Mutter erzählte von geheimnisvollen Ritualen der Aborigines. Man könnte meinen, Altötting habe sich in einen Esoteriktreff verwandelt. Obwohl, in diese Schublade wollte sie Sabine und ihre Heilkunst wirklich nicht stecken. Katharina seufzte und nippte an ihrem Drink. Sie dachte dummes Zeug, und daran war der Tequila schuld. Es war schon der zweite, und er schmeckte bei Weitem nicht mehr so gut wie der erste. Sie verzog das Gesicht und winkte den Kellner herbei.

»Bringen Sie mir doch bitte einmal Nachos mit Guacamole und Bohnendip.« Etwas Festes würde hoffentlich das unangenehme Brennen lindern, das sich in ihrer Speiseröhre breitmachte. Ihr war langweilig, und etwas neidisch betrachtete sie die kleine Damenrunde am Nebentisch, die sich köstlich zu amüsieren schien. Ganz im Gegensatz zu dem Pärchen, das zweifellos verknallt, aber sprachlos an einem Tisch saß und abwechselnd von immer neu eintreffenden SMS-Nachrichten in seiner wortlosen Anhimmelung gestört wurde. Ansonsten war das El Macho halb leer, und sie hatte ohne Mühe einen Tisch am Fenster gefunden. So hatte sie beste Sicht auf das Altöttinger Nachtleben: Die Mühldorfer Straße, illuminiert vom gelben Lichtschein der Agip-Tankstelle, lag in Ruhe und Frieden da, und die meisten der wenigen Autos, die darauf fuhren, bogen in den Drive-in von McDonald's ein.

Endlich servierte der Kellner mit antrainiertem Latinoschwung ihre Nachos, und froh um die Ablenkung tunkte Katharina die bröseligen Maischips erst in die grüne, dann in die rotbraune Soße. Mechanisch steckte sie eines nach dem anderen in den Mund, und ehe sie sich's versah, war nur noch ein klägliches Häufchen übrig. Das brennende Gefühl im Magen war verschwunden, stattdessen breitete sich in ihr ein ebenso lästiges Völlegefühl aus. Sie war unzufrieden mit sich und sah auch so aus, als Sabine sichtbar abgehetzt endlich eintraf. Mit einem zerknirschten Blick auf Katharina sagte sie schnell: »Entschuldige! Aber ich hatte noch ein paar Hausbesuche.«

»Ja, ja, die Standardausrede von euch Ärzten!«, konterte Katharina, schon besser aufgelegt. »Aber schön, dass du es doch noch geschafft hast.«

Sabine legte ihren Mantel über einen freien Stuhl und winkte den Kellner herbei. »Können wir gleich was zu Essen bestellen, ich habe seit dem Frühstück nichts gehabt.«

Klar doch, signalisierte Katharina mit einem Kopfnicken und disponierte um. Sie hatte eigentlich Enchiladas mit Huhn und scharfer Soße bestellen wollen, aber nachdem sie wie eine Süchtige diese Nachos in sich hineingeschaufelt hatte, entschied sie sich für ein leichtes Süppchen und ein großes Wasser, um den Durst zu löschen. Sabine hingegen wollte Spareribs mit Papayasoße, dazu ein großes Bier und ein großes Wasser. Als der Kellner gegangen war, kehrte Ruhe am Tisch ein. Die beiden sahen sich erwartungsvoll an. Die Frauenrunde lachte frenetisch, man hörte nur ab und zu das Stichwort »Kobra« und schon schwoll der Lachpegel wieder an. Katharina und Sabine grinsten.

»Eins muss man ihnen lassen«, meinte Katharina, »amüsieren können sich die Mädels.«

»Da haben sie uns etwas voraus.«

Da hat Sabine recht, dachte Katharina. Sie waren etwas unbeholfen, wie ein Pärchen beim ersten Rendezvous. Katharina konnte sich nicht erinnern, jemals irgendetwas mit Sabine unternommen zu haben. Sabine hatte immer mit den Schnöseln vom Tennisclub herumgehangen und war einfach das gewesen, was man eine höhere Tochter nannte. Dazu hatten auch hervorragend ihr immer perfekt sitzender Pferdeschwanz gepasst und die Tatsache, dass sie niemals auch nur einen einzigen Pickel gehabt hatte, ja nicht einmal einen Mitesser. Damals hätte Katharina, obwohl sie das nie zugegeben hätte, viel dafür gegeben, diese Haut zu haben. Stattdessen hatte sie einen Großteil ihres Taschengeldes für Antipickelcremes ausgeben müssen, die letztlich nichts genutzt hatten. Sabines Haut war immer noch toll, aber Katharina hatte in diesem Punkt zum Glück ganz entscheidend aufgeholt.

»Wie geht es deinem Ausschlag?«, fragte Sabine, nachdem sie dem Kellner das Wasser fast aus der Hand gerissen und einen großen Schluck genommen hatte.

»Schlecht. Er ist schon ganz blass geworden und juckt nicht mehr. Ich danke dir.« Katharina schob das Tequilaglas weit von sich weg. »Deine Behandlung war sehr interessant. So ganz anders als dein Vater.«

»Medizinisch hatten wir nicht viel gemein.« Sabine sah zum Damentisch hinüber, der sich vorübergehend beruhigt hatte. »Und sonst auch nicht.«

»Trotzdem hast du seine Praxis übernommen.«

»Der Zeitpunkt war ganz günstig.«

Das war zäh. Wenn sie so weitermachten, würden sie auch in hundert Jahren nicht das Niveau der Damenrunde erreichen. Katharina zog das Tequilaglas wieder zu sich hin.

»Meine Mutter hat erzählt, dass du in München in einem Krankenhaus gearbeitet hast. Und ungefähr hundertmal hat sie betont beiläufig erwähnt, dass du einen Kollegen geheiratet hast.«

»Du kannst ihr ausrichten, dass er mittlerweile weder Kollege noch Ehemann ist.«

»Aber ist Altötting dafür nicht eine zu harte Strafe?«

»Vielleicht.« Sabine lachte und man merkte ihr an, dass die Anspannung des Tages langsam von ihr abfiel. »Aber du solltest nicht allzu streng sein.« Sie nahm sich einen Bierfilz und begann, ihn in kleine Brösel zu zerlegen. »Ich will jetzt kein Loblied auf die Provinz anstimmen, aber hier zu leben ist weniger schlimm, als du denkst.«

»Aber was machst du in deiner Freizeit?«, rief Katharina ungläubig.

»Freizeit? Du vergisst, dass ich selbstständig bin. Das heißt doch ›selber ständig arbeiten‹. Und am Wochenende fahre ich nach München. Wenn ich nicht gerade Notdienst habe.«

»Dann kannst du dir dein Loblied auf die Provinz aber an den Hut stecken«, entrüstete sich Katharina. »Das ist doch nur dein Arbeitsplatz, und zum Leben fährst du weg. Warum eigentlich?« Sie drehte das Tequilaglas in den Händen.

»Soll ich dir was verraten? Ich will nicht auch am Wochenende eine öffentliche Person sein. Frau Doktor hier, Frau Doktor da, wenn ich auf die Straße gehe, rede ich mir vor lauter Grüßen den Mund fusselig. Und weil ich nicht gerade der Typ Betriebsnudel bin, genieße ich es, wenigstens zwei Tage lang meine Ruhe zu haben.«

»Siehst du«, meinte Katharina triumphierend, »das ist genau das, wovor ich Angst habe. Dieses ständige Beobachtetwerden. Genau deswegen bin ich doch damals weg.«

»Sind wir doch alle.«

»Wer ist denn eigentlich noch zurück?«

Sabine zog eine Schnute, während sie überlegte. »Stefan Hunsmayr. Der ist jetzt Oberstudienrat in Burghausen. Und die Evi, die arbeitet halbtags in der Apotheke. Aber mit denen wollte ich schon in der Schule nichts zu tun haben.«

»Eben!«, rief Katharina und hielt einen Bierfilz in die Höhe. »Das ist nämlich der zweite Punkt! Wieso sollte ich ausgerechnet mit Oswaldo einen Laden führen? Wir sind ja nicht gerade Seelenverwandte.«

Sabine grinste kurz und wurde dann ernst. »Du musst ja nicht mit ihm zusammenleben. Betrachte es als reine Geschäftsverbindung und lass mal deine Gefühle beiseite.« Sie sah Katharina fest an. »Immerhin war er quasi der Kompagnon deiner Tante. Da hat er sich sicher einiges Wissen angeeignet. Und das ist Gold wert.«

»Ich hatte nie auch nur eine Sekunde darüber nachgedacht, zurückzukommen«, sagte Katharina leise.

»Es wäre aber auch keine Niederlage, wenn du es tätest«, antwortete Sabine. »Oh, endlich!« Sie lächelte zuerst den Kellner, dann die verführerisch glänzenden Spareribs an und deutete auf Katharinas Süppchen, das in einem kleinen Teller vor sich hin dampfte. »Das sieht aber bescheiden aus.«

»Wenn du wüsstest, wie viele Nachos schon in meinem Bauch sind, kann von bescheiden keine Rede mehr sein. Das war Unvernunft pur. Machst du auch Fettabsaugungen?«

Sabine schüttelte den Kopf. »Trotzdem guten Appetit.« Sie biss herzhaft in ein Sparerib und murmelte zufrieden: »Oh, tut das gut.« Als sie den Teller zur Hälfte leer gegessen hatte, lehnte sie sich zurück. »Entschuldige meine Gier, aber ich war wirklich knapp vorm Verhungern.«

»Aber jetzt mal im Ernst«, meinte Katharina. »Wie war das, als du wieder hierhergezogen bist?«

Sabine schwieg einige Sekunden. »Mir ging es schlecht damals«, sagte sie in ihren Teller hinein. »Ehe kaputt, Vater tot, körperlich und seelisch ausgebrannt. Ich war Stationsärztin auf der Inneren in einem Münchner Krankenhaus. Mit einer Achtzig-Stunden-Woche. Es war grauenhaft. Wenn ich frei hatte, habe ich nur geschlafen. Mein Leben war arbeiten, schlafen, arbeiten, schlafen.« Sie sah Katharina an. »Mich wundert es heute noch, wie es mein Ex bei der gleichen Arbeit geschafft hat, nebenbei eine Affäre zu haben.« Sie schüttelte den Kopf. »Du siehst also, ich habe nichts sonderlich Erstrebenswertes zurückgelassen. Außer einer Zweihundert-Quadratmeter-Altbauwohnung im Lehel.«

Katharina nickte anerkennend. »Aber du hättest dir doch etwas anderes in München suchen können. Oder gleich eine eigene Praxis aufmachen.«

Sabine schüttelte energisch den Kopf. »Neue Praxiszulassungen gibt es nicht für München, und ich wollte auf keinen Fall für jemand anderen arbeiten.« Sie spießte zwei Papayastückchen auf die Gabel. »Weißt du, der Gedanke hatte etwas Tröstliches, dorthin zurückzugehen, wo man herkommt. Wo man alles kennt. Wo es wenig Überraschungen gibt. Das hat mir damals ganz gutgetan. Und was in ein paar Jahren sein wird, wer weiß?«

Katharina beobachtete, wie sich ein Kohlensäurebläschen in ihrem Glas den Weg nach oben bahnte. Ausgebrannt. So fühlte sie sich auch.

»Ich nehme mir jetzt einfach das Beste aus beiden Welten«, sagte Sabine in ihr Grübeln hinein. »Hier ein etwas stressfreieres Arbeiten und die Großstadt zum Genießen.«

»Klingt gar nicht schlecht«, sinnierte Katharina. »Wusstest du, dass Oswaldo mit Schnäpsen und Likören experimentiert? Sein Keller ist ein richtiges Labor mit Kräutlein und allem Möglichen.«

»Davon habe ich auch schon gehört.« Sabine machte sich an ihr letztes Sparerib. »Es wird gemunkelt, sein Gebräu habe erstaunliche Wirkungen. Du musst nur aufpassen.«

»Das glaube ich auch, ich will nicht, dass er aus dem Laden eine Säuferbude macht.«

»Da bekämt ihr sicher bald Besuch von einem Kirchenvertreter. Aber ich meine noch etwas anderes. Die Kräuter.«

»Die Kräuter? Die holt er sich sogar mit kirchlichem Segen, von den Kapuzinern.«

»Schön für ihn. Aber wenn er das kommerziell vertreiben will …«

»Da kannst du Gift darauf nehmen«, unterbrach sie Katharina.

»… dann müsst ihr euch genau erkundigen, welche Kräuter in welcher Konzentration drin sein dürfen, sonst drohen euch saftige Strafen. Ich glaube nämlich, dass dieses Projekt nicht jedem gefällt. Da könnte jemand nur darauf warten, dass ihr einen Fehler macht.«

»Wen meinst du mit ›jemand‹?«, wollte Katharina wissen.

Sabine winkte ab. »Wirklich nur ›jemand‹. Das Bewirtungsgeschäft mit den Wallfahrern ist heiß umkämpftes Gebiet. Besonders seit das Geld nicht mehr so locker sitzt. Da wird ein neuer Versuch in dieser Richtung ganz genau beobachtet. Und Oswaldo nimmt den Mund womöglich etwas zu voll. Vielleicht kannst du ihn mal zurückpfeifen.«

»Oswaldo zurückpfeifen? Darauf trinken wir einen«, meinte Katharina. »Und auf das idyllische Leben in der Provinz.«

Sabine stoppte sie in der Prostbewegung. »Dazu will ich jetzt aber auch einen Tequila haben.«

Zwei Tequilarunden später kam auf einmal Adrian als Thema auf, und Katharina wäre fast das Glas aus der Hand gefallen, als sie von Sabine das Geständnis hörte, dass auch sie monatelang unglücklich in ihn verliebt gewesen war.

»Ist das wirklich wahr?«, prustete Katharina. »Der passte doch überhaupt nicht in dein Tennisclubschema.«

»Eben drum«, meinte Sabine trocken, soweit man mit drei Tequila und einem großen Bier noch von trocken reden konnte. »Ich habe immer davon geträumt, wie er mich mit seinen unglaublich muskulösen Armen festhält. Wie auf dem Poster, das wir alle hängen hatten, das Pärchen in Jeans mit nacktem Oberkörper.«

»Ich weiß«, bestätigte Katharina. »Das hing bei mir über dem Bett.«

»Aber in seins hat es keine von uns jemals geschafft«, bedauerte Sabine.

»Wir waren einfach zu jung für ihn. Er wollte halt was Erfahreneres. Das ist jetzt bestimmt anders.« Katharina lachte gequält. »Jetzt sucht er bestimmt was unter dreißig.«

»Da bin ich mir bei ihm nicht sicher.«

»Kennst du eigentlich seine Exfrau?«, fragte Katharina.

»Die erste oder die zweite?«

»Der war schon zweimal verheiratet?« Katharina hätte sich fast verschluckt.

»Ups!« Sabine sah betreten aus. »Das weiß aber fast niemand hier. Er hat es mir einmal erzählt, als wir nach der Arbeit noch einen Trinken waren. Ganz vertraulich.«

»Jetzt komm, erzähl schon.«

»Nix da. Das muss er schon selber tun. Es war nämlich keine besonders schöne Geschichte. Bitte erzähl es nicht weiter.«

»Nur Mama.«

»Untersteh dich!«

»War nur ein Witz.« Mit Ende dreißig schon zweimal geschieden, alle Achtung. Da war sie ja richtig brav dagegen.

»Sag mal, wie ist das denn, mit ihm zusammenzuarbeiten?«, fragte Katharina.

»Ach«, winkte Sabine ab, »so oft ist das auch wieder nicht. Aber wenn ja, dann sehr angenehm.«

»Findest du ihn noch«, Katharina suchte nach einem unverfänglichen Wort, »interessant?«

»Interessant schon, aber in die Kiste würde ich mit ihm nicht mehr hüpfen wollen. Das wolltest du doch wissen, gib's zu.« Sabine schob den Teller zurück und lehnte sich gemütlich nach hinten. »Er ist zu grüblerisch. Ich will mittlerweile lieber was Unkompliziertes, Lustiges.«

»In unserem Alter? Das könnte schwierig werden.«

»Das ist schwierig, machen wir uns nichts vor. Aber um Adrian mache ich mir ein wenig Sorgen.«

»Warum?«

»Er sieht nicht gut aus. Medizinisch gesehen«, fügte sie schnell hinzu, als sie Katharinas Ansatz zum Protest sah. »Ich glaube, er hat Probleme mit seinen Gelenken, was ja bei seiner Vergangenheit kein Wunder ist. Bei ihm wirkt alles ein bisschen mühsam, als würde er sich quälen. Aber ist das eine Überraschung bei diesem Beruf? Wenn ich dauernd nur mit so etwas zu tun hätte, würde ich auch gequält aussehen.«

»Du hast doch auch nur mit Krankheiten zu tun.«

»Ja, aber manchmal gelingen meine Heilungsversuche. Bei ihm ist das anders. Einen Toten kannst du nicht wieder zum Leben erwecken.«

Versonnen nickten die beiden in ihre Gläser.

»Weißt du, was komisch war, als ich den Herrn Eberhardt gefunden habe? Er sah noch so lebendig aus, als hätte der Tod noch nicht ganz Besitz von ihm ergriffen.

»Er muss noch warm gewesen sein«, sagte Sabine leise und legte ihre Hand auf Katharinas.

»Ja. Das war eigentlich das Schrecklichste für mich.« Katharina bekam beim Gedanken daran Gänsehaut. »Bekommst du eigentlich noch mit, was die Gerichtsmedizin herausgefunden hat?«

Sabine schüttelte den Kopf. »Nein, das liegt alles bei der Kripo.«

»Wer, glaubst du denn, hat ihn umgebracht?«

»Es heißt ja immer, dass es meistens jemand aus dem engsten Familienkreis ist. Und da wären –«

»Tochter und Sohn«, unterbrach Katharina. »Ich habe sie damals ein wenig beneidet, weil sie immer so tolle Klamotten und Autos hatten.«

»Ja, für uns Jüngere sah das immer sehr aufregend aus. Aber vom Vater hat es immer geheißen, dass er sehr streng war. Es ist doch auch bezeichnend, dass die Tochter nicht Nachfolgerin seiner Firma wurde. Am Anfang hat er ihr sogar noch Steine in den Weg gelegt, als sie eine eigene Firma gründete. Und der Sohn«, kicherte Sabine, »der als Hausmann für so einen Macho ein Schlag ins Gesicht sein muss, schreibt Stücke für die hiesige Theatergruppe. In denen kommt jedes Mal ein Patriarch vor, der Züge seines Vaters trägt. Sagen zumindest Eingeweihte, ich habe noch nie eines gesehen.«

»Das ist ja interessant.« Katharina rückte ein wenig näher zu Sabine. »Der spart sich anscheinend auf diese Art seine Psychotherapie.«

»Könnte sein.«

»Du sagtest, der alte Eberhardt war ein Macho?«

»Das war zumindest sein Ruf.«

»Mich würde es nicht wundern, wenn das Mordmotiv in Richtung Eifersucht geht.«

»Wieso das?«

»Im Wallfahrtsladen treffen sich doch regelmäßig ein paar Frauen zur Klatschrunde. Frauen aus seiner früheren Clique. Die tun aber so, als hätten sie ihn kaum gekannt. Normalerweise würde man doch eine Geschichte nach der anderen über so jemanden zum Besten geben. Aber hier: Schweigen. Irgendwas wird hier vertuscht.«

Sabine lachte. »Pass nur auf, dass du dich nicht in irgendwas verrennst. Obwohl …«

Katharina horchte auf.

»Gehört zu diesem Kreis nicht auch die Frau Binder?«, fragte Sabine.

Katharina nickte.

»Die hat dem Eberhardt einmal ein richtiges Veilchen beschert.« Sabine senkte ihre Stimme zu einem verschwörerischen Flüstern. »Das war damals Stadtgespräch, wie du dir denken kannst. Er hatte behauptet, er sei irgendwo angestoßen.«

»Genauso wie die Frauen, die geschlagen werden.«

»Genau. Aber die Nachbarn haben den Streit gehört, und am nächsten Tag wussten alle Bescheid.«

»Und was war dann? Trennung? Buße?«

»Keine Ahnung.«

Katharina freute sich schon richtig auf den morgigen Nachmittag. Sie war schon gespannt, was die Ladys so von sich geben würden, wenn sie nur die richtigen Fragen stellte.

# 14

Es war bereits dunkel, als Adrian sich mit seinem Alfa über die Landstraße zum Hof seiner Exfrau quälte. Meter um Meter holperte er über die steinige Straße. Das war nicht seine Welt – auf dem Land fühlte er sich nicht wohl, die nackte Kraft der Elemente fand er bedrohlich. Er war als Kind zur Hälfte in einem Wohnwagen groß geworden, zur Hälfte in einer Vierzimmerwohnung in Altötting. Hinzu kam noch etwas anderes: Er machte sich nicht gerne dreckig. Was ihm peinlich war, denn es verlieh ihm die Aura einer verweichlichten Tante, die mit gespreizten Fingern und auf Zehenspitzen über jedes noch so kleine Stückchen Matsch hüpfte und danach so tief ausatmete, als hätte sie soeben den Mount Everest bestiegen. Seine Mutter hatte immer behauptet, schon als Kind habe er wegen des kleinsten Flecks auf seiner Kleidung neue gefordert. Zudem sei er schon mit kaum drei Jahren sauber gewesen – und das als Junge. Als Ausgleich dafür hatte er sich einen Beruf ausgesucht, in dem er nach Herzenslust in einer anderen Art von Dreck wühlen konnte.

Auf der rechten Seite tauchte ein Bauernhof auf, der schon zu Adrians Twenzeiten zu einer Diskothek umfunktioniert worden war und in dem auch Tobias Nowak, selbst noch nach seinem Unfall, ab und zu als DJ auflegte. Es war noch zu früh am Abend, und so lag der Hof dunkel und verlassen da. Als der Wagen durch ein Schlagloch fuhr, schoss Adrian wieder ein stechender Schmerz in den Rücken, der ihm für Sekunden die Luft nahm. Er trat auf die Bremse und hielt an. Langsam sog er etwas Luft ein und tastete sich mit seinem Atem bis zu dem Punkt vor, an dem der Schmerz einsetzte. Als das Ziehen schwächer war als erwartet, seufzte er erleichtert. Noch einmal Glück gehabt. Aber wie sollte das nur weitergehen? Er konnte doch seinen Rücken nicht wie ein rohes Ei behandeln. Adrian schob dem Training in seiner Kindheit die Schuld an der recht massiven Abnutzung seiner Wirbel zu, wie es sein Arzt immer erstaunt formulierte, stets gefolgt von dem Zusatz »Sollten wir nicht einen Antrag auf Behinderung stellen?«.

Ganz anders sein Vater, der mit über siebzig Jahren Übungen machte, bei denen mancher Yogi neidisch sein konnte. Aber er hatte auch erst mit sechzehn den Ruf zum Zirkus verspürt. Vielleicht machte das den Unterschied, dass die Knochen seines Vaters im Gegensatz zu seinen eigenen eine normale Kindheit erlebt hatten. Erleichtert stellte er fest, dass der massive Schweißausbruch vorbei war, und setzte seinen Weg fort. Nach weiteren holprigen drei Kilometern erreichte er Susannes Hof und parkte vor dem großen Holztor. Noch bevor er den Riegel hob, der ihm Zugang zum Innenhof verschaffte, sah er, dass Susanne in ihrem Büro am Computer arbeitete. Amadeo, der Schäferhund, kam laut bellend auf ihn zugeschossen und verwandelte sich, als er Adrians beruhigende Laute hörte, von einem scharfen Wachhund in ein Schmusehündchen. Eine Verwandlung, auf die Adrian, wenn er das Objekt der Zuneigung war, nicht besonders erpicht war. Hunde, besonders große, waren ihm nicht geheuer, und er war froh, dass Amadeo nicht spürte, dass hinter seinem Gemurmel, das beruhigend klingen sollte, eine gehörige Portion Nervosität steckte. So viel zur Menschenkenntnis von Tieren.

»Dass du dich freiwillig zu mir verirrst!«

Der Hund ließ sofort von ihm ab, und erleichtert drehte sich Adrian zu Susanne um, die im jetzt hell erleuchteten Eingang stand und von Amadeo mit schleimigen Liebesbekundungen erfreut wurde.

»Um zu dir zu kommen, muss man ja auch viele Hindernisse überwinden.«

»Wo ihr beide so ein schönes Paar wärt.«

»Ich hab's nicht so mit Männern.«

»Das weiß ich.« Sie küsste ihn auf die Wange. »Was gibt's?«

Adrian lächelte. »Mir war danach, dich zu sehen.« Für eine Sekunde glaubte er, Susanne beim Erröten erwischt zu haben. »Kann ich rein?« Dass er noch ein paar Informationen über Detschey wollte, musste er ja nicht sofort gestehen.

»Klar.« Sie winkte ihren Exmann in den Flur, auf dessen mit schwarz-weißen Steinfliesen ausgelegten Boden eine ganze Armada von Gummistiefeln und festen Schuhen stand. »Wie kommst du weiter mit deinem Fall?«

»Es geht so.« Er hängte seinen Mantel an die Garderobe und zog seine Schuhe aus, die leicht feucht waren. »Hast du Hausschuhe für mich?«

»Nimm die von Heinz, der hat genauso große Füße wie du.« Sie deutete auf die blauen Filzpantoffeln eines ihrer Mitarbeiter und ging nach rechts in die Küche, wo sie zielstrebig den Kühlschrank ansteuerte. »Ich merke gerade, dass ich ziemlichen Hunger habe. Wie sieht es mit dir aus? So wie ich dich kenne, hast du wieder nichts Gescheites gegessen.«

»Das kommt darauf an, wie man gescheit definiert«, meinte Adrian und betrachtete mit ihr den Inhalt des Kühlschranks. »Aber wenn ich genau nachdenke, war das Letzte eine eher trockene Salamisemmel aus der Kantine. Mit Essiggurke.«

»Da erübrigt sich jeglicher Definitionsversuch«, sagte Susanne mit leicht resigniertem Unterton und zog einen großen, mit Alufolie belegten Teller heraus.

»Und du kredenzt mir jetzt das Gegenteil einer trockenen Kantinensemmel? Da bin ich aber mal gespannt.« Er nahm ihr den Teller aus der Hand und lüftete die Folie. Sofort drang ein aromatisches Käse-Kräuteraroma in seine Nase, das einen fast ungezügelten Appetit in ihm erzeugte. »Es riecht schon einmal gut.«

»Eine griechische Blätterteigpastete. Mit Spinat und Feta. Jetzt gib den Teller schon her. Ich mach es uns warm, da schmeckt es noch besser.« Sie ging zum Herd und schaltete das Backrohr ein. Adrian folgte ihr.

Lachend drehte sie sich um. »Es ist immer wieder erstaunlich, was Hunger bei einem Mann anrichten kann. Du läufst mir nach wie ein Hündchen.« Sie tätschelte seine Haare. »Gleich gibt's Fressi.« Sie riss Backpapier von der Rolle und legte ein Backblech damit aus.

»Ich kann dir versichern, dass ich mich im Vergleich zu Manfred diesbezüglich völlig in der Gewalt habe.«

»Deine gierigen Augen strafen dich Lügen.« Sie legte die Pastete auf das Blech und schob es in das Rohr. »Was möchtest du dazu trinken? Bier oder Wein?«

»Wein.«

»Ich habe noch einen leichten Roten im Vorratsraum. Holst du ihn bitte, dann mache ich inzwischen den Computer aus.«

»Ich hoffe, ich halte dich nicht von etwas Wichtigem ab.«

»Ich bin froh, dass du da bist. Ich sitze gerade über der Buchhaltung. Und die läuft mir nicht weg. Leider.« Sie seufzte.

»Du arbeitest zu viel.«

»Du auch. Und deshalb haben wir uns etwas Gutes verdient. Jetzt hol schon den Wein.«

Ein Glas Wein und zwei Portionen Pastete später lehnte Adrian sich zufrieden zurück. Susanne stapelte die Teller aufeinander und trug sie zur Spüle. Als sie zurückkam, nahm sie ihr Glas und die Flasche Rotwein und sagte: »Komm, gehen wir ins Wohnzimmer.«

Adrian wäre am liebsten sitzen geblieben, eine wundervolle Trägheit hatte sich in seinem Körper breitgemacht. »Wenn ich mich jetzt auf die Couch setze, weiß ich nicht, ob ich da heute wieder hochkomme.«

»Du musst heute sowieso hierbleiben. Bei deinem Weinkonsum kann ich dich nicht mehr fahren lassen.«

»Ja dann«, meinte er und erhob sich langsam. Als er im Wohnzimmer ankam, saß Susanne bereits auf der Couch.

Sie klopfte auf den Platz neben sich. »Hier, ich habe dir deinen Lieblingsplatz freigehalten.«

»Du verwöhnst mich. Eine Frau wie du macht das nicht ohne Hintergedanken.«

»Es scheint dir aber nichts auszumachen.«

Genüsslich ließ er sich in das weiche Polster fallen. Er liebte diese Couch, die sie sich noch in ihrer gemeinsamen Zeit in München gekauft hatten.

»Also, warum bist du hier? Doch nicht, um dich von deiner Exfrau durchfüttern zu lassen.«

Adrian setzte sich wieder gerader hin. »Du hast mir doch von Ralf Detschey erzählt.«

Susanne sah ihn überrascht an. »Ja. Sag bloß, ihr sucht den in eurem Mordfall?«

»Wir müssen in alle Richtungen ermitteln.«

»Der hat den Eberhardt niemals umgebracht!« Sie war aufgestanden und funkelte Adrian an.

»Wieso bist du dir da so sicher? Kennst du ihn so gut?«

»Lass diesen spitzen Unterton.«

»Ich bin nicht spitz. Das sind nur Frauen.«

»Und wie nennt man das dann bei Männern? Irritiert, alarmiert?«

»Wie wäre es mit interessiert?«

»Ach, hör auf, der wäre doch gar nicht mein Typ.« Sie setzte sich wieder hin. »Außerdem wäre er mir viel zu jung.«

Beide schwiegen.

»Er ist der beste Bäcker und Konditor weit und breit.«

»Und das macht ihn unschuldig?«

»Quatsch. Aber er hat wieder Ziele im Leben. Der Ralf schaut nach vorn. Wenn er den Eberhardt hätte umbringen wollen, hätte er das schon längst gemacht.«

»Er hat ihn bereits mehrmals tätlich angegriffen. Und er ist seit dem Tag von Eberhardts Tod weg. Mit unbekanntem Ziel.«

Susanne winkte ab. »Ach, das macht er öfters. Warum auch nicht? Und mit dem Eberhardt, also das finde ich mehr als verständlich! Wie hättest du reagiert, wenn am Tag deiner Hochzeit deine Frau und deine zwei besten Freunde umgekommen wären?«

Adrian sah an ihrem Kopf vorbei irgendwo in die Küche hinein. Wenn Detschey damals nur halb so verliebt gewesen war wie er selbst bei seiner Hochzeit, dann war zwischen Mord und Selbstmord alles möglich. Ein paar Tage mit unbekanntem Ziel zu verschwinden erschien in diesem Fall geradezu kultiviert.

Susanne drehte Adrian den Rücken zu. »Kannst du mich mal bitte kratzen, ich komm da nicht hin.«

Als Adrian anfing, ihren Rücken zu bearbeiten, seufzte sie wohlig. »Ein bisschen weiter links. Ja, gut. Du kannst ruhig etwas fester. Weißt du, der Ralf, der ist bei unserem Ökoverbund dabei. Wir haben große Pläne. Jetzt noch mehr nach oben. Aah. Gut. Das reicht.« Zufrieden drehte sie sich um. »Wir wollen im Landkreis einen Ökosupermarkt aufmachen.«

»Gute Idee. Ich glaube, in München laufen die ganz gut.«

Sie nickte eifrig. »Ich liefere das Gemüse und die Kräuter, das

Fleisch kommt vom Müllner im Holzland und von Ralf natürlich die ganzen Backwaren. Vielleicht machen wir auch Seminare.«

»Hier?«

»Hier. Platz wäre ja genug.«

»Hast du nicht schon genug Arbeit?«

»Doch, aber ich verdiene nicht genug. Ich muss mich um andere Vertriebswege kümmern.«

»Wenn du Hilfe brauchst ...«, setzte Adrian an.

»Danke, ich weiß. Aber das passt schon.« Sie sah ihn eindringlich an. »Vergiss den Ralf, Adrian. Ralf hat die ganze Geschichte abgelegt, irgendwo in seinen Tiefen, und wird den Teufel tun, das noch einmal hervorzuholen. Oder glaubst du, dass Rachefantasien so lange anhalten?«

Adrian schaute ins Leere, weil es auf diese Frage keine Antwort gab, und weil Susanne, in alter Gewohnheit, seine Füße in ihren Schoß gelegt und angefangen hatte, sie zu massieren. Sie schwiegen einige Minuten lang, und jeder wunderte sich für sich, wie wohl sie sich miteinander fühlten. Sie mochten sich noch immer sehr, und Adrian war sich ziemlich sicher, dass sie noch immer zusammen wären, wenn Susanne sich nicht ihren Traum vom Landleben erfüllt hätte. Nicht dass er ihr die Schuld am Scheitern ihrer Ehe gab, genauso gut hätte man sagen können, dass er mit der neuen Situation nicht zurechtgekommen war. Er hatte sie zwar immer dabei unterstützt, ihr Ziel zu erreichen, aber irgendwann waren aus einem gemeinsamen großen Ziel zwei unvereinbare geworden.

»Du scheinst dich ja sehr wohlzufühlen«, meinte sie.

»Bei dir immer, das weißt du doch«, entgegnete er.

»Fast wie früher.« Sie trank einen Schluck und stellte das Glas auf den Tisch. »Ich denke oft darüber nach, was mit uns passiert ist. Und warum.«

»Ich auch.«

»Wirklich?« Sie lächelte. »Aber Bäuerin und Kommissar, das passt einfach nicht zueinander. Obwohl beide wenig Urlaub haben und viele Überstunden schieben.«

»Ab einem bestimmten Moment habe ich dich einfach nicht mehr wiedererkannt.«

»Ja, ja, bei dir hat der Alzheimer schon früh angefangen.«

»Werde nicht frech.« Adrian stupste sie mit dem Fuß an.

»Apropos Urlaub.«

»Wieso apropos? Haben wir darüber heute schon gesprochen?«

»Na ja, als ich gesagt habe, wir hätten beide wenig Urlaub.«

»Das ist doch schon mindestens drei Minuten her. Mein Kurzzeitgedächtnis ist zurzeit eine Katastrophe.«

»Ich sage ja, Alzheimer. Aber dagegen lässt sich sicher etwas tun. Ich massiere jetzt einfach den Gehirnpunkt. Das fördert die Durchblutung.« Sie erhöhte mit dem Daumen den Druck auf den großen Zeh. Adrian ließ sich tiefer in die Polster fallen und fing an, leise zu brummen.

»Wo regt das denn die Durchblutung an? Nur im Kopf oder auch woanders?«

»Ach, Fußreflexzonenmassage wirkt meistens umfassend.« Susanne bearbeitete mittlerweile den ganzen Fuß, den sie mit sanften, aber bestimmten Bewegungen knetete und drückte.

»Wenn das mit der Landwirtschaft nicht mehr läuft, kannst du damit auch dein Geld verdienen.«

»Fremde Füße mag ich nicht. Nur deine. Diese Artistenfüße.« Sie streichelte sanft die Waden hoch, und eine heiße Welle fuhr in seine Lenden. »Wobei der Rest auch nicht schlecht ist.«

Adrian zog sie zu sich nach unten. »Daran kannst du dich noch erinnern?«

»Vergisst eine Frau die besten Momente ihres Lebens?«

»Jetzt werde nicht kokett.«

»Das habe ich nicht nötig, mein Lieber. In meinem Alter nimmt sich eine Frau, was sie will.«

Adrian, der gerade in Erwägung gezogen hatte, ihr rechtes Ohr anzuknabbern, zog in dunkler Ahnung seinen Kopf zurück. »Du hast irgendetwas von Urlaub erwähnt.«

Susanne widmete sich mit Unschuldsmiene wieder seinem Fuß und begann, den Knöchel sanft zu umkreisen. »Hast du das auch gelesen, mit Peru?«

Adrian musste sich beherrschen, nicht in einen wohligen Dämmerzustand abzudriften. Dieses raffinierte Weib. Er war gespannt, was sie im Schilde führte. »Waren da nicht irgendwelche Unruhen?«

»Kann schon sein. Aber das meine ich nicht. Du weißt doch, ich liebe Kartoffeln.«

»Jetzt weiß ich, warum wir geschieden sind.«

»Genau, denn ich will zu ihnen. Nach Peru. Dort gibt es ein Kartoffelpark-Projekt, wo uralte Sorten kultiviert und bewahrt werden. Da muss ich hin.«

»Wenn du meinst.« Ihm dämmerte Schreckliches. »Wer soll in der Zeit auf den Hof aufpassen?« Er beruhigte sich selbst. »Blöde Frage, du hast ja Heinz und Kurt. Und meinen Vater.«

Sie lachte. »Guter Witz. Da hätte ich keine ruhige Minute. Die machen zwar brav alles, was man ihnen sagt, aber selber denken? Ich möchte das lieber nicht ausprobieren.« Sie hatte wie selbstverständlich seine Hosenbeine etwas hochgekrempelt und arbeitete sich langsam an den Waden empor. »Ich brauche jemanden, der denken kann und Verantwortung übernimmt. So jemanden wie dich.« Es folgte ein finales Streicheln der Kniescheibe, bevor diese bei der empörten Streckung des Beines in den Muskeln verschwand.

»Das ist nicht dein Ernst!« Nasse Gummistiefel, Liebkosungen von Amadeo und ähnliche Schreckensszenarios tauchten vor seinem inneren Auge auf.

»Adrian«, beruhigte ihn Susanne. »Es wäre doch nur für zwei Wochen. Und du müsstest nur ein bisschen aufpassen, dass nicht alles aus dem Ruder läuft. Heinz und Kurt machen die Arbeit wie sonst auch.« Adrian konnte sich lebhaft vorstellen, wie beeindruckt Heinz und Kurt wären, wenn er ihnen Aufträge erteilte. Noch beeindruckter wären sie allerdings, wenn sie hörten, wie viel Schmelz ihre Chefin in ihre Stimme legen konnte.

»Mein Vater wird wie ein Gutsherr hin und her spazieren und mich herumkommandieren. Das wird nicht funktionieren.«

»Doch, wird es. Weißt du was? Bring Norbert mit, dann bist du nicht so einsam.«

Er lachte. »Wir beide wären ja wohl die Lachnummer schlechthin.« Er sah sie an und wusste, dass sie nicht nachgeben würde. »Das wird aber teuer.« Er zog sie an sich. »Du wirst dafür bezahlen müssen. In Naturalien.«

»Damit habe ich als Bäuerin kein Problem.« Sie löste sich aus seiner Umarmung und stand auf. »Dann komm mal mit.«

»Wohin?«

»Ins Heu, wir sind hier auf dem Land, mein Lieber.«

Er hoffte nur, dass ihm die Schmach einer Begegnung mit seinem Vater, der im ersten Stock wohnte, erspart bleiben würde, und im letzten lichten Moment dieser Nacht flackerte der Gedanke in ihm auf, wer von ihnen beiden, Susanne oder er, jetzt mehr von seinem Besuch profitiert hatte.

***

Am nächsten Morgen erwachte Adrian in dem Bett, das jahrelang auch seines gewesen war. Es hatte an der Tür geklingelt, Amadeo hatte wütend angeschlagen, sich dann aber schnell beruhigt. Draußen war es noch völlig dunkel. Adrian tastete die rechte Bettseite ab. Susanne war schon weg, jedoch noch nicht lange, das Laken war noch warm. Die rote Leuchtanzeige des Radioweckers zeigte 6:17. Er stöhnte und ließ sich in das Kissen zurückfallen. Beim leichten Aufrichten seines Körpers hatte er gemerkt, dass er völlig verspannt war. Steif und unbeweglich wie ein alter Mann. Dazu kam eine Art schlechtes Gewissen. Er fühlte sich schlecht, alt und abgestanden. Obwohl die Nacht mit Susanne schön gewesen war. So vertraut wie ein altes Ritual, bei dem man jedoch nicht mehr mit ganzem Herzen dabei war. Er war sicher, dass sie genauso empfand. Sex mit der Ex. Reduzierte man die letzte Nacht auf diese vier Worte, kam er sich wie ein absoluter Idiot vor. »Darauf ist er doch nicht angewiesen«, würden einige Kollegen auf dem Revier sagen, wenn sie davon wüssten. »Er liebt sie halt immer noch«, wäre die Meinung der sentimentaleren, im Stillen auf ein Angebot wartenden Kolleginnen. Weder das eine noch das andere stimmte. Er dachte die meiste Zeit überhaupt nicht an sie, was bezüglich einer Exfrau wohl völlig normal war. Warum sie beide immer noch manchmal zusammen im Bett landeten, war etwas, worüber er im Augenblick nicht nachdenken wollte. Es war passiert. Er hoffte, zum letzten Mal. Mit einem Ächzen schwang Adrian die Beine aus dem Bett. Sofort bekam er Gänsehaut vor Kälte. Schnell zog er sein Hemd und seine Unterhose an, die schlampig auf dem Boden lagen, und schlurfte hinaus auf den Flur, um ins Bad zu gehen. In diesem Moment öffnete sich die Küchentür, und ein Mann kam heraus, vier Kartons Eier vorsichtig auf dem Arm balancierend. Er sah Adrian überrascht an, rief ein »Deswegen schaust du so müde aus, Susanne!« zurück in die Küche, begrüßte ihn mit einem leicht anzüglich klingenden »Guten Morgen!« und wandte sich der Haustür zu.

Gut, dass ich wenigstens meine Unterhose anhabe, schoss es Adrian durch den Kopf, während er ein leises »Guten Morgen« krächzte und sich so schnell wie möglich in das rettende Bad flüchten wollte. Als er die Tür, die er nicht anders als quietschend kannte, aufstieß, traf ihn die Erkenntnis wie ein Blitz. Er sortierte noch kurz einige Bilder in seinem Kopf, dann war er sich sicher. Schnell drehte er sich um, doch da fiel die Haustür bereits ins Schloss. Adrian lief auf den Flur und riss die Tür auf.

»Sie sind Detschey!«, rief er hinaus. Noch bevor der Mann ein irritiertes »Ja, wieso?« sagen konnte, schoss Amadeo aus seinem Zwinger heraus und sprang Adrian voller Wiedersehensfreude an. Als diesem der Morgenatem des Hundes in die Nase stieg, wurde ihm leicht übel. Er versuchte, ihn mit den Armen auf Abstand zu halten und bekam stattdessen immer wieder Tritte gegen seine nackten Beine. »Sie müssen dableiben!«, rief er. »Wir haben einige Fragen an Sie!«

»Sind Sie von der Polizei? Sagen Sie bloß, Sie sind der Ex von der Susanne?« Detschey sah eindeutig amüsiert aus, das Einzige, was seine Freude etwas dämpfte, waren die vielen Eier, die wohl langsam etwas schwer wurden.

Adrian verspürte den Impuls, ihm eine reinzuhauen, begnügte sich jedoch mit einem knappen: »Behringer, Kripo Mühldorf.«

»Ah, eine richtige Respektsperson.«

»Jetzt kommen Sie bitte herein.«

»Warum denn? Ich habe eigentlich keine Zeit.«

»Max Eberhardt wurde ermordet.«

»Was? Tatsächlich? Dann lassen Sie mich mal durch.« Er ging an Adrian vorbei und stellte die Eier auf einer Kommode ab. »So, so«, sagte er in Richtung der Eier. Dann drehte er sich um. »Gut. Hat es diesen alten Saukerl endlich mal selbst erwischt. Wie ist es denn passiert? Ich hoffe, es war etwas Standesgemäßes.«

»Ist Mord jemals standesgemäß?«

»Wenn man sich in allem von den gewöhnlichen Menschen abheben will, vielleicht. Mir kann es ja egal sein, aber wollen Sie sich nicht mal was anziehen?« Er schmunzelte. »Oder gefällt es Ihnen, halb nackt in der Kälte zu stehen?«

»Ich könnte mir etwas Schöneres vorstellen«, presste Adrian hervor, der versuchte, seine Stimme nicht zittern zu lassen, »aber was tun wir nicht alles, um einen Mord aufzuklären, nicht wahr?«

Detschey zuckte mit den Schultern. »Das müssen Sie wissen. Und ich bin so verdächtig, dass Sie nach mir suchen?«

»Sie haben ihn immerhin mehrmals tätlich angegriffen«, meinte Adrian. »Wenn ich jetzt bitten dürfte?«

Am unzufrieden jaulenden Amadeo vorbei gingen die beiden in Richtung Küche. Adrian öffnete die Tür, ließ Detschey eintreten und rief nach Susanne, die sich in einen der Wirtschaftsräume verzogen hatte. Mit einem unsicheren Lächeln kam sie langsam von hinten hervor.

»Herr Detschey bleibt noch etwas länger. Wir haben einiges zu besprechen. Machst du uns bitte einen Kaffee, während ich mich fertig mache?« Als sie an ihm vorbei zum Herd schlüpfte, packte er sie am Arm und flüsterte ihr ins Ohr: »Wir beide sprechen uns noch.«

Als Adrian geduscht und mit einigermaßen zivilem Aussehen, soweit das mit einem zerknitterten Hemd und einer Hose mit Rotweinfleck möglich war, zurück in die Küche kam, saß Detschey vor einem üppig ausgestatteten Frühstückstisch und biss gerade von einer Honigsemmel ab. Den Appetit hatte es ihm anscheinend nicht verdorben. »Das Warten hat sich offenbar gelohnt«, meinte Adrian und setzte sich ihm gegenüber an den Tisch.

»Ralf hat Semmeln und Brezen mitgebracht«, sagte Susanne und schob ihm einen Teller hin. Sie vermied es, ihn anzusehen und spielte die geschäftige Gastgeberin. »Was möchtest du haben?«

»Toller Service. Eine Semmel bitte.«

»Die müssen Sie mit dem Waldhonig probieren. Der ist einmalig«, sagte Detschey in einer Kaupause.

»Danke, den kenne ich schon. Ich werde regelmäßig damit versorgt.« Wenn man ihn so hörte, konnte man fast meinen, er sei eifersüchtig.

»Dann halt nicht.«

Susanne warf noch einen letzten prüfenden Blick auf die beiden und stand auf. »Wenn ihr mich dann entschuldigen wollt, ich habe viel zu tun.«

Beide Männer nickten, und Adrian fühlte förmlich, wie sie erleichtert aufatmete, als sie hinaus an die frische Luft konnte. Nur eine Schonfrist, meine Liebe, dachte er.

Unter dem aufmerksamen Blick aus Detscheys Augen, die von einem außergewöhnlichen Türkis waren, machte er sich doch eine Honigsemmel. Dazu schmeckte Susannes Waldhonig zu gut, außerdem war so eine Trotzreaktion seines Alters nicht mehr würdig. Es erschreckte ihn, dass er so etwas Kindisches überhaupt noch hervorbrachte. Diese verdammten Frauen.

»Endlich mal wieder eine anständige Semmel«, nickte er anerkennend. »Das ist ja heute nicht mehr selbstverständlich. Kompliment.«

»Danke, aber die sind nicht von mir.«

»Sie kaufen bei der Konkurrenz?«

»Ich war ein paar Tage nicht in der Backstube. Aber das wissen Sie ja offensichtlich.« Detscheys Mund verzog sich süffisant.

Eins zu null für ihn. »Wo waren Sie denn?«

»Kommt darauf an, wann. Ich wusste bis zu Ihrem Auftritt vorhin nichts von dem Mord.«

Adrian seufzte und legte die angebissene Semmelhälfte auf seinen Teller. Der Appetit war ihm vergangen, und er hatte keine Lust mehr auf diese Spielchen. »Am Dienstag, zwischen neun und zehn Uhr abends.«

»Unterwegs.«

»Das haben wir, wie Sie bereits erwähnt haben, auch schon gemerkt. Geht es ein bisschen genauer?«

»Ungern. Mittlerweile ranken sich ja schon Legenden um meine Abwesenheit.« Er lachte. »Manche meinen sogar, ich gehe ins Kloster. Sehe ich aus wie einer, der meditiert?«

Adrian seufzte. Er hatte immer stärker das Gefühl, er sei zur falschen Zeit am falschen Ort. Zeitverschwendung. Er wusste es,

Detschey wusste es, und nur Letzteren amüsierte es. Ohne ihn zu kennen, hatte er Mitleid mit Detschey gehabt. Ein Opfer mit einem Trauma. Und schon produziert das Gehirn Klischees. Verbitterte Menschen mit anklagenden Augen, zitternden Händen, Depressionen, Tabletten, Alkohol oder anderen Drogen verfallen. Menschen, die die Basis ihres Lebens verloren hatten, ihren Platz nicht mehr fanden. Nichts hätte bei diesem Mann falscher sein können. Natürlich hatte das Erlebte Spuren hinterlassen: Er wirkte reifer als die meisten Gleichaltrigen, abgeklärter. Er war ein Opfer, das sich über die Befangenheit derer, die davon wussten, lustig machte. Es erstaunte Adrian und widerte ihn gleichzeitig an.

»Nun, ich weiß nicht, ob das Ganze zur Legende taugt. Ihre Mutter hat uns erzählt, dass Sie für die Weltmeisterschaft trainieren.« Adrian lehnte sich zurück.

»Oh, das Geheimnis ist gelüftet. Eigentlich schade.« Detschey biss seelenruhig in seine Semmel.

»Wir haben Sie nicht erreicht. Ihr Handy war abgeschaltet.«

Detschey kaute erst einmal ausgiebig, bevor er antwortete. »So ein Seminar ist harte Arbeit, da will ich nicht gestört werden.«

»Wie lange geht das noch?«

»In neun Monaten ist die WM.«

»Ganz schön lang.« Adrian schenkte sich Kaffee nach.

»Wenn ich etwas anfange, dann ziehe ich es auch durch.«

»Das hat bei Eberhardt nicht geklappt.«

Detschey zuckte gleichgültig die Schultern. »Das lag nicht allein in meinen Händen.«

»Also, wo waren Sie?«

»Ich bin an dem besagten Dienstag, gleich nachdem ich in der Backstube fertig war, weggefahren. Und bis jetzt noch nicht zu Hause gewesen.«

»Und warum haben Sie hier noch einmal Halt gemacht?«

»Das haben Sie doch gesehen! Ich habe Eier geholt.«

»Zum Backen.«

»Klar, wofür denn sonst.«

»Also noch einmal: Wo waren Sie?«

»Geben Sie mir bitte mal meine Jacke.« Er deutete auf den Stuhl neben Adrian. Als er die Lederjacke in der Hand hatte, zog er aus der linken Innentasche Zettel heraus, die wie Flugtickets aussahen. Er gab sie Adrian. Es waren tatsächlich Flugtickets, nach London. Abflug Dienstag 15:10 Uhr, Rückflug letzte Nacht, 23:18 Uhr.

»In London? Was kann man Ihnen mit Ihrem Ruf, der Ihnen vorauseilt, in London beibringen? Das englische Brot müsste bei Ihnen doch Brechreiz auslösen.«

Detschey nestelte aus seiner Jacke einen Prospekt, der sich durch viele Knicke kurz vor dem Zerfallen befand. »Das Land spielt dabei keine Rolle. Es geht um die Personen. Ich war bei Pablo Torrín.«

Adrian überflog den Prospekt. »Klingt eher spanisch. Was macht der in London?«

»Er hat gerade ein Engagement im Dorchester. Die Queen lässt sich auch manchmal was bringen.«

»Und dieser Torrín ist so gut, dass Sie extra zu ihm fliegen?«

»Er ist im Moment der beste Patissier.« Detschey klang tatsächlich etwas demütig.

»Und worum ging es in diesem Seminar?« Jetzt war Adrian neugierig. Was war in der Lage, bei Detschey so eine Stimmung auszulösen?

Detschey überlegte kurz. »Einfach gesagt, um neue olfaktorische Komponenten.« Da war sie wieder, seine Arroganz.

»Gut, Herr Detschey.« Adrian stand auf. »Sie kommen heute Nachmittag aufs Revier. Fürs Protokoll.«

»Aber selbstverständlich, Herr Kommissar.«

So, wie Detschey seinen Titel aussprach, klang er fast wie eine Witzfigur. Und so ganz konnte er es ihm nach seinem peinlichen Auftritt heute Morgen nicht verübeln.

# 15

»Was mache ich eigentlich hier?«, fragte sich Katharina, als sie vor der Kuchenauslage stand und die ungeduldigen Blicke der jungen, unverschämt frisch aussehenden Verkäuferin auf sich spürte. Hatte sie tatsächlich vor, eine Runde alter Damen mit Kuchen zu bewirten um nebenbei herauszufinden, ob eine von ihnen Max Eberhardt um die Ecke gebracht hatte? Wobei würde sich am besten die Zunge lösen, bei Himbeerkuchen oder Malakofftorte? Wo war ihr Motiv für diesen Blödsinn? Nur weil diese Frauen sich nicht so verhielten, wie sich alte Damen ihrer Meinung nach verhalten sollten, wobei sie, ehrlich gesagt, von alten Damen im Grunde herzlich wenig Ahnung hatte? Sollten sie verdächtig sein, nur weil sie nicht wie sizilianische Klageweiber auf den Boden sanken und um einen, der ihnen vor über fünfzig Jahren den Arm um die Schultern gelegt hatte, mit theatralischem Geschluchze trauerten? Sie brauchte nur daran denken, wer ihr auf wie vielen Fotos schon den Arm um die Schultern gelegt hatte ... Sie war auf dem besten Weg, sich komplett lächerlich zu machen. Sie sollte lieber darüber nachdenken, was mit ihrem Job und ihrer Erbschaft passieren sollte, anstatt die Nachfolge von Miss Marple anzutreten. Heute Vormittag hatte Lizzy, eine Kollegin aus der Marketingabteilung, angerufen und ihr erzählt, dass sich die Nichte des besten Freundes des Chefs oder irgend so was, als Praktikantin getarnt, in Katharinas Büro breitgemacht hatte und wie ein Geysir in regelmäßigen Abständen neue Vorschläge für die Make-up-Kollektion ausspuckte. »Die ist so durchgeknallt, die verwechselt uns mit irgendeiner Hip-Hop-Klitsche in L.A., wo die im Keller ihre Töpfchen zusammenmixen. Stell dir mal vor, was unsere Zielgruppe Vierzig Plus dazu sagen würde«, hatte sie gekichert. »Für mich hat die einen Ecstasy-Schaden. Aber Merx ist begeistert.« Frischer Wind, habe der Chef gesagt, man kenne das ja. Ein tiefer Seufzer war gefolgt. Sowohl von Lizzy als auch Katharina. Brauche ich das, hatte sie gedacht. Wäre Chefsein besser? Wäre Oswaldo besser? Lief sie nur vor einer Entscheidung davon? Vielleicht hatte es Tante Sophie doch gut mit ihr gemeint. Morgen hatte sie einen Termin bei ihrem Steuerberater. Den Mörder sollte Adrian fangen. Das war ja schließlich sein Job. Und den Nachmittag mit Sophies Freundinnen würde sie ganz harmlos als geselliges Zusammensein gestalten.

»Ich habe es mir anders überlegt«, flötete sie der Lolita in der gestreiften Kittelschürze zu, die, nach ihrem entrückten Gesichtsausdruck zu schließen, längst in höchst angenehme Tagträume abgedriftet war. »Ich nehme doch nichts. Auf Wiedersehen.«

Das Mädchen hob unwillig die Schultern, flötete ein »Wie Sie wünschen« zurück, dachte aber wahrscheinlich »Blöde Kuh« und hoffte, dass sie, wenn sie jemals so alt werden würde wie Katharina, nicht in Bäckereien herumstehen und die Verkäuferinnen belästigen würde.

Mit neuem Schwung ging Katharina die Neuöttinger Straße entlang. Pläne waren etwas Schönes. Sie hüllten einen in Optimismus, ohne den Härtetest ihrer Umsetzung bestehen zu müssen. Als sie an der Magdalenakirche angelangt war, tauchte der Kapellplatz vor ihr auf, und sie blieb unwillkürlich stehen. Der kalte Wind ließ die Konturen der Stiftskirche messerscharf hervortreten, und vor ihr schmiegte sich die kleine Gnadenkapelle in den Kranz der Bäume, der sie schützend umgab. Alles schien in sich zu ruhen. Was wohl die Pilger, die lange Fußmärsche oder Fahrten hinter sich hatten, in ihm sahen? Sie ging nach rechts, am Rathaus vorbei, und wich zwei Jungs aus, die knapp vor der Pubertät standen und mit ihren Mountainbikes Slalom um die wenigen Passanten fuhren. Staubwolken stiegen hinter ihnen auf und wurden von den Windböen über den ganzen Platz geweht, der feine Kiesboden war von dicken Spuren zernarbt. Die Uhr der Stiftskirche schlug Viertel vor drei. Es wurde Zeit. Sie drehte sich zur Gnadenkapelle, vor der nur wenige Menschen standen. Und sah etwas, das sie schon lange nicht mehr gesehen hatte: Eine Frau trug ein Holzkreuz auf den Schultern und ging Gebete murmelnd um den Laubengang herum. Als Kind hatte Katharina Angst vor diesen Menschen mit dem gebeugten Gang und dem entrückten Blick gehabt, jetzt fühlte sie sich unangenehm berührt von dieser offen zur Schau getragenen Demutshaltung. Sie tat sich schwer, die Gründe dafür zu verstehen. Wenn überhaupt, würde sie selbst Bußgelegenheiten wählen, die etwas privateren Charakter hätten, wie die Beichte zum Beispiel. Als die recht elegant gekleidete Frau wieder in ihrem Blickfeld auftauchte, stutzte Katharina. Konnte das sein? Sie ging etwas näher ran und wartete, bis die Frau noch einmal vorbeikam. Also, von der hätte sie das nie im Leben erwartet – Josephine Johnson! Was hatte diese Frau wohl verbrochen, dass sie vor aller Augen um Vergebung bitten musste? Natürlich fiel Katharina sofort wieder Max Eberhardt ein. Alle Einwände wie »Nicht jeder, der hier Buße tut, hat ein Kapitalverbrechen begangen«, »Wieso sollte sie nach sechzig Jahren aus den USA einreisen und jemanden umbringen?«, »Echte Mörder gehen selten in die Kirche« oder »Frau Johnson ist doch so nett« waren ein vergebliches Aufbegehren ihrer linken Gehirnhälfte gegen ihre Instinkte. Die Neugierde war wieder geweckt. Auf zum Kuchenkaufen.

Als sie zehn Minuten später den Schlüssel in das Schloss der Ladentür steckte, äugte Herr Maillinger neugierig aus seiner Tür. Schnell schloss sie auf und machte die Tür mit einem resoluten Geräusch hinter sich zu, um einer Kontaktaufnahme seinerseits vorzubeugen. Die Tüte mit dem Kuchen stellte sie auf die Theke. Sie hatte ihn in einer anderen Konditorei gekauft, eine Rückkehr zu der jungen Verkäuferin von vorhin wäre sogar ihr ein wenig peinlich gewesen.

Sie ging nach hinten in die kleine Küche und setzte Wasser für den Kaffee auf. Sie musste damit rechnen, dass sie in circa fünf Minuten kommen würden, denn diese Generation war ja geradezu nervtötend pünktlich. Als sie den letzten Löffel auf der Theke zurechtgelegt hatte, war es so weit. Fünfzehn Uhr. Aber noch war niemand da. Das hatte sie nicht erwartet. Sie ging zur Eingangstür und sah auf den Kapellplatz hinaus. Keine alten Damen, die zielstrebig auf sie zusteuerten. Sie versuchte, in den Kreuzgang der Kapelle zu sehen, doch der hatte sich zwischenzeitlich geleert. Josephine Johnson war offenbar mit ihrer Buße fertig. Die beiden Jungs fegten immer noch über den Platz, doch es waren kaum noch Passanten unterwegs, die sie als Slalomfiguren verwenden hätten können. Was machte man eigentlich, wenn an einem Tag wie heute niemand in den Laden kam? Mit Devotionalienvertretern flirten? Konstantin Wagner fiel ihr ein, und sie lächelte. Das wären recht verlockende Aussichten. Oder würden sie und Oswaldo sich einfach anöden? Katharina seufzte. Warten gehörte nicht zu ihren Tugenden. Wo war Oswaldo überhaupt? Heute hätte sie ihn wirklich gut brauchen können, als Eisbrecher bei den Damen, mit denen er ja so gut konnte. Sie wollte schon zum Telefonhörer greifen, ließ es dann aber. Sie hatte es am Vormittag schon dreimal versucht, warum sollte er jetzt zu Hause sein? Vielleicht war er bei einer obskuren Kräutersuche in irgendwelchen entlegenen Bergtälern. Oder er fuhr wieder mit einem Ferrari spazieren. Es würde ihr direkt Spaß machen, Oswaldo zu beschatten, aber sie hatte im Moment keine Zeit für solche Extravaganzen. Zuerst musste sie ihr Leben in Ordnung bringen.

Sie sah auf das Tischchen mit den religiösen Kleinartikeln und wurde von einem Anfall von Aktionismus überwältigt. So wie der Laden jetzt war, konnte sie ihn auf keinen Fall weiterführen. Pias Idee mit dem Konzept-Store gefiel ihr immer besser, sie war sich nur noch nicht im Klaren darüber, wie genau sie das hier umsetzen konnte. Sie wusste nur eines: Rosenkränze und Heiligenbildchen blieben garantiert nicht im Sortiment. Das musste alles weg. Vielleicht sollten sie einen Ausverkauf machen. Oder war das unmoralisch? Bei den Heiligenfiguren war sie sich noch nicht sicher. Sie konnte nicht leugnen, dass sie eine gewisse Ausstrahlung hatten. Der picklige Chemielaborant hatte offenbar ein gutes Händchen. Es wäre doch einmal interessant zu wissen, was sich bei Tante Sophie am besten verkauft hatte. Katharina ging nach hinten, in das »Büro« genannte Kabuff, wo eine ganze Reihe von Ordnern stand. Da sollte sich doch etwas finden lassen. Tat es aber nicht, weshalb Katharina begann, leise vor sich hin zu schimpfen. Offenbar führte hier nichts an Oswaldo vorbei. Sie zog eine Schublade auf und fand zwischen Stempeln und losen Zetteln Edeka-Kalender der Jahre 1988 bis 1991, alte Prospekte einer Wachszieherei im poppigen Siebziger-Jahre-Design und drei halb leere Tuben mit eingetrocknetem Fußgel gegen schwere Beine. Sie nahm eine Tube in die Hand und verlor die Fassung. Die Vorstellung, wie die kleine Tante allein in ihrem dunklen Laden stand, Heiligenbildchen ordnete und sich zwischendurch die schmerzenden Beine mit dieser Creme einschmierte, machte sie unendlich traurig. Tränen rollten ihr über das Gesicht, und noch bevor sie sich wieder einigermaßen fangen konnte, schallte eine gut gelaunte Stimme durch den Verkaufsraum: »Was ist denn hier los, sind wir die Ersten?« Das war Mira Wagenscheidt. Mist, ausgerechnet der konnte sie überhaupt nichts vormachen. Hastig zog sie aus ihrer Jeans ein Taschentuch und tupfte sich das Gesicht ab.

»Ich glaube, wir sind nicht nur die Ersten, sondern auch die Einzigen«, kam als Antwort von einer anderen munteren Stimme, die Katharina als die von Anna Lorenz identifizierte.

»Bin schon da!«, rief Katharina und schnäuzte sich noch einmal kurz. Dann also auf in den Kampf.

Die beiden hielten sich nicht lange mit Vorreden auf. »Ja, was ist denn mit dir los?«

Katharina winkte ab. »Lassen Sie nur, es hat mich einfach so überkommen.«

Beide nickten verständnisvoll. »Das war ja auch alles ein bisschen viel in den letzten Tagen.« Anna Lorenz deutete auf die Tube, die Katharina noch immer in der Hand hielt.

»Die war in einer Schublade.« Mit geröteten Augen sah sie die beiden Frauen an. »Gegen schwere Beine.«

Gemeinsam sahen sie die Tube an und schwiegen.

»Es ist traurig, dass einer nach dem anderen geht«, sagte Mira Wagenscheidt leise. »Irgendwie kann ich es nicht glauben, dass wir schon alte Weiber von über siebzig sind. Du, Anna?«

Die schüttelte den Kopf.

»Aber die Anna ist eh eine Ausnahme«, meinte Mira bewundernd, »die turnt herum wie eine Zwanzigjährige.«

»Zwicken tut es bei mir schon auch«, antwortete Anna Lorenz. »Und früher habe ich nicht so dringend einen Kaffee gebraucht.« Sie sah Katharina an. »Der riecht so gut, dürfte ich?«

»Natürlich, Entschuldigung.« Katharina nahm die Kanne und schenkte ein. »Sie kommen also gerade vom Sporteln?«

»Seniorenturnen«, lachte Mira Wagenscheidt. Sie zeigte auf Anna Lorenz. »Sie ist der Chef, und ich muss nachturnen, was sie befiehlt.«

»Scheint aber Spaß zu machen, wenn ich mir Sie beide anschaue.«

»Da würde die Sophie schauen, wie gut du uns bewirtest. Das würde ihr gefallen.« Mira Wagenscheidt nickte anerkennend.

»Wo ist denn Oswaldo?«, fragte Anna Lorenz.

»Ich habe keine Ahnung. Dabei hätte ich so viel mit ihm zu besprechen.« Katharina zog ein frisches Taschentuch aus der Packung und tupfte sich die Nase ab.

»Aha.« Anna Lorenz sah vielsagend zu Mira Wagenscheidt.

»Was, aha?«

»Dann denken Sie also ernsthaft über die Erbschaft nach?«

»Ich denke darüber nach. Es gibt viel, was dafür, und viel, was dagegen spricht.«

»Ach, ihr jungen Leute«, winkte Anna Lorenz ab, »ihr habt so viel Freiheit und macht euch das Leben so schwer. Als wir jung waren, hatten wir keine Wahl.«

In diesem Moment wurde die Ladentür geöffnet, und Rita Häberl kam herein.

Mira Wagenscheidt stellte erstaunt ihre Tasse auf den Unterteller, dass es klirrte. »Ja, Rita, ich glaube es nicht! Ein neuer Mantel! Lass dich anschauen!«

Das Objekt der Begeisterung war ein dunkelblauer Lodenmantel mit grünen Paspeln und grünem Kragen. Sehr chic, wenn man den Alpenstil mochte.

Rita Häberl lachte. »Mira, ich bin doch kein Fotomodell!« Sie zog den Mantel aus und legte ihn über einen freien Stuhl.

Mira Wagenscheidt befühlte den Mantelkragen. »Eine wunderbare Qualität. Da hast du dir aber was Schönes geleistet.«

»Der alte hat wirklich einmal wegmüssen.«

»Endlich!« Anna sah Katharina an. »Seit Jahren reden wir auf sie ein, sich endlich mal einen neuen Mantel zu kaufen. Wir sind ja alle keine Modepüppchen. Aber in ihrem Mantel hat Rita ausgesehen wie eine Bettelmamsell. Dabei kann sie es sich leisten. Ich wette, da hat Josephine einen großen Anteil daran.«

Mira hatte den Mantel inzwischen wieder losgelassen und sich neben Rita gesetzt. »Wo ist denn Josephine? Die kommt doch sicher auch?«

»Ich weiß es nicht«, antwortete Rita.

»Dass du das nicht weißt, ist ja direkt ein Wunder«, meinte Mira und wandte sich an Katharina. »Die beiden waren nämlich damals im Lager unzertrennlich, wie Geschwister.«

Rita Häberl winkte ab. »Das ist lange her.«

»Die Josephine und ihre Mutter waren quasi die Ersatzfamilie für Rita.«

»Dann war es sicher nicht leicht für Sie, dass sie nach Amerika gegangen ist. Haben Sie nie daran gedacht, mitzugehen?« Katharina schenkte sich selbst eine Tasse Kaffee ein.

»Nach Amerika?« Sie sah richtig erschrocken aus. »Nein.« Sie schüttelte den Kopf. »Zweimal eine Heimat aufgeben war mir zu viel. Und ich hatte ja auch keinen Amerikaner, an den ich mein Herz verloren hätte.«

»Der Bob, das war ein Fescher.« Annas Stimme bekam einen schwärmerischen Schmelz, der in merkwürdigem Kontrast zu ihrem burschikosen Aussehen stand.

»Ja, Anna, das erzähle ich wohl besser gleich dem Franz.«

»Schmarrn.« Anna stieß Mira Wagenscheidt sanft in die Seite. »Wir haben doch alle ein bisschen für ihn geschwärmt. Er war groß, und in dieser Uniform …«

»Jetzt haben Sie mich aber neugierig gemacht«, warf Katharina ein. Der Moment war gekommen. Sie beugte sich nach unten, wo sie aus einer Plastiktüte Tante Sophies Fotoalbum zog. »Vielleicht ist er ja da drin?« Sie rückte die Teller mit dem Kuchen zur Seite. »Möchte eigentlich jemand von Ihnen Kuchen?«

»Danke, aber ich und meine Galle«, wehrte Rita ab.

»Ich mag nichts Süßes«, meinte Anna Lorenz, was man ihr bei ihrer schlanken Figur sofort glaubte.

»Ich plage mich doch nicht eineinhalb Stunden bei dieser Sklaventreiberin ab, um die verlorenen Kalorien in fünf Minuten wieder draufzuhaben«, erklärte Mira mit einem bedauernden Blick auf die saftig schimmernden Kuchenstückchen.

Alte Damen sind auch nicht mehr das, was sie mal waren, dachte Katharina. Oswaldos Taktik mit dem Likör funktionierte da schon besser.

Als wäre es Gedankenübertragung, fragte Rita Häberl: »Ist Oswaldo nicht da?«

»Da fehlt richtig was«, meinte Mira Wagenscheidt.

Katharina seufzte genervt. Das klang ja fast so, als wäre sie nur zweite Wahl. Sie hievte das große Album auf die Theke und schlug es auf der Seite auf, auf der das Gruppenfoto eingeklebt war.

»Waren wir damals schlank!«, rief Rita Häberl.

»Wir haben ja auch dauernd Hunger gehabt.« Mira sah im Nachhinein noch traurig aus.

»War das damals wirklich so schlimm? Wir können uns das gar nicht mehr vorstellen«, fragte Katharina.

»Was haben wir denn am Tag gekriegt?«, überlegte Anna Lorenz.

»Das weiß ich noch ziemlich genau«, rief Mira Wagenscheidt. Wenn es ums Essen geht, dachte Katharina, ist diese Frau wirklich kompetent. »Am Tag gab es zehn Gramm Butter, eine Scheibe Brot –«

»Aber das reicht doch hinten und vorne nicht«, unterbrach sie Katharina. »Haben Sie dann noch etwas auf dem Schwarzmarkt gekauft?«

»Mein liebes Kind«, meinte Anna. »Wir waren doch Flüchtlinge. Wir hatten nur das Nötigste dabei, und manchmal nicht einmal das. Wissen Sie, was meine Mutter bei der Flucht eingesteckt hat? Ihre alten Schallplatten und drei Fotoalben. Dafür hat sie alle amtlichen Bescheinigungen und ihren Schmuck in ihrer Panik vergessen. Was wir für den Schmuck alles hätten bekommen können! Kurz und gut: Wir hatten nichts, was wir hätten eintauschen können.«

»Deswegen haben wir uns manchmal hübsch gemacht und sind mit dem Rad zu den Bauern ringsum gefahren, um zu hamstern.« Mira Wagenscheidt hörte sich an, als sei das ein ziemlicher Spaß gewesen.

»Aber Hunger haben wir trotzdem immer gehabt. Als dann Josephine mit dem Amerikaner auftauchte, waren wir natürlich alle begeistert«, sagte Anna.

»Das war dann Bob?«, wollte Katharina wissen.

»Ja, ja. Die Erdnussbutter hat mir am besten geschmeckt. Mit meinem Bruder habe ich mich deswegen oft geprügelt. Was hat uns der Vater geschimpft!« Anna schnitt eine Grimasse, und Katharina sah auf einmal das fünfzehnjährige Mädchen vor sich.

»So richtig geschmeckt hat sie mir zwar nicht, aber sie war immer noch besser als dieser Bärlauchaufstrich, den unsere Mutter immer gemacht hat.« Mira Wagenscheidt schüttelte es noch nachträglich.

»Sind Sie das, Frau Wagenscheidt?« Katharina deutete auf ein dürres Mädchen mit Pagenkopf, das mit einem hinreißend spitzbübischen Lachen in die Kamera blickte. Sie war noch ein richtiges Kind, während die anderen, die sicher nicht mehr als zwei Jahre älter waren, bereits viel fraulicher wirkten.

»Ja«, lachte sie. »Und der Dürre neben mir ist mein Bruder. Gewichtsmäßig haben wir beide ziemlich aufgeholt.«

»Aber lachen kannst du heute immer noch genauso«, meinte Anna Lorenz.

»Gott sei Dank«, sagte Mira Wagenscheidt. »Was ist denn mit dir, Rita, du bist ja heute noch stiller als sonst!«

»Lass nur«, meinte Rita Häberl. Sie schien auf einmal die Lust verloren zu haben. »Aber alte Fotos anschauen, was soll das. Vorbei ist vorbei.«

»Das sind ja ganz neue Seiten an dir! Wo du immer so gern über früher geredet hast.« Mira Wagenscheidt sah sie überrascht an.

Katharina bemerkte, dass unter dem Pony von Frau Häberl Schweißperlen glitzerten, die die kunstvoll eingesprühten glatten Strähnchen langsam zu Wellen aufweichten.

»Geht es Ihnen nicht gut, Frau Häberl? Haben Sie noch Schmerzen im Rücken?« Sie merkte, dass der alten Frau ihre forschenden Blicke unangenehm waren.

»Was für Schmerzen im Rücken? Seit wann denn das? Die hast du aber neulich noch nicht gehabt«, fragte Mira Wagenscheidt mit ihrem KGB-Blick.

»Es ist auch nichts Besonderes. Mir ist einfach was ins Kreuz geschossen. Aber heute geht es schon besser.« Der Ton war sehr bestimmt. Das hätte Katharina ihr nicht zugetraut. Mira und Anna sahen sich an und verkniffen sich einen Kommentar.

»Also ich finde alte Fotoalben immer sehr interessant.« Katharina deutete auf einen jungen Mann mit wilder blonder Tolle, der die Arme um die Schultern von zwei jungen Mädchen gelegt hatte, die beide auffallend hübsch waren. »Diese drei, das sind doch die Frau Binder, Frau Johnson und Max Eberhardt, oder?«

Mira Wagenscheidt warf Katharina einen forschenden Blick zu. »Du hast einen guten Blick für Gesichter. Dass du die auf so einem alten Foto wiedererkennst!«

»Ich habe ja alle erst kürzlich aus nächster Nähe gesehen.«

Die drei sahen sie konsterniert an.

»Mein lieber Schwan, du hast ja einen schwarzen Humor.« Darauf schenkte sich Mira eine zweite Tasse Kaffee ein.

Katharina zuckte mit den Schultern. »Es war ja zum Glück nicht sonderlich blutig. Und nahe stand er mir ja auch nicht. Im Gegensatz zu Ihnen.«

»Uns?« Rita Häberl klang indigniert.

»Immerhin sind sie zusammen auf dem Foto«, insistierte Katharina.

»Das ist sechzig Jahre her!«

Doch Katharina gab nicht so schnell auf. »Ich weiß, aber Sie haben doch fast zusammen gewohnt. Das verbindet doch, oder?«

»Max hat einen ganz anderen Weg eingeschlagen als wir. Der hat die Chancen genutzt, das muss man ihm lassen. Ich glaube, ich nehme jetzt doch einen Kuchen. In der Vergangenheit herumzukramen macht Appetit.« Mira nahm sich eine Obst-Joghurt-Schnitte. »Die ist ja nicht so fett.«

»Er hat sich damals schon für was Besseres gehalten«, fügte Rita Häberl mit leicht bissigem Unterton hinzu.

»Der war nämlich bei sich zu Hause in Ungarn Sohn des reichsten Bauern im Dorf. Für den war das ganz schlimm, in diesen Baracken zu wohnen. Heutzutage könnte man das niemandem mehr zumuten.« Mit Kopfschütteln machte sich Mira an ihren Kuchen.

»Könnt ihr euch noch an seinen bösen Großvater erinnern?« Anna Lorenz verzog das Gesicht. »Mit seinem Gehstock hat er immer nach uns geworfen. Und er hat das meiste der Essensrationen für sich beansprucht. Leicht hat es der Max auch nicht gehabt.«

Mira schüttelte mitleidig den Kopf. »Der arme Max. Niemand sollte so enden müssen. Und die arme Josephine. Kommt nach so langer Zeit das erste Mal hierher, und dann passiert gleich so etwas.«

Katharina deutete auf einen Jungen, der neben Josephine stand. »Das ist ein auffallend hübscher Junge. Wer ist das?«

Anna beugte sich über den Tisch und wurde ernst. »Das ist Olaf, der Zwillingsbruder von Josephine.«

»Stimmt«, sagte Katharina. »Die beiden sehen sich irgendwie ähnlich. Ist er mit seiner Schwester nach Amerika gegangen?«

Die drei alten Damen sahen sich kurz an, dann meinte Mira: »Nein, er ist leider vorher gestorben.«

»Es war ein dummer Unfall«, fügte Anna hinzu.

»Na ja«, murmelte Rita Häberl.

»Was ist passiert?« Jetzt hatten sie Katharina neugierig gemacht.

»Ich weiß es gar nicht mehr so genau«, sagte Mira schnell. »Aber lasst uns doch von etwas Erfreulicherem reden.«

So, so, dachte Katharina, auf einmal leidet die Gute unter Gedächtnisverlust. Nun gut, sie konnte auch später darauf zurückkommen, der Bruder war für den Mordfall wohl nicht wichtig, wenn er so lange tot war. Aber sie wollte schon noch etwas Öl ins Feuer gießen.

»Ich wusste gar nicht, dass Frau Binder mit Herrn Eberhardt liiert war«, hakte Katharina nach.

»Aber das war doch schon wieder passé«, winkte Mira ab. »Das hat sie mir erst gestern selber erzählt.«

»Die war damals schon verliebt in den Max«, mischte sich Rita Häberl wieder ein. »Aber der hat nur Augen für Josephine gehabt.«

»Oh«, meinte Katharina. »Und die für ihren Amerikaner, richtig?«

Alle drei nickten.

»Das klingt nach einem richtigen Liebesdrama.« Katharina sah das Trio auf dem Foto fasziniert an. »Und Frau Binder hat dann quasi ihr ganzes Leben auf ihn gewartet? Denn er hat ja eine ganz andere geheiratet.«

»So schlimm war es auch wieder nicht. Die Eleonore hat ihr Leben genossen. Sie war zwar nie verheiratet, aber Männer hat sie genug gehabt. Hat sie jedenfalls immer behauptet.« Mira sah in die Runde.

»Das stimmt auch. Der Franz hat das auch immer erzählt, und der klatscht nicht«, sagte Anna Lorenz. Ihr Mann und Eleonore hatten in Burghausen bei der gleichen Firma gearbeitet.

»Als er dann Witwer war –«, fing Katharina an.

»Wie genau das gegangen ist, weiß ich nicht«, unterbrach Mira sie. »Auf einmal waren sie jedenfalls zusammen.«

»Zusammen? Na, ich weiß nicht. Das war eher so etwas wie ›Sie küssten und sie schlugen sich‹«, meinte Anna Lorenz. »Sie war immer noch genauso eifersüchtig wie früher.«

Katharina dachte an das, was Sabine erzählt hatte. Das passte zusammen.

»Als jetzt die Josephine gekommen ist, passte ihr das gar nicht, das hat man richtig gemerkt.« Mira versuchte angestrengt, nicht auf die restlichen zwei Kuchenstücke zu schauen.

»Nach so langer Zeit?« Katharina schüttelte ungläubig den Kopf.

»Rede nicht so über sie, Mira«, warf Anna Lorenz ein. »Die Eleonore macht jetzt sicher eine Menge durch, auch wenn sie mit dem Max nicht mehr zusammen war.«

»Ein Biest ist die«, platzte es aus Rita Häberl heraus. »Sie hätte Josephine am liebsten umgebracht. Und einmal hätte sie es fast geschafft.«

»Was erzählst du denn da!« Anna Lorenz klang entrüstet.

»Meinst du das damals beim Baden? Im Weiher?« Mira schob ihren Teller mit resoluter Miene weit von sich.

»Ich weiß genau, worauf Rita anspielt«, antwortete Anna. »Wir haben nur herumgealbert. Es ist ja nichts passiert.«

»Zum Glück«, warf Mira ein.

»Aber sie hat gewusst, dass Josephine nicht gut schwimmen konnte«, beharrte Rita.

Anna zog scharf die Luft ein. »Das ist mehr als ein halbes Jahrhundert her und interessiert jetzt niemanden. Du konntest Eleonore noch nie leiden.«

»Ihr doch auch nicht!« Rita presste die Lippen zusammen wie ein trotziges Kind.

»Also, mir reicht es jetzt.« Anna Lorenz packte ihre Sachen. »Ich gehe. Ein Mord ist passiert, und alles, was ihr tun könnt, ist, unsere alten Freunde hinzuhängen. Ich werde Eleonore auf jeden Fall einmal anrufen. Immerhin hat sie ihren ehemaligen Partner verloren.« Mit zornigem Schwung warf sie sich ihre Sporttasche über die Schulter. »Danke Katharina, und Entschuldigung für diese Kindereien. Auf Wiedersehen!« Sie funkelte Mira und Rita an und ging schnell aus dem Laden.

»Ich hoffe, du denkst jetzt nichts Falsches, Katharina«, sagte Mira, die etwas betreten wirkte. »Am besten, du vergisst das Ganze. Das sind alles Jugendgeschichten. So vergangen wie meine schlanke Linie«, meinte sie und manövrierte sich aus dem Stuhl. »Ich muss jetzt auch gehen. Was ist mit dir, Rita?« Die nickte und machte sich ebenfalls fertig. »Danke für die Bewirtung.« Mira tätschelte Katharina kurz den Arm. »Manchmal ist es so, als wäre das alles gestern gewesen. Und als ich die Fotos gesehen habe …« Sie hob den Blick. »In unserem Alter ist die Vergangenheit manchmal näher als die Gegenwart. Wir werden halt alle langsam schrullig.«

Katharina lächelte verständnisvoll. War auch Josephine Johnson schrullig, als sie vorhin das Kreuz um die Gnadenkapelle getragen hatte? Was war, wenn jemand die Vergangenheit mit der Gegenwart verwechselt hatte?

# 16

Adrian bekam keine Gelegenheit, seine gedämpfte Stimmung zu kultivieren, als er am Nachmittag auf dem Revier eintraf, denn Manfred begrüßte ihn mit den Worten: »Ich habe gute Nachrichten.«

»Sehr schön.« Er ließ sich müde in seinen Stuhl sinken. »Die kann ich heute brauchen.« Nachdem er viel zu spät bei Susanne weggefahren war, hatte er einen Anruf vom Polizeichef bekommen, der ihn zu einer langwierigen und zähen Besprechung des Falles mit dem Bürgermeister und dem Bischof zitiert hatte. Ein Mord im Kreuzweg hatte in einer Pilgerstadt, die vom Katholizismus lebt, nun mal oberste Priorität.

»Eigentlich sind es sogar zwei gute Nachrichten. Erstens, Thomas Eberhardt war nicht die ganze Zeit bei der Kabarettaufführung.«

Adrian sah interessiert auf.

»Ich habe die Bekannten, die sie begleitet haben, befragt, und denen ist nach mehrmaligem Nachhaken tatsächlich eingefallen, dass er ungefähr eine halbe Stunde weg war.«

Adrian setzte sich kerzengerade hin. »Weiter.«

»Ihnen ist es aufgefallen, weil auf einmal keine blöden Bemerkungen mehr gefallen sind.«

»Er scheint überall richtig beliebt zu sein«, meinte Adrian, froh, dass seine Antipathie von anderen geteilt wurde und nicht auf einem persönlichen Vorurteil fußte. »Und wann war er weg? Kriegen wir das irgendwie hin?«

»Sie wissen ungefähr, bei welchem Sketch er nicht mehr anwesend war. Und die Frau konnte sich genau erinnern, wann er wieder da war, weil sofort ein Kommentar seinerseits fiel. ›Männerfeindlicher Scheiß‹, hatte er gemurmelt.«

»Was für ein gepflegter Wortschatz. Klingt nach einem zornigen jungen Mann.« Adrian stand vor der Pinnwand, an der die Fotos vom Tatort aufgehängt waren.

»Dann ist er offenbar irgendwann in seiner Entwicklung stehen geblieben. Nun gut, wir haben Glück, die Veranstaltung wurde auf Video aufgenommen. Ich habe mir die Aufnahme angesehen. Eberhardt war zwischen einundzwanzig Uhr zehn und einundzwanzig Uhr fünfundvierzig weg.«

Adrian ging zur Garderobe und holte seinen Mantel vom Haken. »Wie schön das passen würde. Schaun wir mal, was er dazu sagt.«

»Gut«, meinte Manfred. »Aber der Frau ist noch etwas aufgefallen. Dem Mann natürlich nicht, aber das kennen wir ja.«

»Lass mich raten: Kleidung?«

»Bingo. Herr Eberhardt hatte nach seiner Rückkehr eine andere Hose an. Definitiv, sagte die Frau.«

»Gute Arbeit, Manfred«, sagte Adrian. »Los, pack deine Sachen.«

»Das ist noch nicht alles.«

»Genau«, warf Tobias ein. »Ich dachte schon, das kommt nie.«

»Tobias«, Manfred betonte dieses Wort, »hat herausgefunden, dass Eberhardt junior wirklich vollkommen pleite ist. Das Gehalt seiner Frau wird gepfändet.«

»Und ich dachte, das wäre ein grundsolider Beamtenhaushalt«, meinte Adrian. »Das bedeutet, dass der Junior ein wunderbares Motiv hätte. Er wartet sicher auf die Testamentseröffnung. Wann ist die denn endlich?

»Morgen um neun Uhr dreißig.«

»Gut. Dann schaun wir mal, was sich dann ergibt.«

»Tobias, für dich habe ich auch noch was.« Adrian zog aus seiner Manteltasche Detscheys Flugtickets.

»Willst du Urlaub machen?«, fragte Tobias.

»Die gehören Detschey. So wie er es darstellt, hat er für die Tatzeit ein Alibi.« Adrian gab ihm die Tickets. »Es gibt da noch einiges nachzuprüfen, mach dich also an die Arbeit.«

»Detschey? Wie hast du denn den aufgetrieben?«, fragte Manfred.

»Zufall. Heute Morgen bei Susanne.«

Manfreds Blick war genau der, den Adrian befürchtet hatte.

***

»Ah, der Arm des Gesetzes!« Thomas Eberhardt hatte für Sekundenbruchteile entgeistert geschaut, dann aber mit erstaunlicher Geschwindigkeit seine Haltung wiedererlangt.

Adrian hielt sich nicht lange mit Vorreden auf. »Dürfen wir hereinkommen? Wir hätten noch ein paar Fragen an Sie.«

»Ungern, meine Herren, ungern. Ich bin beschäftigt. Aber wenn es Sie nicht stört, dass ich nebenbei bügele ...«

»Wir werden es Ihnen schon mitteilen, wenn es uns stört.«

Eberhardt führte sie ins Wohnzimmer, wo das Bügelbrett stand. Der Fernseher lief, und Adrian wunderte sich, dass Eberhardt ihn sofort ausschaltete.

»Also, meine Herren«, sagte Eberhardt, während er sich wieder einer grünen Bluse widmete, die bereits auf dem Bügelbrett lag. »Was wollen Sie wissen?«

Adrian stellte sich vor ihn und genoss die eigene Körpergröße. Aufrecht ging Eberhardt ihm bis zu den Schultern. Jetzt, wo er mit unglaublicher Hingabe den Ärmel der Bluse bügelte, befand sich sein Kopf vor Adrians Brust. Eberhardts Haare begannen, sich leicht am Oberkopf zu lichten. Er würde also nicht mit der Haarpracht, die sein Vater gehabt hatte, altern. »Herr Eberhardt, wir haben Ihr Alibi überprüft.«

»Ja, und?« Eberhardt sah kurz zu ihm hoch und drehte dann die Bluse um.

»Sie waren bei der Vorstellung nicht die ganze Zeit anwesend.«

»Wer sagt das?« Endlich stellte er das Bügeleisen ab. »Ah, ich kann es mir schon denken. Die Teschner. Den ganzen Abend musste ich mir ihr Gegacker anhören. Da muss man schon mal flüchten.«

»Gleich mehr als eine halbe Stunde lang? Da haben Sie ja den halben Kabarettabend versäumt.«

»Wäre auch nicht schade darum gewesen. Aber so lange, nie im Leben.«

»Wir haben das rekonstruiert, Herr Eberhardt. Sie hätten genug Zeit gehabt, zum Kreuzweg zu gehen, sich mit Ihrem Vater zu streiten, ihn zu stoßen und wieder zur Aufführung zurückzukehren. Also, wo waren Sie? Und sagen Sie jetzt bitte nicht, auf der Toilette.«

Manfred, der etwa zehn Zentimeter kleiner war als Adrian, dafür aber von kräftigerer Statur, hatte sich jetzt neben Adrian gestellt. Thomas Eberhardt war eingekesselt und hielt sich am Bügeleisen fest. Als er es hochnehmen wollte, fasste ihn Adrian an der Hand. »Ich glaube, Sie machen eine kleine Pause. Das Bügeln lenkt Sie womöglich vom Nachdenken ab.«

»Überhaupt nicht, aber wenn Sie meinen. Dann setzen wir uns halt.« Eberhardts Stimme klang genervt. Er ging zur Couch und deutete auf die beiden Sessel, in denen Adrian und Manfred Platz nahmen.

»So, Herr Eberhardt. Wir warten.« Adrian lächelte ihm aufmunternd zu.

Eberhardt saß ruhig auf der Couch, mit einem fast meditativen Gesichtsausdruck.

Nachdem Adrian fast eine Minute gewartet hatte, beschloss er, es sei an der Zeit, ihn aufzuwecken. »Herr Eberhardt?«

»Da ist gar nichts Besonderes dran«, antwortete dieser unwillig. »Darum habe ich es Ihnen wahrscheinlich auch nicht sofort gesagt. Es erschien mir einfach zu unwichtig. Ich bin einfach draußen herumgelaufen. Sehr banal, aber mit mehr kann ich Ihnen nicht dienen.«

»Herr Eberhardt, die Entscheidung darüber, was banal und unwichtig ist, können Sie ruhig uns überlassen. Und in diesem Fall trifft das eher nicht zu, nicht wahr, Kollege?«

Manfred nickte bedeutungsschwanger mit dem Kopf. Er spielte mit seinem Kugelschreiber. »Sie sind also einfach draußen herumgelaufen?«

Eberhardt nickte.

»Keine Zeugen? Niemand hat Sie gesehen?«

»Nicht dass ich wüsste.«

»Herr Eberhardt, das sieht nicht gut für Sie aus. Sie entfernen sich über eine halbe Stunde von einer Veranstaltung, laufen, wie sagten Sie noch, einfach draußen herum, und als Sie genug Luft geschnappt haben, gehen Sie wieder zurück. Und das alles zur Tatzeit.«

Eberhardt saß unbeweglich auf dem Sofa, ein Nuance weißer als wenige Minuten zuvor. Der Schmiss auf seiner Wange leuchtete tiefrot. »Wenn Sie sich das nicht vorstellen können, kann ich Ihnen auch nicht helfen.«

»Ich kann mir vieles vorstellen. Aber ich glaube auch nicht übermäßig an Zufälle. Die Zeugin hat übrigens noch etwas Interessantes gesagt.«

»Na, da bin ich aber gespannt.« Eberhardt verschränkte die Arme vor der Brust und wartete.

»Sie behauptet, sie hätten bei Ihrer Rückkehr eine andere Hose angehabt.«

Er seufzte. »Ein Auto ist an mir vorbeigefahren und hat mich nass gespritzt. Ist doch logisch, dass ich nach Hause bin, um mich umzuziehen.«

»Sie fahren zwölf Kilometer von Altötting nach Mühldorf und das Gleiche noch einmal zurück wegen einer Hose? Und gehen zuvor noch spazieren? Das hätten Sie doch nie in 35 Minuten geschafft!«

Die störrische Miene Eberhardts machte Adrian aggressiv, und es kostete ihn einige Mühe, bei der nächsten Frage ruhig zu klingen. »Was war das für ein Auto?«

»Ich weiß es nicht«, druckste Eberhardt nach einigem Nachdenken herum. »Es war dunkel, es war nass, und ich habe mich geärgert. Das Auto war mir scheißegal.«

»Wissen Sie, was ich glaube?« Adrian stand auf und stellte sich vor das Fenster. Draußen schien die Sonne, für Manfred und Thomas Eberhardt war er nur noch als dunkler Schatten sichtbar. »Sie haben sich mit ihrem Vater im Kreuzweg verabredet, denn ein Treffen in einem Lokal voller Leute hätte ja Ihr Image vom verlorenen Sohn zerstört.«

»So ein Quatsch.«

»Lassen Sie mich ausreden. Sie gehen mit Ihrer Frau und den Bekannten ins Kabarett, entfernen sich mitten in der Vorstellung, weil sie hoffen, es merkt keiner, gehen zur Verabredung mit Ihrem Vater, streiten sich, es kommt zu Handgreiflichkeiten, Ihr Vater stürzt. Sie laufen weg, ohne sich um Hilfe zu kümmern, wechseln im Auto die Hose, die Sie vorsichtshalber mitgenommen haben, und dann wieder ab ins Kabarett.«

Eberhardt lächelte überlegen. »Jetzt geht aber die Fantasie mit Ihnen durch. Wieso sollte ich das tun?«

»Weil Sie pleite sind.«

Jetzt wurde Eberhardt ernst. »Woher wissen Sie das?«

»Sie wollten Ihren Vater um Geld bitten, er lehnte es ab. Es kam zum Streit, das Ergebnis kennen wir ja.«

»Was erzählen Sie denn da?« Klara Eberhardt stand in der Tür. »Wie kommen Sie dazu, meinen Mann zu beschuldigen?«

»Ah, Frau Eberhardt, grüß Gott. Ihr Mann hat Probleme mit seinem Alibi.«

Sie stellte ihre Aktentasche auf den Boden und setzte sich auf die Lehne der Couch. »Das Kabarett?«

»Sie wussten, dass er eine gute halbe Stunde weg war. Wieso haben Sie uns das verschwiegen?«

»Ich habe es anfangs gar nicht gemerkt, wir saßen ja nicht nebeneinander. Ich dachte, er sei auf der Toilette.«

»Aber Sie müssen doch gemerkt haben, dass er länger weg war?«

»Ich habe nicht auf die Uhr gesehen. Ich habe mich auf den Kabarettisten konzentriert.«

»Ihr Mann behauptet, er sei draußen herumgelaufen.«

»Mir hat er das Gleiche erzählt.«

»Sonst noch etwas?«

»Was meinen Sie?«

»Was hat er Ihnen sonst noch erzählt?«

»Hören Sie doch auf!« Sie sprang sichtlich erregt auf. »Wir erzählen uns zurzeit nicht viel. Jeder grübelt vor sich hin, wie es weitergehen soll. Wie ich mitbekommen habe, wissen Sie, dass uns finanziell das Wasser bis zum Hals steht. An dem Tag, an dem Max getötet wurde, bekamen wir einen Brief von der Bank. Wenn wir unsere Rückstände nicht zahlen, wird unser Haus zwangsversteigert.« Sie zwirbelte eine Haarsträhne zwischen Daumen und Zeigefinger. »Unser Leben zerbröckelt. Ich denke, da steht es einem zu, nachts ziellos durch die Straßen zu laufen.«

»Und Sie? Hatten Sie denn Lust auf einen heiteren Abend?«

»Mir war jede Ablenkung recht.«

»Vielleicht sind Sie ja morgen Ihre Geldprobleme los?«

Sie lachte bitter auf. »Ah, ich verstehe, Geld als Motiv. Letztlich lässt sich jedes Verbrechen auf Geld oder Liebe reduzieren, nicht wahr? Aber Liebe scheidet zwischen meinem Mann und seinem Vater aus, und mit Geld liegen Sie völlig falsch, Herr Kommissar. Thomas hat nämlich auf sein Erbe verzichtet, vor Jahren schon.«

Wenigstens ist er konsequent, dachte Adrian.

Eberhardt thronte immer noch wie ein Buddha auf der Couch. Er hatte wieder Oberwasser gewonnen. »Suchen Sie also woanders, meine Herren. Ich eigne mich nicht zum tragischen Helden.«

Das hat auch niemand behauptet, dachte sich Adrian.

# 17

»So ein Mist!« Katharina stand im Windfang des Finnegan's und stöhnte nach einem kurzen Blick in den Spiegel über dem Zigarettenautomaten auf. Der verdammte Nebel hatte ihre Haare in eine dichte Lockenmatte verwandelt. »Ausgerechnet jetzt«, schimpfte sie leise und versuchte, die Haare mit den Händen in irgendeine Form zu bringen. Vergeblich. Na, was soll's, dachte sie. Sie wollte ja eigentlich nichts von Adrian. Und er nichts von ihr.

Die Tür wurde aufgestoßen, und herein kam ein eng umschlungenes Pärchen. Die junge Frau hatte, von der orangeroten Farbe ihrer Haare abgesehen, fast die gleiche Frisur wie sie, nur war die offensichtlich gewollt und vom Friseur gemacht. Na prima, dachte Katharina, dann falle ich wenigstens nicht auf. Sie ging nach ihnen in den Schankraum und war angenehm überrascht, dass er nicht überfüllt war. Ein-, zweimal war sie als Studentin in einem Irish Pub gewesen, schließlich war sie als Anglistikstudentin fast dazu verpflichtet, und sie erinnerte sich vor allem an qualvolle Enge, eine Luft, in der der Rauch so konzentriert war, dass man sie hätte durchschneiden können, und die Abwesenheit von Sitzplätzen, sodass man den ganzen Abend eingepfercht zwischen sommersprossigen, schweißglänzenden Engländern und Iren und sonstigen Angehörigen des Commonwealth Ihrer Majestät verbrachte.

Adrian fiel durch seine Größe sofort auf. Er stand vor der Dartscheibe und diskutierte mit einem Grauhaarigen, der mit seiner eckigen, schwarzen Brille wie ein Werber aussah. Am Tresen stand Adrians Kollege, der nette Blonde, an dessen Namen sie sich nicht erinnern konnte, und sah beiden zu. Es schien also tatsächlich eine After-Work-Party zu werden. Katharina verspürte einen kleinen Stich. Irgendwie hatte sie wohl gehofft, dass sie zu zweit bleiben würden. Was soll's, dachte sie, dann habe ich eben ein Rendezvous mit drei Männern.

Sie ging zu ihnen hinüber und bestellte auf dem Weg dorthin beim Barkeeper, der gerade in ihrer Ecke stand, einen Cider.

»Hallo, Katharina!« Adrian kam auf sie zu und gab ihr die Hand. Er roch gut. Zitrus mit einer Prise Pfeffer. Dieser Mann machte es einem nicht leicht, nicht auf ihn abzufahren. »Schön, dass du da bist. Manfred kennst du ja schon, oder?«

»Nicht als Manfred, aber freut mich. Hallo.« Katharina gab ihm die Hand und musste lächeln. So hatte sie schon lange niemand mehr angestrahlt.

»Und das ist Norbert. Wir teilen uns die Wohnung.«

»Ach, du lebst mit einem Mann zusammen?« Norbert war also der Grauhaarige. Aus der Nähe sah er nicht älter aus als Anfang vierzig. Hatte sich Adrian etwa nach zwei gescheiterten Ehen für einen Mann entschieden?

»Ganz züchtig, ich schwöre es.« Adrian hob beide Hände und machte eine Unschuldsmiene. »Manchmal bin ich mir allerdings nicht sicher, ob er tatsächlich ein Mann ist. Bei seinem Arsenal an Cremes und Zeugs würde jede Frau neidisch werden.«

»Ich achte halt auf mein Äußeres«, widersprach Norbert.

»Kult treiben trifft es eher«, frotzelte Adrian weiter. »Wenn ich ihm jetzt noch verrate, in welcher Branche du arbeitest, ist er völlig aus dem Häuschen.«

»Dann machen wir lieber ein Geheimnis daraus.« Katharina verspürte nicht die geringste Lust, aus dem Nähkästchen zu plaudern. Männer mit einem Schönheitstick irritierten sie, weshalb sie auch keinen aus ihrer Firma sonderlich mochte. Sie war zwar ebenso wenig einer Meinung mit Hemingway, der meinte, ein Mann sollte nur nach Wasser und Schweiß und nach sich selbst riechen, aber Männer mit Gesichtsmaske oder getönter Tagescreme fand sie einfach lächerlich. Sie selbst malte sich gerne an und liebte Cremes, aber sie war schließlich eine Frau.

»Was spielt ihr da?« Sie nahm einen Schluck aus dem Glas, das ein Kellner vor sie hingestellt hatte, und verzog das Gesicht.

Norbert schob die Augenbrauen nach oben und sagte: »Darts.«

»Ach, gut, dass du mir das sagst, ich dachte schon Minigolf.« Aus dem Augenwinkel konnte sie sehen, wie Manfred grinste.

»Norbert kann den Lehrer nicht lassen. Ignoriere ihn einfach«, sagte Adrian.

»Eine gute Idee«, murmelte Katharina und drehte ihr Glas, um zu sehen, ob dort irgendwelche lebenden Organismen schwammen. Zumindest schmeckte das Zeug danach.

»Dreihunderteins.« Manfred war aufgestanden und neben sie getreten. Auch er roch gut. Nach Bäumen und frischer Luft. Gehörte eine Duftberatung heutzutage zur Polizeiausbildung?

»Und wie steht es?«

Manfred spielte mit seinen Pfeilen. »Wir sind in der letzten Runde. Ich hoffe, einer von uns schafft es endlich. Wir machen schon viel zu lange rum.«

Katharina sah auf die Tafel, auf der die Ergebnisse notiert waren. Sie hatte schon ewig nicht mehr Darts gespielt, obwohl es ihr immer Spaß gemacht hatte. Dank Kevin, ihrem treulosen Boyfriend aus dem fünften Semester, kannte sie sich ein wenig aus. Bei dieser Spielvariante begann man mit dreihunderteins Punkten und musste bis null runterwerfen. Adrian hatte noch achtzehn Punkte übrig, Norbert sieben und Manfred drei. Das hieß, er musste zuerst die Eins treffen und dann noch einmal die Eins, aber im äußeren Ring, der doppelt zählte.

Manfred nahm einen seiner drei Dartpfeile in die linke Hand und stellte sich an die schwarze Linie, die auf den Holzboden gemalt war. Er zielte ziemlich lange, und erst kurz bevor seine Mitspieler begannen, unruhig zu werden, warf er den Pfeil. An sich ein guter Wurf, die dreifache Eins. Aber zu diesem Zeitpunkt genau das Falsche.

»Mist«, murmelte er.

»Oh«, bedauerten ihn Katharina, Adrian und Norbert.

»Manchmal wirft man einfach zu gut«, versuchte Katharina, ihn zu trösten. Manfred war zwar jetzt auf Null, aber das zählte nicht, weil man laut Spielregeln das Spiel nur mit einem Treffer im Doublering beenden konnte. Sein Durchgang war beendet, er blieb bei seinen drei Punkten stehen. Jetzt war Adrian an der Reihe. Träfe er die neun im Double, wäre er Sieger. Doch sein Pfeil landete zwei Felder zu weit oben, in der fünf.

»Du machst es aber spannend«, meinte Norbert.

»Wir müssen doch unsere Lady hier unterhalten.« Adrian nahm seinen zweiten Pfeil. Der landete knapp außerhalb des Doublerings der zwei.

»Er spielt wieder ein bisschen herum«, flüsterte Manfred Katharina ins Ohr. »Normalerweise sitzt so ein Wurf bei ihm.«

Vielleicht bildete sie sich das nur ein, aber Manfred schien ihre Nähe zu suchen. Was sie sich nicht einbildete war, dass es ihr nicht unangenehm war. So blieb sie einfach stehen und genoss seine warme Aura. Oder war ihr aus anderen Gründen so heiß? Sie zog ihren Mantel aus und warf ihn auf die Bank. Sie spürte, dass alle drei Männer sie ansahen. Selber schuld, dachte sie. Warum musste sie auch die Stretchjeans und das enge schwarz-rote Shirt anziehen? Um Adrian zu beeindrucken, flüsterte das Teufelchen in ihrem Ohr. Doch der hatte sich bereits wieder vom Anblick ihrer Kurven erholt und nahm einen tiefen Schluck aus seinem Glas. Norbert richtete seine Brille. Nur Manfred sah sie an. Interessiert. Mehr als das. Ihr war immer noch genauso heiß wie mit Mantel. Er war blond. Blond war gar nicht ihr Typ. Und er war jung, höchstens Ende zwanzig. Mit einem freundlich-frechen Gesicht und hellblauen Augen. Wie konnte er sich dieses Babyface bei seinem Job bewahren? Würden sich bei ihm im Laufe der Zeit Zeichen von Melancholie in das Gesicht graben wie bei Adrian? Manfred wirkte wie jemand, der noch in das Erwachsenenleben geschubst werden müsste, was bei seinem Job fast schon absurd war. Richtig süß, dachte sie. Das hatte sie schon lange nicht mehr von einem Mann gedacht. Er ist zu jung für dich, meldete sich ihr kleinbürgerliches Unterbewusstsein, worauf das Teufelchen in ihr sofort mit einem »Na und?« widersprach.

*»Yes!«* Adrians Ruf riss sie aus ihren Überlegungen. Er hatte getroffen und gewonnen. Die Männer vollzogen das übliche Ritual mit Händeklatschen, dann wurde getrunken. Offenbar wollten die beiden anderen den zweiten Platz nicht unter sich ausmachen. Adrian sah so zufrieden aus wie eine Katze, die gerade eine Monstermaus erlegt hatte. Ob er auch so aussah, wenn er einen Fall gelöst hatte?

»Danach gibt es aber noch eine Revanche«, drohte Norbert.

»Erst einmal gibt es eine Pause.« Adrian nahm einen großen Schluck von seinem Guinness.

Katharina schüttelte es innerlich. Sie mochte zwar Bier, aber nicht dieses dunkle Gebräu. Wobei das auch auf den angeblichen

Cider zutraf. Wahrscheinlich war das abgelaufene Apfelschorle aus dem Discounter, die wochenlang offen herumgestanden hatte.

»Was ist los, Katharina? Du schaust so grimmig?«

»Wenn du das hier trinken würdest, würdest du auch nicht anders schauen.« Sie hob das Glas hoch.

»Wahrscheinlich bist du seit Jahren die Erste, die das trinkt. Der Farbe nach zu urteilen ist das schon uralt.«

Angewidert stellte Katharina ihr Glas weg.

Adrian legte ihr die Hand auf die Schulter und rief zum Barkeeper: »Hans, gib der Dame doch bitte was Gescheites zu trinken, nicht dein altes Zeug. Sonst schicke ich die Lebensmittelkontrolle vorbei.«

»Essen würde ich hier auch nichts«, fügte er hinzu.

Die anderen Gäste schienen sich ebenfalls daran zu halten, ihren Hunger woanders zu stillen. Überall standen nur Gläser mit dunkelbraunem Inhalt, zu essen gab es höchstens ein paar Erdnüsschen, die in kleinen weißen Schalen auf den Tischen standen.

»Es sei denn, du machst es wie Manfred und hältst dich an Kartoffelchips.« Manfred hatte sich vom Tresen eine Tüte geholt, auf der in grellroten Lettern »Vinegar« geschrieben stand.

»Ich glaube, der Abend nimmt noch eine glückliche Wendung.« Sie bestellte sich eine Cola und hoffte, dass deren Mindesthaltbarkeitsdatum noch nicht überschritten war. Sie deutete auf die Tüte. Kartoffelchips mit Essiggeschmack. So sauer, dass sie jeden nicht anglisierten Gaumen auf Kleinstgröße schrumpfen ließen. »Bist du auch so ein Perverser, der dieses Zeug mag?«

Manfred sah erfreut aus. »Willkommen im Club.«

»Ich habe die schon ewig nicht mehr gegessen. Darf ich?«

»Gerne.« Er lachte ein Lachen, das ein über Vierzigjähriger nicht mehr hinbekam. »Und ich dachte schon, mit meinen Geschmacksknospen wäre etwas nicht in Ordnung.«

»Ich finde uns ganz normal«, antwortete Katharina. »Aber so was dürfte ich bei uns in der Firma gar nicht sagen. Da muss man nämlich dünn sein und darf nur Salatspitzen und probiotischen Joghurt essen.«

»Wieso, du bist doch kein Model, oder?« Er wurde rot. Gott wie süß. »Nicht dass du nicht danach aussiehst, du siehst toll aus, aber …«

»Die sind jünger und dünner, ich weiß.« Sie biss genüsslich in einen Chip. »Auf was die alles verzichten.«

»Deshalb sehen sie auf den Fotos auch immer so unglücklich aus. Mir sind echte Frauen mit gesundem Appetit lieber.«

Oho. Jetzt fehlte nicht mehr viel, und *sie* würde rot werden. Zeit für etwas Ablenkung, Adrian sah sie bereits mit einem seltsamen Gesichtsausdruck an. »Und was hast du davon«, frotzelte sie. »Dir werden deine Chips weggegessen. Warum machen die auch die Tüten immer so klein?«

»Kein Problem, ich hole noch eine.«

»Kommt nicht infrage, die geht auf mich.«

»Ihr beide scheint euch ja blendend zu verstehen. Dein Studium in England scheint deiner Geschmacksbildung nicht gutgetan zu haben.« Adrian hatte sich ihnen gegenüber gesetzt.

»Wo bitte ist der Unterschied zwischen pappsüßem Bier und essigsauren Chips?«

»Eins zu null für Katharina, würde ich sagen.« Manfred riss die zweite Tüte auf.

Adrian ignorierte seinen frechen Untergebenen. »Ich habe den Eindruck, dass du den Leichenfund blendend überstanden hast.«

»Ich denke schon. Außerdem bin ich zum ersten Mal seit Langem wieder richtig neugierig auf etwas.«

»Worauf?«

»Wer das getan hat natürlich. Wie weit seid ihr denn?«

»Mittendrin. Aber mehr darf ich dir nicht erzählen.«

»Jetzt komm, Adrian. Ich habe immerhin ein berechtigtes Interesse daran zu erfahren, wer mir die Leiche in den Weg gelegt hat.«

»Ich glaube nicht, dass sie speziell für dich gedacht war.«

»Natürlich nicht. Aber alles im Leben hat seine Bedeutung.« Sie fischte ein paar Chips aus der Packung. »Wusstet ihr, dass der Eberhardt und Tante Sophie samt Damenkränzchen alte Jugendfreunde waren?«

An Adrians Blick erkannte sie, dass er es nicht wusste. »Das muss noch nichts heißen.«

»In Tante Sophies Fotoalbum sind jede Menge Bilder von damals. Findest du nicht auch, dass dadurch die Tatsache, dass sowohl die Lebensgefährtin des Toten, Frau Binder, als auch alle anderen Frauen, die bei unserem Trauerumtrunk dabei waren, eine etwas andere Bedeutung –«

»Exlebensgefährtin«, unterbrach sie Adrian.

»Ex?« Katharina zog erstaunt die Augenbrauen hoch. Das nahm ihrer Argumentationskette natürlich den Schwung, aber so einfach konnte sie jetzt nicht aufhören. »Na gut, dann halt Ex. Aber in dieser Damengruppe brodelt irgendwas.« Sie holte ihre Tasche und zog ein Foto heraus. »Hier. Ich habe einen Abzug für dich machen lassen.«

»Danke. Was meinst du mit brodelt?« Adrian bestellte ein neues Bier.

»Das ist so ein Gefühl, wenn man die beobachtet.« Katharina wurde wieder heiß unter Manfreds Blick, und sie sprach schnell weiter, um sich abzulenken. »Max Eberhardt war in den Vierzigerjahren, als die alle als Flüchtlinge in den Baracken gewohnt haben, total verknallt in Josephine Johnson. Und wer glaubst du war so eifersüchtig, dass sie die Johnson fast hätte ertrinken lassen?«

»Deine Tante?«

»Die war doch kein Flüchtling. Nein, die Binder!«

Adrian schüttelte den Kopf. »Das ist doch über ein halbes Jahrhundert her, Katharina. Außerdem hat sie ihn letztendlich doch noch gekriegt.«

»So groß scheint die Liebe aber nicht mehr gewesen zu sein, wenn sie ihn rausgeschmissen hat«, meinte Manfred.

»Das mag wohl stimmen«, gab Katharina zu. Sie schwieg kurz und winkte dann ab. »Dann hat es wohl auch nichts zu bedeuten, dass ich heute Nachmittag Josephine Johnson gesehen habe, wie sie ein Kreuz um die Gnadenkapelle getragen hat.«

Adrian sah sie etwas verwirrt an. »Bis jetzt hatte ich den Eindruck, dass du eher die Binder als Täterin in Verdacht hast. Und jetzt kommst du mit dieser Josephine Johnson daher? Was sollte die für ein Motiv haben, außer dass Eberhardt vor sechzig Jahren in sie verliebt war?«

Katharina runzelte die Stirn. Wenn Adrian ihr Geplapper zusammenfasste, klang es tatsächlich etwas konfus. »Du hast recht. So ein Kreuz darf schließlich jeder herumtragen. Mit über siebzig kommen wahrscheinlich schon ein paar kleine Sünden zusammen.« Sie stand auf. »Ich hole noch ein paar Chips.«

Doch so einfach ließ Adrian sie nicht davonkommen. »Wieso weißt du eigentlich so gut über die alten Damen Bescheid? Ich habe gedacht, du kennst sie nur von der Trauerfeier?«

»Ich hatte sie heute Nachmittag noch einmal in den Wallfahrtsladen eingeladen.«

»Katharina! Ich fasse es einfach nicht!« Adrian lachte laut auf. »Wolltest du wie bei Agatha Christie alle Verdächtigen in einem Raum versammeln, mit deiner Theorie konfrontieren und am Schluss durch brillante Kopfarbeit mit dem Finger auf die Täterin zeigen? *Et voilà*, das ist sie? Hältst du dich für einen weiblichen Hercule Poirot?«

Sie sah an sich hinunter. »Na immerhin vergleichst du mich nicht mit Miss Marple. Das hätte mich zumindest figur- und altersmäßig schon beleidigt.«

»Das hätte er sich nie getraut«, lachte Manfred.

Adrian hob abwehrend die Hände. »Um Himmels willen! Aber was hättest du dann gemacht? Hättest du dich bei ihr untergehakt und wärst mit ihr zur Polizeiwache spaziert?«

»Das, mein Lieber, wäre mir dann doch zu heiß gewesen. Ich hätte mir zumindest Oswaldo als Verstärkung geholt. So, jetzt hole ich aber mal die Chips.«

Als sie aufstand und zum Tresen ging, war sie nicht ganz unzufrieden. Gut, vielleicht hielt Adrian sie jetzt für ein wenig bescheuert, aber sie war sich sicher, dass er zumindest über das, was sie gesagt hatte, nachdenken würde. Sein Blick hatte ihn verraten. Männer waren doch ziemlich leicht zu durchschauen.

Sie spielten noch einige Runden Darts, ohne auch nur ein Wort über den Mordfall zu verlieren. Katharina gewann alle Spiele, und das hatte sie nicht der Zurückhaltung ihrer männlichen Mitspieler zu verdanken. Sie traf fünfmal ins Rote. Full House sozusagen. Höchstpunktzahl. Es war eben ein Fehler, weibliche Hercule Poirots zu unterschätzen.

# 18

Und wenn doch etwas dran war? Katharinas Andeutungen bezüglich der alten Damen hatten Adrian lange am Einschlafen gehindert. Nun war er viel zu früh wieder aufgewacht, und seitdem drehte sich die Gedankenmühle unaufhaltsam. So als foltere ihn sein eigener Körper. Es war erst halb sechs, aber an Schlaf war nicht mehr zu denken, obwohl ihm bis zum Klingeln des Weckers noch über eine Stunde Zeit blieb. Widerwillig schwang er seine Beine aus dem warmen Bett und war, wie immer in der kalten Jahreszeit, froh, dass er sich den flauschigen Teppich geleistet hatte. Die dicke Wolle kitzelte sanft seine Fußsohlen und sandte ein angenehmes Kribbeln bis in die Waden hinauf. Er würde laufen gehen. Bereits die Entscheidung dazu versetzte ihm einen Energieschub. Er zog die Vorhänge auf und sah die Stadtpfarrkirche gestochen scharf in der eisig klaren Luft. Das Außenthermometer auf seinem Fensterbrett zeigte zwei Grad. Er ging zum Schrank und holte fast blind, seinem ausgeklügelten Ordnungssystem sei Dank, Jogginghose, T-Shirt, Pulli und Mikrofaserjacke heraus. Bei diesen Temperaturen würde es nicht ohne mehrere Schichten gehen. Die Kirchenglocke schlug dreimal. Eberhardt war ganz nahe an der Kirche gestorben. Wieso war er im Kreuzweg gewesen? Ein Mann, der mit Religion nichts am Hut hatte? Späte Reue für eine Jugendsünde? Bedeutete der Tatort überhaupt etwas? Sie hatten Eberhardts Leben durchleuchtet, aber nichts Auffälliges gefunden. Adrian fuhr sich mit seinen bettwarmen Händen durch die Haare. Eine Mütze wäre gut. Die blaue gestrickte, links oben unter »Diverses.« Er war kein Pedant, aber er schätzte es, seine Zeit nicht mit Suchen vergeuden zu müssen. Er nannte es die Ökonomie eines durch und durch faulen Menschen. Aber es war auch einfach Gewohnheit. Seine Kindheit im Wohnwagen war sehr beengt gewesen, ohne Ordnung unvorstellbar. Sofort entzündete sich wieder ein Funken schlechten Gewissens. Er hatte seinen Vater immer noch nicht angerufen, und gestern Morgen hatte er sich schuldbewusst von Susannes Hof geschlichen. Sein Vater war ungefähr im gleichen Alter wie Eberhardt, ein Patriarch wie dieser. Er, der als Sechzehnjähriger aus bürgerlichem Haus ausgerissen war, um zum Zirkus zu gehen, hatte zwar nie verstanden, warum seine Kinder eine Beamtenlaufbahn einschlugen, tat es aber als Laune des Schicksals ab und verfolgte ihren Lebensweg mit liebevollem Interesse. Wie es wohl für einen Vater war, wenn sich seine Kinder völlig von ihm abwandten, wie es bei Eberhardt der Fall war? War ihm selbst die Karriere seiner Tochter, die ihm so ähnlich schien, egal? Aber Männer, das hatte Adrian sein Beruf gezeigt, neigten in erschreckend geringem Ausmaß zum Nachdenken über Beziehungen und Gefühle. Womit er wieder bei Katharina war. War an ihrem Gefühl tatsächlich etwas dran? Würden sie jetzt im Leben netter, alter Damen wühlen müssen? Was für eine Frage, natürlich würden sie das, das war sein Job. Was würden sie zutage fördern, harmlose Backfischgeheimnisse oder handfeste Tragödien? Er kannte Katharina nicht sehr gut, aber er hielt sie nicht für hysterisch, und sie war auch aus dem Alter heraus, in dem man wahnwitzigen Ideen nachhing. Er ging in den Gang hinaus, wo seine Schuhe standen. Einer Eingebung folgend klopfte er an Norberts Tür und öffnete sie einen Spaltbreit.

»Ich gehe laufen, kommst du mit?«

Ein kissengedämpftes Grunzen war die Antwort.

»Ich habe dich nicht verstanden!«

»Um diese Zeit?«

»Laufen soll gut sein für die Libido!«

»Was soll daran gut sein, wenn ich mir draußen die Eier abfriere?«

»Du musst das anders sehen: Du härtest sie ab.« Adrian stand inzwischen vor Norberts Kingsize-Bett.

»Also, was ist jetzt?«

»Behandelst du deine Verdächtigen auch so schlecht?«

»Nur wenn sie nicht gestehen.«

»Ist ja gut. Jetzt bin ich sowieso wach.« Norbert blinzelte Adrian an. »Solltest du nicht lieber einen Mörder fangen, anstatt am Inn herumzulaufen?«

»Ich bringe nur meine Zellen auf Trab. Doktor Strunz ist um diese Zeit bestimmt auch schon seine zehn Kilometer gelaufen.«

Strunz war Norberts Fitnesspapst. »Jetzt komm, und beim Zurücklaufen holen wir uns beim Bäcker schöne Brezen.«

»Nix da. Dann können wir uns das Laufen gleich sparen. Das Weißmehl macht alles wieder kaputt.«

»Wir werden für dich schon was ohne Weißmehl finden. Mach schnell, sonst lohnt es sich nicht mehr.«

»Du scheinst auch nicht gerade gut geschlafen zu haben«, keuchte Norbert, nachdem sie schon ungefähr zwanzig Minuten schweigend nebeneinander hergelaufen waren. Adrian genoss es, in gleichmäßigem Rhythmus auf dem schmalen Weg zu traben, immer den Inn im Blick, der gerade wenig Wasser führte und breite Kiesbänke freigab. Norbert, dieses alte Waschweib, hatte seinen Mund schon ungewöhnlich lange gehalten, aber er hatte wohl erst richtig wach werden müssen.

»Es geht so.«

»Vielleicht ist ja was dran an dem, was Katharina gesagt hat.«

Adrian begnügte sich mit einem Brummen.

»Diese Siebzig- bis Achtzigjährigen können doch über nichts reden. Die haben in der Vergangenheit alles in sich hineingefressen und dann zugemacht. Vielleicht ist jetzt irgendetwas passiert, und bei einer von ihnen hat es klick gemacht.«

Adrian schwieg und lief weiter, zufrieden, ein Tempo gefunden zu haben, das seinen Rücken nicht rebellieren ließ.

»Es gibt Leute«, fuhr Norbert fort, »die lassen sich ihr ganzes Leben lang demütigen, und dann auf einmal explodieren sie und nehmen Rache. Wie meine Großtante Cucinetta. Ein Ausbund an Tugend und Nächstenliebe. Und mit fünfundsiebzig stopfte sie ihrem Mann Mimo, einem notorischen Schürzenjäger, eine Salatgurke in den Rachen und ließ ihn ersticken.«

»Und warum erst so spät?« Adrian war sich nicht sicher, ob Norbert diese Geschichten nur erfand, oder ob sie tatsächlich wahr waren.

»Sie meinte, eine Katze habe auch nur sieben Leben. Warum solle dieser *stronzo* länger leben?« Norbert hüpfte über einen Ast. »Ich will damit nur sagen: Wenn es Frauen reicht, dann schreiten sie zur Tat. Dazu muss man keine Italienerin sein.«

Und auch keine Frau, dachte Adrian. Und alt schon gar nicht.

War es eine Rachegeschichte, die nach sechzig Jahren ihr Ende gefunden hatte? Er brauchte nur an seinen Vater zu denken, um zu wissen, dass für viele alte Menschen die Vergangenheit präsenter war als die Gegenwart. Konnte die Erinnerung so stark geworden sein, dass man handeln musste? Adrian lief schneller und war froh, dass er sein Herz schlagen hörte. Kräftig und fest.

***

»Hallo, wie war's?« Adrian war froh, dass Manfred auftauchte und ihn aus seinem Ein-Mann-Brainstorming, das ein Chaos aus Pfeilen und eingekreisten Namen auf seiner Schreibtischunterlage hinterlassen hatte, erlöste. Er hoffte, dass Manfred, der bei der Testamentseröffnung gewesen war, irgendetwas mitbrachte, das ihnen von Nutzen sein konnte. Er sah auf seine Armbanduhr. »Das hat aber lange gedauert. War es so aufregend?«

»Überhaupt nicht.« Manfred zog ein dickes Croissant aus einer Papiertüte, und sofort erfüllte ein intensiver Geruch nach Schinken und Käse den Raum.

»Es waren nur die Tochter von Eberhardt, die Schwiegertochter und ihre beiden Töchter da.« Bedächtig legte Manfred das Croissant auf einen kleinen Teller.

»Und?«

Mit leichtem Bedauern sah Manfred sein Frühstück an.

»Vorfreude ist die schönste Freude, Manfred. Also los.«

»Es gab keine großen Überraschungen. Die Tochter hat die Wohnung geerbt, die beiden Enkeltöchter das Geld. Die Summe liegt bei ungefähr achthunderttausend Euro. Dieses Geld bleibt jedoch bis zum fünfundzwanzigsten Geburtstag unter der Kontrolle eines Vermögensverwalters, damit, und jetzt zitiere ich, dieser Nichtsnutz von Sohn lernt, selber seine Fehler auszubügeln. Der alte Eberhardt wusste offensichtlich genau, dass sein Sohn pleite ist. Jetzt kann er selber sehen, ob er von seinen Idealen leben kann, war der letzte Satz des Testaments.«

»Und? Reaktionen?«

»Die Tochter schaute versteinert, vielleicht hat sie gehofft, auch etwas Bares zu bekommen. Und die Enkeltöchter waren etwas verstört.«

»Wieso das denn? Haben die ihren Opa so geliebt?«

»Weiß ich nicht. Sie haben wohl heute zum ersten Mal erfahren, dass ihre Eltern pleite sind. Das war das Einzige, worüber sie mit ihrer Mutter gesprochen haben.«

»Erwachsenwerden ist nicht immer leicht.«

»Erwachsensein auch nicht.«

»Bevor wir in die Philosophie abgleiten, solltest du vielleicht was essen. Mir ist schon aufgefallen, dass du bei Hunger immer etwas trübsinnig wirst.«

Manfred deutete auf Adrians Gekritzel. »Und du?«

Adrian seufzte. »Ich bin noch einmal Faltlmeiers Liste mit den Trauergästen durchgegangen.«

»Und? Was gefunden?«

»Diese Johnson, die aus Amerika zu Besuch ist, müssen wir uns noch einmal anschauen. Ihr Alibi ist eigentlich keins. Sie hat um halb neun den Umtrunk verlassen und ist zehn Minuten später in der Pension gewesen. Die Wirtin hat sie auch gesehen.« Adrian hörte auf, sein Diagramm, in dem er Namen umkringelt hatte, hin und her zu drehen und nahm ein anderes Blatt in die Hand. Er überflog es und tippte mehrmals auf eine Zeile. »Sie bekam dann einen Anruf aus Amerika, um zwanzig Uhr einundfünfzig. Das Gespräch dauerte bis einundzwanzig Uhr sieben.«

»Danach hätte sie immer noch Zeit genug gehabt, um in den Kreuzweg zu gehen«, überlegte Manfred. »Der liegt ja quasi um die Ecke von der Pension.«

Adrian nickte. »Und die Pensionswirtin hat um«, er sah noch einmal auf das Blatt, »kurz vor neun Feierabend gemacht. Es wäre also absolut kein Problem gewesen, unbemerkt die Pension noch einmal zu verlassen. Wo ist eigentlich Tobias?«

»Bei der Krankengymnastik. Er müsste bald kommen.« Manfred nahm endlich sein Croissant in Angriff.

Adrian stand auf. »Gut, was haben wir noch? Einen Sohn, der auf sein Erbe verzichtet hat.«

»Mit einem mehr als löchrigen Alibi.«

»Und er steht immens unter Druck«, sagte Adrian. »Das Motiv, das Motiv«, murmelte er. »Verdammt noch mal, wo ist es? Detschey, der das stärkste Motiv hätte, war zur Tatzeit in London. Margit Eberhardt war den ganzen Abend sichtbar zu Hause, das hat ein Nachbar bestätigt. Und Lambert war bis Viertel nach zehn in diesem Club in Burghausen und schon zwanzig Minuten später in Burg. Der fällt auch aus.«

»Dann ist da noch der anonyme Brief«, ergänzte Manfred. »Was könnte Eberhardt auf dem Kerbholz gehabt haben, dass er als Mörder beschimpft wird?« Er zerknüllte die Tüte seines Croissants und warf sie in den Papierkorb. »Wenn der Brief sich auf etwas Altes bezieht, müssen wir die Ladys als seine Jugendfreundinnen auf jeden Fall befragen.«

Das Telefon klingelte und gedankenverloren nahm Adrian ab. Als er auflegte, sah er nachdenklich aus. »Unsere liebe Frau Binder ist auch noch im Rennen. Eine Nachbarin hat bei den Kollegen in Altötting angerufen und angegeben, dass sich die Binder und Max Eberhardt am Nachmittag des Mordtages heftig gestritten haben.«

»Fangen wir mit ihr an?«, fragte Manfred.

»Ja, aber heute fahren wir nicht mit dem Aufzug.«

***

»Sie täten sich wundern, wenn Sie die schimpfen hören würden!« Die besagte Nachbarin, eine Frau Urbanek, hatte ein erfreutes Glitzern in den Augen, als sie Adrian und Manfred von den verbalen Entgleisungen Eleonore Binders erzählte. »Außen macht sie auf feine Dame, aber innen …« Sie ließ die Worte bedeutungsschwanger ausklingen und sah zu Adrian hoch, als erwarte sie Lob von ihm für diese Analyse.

Adrian wusste, was man von ihm verlangte. »Das ist sehr interessant, Frau Urbanek. Und am Dienstagnachmittag haben Sie wieder gehört, wie sich Frau Binder und ein Herr gestritten haben?«

»Was heißt ein Herr!« Sie klang empört. »Es war dieser Herr Eberhardt! Ich habe die beiden ja öfter im Aufzug getroffen und weiß, wie seine Stimme klingt. Sehr tief. Das fällt auf. Das war auf jeden Fall er.« Sie grinste anzüglich. »Sonst hat die Dame keinen Herrenbesuch gehabt. Die Jüngste ist sie ja auch nicht mehr.«

Wieso konnten Frauen nie aufhören, übereinander herzuziehen? Es schien keine Altersfrage zu sein und auch keine Frage einer real existierenden Buhlschaft um einen Mann. Waren das allgemeine Revierkämpfe wie bei den Männern?

»Sie wohnen allein hier, Frau Urbanek?«, fragte Manfred.

Sie nickte. »Mein Mann ist schon vor über zehn Jahren gestorben. Krebs.« Sie deutete auf eine Fotografie in der Schrankwand aus rustikaler Eiche. Ein übergewichtiger Mann mit weichen Gesichtszügen. Sympathisch.

»Und abends sind Sie meistens allein hier?«

»Ja, freilich. Ich bin ja schon über siebzig, was soll ich denn da draußen? Außerdem lungern dauernd die Jugendlichen vor dem Eingang herum. Die sind mir nicht ganz koscher. Na, na, ich geh nur noch raus, wenn es unbedingt sein muss.«

Bevor sie sich in Rage redete, griff Adrian ein. »Das heißt, Sie sind auch abends immer hier?«

Frau Urbanek nickte.

»Haben Sie gehört, ob Frau Binder am besagten Abend zu Hause war?«

Die alte Frau schüttelte den Kopf. »Das habe ich doch Ihren Kollegen schon erzählt.« Ihre Stimme bekam einen ungeduldigen Klang. »Ich habe nichts gehört. Manchmal hört sie Musik, aber nicht immer. Sie kann hier gewesen sein oder auch nicht. Sind Sie jetzt fertig? Gleich kommt nämlich meine Lieblingssendung im Fernsehen. ›Reich und schön‹.«

»Wir sind fertig, Frau Urbanek«, beruhigte sie Adrian. »Vielen Dank. Und viel Spaß beim Schauen.«

***

»Oh, Herrenbesuch am Vormittag, wie reizend!« Eleonore Binder öffnete ihnen bereitwillig die Tür. Sie sah aus wie eine der Frauen in Frau Urbaneks Lieblingsserie: perfekt geschminkt, frisiert und gekleidet. Der cognacfarbene, flauschig aussehende Pullover brachte ihre rot gefärbten Haare zum Leuchten. Hut ab vor so viel Disziplin, dachte Adrian. So auszusehen dauert ja mit den Jahren immer länger.

Sie führte sie in das Wohnzimmer und ließ sich mit einer erstaunlichen Geschmeidigkeit auf die Kissenlandschaft ihres Sofas sinken. Das war wahrscheinlich das Geheimnis, warum diese Frau jünger wirkte als ihre Altersgenossinnen. Nicht die Schminke, nicht die gefärbten Haare. Es waren ihre Bewegungen, die mühelos und ohne das Seufzen und Stöhnen, das so typisch für alte Menschen war, ausgeführt wurden. Sie nahm ein Sektglas vom Tisch und trank einen Schluck. Deshalb also die fast enthusiastische Begrüßung. Adrian bemerkte, dass die Haut unter ihrem Make-up leicht gerötet war. Das war wahrscheinlich nicht das erste Glas, die Prosecco-Flasche war bereits zur Hälfte leer.

»Ich mache ein kleines Prosecco-Frühstück. Möchten Sie auch etwas? Ich bringe Ihnen gerne ein Glas.«

Adrian und Manfred schüttelten den Kopf.

Sie schien froh zu sein, nicht aufstehen zu müssen. »Ich mache das auf ärztliche Anordnung. Das bringt meinen niedrigen Blutdruck auf Trab. Ich finde, es wirkt.«

Ihre Stimmung brachte es auf jeden Fall auf Trab, dachte Adrian.

»Was kann ich für Sie tun, meine Herren?« In ihrer Stimme schwang eine Spur Koketterie mit. »Setzen Sie sich doch!«

»Bei diesem Trauerumtrunk von Frau Burgstaller war doch auch Josephine Johnson dabei.«

Eleonore drehte ihr Glas am Stiel hin und her. »Josephine. Ja, die ist gerade aus Amerika hier. Selbstverständlich, dass sie auch dabei war. Rita hat sie mitgeschleift. Obwohl ich das Gefühl hatte, es war ihr gar nicht so recht. Es ist ja auch nicht schön, nach sechzig Jahren zurückzukommen und dann auf eine Beerdigung zu müssen.« Sie lehnte sich entspannt zurück.

»Herr Eberhardt war damals nach dem Krieg auch in Ihrer Clique, nicht wahr?«

»Ja, er stammte aus einem anderen Dorf in Ungarn, aber wir sind alle mit dem gleichen Zug evakuiert worden.«

»Ist es nicht interessant, wie das Leben so spielt?«, meinte Adrian. »Sie kennen sich seit Ihrer Jugend, aber erst so spät wurden Sie ein Paar.«

Sie lachte übertrieben. »Verrückt, nicht? Ich war ja schon damals ein bisschen verschossen in ihn. Aber da wurde nichts daraus.« Versonnen blickte sie auf ihre Hand. »Wir haben uns zufällig getroffen, auf der Dult vor knapp zwei Jahren. Da haben wir uns langsam angenähert.«

Langsam annähern war etwas, das sich Adrian bei Eleonore Binder überhaupt nicht vorstellen konnte. Eine feindliche Übernahme würde besser zu ihr passen.

»Als Herr Eberhardt am Nachmittag seine Sachen geholt hat, sollen Sie heftig gestritten haben.«

»Tatsächlich?« Adrian fand ihren ironischen Ton unangebracht. Sie schien sich über die ganze Sache zu amüsieren. Irritiert schwieg er.

»Na ja, die Urbanek hängt anscheinend den ganzen Tag mit dem Ohr an der Wand. Schlimm, wenn man nichts Besseres zu tun hat.«

Adrian fragte sich, ob Prosecco trinken am Vormittag besser war. »Worum ging es bei Ihrem Streit?«

»Wir hatten beide ein aufbrausendes Temperament. Bei uns wurde es öfter laut. Andere schweigen sich an, wir haben uns gestritten.«

»Worum ging es?«

Sie seufzte, als wäre Adrian ein Kind, das schwer von Begriff sei.

»Um seine unerträgliche Arroganz. Er hat nicht begreifen wollen, dass für mich Schluss war. Ich hatte immer Männer mit Niveau. Max hatte keins. Das habe ich leider zu spät gemerkt.« Sie sah kurz auf ihr leeres Glas und stellte es ab. »Nun ja, besser spät als nie.«

»Wie soll ich das verstehen, dass Herr Eberhardt kein Niveau hatte?«

»Können Sie sich das nicht denken?« Sie lachte bitter. »Vielleicht kann ich Ihnen doch ein Eifersuchtsmotiv liefern. Aber mit Sicherheit ein anderes, als Sie vermuten.«

Adrian und Manfred schwiegen. Eleonore Binder lehnte sich mit gespielter Lässigkeit in das weiche Polster, doch sie wirkte angespannt. »Er hatte ein Verhältnis mit seiner Schwiegertochter.«

Sie hatte nicht zu viel versprochen. »Klara Eberhardt?«, fragte Adrian perplex.

»Klara Eberhardt«, bestätigte sie. »Die kluge Oberstudienrätin.«

»Und woher wissen Sie das?«

»Ich habe die beiden selbst gesehen. Mehrere Male.«

»Haben Sie ihnen nachspioniert?«

»Ich wollte schon wissen, was Max so treibt. Und dann, das werden Sie sicher verstehen können, war dieser Mann für mich erledigt.« Der anfängliche Triumph war aus ihren Augen gewichen. Mit leicht gläsernem Blick sah sie an den Kommissaren vorbei an die weiße Wand.

»Weiß Thomas Eberhardt davon?« Jetzt hätte Adrian auch einen Prosecco brauchen können.

»Ich selbst habe es ihm erzählt.«

»Und wie hat er reagiert?«

»Er hat mir nicht geglaubt. Blieb sehr ruhig. Nun, er ist schließlich ausgebildeter Schauspieler.«

»Schauspieler?« Eleonore Binder war wirklich immer für neue Erkenntnisse gut.

»Ach, das wissen Sie nicht?« Sie lächelte amüsiert. »Aber zu mehr als ein paar Statistenrollen hat es nicht gereicht. Darum ist er auch Hausmann geworden. So konnte er sein berufliches Scheitern mit einer progressiven Männerrolle kaschieren.« Ein leiser Rülpser entfuhr ihr, und verlegen hielt sie eine Hand vor den Mund.

»Meinst du, die Ausnüchterungszelle ist noch frei?«, flüsterte Manfred Adrian zu.

# 19

Wenn man in einem Ort mit gut zwölftausend Einwohnern die ersten neunzehn Jahre seines Lebens verbringt, halten sich die Geheimnisse, die so ein Ort für einen bereithalten könnte, in Grenzen. Und doch war Katharina überrascht. Ein angenehmes Plätzchen war das, zumindest für jemanden, der den trockenen Duft von Bücherwänden und eine handyfreie Welt liebte und sich nicht an mausgrauen, von Schlieren durchzogenen Linoleumböden störte. Sie saß im Archiv des Altöttinger Lokalblattes. Gebt mir ein Thema, eine Bibliothek, Tisch und Stuhl, und ich bin glücklich, dachte sie. Im Grunde war sie ein asoziales Wesen, das sich am liebsten zwischen gedruckten Seiten aufhielt. Auch ein Grund, warum sie sich geweigert hatte, in die PR-Abteilung zu wechseln.

Genüsslich streckte sie die Beine unter dem Tisch aus. Es war schön zu spüren, wie das Blut wieder frei fließen konnte. Der Stuhl bei Tante Sophies Steuerberater, den sie am Vormittag aufgesucht hatte, war entsetzlich unbequem gewesen und hatte eine Ader abgedrückt, die offenbar von größter Bedeutung für das einwandfreie Funktionieren ihrer Beine war. Zum Glück dauerte die Besprechung nicht lange, sonst hätte sie zum Verlassen der Kanzlei wahrscheinlich einen Rollstuhl benötigt. Die Auskunft des Steuerberaters war kurz und erfreulich gewesen. Ein kerngesundes Unternehmen sei es, keine Schulden. Der Umsatz, den sie selbst als bedenklich niedrig eingestuft hatte, war von Sophie bewusst gesteuert worden, um keine Steuern zahlen zu müssen.

»Allerdings, seit der Herr«, der Steuerberater hatte in seinen Unterlagen geblättert, wobei man ihm ansah, dass er sich bei solch einer subalternen Tätigkeit unwohl fühlte, »Obermeier ihr behilflich war, ist der Umsatz kontinuierlich gestiegen. Für das letzte Steuerjahr werden wir wohl nicht um eine Zahlung herumkommen.«

»Soll ich mich darüber jetzt freuen oder nicht?«

Er hatte sie zum ersten Mal mit einem Funken von Interesse angesehen. Sollte sie sich für den Laden entscheiden, würden sie sich auf alle Fälle einen neuen Steuerberater suchen.

»Wenn Sie zu zweit, und soweit ich es ihren Schilderungen entnehme, geht es nur zu zweit, von diesem Geschäft leben wollen, müssen Sie den Umsatz erhöhen. Aber das scheint ja für Herrn Obermeier kein Problem zu sein. Am besten, Sie setzen sich mit ihm zusammen und besprechen eine Strategie.« Er klappte den Ordner zu. Das Gespräch war für ihn offensichtlich beendet.

Sie hatte Oswaldo also wirklich unterschätzt. Er hätte aus Sophie eine Steuerzahlerin gemacht, also besaß er eindeutig unternehmerisches Geschick. Vielleicht musste sie dem Schicksal noch dankbar sein, dass es ihr Oswaldo als Partner aufzwang.

Ein Hustenanfall von vorne rechts, dort, wo sie den Archivar bei seiner Arbeit vermutete, ließ sie aufschrecken. Schuldbewusst nahm sie die erste Zeitung von dem Stapel, den er ihr herausgesucht hatte. Es war nur ein dünnes Blättchen, herausgegeben unter der amerikanischen Militärverwaltung. Januar 1946. Ein halbes Jahr nach Kriegsende. Als sie es durchsah, wunderte sie sich, wie wenig sie in der Schule über die Nachkriegszeit gelernt hatte. Immer nur die großen Entwicklungen, Viermächteabkommen, Jalta, Stalin und so weiter. Aber das Leben im Kleinen? Fehlanzeige. Ein großes Thema war das Essen. Ernteberichte nahmen einen großen Teil der Berichterstattung ein. Ansonsten schien das Leben in Altötting nicht immer so langweilig gewesen zu sein. Erstaunt las Katharina von Plünderungen und Überfällen. Alles aus Hunger, alles aus Not. Sie nahm eine Zeitung nach der anderen vom Stapel und las fasziniert von einer Zeit, die noch gar nicht so weit weg war und doch so unendlich fern schien. Die Zeitung berichtete von einer langsamen Normalisierung in einer katastrophalen Zeit. Die neue Polizei wurde vereidigt, und es gab sogar wieder Gewinnspiele, der Hauptgewinn war ein kleines Haus. In Neuötting hatte der Typhus gewütet, und die ganze Stadt stand quasi unter Quarantäne. Erschütternde Familienschicksale wurden geschildert, und mehr als einmal musste Katharina vor Betroffenheit schlucken. Sie hatte sich richtig festgelesen, und als sie auf die Uhr sah, erschrak sie. Schon über zwei Stunden saß sie da, und dabei hatte sie gar nicht mehr auf das geachtet, was sie gesucht hatte. Vielleicht sollte sie die Traueranzeigen durchgehen. So stieß sie vielleicht schneller auf den Bruder von Josephine Johnson, oder besser Pawlak, wie beide damals hießen. Sie spannte die Pobacken an, um die Durchblutung etwas anzuregen. Dieser Stuhl war auch nicht sonderlich bequem, jedoch verglichen mit dem des Steuerberaters ergonomisch wesentlich ausgefeilter, auch wenn die Lehne etwas stark in den Rücken drückte. Sie blätterte die schon gelesenen Zeitungen durch, jedoch ohne Erfolg. Sie seufzte. Also würde sie die anderen Blätter auch noch durcharbeiten müssen. Ihre Hände fühlten sich vom Papier bereits trocken und staubig an, ein Gefühl, das sie hasste. Sie kramte in ihrer Tasche nach der kleinen Tube mit Handcreme, ohne die sie nie das Haus verließ.

Sofort spitzte der Archivar aus seiner Ecke hervor, um sie bei irgendetwas in flagranti zu erwischen. »Alles in Ordnung?«

»Alles bestens!« Katharina hob mit einem, wie sie hoffte, entwaffnenden Lächeln die Tube hoch.

»Dass sie mir ja nix fettig machen!«, bellte er ihr in starkem Sächsisch zu.

Katharina schüttelte beruhigend den Kopf. Das war auch wieder so einer, der jeden, für den er eigentlich angestellt war, als natürlichen Feind betrachtete. Der hatte wohl die alten Zeiten noch nicht abgeschüttelt. Um ihn nicht den letzten Nerv zu kosten, packte sie die Tube wieder ein und machte sich mit trockenen Fingern wieder an die Arbeit. Sie raschelte nur ein wenig lauter beim Umblättern der Seiten, um ihn ein bisschen zu ärgern.

Endlich fand sie das, wonach sie suchte: die Todesanzeige von Olaf Pawlak. Meine Güte, gestorben mit knapp siebzehn. Sie lehnte sich nach hinten. Da war er dem Krieg entronnen, und dann so etwas. Mit siebzehn hatte sie sich Sorgen gemacht, welchen Lidschatten sie zu ihrem Bandauftritt auflegen sollte. Rückblickend erschien es ihr unglaublich, was für eine unbeschwerte Jugend sie gehabt hatte. Als hätte ihr Unterbewusstsein nur auf ein Stichwort gewartet, musste sie an Manfred denken, diesen jungen Spund. Er sah noch so unschuldig aus. Obwohl, ein Mann, der in der Lage war, ihr ein Gefühl durch den Körper zu jagen, als sei es ein Stromschlag von einer Million Volt, konnte nicht unschuldig sein. Aber jung blieb er. Jünger als sie. Um einiges jünger. Sie hatte noch nie einen Mann gehabt, der nicht die gleichen Kindheits- und Jugenderinnerungen hatte wie sie. Womit war er groß geworden? Wahrscheinlich nicht mit »Flipper« und »Drei Mädchen und drei Jungen«. Wie es wohl wäre, einmal die Erfahrenere zu sein? Zumindest interessant. Sie grinste und gab sich bereitwillig ihren Gedankenspielen hin. Wie es wohl im Bett mit einem Jüngeren wäre? Lustiger, unbeschwerter? Oder akrobatischer, weil die noch keine Rückenprobleme kannten? Sie gab sich einen Ruck, was auch daran lag, dass sie den Kugelschreiber fest in ihren Block gerammt hatte. Was für Fantasien entwickelte sie da? Sie hatte ihn erst zweimal bewusst gesehen. Was offenbar reichte, um sie hirntot zu machen. Sie starrte auf ihren Block. Das aufgeschlagene Blatt war voll von psychedelischen Ringen. Nicht schlecht, ausgemalt würde das Muster ein bisschen wie von Pucci aussehen.

»Wenn Sie dann vielleicht bald zum Ende kommen würden?« Der Archivar lugte wieder um die Ecke. »Ich mache in einer Viertelstunde Mittag.«

»Okay, kein Problem«, beruhigte ihn Katharina und konzentrierte sich wieder auf die Todesanzeige. Eine lange Liste mit Namen von Trauernden war dort abgedruckt, Sophie war dabei, Anna, Mira, Rita. Zwar mit ihren Mädchennamen, aber sie war sicher, dass sie es waren. Ein Max Eberhardt tauchte nicht auf. Seltsam, wenn man so eng beieinanderlebte. Sie rechnete zurück und holte sich die infrage kommenden Zeitungen vom Bereits-gelesen-Stapel. So viel zum gründlichen Recherchieren. Sie hatte es übersehen. Kein Wunder, wenn man ständig an blond gelockte Jünglinge dachte. Vielleicht stand es aber auch gar nicht in der Zeitung. Wollte sie überhaupt etwas finden? Wenn ja, was würde sie damit machen? Sie konnte nicht leugnen, dass sie ein schlechtes Gewissen hatte. Sie hatte den Frauen quasi die Polizei auf den Hals gehetzt. Vielleicht konnte sie sie im Gegenzug auch entlasten? Dann sollte sie besser versuchen, sich auf Olaf Pawlak zu konzentrieren. Wie gehabt gab es kaum etwas anderes als Berichte über Plünderungen und Diebstähle, doch dann fand sie, was sie suchte: TRAGISCHER TOD EINES 17-JÄHRIGEN.

Olaf war bei einem nächtlichen Plünderungszug in der Nähe eines Bauernhofes getötet worden. Von einem Polizisten. Zwei, die Max hießen, waren bei der Bande dabei gewesen. Aber kein

Max E. Und es gab keinen Max Eberhardt in der Traueranzeige. Es schien so, als hätte es ihn nie gegeben.

Katharina hatte genug und schloss den Folianten. Sie rückte ihren Stuhl so stark nach hinten, dass es auf dem Linoleumboden quietschte. In was hatte sie sich da nur verrannt? Jetzt konnte sie nur noch hoffen, dass Adrian und Manfred einfühlsam mit den alten Damen umgingen.

# 20

Adrian hatte den Eindruck, als sauge Thomas Eberhardt alles in sich auf und genösse jede Sekunde seines Aufenthaltes im Verhörzimmer des Mühldorfer Polizeireviers. Wahrscheinlich entwarf er in Gedanken bereits ein neues Theaterstück für seine Truppe, Arbeitstitel: »Der Inspektor kommt.« Sogar den Kaffee in dem dünnen Plastikbecher, der schon abstoßend roch, nahm er jetzt mit Interesse entgegen. »Nimm alles, was du an Inspiration kriegen kannst«, schien seine Theaterseele zu sagen.

Er trank einen Schluck, verzog sein Gesicht und stellte den Becher schnell wieder auf den Tisch. »Ihr Kaffee schmeckt genauso mies wie in den Filmen.«

»Warum, glauben Sie, trinke ich keinen?«, antwortete Adrian.

»Warum bin ich hier?«, fragte Eberhardt.

»Ich möchte gerne mehr über Sie und Ihr Verhältnis zu Ihrem Vater erfahren.«

»Das wird nicht lange dauern.«

Wie armselig das klang. Einen Moment lang empfand er Mitleid mit Eberhardt. »Seit wann herrschte zwischen Ihnen und Ihrem Vater Eiszeit?«

»Im Grunde schon immer. Ich war der heiß ersehnte Erbe und dann aus seiner Sicht letztlich zu nichts zu gebrauchen. Ich habe Bücher gelesen. Reine Zeitverschwendung, sagte er immer. Ich glaube, mein Vater hat in seinem ganzen Leben kein Buch gelesen. Keinen Roman, meine ich. Können Sie sich das vorstellen?«

Das konnte Adrian nicht, aber er ging nicht weiter darauf ein. »Sie haben sich nicht für die Baufirma interessiert?«

»Noch nie. Als ich klein war, schleppte er mich immer mit zu den Baustellen. Aber irgendwann habe ich mich geweigert. Von da an ließ sein Interesse für mich stark nach.«

»Dann hat Ihre Schwester übernommen?«

»So kann man das sagen. Mein Vater war darüber aber auch nicht begeistert. Er hatte ein sehr strenges Rollenverständnis. Und eine Frau auf dem Bau, selbst als Chefin, damit hatte er seine Schwierigkeiten.«

»Wie hat er reagiert, als Sie Schauspieler werden wollten?«, fragte Adrian.

»Zuerst gar nicht, weil er es nicht wusste.«

»Sie haben es heimlich gemacht?«

»Klar, bei so einem Vater ging das nicht anders. Ich studierte angeblich Jura und ging in Wirklichkeit in München auf die Schauspielschule.«

»Wann hat er es gemerkt?«

»Ich habe es ihm erst gesagt, als ich fertig war. Der hat getobt! Hat im ganzen Haus herumgebrüllt, dass ich ihm jeden einzelnen Pfennig zurückzahlen müsste. Daraufhin habe ich auf mein Erbe verzichtet. Und mit ihm quasi gebrochen.«

»Wie haben Sie Ihre Frau kennengelernt?«

Bei dieser Frage sah Eberhardt ihn überrascht an. »In der U-Bahn.«

»Mal etwas anderes«, meinte Adrian.

»Sie saß mir gegenüber und las Perry Rhodan. Ich fand es entsetzlich, dass eine so schöne Frau so etwas liest. Noch dazu eine, die auch noch so klug aussieht.«

»Sie konnten sie offensichtlich überzeugen.«

»Nicht ganz. Sie liest immer noch Perry Rhodan.«

»Er soll besser sein als sein Ruf.«

»Das behauptet Klara auch immer.«

»Als Sie mit Ihrer Frau zusammen waren, hat sich der Kontakt zu Ihrem Vater wieder intensiviert, nicht wahr?«

»Ich habe meine Eltern natürlich zu meiner Hochzeit eingeladen. Sie waren von Klara sehr beeindruckt. ›Ich hoffe, er macht es Ihnen nicht allzu schwer‹, war alles, was er zu ihr über mich sagte.«

»Welche Rolle spielte Ihre Mutter?«

»Auf sie konnten wir uns verlassen. Sie hat es jedoch nie geschafft, sich gegen Vater durchzusetzen.«

»Als Sie den Kontakt zu Ihrem Vater abbrachen, galt das auch für Ihre Mutter?«

»Nein. Sie war eine Glucke. Frauen sind gut darin, im Verborgenen zu agieren.«

Adrian kommentierte das nicht, dachte aber kurz an Detschey und dessen Mutter. »Was hielt Ihre Frau von Ihrem Vater?«

»Die beiden kamen gut miteinander aus. Aber er war ja auch nicht ihr Vater.« Er zuckte mit den Achseln. »Sie war nicht in unsere komplizierte Vater-Sohn-Beziehung verstrickt. Mein Vater konnte Frauen gegenüber sehr charmant sein. Klara hat sich auch von ihm einwickeln lassen.«

»Hat Sie das geärgert?«

»Nein, sie wusste, es war nur eine Masche.« Er klang sehr überlegen.

»Warum sind Sie am Abend des Mordes in das Kabarett gegangen, obwohl Sie den Kabarettisten nicht mochten?«

»Das wusste ich doch vorher nicht.«

»Sie kannten ihn nicht vorher? Das wundert mich bei einem so kulturinteressierten Menschen, wie Sie es sind. Sie schreiben doch selbst Theaterstücke.«

Eberhardt gab ein seltsames Geräusch von sich, das wie Husten klang.

»Also, warum sind Sie mitgegangen?«, hakte Adrian nach.

Eberhardt schnaufte gereizt. »Das habe ich Ihnen doch schon erzählt. Um mich abzulenken.«

»Stimmt. Von der drohenden Zahlungsunfähigkeit, nicht wahr?«

Bei diesem Wort zuckte Eberhardt leicht zusammen.

»Was für ein Pech, dass Sie auf das Erbe verzichtet haben.«

»Ich nenne das konsequent, aber das verstehen Sie nicht.« Eberhardts Arroganz gewann wieder die Oberhand.

»Haben Ihre Geldprobleme die Beziehung zu Ihrer Frau belastet?«

»Wir kommen damit zurecht.«

»Hat Ihnen Ihre Frau nie Vorwürfe wegen der ausgeschlagenen Erbschaft gemacht?«

»Wir wollten immer unser eigenes Leben leben.«

»Ihre Frau scheint das für sich auch ganz gut zu praktizieren.«

Eberhardt starrte Adrian verständnislos an. »Wie meinen Sie das?«

»Sie hatte ein Verhältnis mit Ihrem Vater.«

Eberhardt schnappte nach Luft. »Blödsinn.«

»Nein.«

»Wer hat Ihnen das gesagt?« Eberhardt war aufgesprungen. »Die Binder, diese eifersüchtige Kuh? Glauben Sie ihr nicht! Diese Frau ist eine Intrigantin!«

»Wissen Sie es von ihr?«

»Sie war regelrecht selig, als sie mir diesen Blödsinn erzählt hat.«

Adrian dachte an den lauernden Blick, mit dem Eberhardt seine Frau bei jeder Bewegung beobachtet hatte. »Sie haben ihr nicht geglaubt?«

»Warum hat die Binder das so gefreut?« Eberhardt schien ihn nicht gehört zu haben. »Er war doch ihr Lebensabschnittsgefährte.« Er spie das Wort förmlich aus. »Sie wirkte regelrecht triumphierend! Die hatte doch schon einen Plan!« Mit dem Finger deutete er auf Adrian. »Die war es!«

Fehlte nur noch, dass er sagte, sie habe ja auch rote Haare, dachte Adrian. »Sie haben ihr also nicht geglaubt?«, wiederholte er.

»Nein, natürlich nicht.« Eberhardt, der sich wieder hingesetzt hatte, verschränkte die Arme vor der Brust.

»Haben Sie Ihre Frau gefragt?«

»Nein.«

»Warum nicht? Hatten Sie Angst vor der Antwort? Vor einer Lüge?«

Eberhardt starrte Löcher in die Luft.

»Was haben Sie gemacht, als Frau Binder nach dieser Eröffnung weg war? Sich einen Drink eingeschenkt? Oder den Terminkalender Ihrer Frau überprüft?«

Eberhardt sagte immer noch nichts.

»Haben Sie etwas gefunden?«

»Was soll ich gefunden haben?«

»Ich weiß es nicht. Hinweise?«

»Hinweise? Meinen Sie so etwas wie Reizwäsche, die ich nicht kannte? Liebesbriefe im Nachtkästchen? Geheimnisvolle Abkürzungen im Kalender?«

Eberhardt klang schon wieder etwas spöttisch, und Adrian ließ ihm diese Freude, indem er einige Zeit schwieg, bis er die Bombe platzen ließ. »Ihre Frau hat uns die Aussage von Frau Binder bestätigt.«

Eberhardt lief knallrot an und sah auf den Boden.

»Und jetzt sprechen wir noch einmal über Ihr Motiv. Eifersucht.«

Eberhardt lachte bitter auf. »Wieso sollte ich meinen Vater ausgerechnet in den Kreuzweg zitieren?«

»Ich wette, dass Sie als Mann des Theaters für Symbolik eine ganze Menge übrig haben.«

»Jetzt schmeicheln Sie mir auch noch. Ich habe meinen Vater nicht umgebracht. Und damit basta.«

Adrian schüttelte ungläubig den Kopf. »Herr Eberhardt, Sie brüsten sich damit, konsequent zu sein, und dann unternehmen Sie nichts wegen Ihrem Vater und Ihrer Frau?«

Eberhardt schwieg.

»Wie viele Demütigungen wollten Sie von Ihrem Vater noch hinnehmen? Ihr Leben lang wurden Sie nicht vom ihm akzeptiert, dann gehen Sie Pleite, was ein Triumph für ihn gewesen sein muss, und zum Schluss geht auch noch Ihre eigene Frau mit ihm ins Bett! Und da stecken Sie einfach den Kopf in den Sand?«

Eberhardt blieb stumm und starrte auf die Tischplatte. Adrian war aufgestanden und hatte sich hinter ihn gestellt.

»Also, was haben Sie am Dienstagabend zwischen einundzwanzig Uhr zehn und einundzwanzig Uhr fünfundvierzig gemacht? Und warum die frische Hose?«

»Falscher Freund«, flüsterte Eberhardt.

Adrian glaubte, sich verhört zu haben. »Wie bitte?« Er setzte sich wieder auf seinen Stuhl.

»Falscher Freund. So nennt es mein Arzt.« Eberhardt sah Adrians verständnisloses Gesicht und schrie los. »So nennt es mein Arzt, wenn ich wieder in die Hose scheiße. ›Peranaler Luftabgang mit Stuhl‹ für das gebildete Volk!« Erschöpft ließ er den Kopf sinken. »Ich habe das seit mehreren Monaten. Deshalb die frische Hose. Ich habe immer eine dabei.«

Adrian atmete laut aus. Egal wie die Sache hier ausging, Eberhardt standen in jedem Fall harte Zeiten bevor.

# 21

Oswaldo war wieder da. Die Hände lässig in den Hosentaschen und mit einem lockeren Lächeln auf den Lippen, unterhielt er sich mit Herrn Maillinger vor dessen Schaufenster.

»Grüß Gott, die Herren.«

»Katharina! Gut schaust aus!«

Sie sah ihn fasziniert an. Es war so, als würde Che Guevara »Griaß di, Spatzl« sagen. Eine Symbiose aus südamerikanischem Macho und bayerisch-rustikalem Charme. Kein Wunder, dass sie Oswaldo als Teenager für völlig durchgeknallt gehalten hatte. Die Welt war damals noch nicht bereit für einen wie ihn. Aber im Vergleich zu Maillinger, der heute ein rotes Sakko trug, das einen Stich ins Orange hatte, besaß er ohne Zweifel so etwas wie *grandezza.*

»Da kann ich mich Herrn Obermeier nur anschließen«, blies Maillinger ins gleiche Horn. »Sie mit Ihrem Aussehen haben einen Geschäftsvorteil, der beinahe an unlauteren Wettbewerb grenzt. Eigentlich kann ich gleich zusperren, weil in Zukunft keiner mehr zu mir rüberschauen wird.«

Katharina lachte. »Ich glaube nicht, dass Sie sich Sorgen machen müssen, Herr Maillinger, die meisten Kunden sind doch sowieso weiblich. Und bei denen kann ich bestimmt nicht punkten. Obwohl, dafür habe ich ja den Herrn Obermeier. Der kann sehr gut mit älteren Damen.«

»Ich sage es ja, Sie beide ruinieren mich, so oder so.« Maillinger lächelte und zeigte seine fleckig-gelben Zähne. Ein Backenzahn oben rechts fehlte. Ein wirklich attraktiver Mann, wenn man auf alles Naturbelassene steht, dachte Katharina und wandte ihren Blick lieber wieder Oswaldo zu.

»Ich gehe dann mal rein. Einen schönen Tag noch, Herr Maillinger.«

»Ja, ja, die Arbeit ruft, Frau Graf«, nickte Maillinger. »Ich werd's dann auch mal packen. Auf Wiederschaun, die Herrschaften.«

Als Oswaldo, der nach Katharina den Laden betrat, die Tür offen lassen wollte, meinte sie: »Sperr lieber mal zu. Ich muss was mit dir besprechen.«

»Das klingt ja richtig ernst.«

Katharina lächelte. »Ist es aber nicht. Schön, dass du wieder da bist.«

Oswaldo zog überrascht die Augenbrauen hoch. »Hast du mich vermisst?« Er hatte einen Rosenkranz genommen und spielte damit in seiner linken Hand. »Ich hatte eigentlich eher den Eindruck, dass ich dir auf die Nerven gehe.«

»Ich musste mich halt erst an die neue Situation gewöhnen. Du hast hier ja sozusagen Heimvorteil.« Sie sah irritiert auf seine Hand, die mit rasender Geschwindigkeit die Perlen des Rosenkranzes hin und herbewegte. Ihr leises Aneinanderklicken machte sie nervös. Sie riss ihren Blick los. »Würdest du bitte damit aufhören? Ein Rosenkranz ist kein Spielzeug.«

Er legte ihn wieder zu den anderen in das Glasgefäß. »Du schaust so komisch. Ist was?«

»Ich mach's.«

»Du machst was?«

»Jetzt stell dich nicht so dumm an! Ich will die Erbschaft annehmen.« Sie suchte vergeblich nach irgendeiner Regung in seinem Gesicht. »Allein würde ich es nicht machen, aber mit dir als Partner …«

»Jetzt überraschst du mich aber schon. Ich dachte, du hältst uns hier alle für hinterwäldlerische Trottel.«

Katharina verzog das Gesicht. Da hatte er den Finger ja genau in die Wunde gelegt.

Oswaldo schien ihre Verlegenheit zu genießen und grinste. »Und woher kommt dieser plötzliche Sinneswandel? Ist es in München vielleicht doch nicht so toll?«

»Mein Leben in München ist wunderbar.«

»Warum willst du dann wieder hierher zurück, in diesen völlig unglamourösen Laden?«

Tja, warum? Sie hatte zum Beispiel die Nase voll davon, am Sonntagmorgen mit Angst vor dem Montag aufzuwachen. Wollte nicht mehr für einen Chef arbeiten, der unter dem männlichen Pendant der Wechseljahre litt. Und schon gar nicht konnte sie sich vorstellen, bis zur Rente zehn Stunden am Tag ihre Energie für Lidschatten und Cremes gegen Orangenhaut zu vergeuden.

»Eigentlich kommt das jetzt ein bisschen spät«, sagte Oswaldo. »Ich habe nämlich ein gutes Jobangebot.«

»Du hast was? Ein Jobangebot?«

»Du kannst deinen Mund wieder zumachen, Katharina. Ist wohl schwer vorstellbar für dich, dass jemand Geld für meine Arbeit bezahlt?«

»Also, so ist das wirklich nicht. Als quasi Geschäftsführer von Tante Sophie hast du schließlich prima Arbeit geleistet. Hat mir der Steuerberater bestätigt.« Katharina war ganz und gar nicht zufrieden mit dem Verlauf des Gesprächs. Jetzt musste sie sich auch noch rechtfertigen. Sie hatte tatsächlich geglaubt, Oswaldo würde sich freuen. Andererseits hatte sie ihm nicht gerade positive Signale übermittelt. Aber sie hatte sich entschieden, und von Oswaldo würde sie sich keinen Strich durch die Rechnung machen lassen. »Hat dieser Job etwas mit deinen geheimnisvollen Tätigkeiten zu tun?«

»Du klinkst dich ja schnell in den allgemeinen Klatsch ein. Vielleicht passt du besser hierher, als ich gedacht hatte.« Er sah sie an. »Habe ich dich schockiert?«

»Ich überlege gerade, ob es eine Beleidigung oder ein Kompliment war. Ich entscheide mich für das Kompliment.«

Oswaldo nickte anerkennend.

»Also, was ist das für ein Job? Lass mich raten: Honorarkonsul eines unbekannten Pazifikeilands? Texter für die Seite-Eins-Mädchen bei der BILD? Damenfußballtrainer in Costa Rica?«

Oswaldo sah sie erstaunt an. Seine Mundwinkel verzogen sich nach oben, und er fing zu lachen an. Es war ein angenehmes Lachen. Und sehr ansteckend. Als sie sich beruhigt hatten, meinte er: »Die Frauen in Costa Rica sind übrigens ganz schön scharf.«

Katharina beschloss, diese Bemerkung zu ignorieren. »Ich glaube, ich brauche jetzt einen Schnaps. Haben wir was da?«

Statt einer Antwort ging Oswaldo nach hinten in das Kämmerchen und kam sehr schnell mit zwei Schnapsgläsern und einer Flasche mit rotbraunem Inhalt zurück. Er macht beide Gläser fast voll und schob eines zu Katharina hin. Sie prosteten sich stumm zu.

»Das haben wir noch nie gemacht«, sagte sie.

»Was?«

»Zusammen gelacht.«

»Stimmt. Wurde auch langsam Zeit. Könnte interessant werden mit dir«, meinte Oswaldo.

Sie streckte sich. »Weißt du, ich hätte einfach Lust auf etwas ganz anderes. Als ich dreißig war, habe ich mir gewünscht, mit vierzig in der Karibik auf einer Veranda zu sitzen und aufs Meer zu schauen. Oder so etwas Ähnliches. Vielleicht ist dieser Laden genauso spannend.«

»Den ganzen Tag aufs Meer zu schauen kann ganz schön langweilig sein.« Es klang, als wüsste er, wovon er sprach. »Wir beide scheinen dagegen einen gewissen Sensationswert zu besitzen.«

Sie sah ihn verständnislos an und folgte seinem amüsierten Blick. Vor der Ladentür stand ein etwa vierzehnjähriges Mädchen und drückte sich die Nase platt. Trotz der verzerrten Gesichtszüge hatte Katharina den Eindruck, dass sie dieses Mädchen schon einmal gesehen hatte.

»Hättest du dir in diesem Alter die Nase an einem Devotionalienladen platt gedrückt?«, fragte Katharina.

Oswaldo schüttelte den Kopf und ging zur Tür. Schnell bog das Mädchen um die Ecke.

Die beiden sahen sich erstaunt an. »Ich glaube, du hast sie erschreckt«, sagte Katharina.

»Ich bin doch nur aufgestanden.«

»Mädchen in diesem Alter sind sehr sensibel.«

»Dann schau du mal und frage sie, was sie will.«

Katharina sperrte die Tür auf und lugte hinaus. Das Mädchen war zum Seitenfenster gegangen und starrte in das Schaufenster mit den Heiligenfiguren. Es war auf eine anrührende Art mager, die Hand, die den Griff einer dunkelblauen Schultasche umklammert hielt, sah zerbrechlich aus. Katharina verspürte den Drang, ihr die Tasche abzunehmen und ihr etwas zu essen zu geben. »Kann ich dir helfen?« Sie lehnte sich an den Türrahmen und genoss die wärmenden Sonnenstrahlen. »Der Laden ist nämlich momentan geschlossen.«

»Ich weiß.«

»Ich habe dich irgendwo schon einmal gesehen. Kann das sein?«

»Bei der Beerdigung von Frau Burgstaller. Ich bin Ministrantin.«

»Ah, jetzt erinnere ich mich. Wie heißt du?«

»Tanja.«

»Schaust du dir deshalb gerne diese Sachen an?«

»Wie, deshalb?«

»Weil du Ministrantin bist.«

»Nein. Ich bin ganz normal.«

Katharina grinste Oswaldo an, der neben sie getreten war. »Daran habe ich auch nicht gezweifelt.«

»Sind Sie die, die den Toten gefunden hat?«

»Ja.«

»Ich muss mit Ihnen sprechen.«

Fünf Minuten später rief Katharina bei Adrian an.

# 22

»Guter Blick von hier oben«, murmelte Adrian Manfred zu. Sie standen am Fenster von Tanja Schmidts Zimmer, neugierig beäugt von deren Mutter, einer recht attraktiven Mittdreißigerin, der ihr Hausfrauenlook, bestehend aus Leggins und Sweatshirt, offenbar peinlich gewesen war, denn sie hatte sich nach dem unerwarteten Eintreffen der beiden Kripobeamten schnell umgezogen. Jetzt trug sie eine eng geschnittene braune Hose und eine beigefarbene Bluse, die über dem Busen ein bisschen zu stark spannte. Auch ihr Haar wirkte fülliger, und der Duft von Haarspray lag in der Luft. Endlich mal wieder jemand, der sich für uns in Schale wirft, dachte Adrian. Er wechselte einen Blick mit Manfred, der angedeutet grinste und offenbar das Gleiche dachte. Die beiden waren sofort nach Katharinas Anruf in den Wallfahrtsladen gefahren, wo Tanja brav auf sie gewartet hatte, und dann zu ihr nach Hause gegangen.

Adrian lächelte Tanjas Mutter, die ein wenig besorgt dreinblickte, beruhigend an. »Ihre Tochter hat vielleicht eine wichtige Beobachtung in einem Mordfall gemacht.«

Das hatte nur leider überhaupt keinen beruhigenden Effekt auf die Mutter, die sofort ihre Tochter bearbeitete, der das sichtlich peinlich war. »Tanja, was soll das heißen, Mordfall? Meint er etwa den alten Herrn Eberhardt?«

Tanja rollte genervt mit den Augen. »Reg dich ab, Mama. Ich habe keinen Toten gesehen.«

»Vielleicht nur jemanden, der zur Tatzeit draußen unterwegs war«, meinte Manfred.

»Aber es geht um den Eberhardt?«, insistierte die Mutter, die jetzt vor Aufregung ganz rote Wangen bekommen hatte.

»Möglicherweise«, antwortete Adrian. »Deshalb sind wir hier. Ihre Tochter meint, sie habe jemanden ungefähr zur Tatzeit aus dem Kreuzweg kommen sehen.«

»Stimmt das?« Frau Schmidt sah ihre Tochter mit gerunzelter Stirn an. »Wieso höre ich davon jetzt zum ersten Mal?«

Tanja zuckte mit den Schultern. »Ich habe mir zuerst nichts dabei gedacht. Da war halt eine Frau, die aus dem Kreuzweg gekommen ist.«

»Um wie viel Uhr war das denn ungefähr?«, fragte Adrian.

»Das weiß ich noch ziemlich genau.« Tanja wirkte ein wenig stolz, als sie das sagte. »Drei viertel zehn war es, als ich das Licht ausgemacht habe. Das sehe ich ja an meinem Radiowecker. Und direkt davor habe ich das Fenster zugemacht. Ich muss nämlich vorher immer lüften.« Ihr Augenaufschlag zeigte, dass sie frische Luft zum Schlafen überflüssig fand.

»Das heißt, dass du die Frau um einundzwanzig Uhr vierundvierzig gesehen hast?« Manfred nickte anerkennend. »So genaue Angaben haben wir selten.«

»Und es war ohne Zweifel eine Frau?«, fragte Adrian.

»Klar.« Tanja sah ihn genervt an. Sie setzte zu einer weiteren Antwort an, aber ein finsterer Blick ihrer Mutter ließ sie schweigen.

»Ich dachte nur, denn bei diesem kalten Wetter tragen ja alle Mäntel, da kann es schon einmal schwierig sein, etwas genau zu erkennen. Noch dazu, wenn es dunkel ist.«

»Es war eine Frau. Ziemlich klein«, versicherte Tanja.

»Hat sie einen Schirm dabei gehabt?«, fragte Adrian.

»Ja.« Tanja ließ sich auf ihr Bett plumpsen. »Aber nicht aufgespannt.«

Adrian nickte. »Was für eine Art Schirm?«

»Ein Schirm halt.« Bei jedem ihrer Worte quietschte es, denn Tanja hopste im Sitzen auf dem Bett auf und ab.

»Tanja!«, wurde sie von ihrer Mutter ermahnt, worauf sie widerwillig das Hopsen einstellte.

»Ich meine, einen großen Schirm mit richtiger Spitze, oder eher einen Knirps?«

Tanja dachte kurz nach. »Nein, der war groß. Die hat ihn wie einen Gehstock gehalten.«

»Sehr gut. Das Gesicht hast du nicht gesehen?«

Sie schüttelte den Kopf.

»Dann kannst du uns wahrscheinlich auch nicht sagen, wie alt die Frau ungefähr war?«

»Auf jeden Fall alt.«

»Alt. Aha.« Adrian schien die Antwort abzuwägen. »Eine schwere Frage, nicht wahr? Wo für dich wahrscheinlich alle von uns steinalt sind.«

Tanja grinste, und zum Vorschein kam eine kleine Lücke zwischen den beiden oberen Schneidezähnen. Sie verlieh ihr eine Keckheit, die einen attraktiven Kontrapunkt zu ihrem ätherischen Aussehen setzte. Adrian konnte sich jetzt schon vorstellen, dass es in naher Zukunft eine Menge Männer geben würde, die Tanja einfach hinreißend finden würden.

»Na ja«, meinte sie, »den Unterschied zwischen jemandem, der so um die dreißig ist und einem Siebzigjährigen kenne ich trotzdem. Es sitzen ja genug davon in der Kirche.«

»Da hast du sicher recht.« Adrian grinste. Er selbst war seit Jahrzehnten nicht mehr bei einem Gottesdienst gewesen. »Du bist Ministrantin, wie ich gehört habe. Du musst es ja wissen. Geben sie wenigstens ordentlich Trinkgeld?«

»Geht so«, meinte Tanja. »Kommt auf das Ereignis an. Beerdigungen bringen am meisten. Und Hochzeiten natürlich.«

»Klar.« Adrian musste lächeln. »Also, in welche Altersstufe würdest du die Frau einordnen?«

»Auf jeden Fall älter als meine Oma. Und die ist sechzig.«

»Dann um die siebzig?«, schlug Adrian vor.

Sie nickte.

»Oder älter?«

Tanja schüttelte den Kopf. »Nein, ältere gehen langsamer.«

»Du bist eine gute Beobachterin. Diese Frau ging also eher flott?«

»Ja, flott.« Sie sprach das Wort langsam aus, dann nickte sie. »Ich hätte dieses Wort nicht gesagt, aber es passt.«

»Ist dir an der Frau noch etwas aufgefallen?«

»Sie hat sich ein paarmal umgeschaut.«

»Hattest du den Eindruck, sie hat sich gefürchtet und sich deshalb umgeschaut?«

»Weiß nicht.« Sie zuckte mit den Achseln und sah kurz zu ihrer Mutter, die ihr aufmunternd zunickte.

»Du hast eine gute Sicht von hier oben. Schaust du öfter aus dem Fenster?«

»Nur wenn ich die Fenster auf- und zumache. Ich bin doch keine alte Frau, die aus dem Fenster hängt.« Sie klang empört. »Außerdem gibt es hier eh nichts Besonderes zu sehen.«

»Warum bist du eigentlich Ministrantin?« Manfred klappte sein Notizbuch zu. »Ich war nämlich auch mal einer.«

»Ich habe eine Wette laufen.«

»Du hast was?« Er lachte. »Das habe ich ja noch nie gehört.«

»Mit Opa. Wenn ich das mache, verdoppelt er mein Taschengeld.«

»Wieso das?«

»Ich glaube, er ist sauer auf Mama.« Sie sah zu ihr hin. »Die ist nämlich aus der Kirche ausgetreten.«

»Er meint, er könnte mich damit ärgern«, ergänzte Frau Schmidt.

»Wieso waren Sie Ministrant?«, fragte Tanja Manfred.

»Ich musste. Ich war im Waisenhaus bei den Klosterschwestern. Da gehörte das einfach dazu.«

»Im Waisenhaus?« Sie schnalzte mit der Zunge. Es klang anerkennend. »Wow.«

»Na ja«, meinte Manfred. »Weißt du, was ich am liebsten war?«

Sie schüttelte den Kopf.

»Thuriferar.«

Sie nickte. »Mach ich auch gerne.«

Adrian sah die beiden verständnislos an.

»Das sind die, die das Weihrauchfass tragen.« Manfred grinste. »Ist übrigens nicht ganz ungefährlich. Da ist nämlich glühende Kohle drin.«

»Die Katholiken und ihr Sinn für Dramatik«, meinte Adrian. »Gut, ich glaube, dann wären wir fertig. Wenn wir noch Fragen haben, wenden wir uns noch einmal an dich.«

Zumindest Tanjas Mutter sah aus, als hätte sie nichts gegen einen weiteren Besuch. Als sie durch den Flur nach draußen gingen, waren die vollen Wäschekörbe verschwunden.

»Ich brauche jetzt einen Kaffee, du auch?«, fragte Adrian im Treppenhaus.

»Immer.«

Sie gingen nach rechts in die Bäckerei mit Stehimbiss und bestellten erst, nachdem sich Adrian versichert hatte, dass der Kaffee auch frisch war. Natürlich, flötete ihm die junge Verkäuferin entgegen und nahm die Kanne, in der tatsächlich frisch aussehender Kaffee vor sich hin dampfte. Der Kunde nach ihnen, ein Handwerker im Blaumann, bekam seinen Kaffee aus der fast leeren Kanne.

Das ist Kundenpflege der besonderen Art, dachte Adrian und bedauerte den Mann, der sein gutes Geld für dieses bittere Gesöff ausgegeben hatte. Doch es schien ihm nichts auszumachen, denn er hatte die Tasse in drei Schlucken ausgetrunken und bestellte sogar noch eine zweite.

Adrian seufzte und verrührte den Zucker in seinem Kaffee. Das dauerte, denn drei Päckchen mussten sich in der Flüssigkeit auflösen.

»Dass du das süße Zeug trinken kannst.« Manfred sah ihm angewidert zu. Er trank seinen immer schwarz.

»Ich mache das nur, weil ich eigentlich keinen Kaffee mag. Nur süß ist er trinkbar.«

Manfred stellte seinen Becher auf den Tisch. »Thomas Eberhardt könnte damit aus dem Schneider sein.«

»Ich glaube auch nicht, dass er sich als Frau verkleidet hat, um unerkannt durch Altötting zu schleichen. Die Zeit stimmt, und der Regenschirm könnte die Tatwaffe sein. Wir suchen also nach alten Damen.« Adrian trank seinen Becher aus und löffelte den Rest Zucker, der sich am Boden gesammelt hatte, heraus.

»Die Amerikanerin auf Heimaturlaub.« Manfred zog den Zettel mit den Namen und Adressen der Gäste von Sophie Burgstallers Trauerumtrunk aus seiner Jackentasche und glättete ihn mit den Händen. Prompt drückte sich ein Kaffeefleck durch. »Josephine Johnson. Sie ist sozusagen ein Eindringling, sie kam von außen in die Gruppe.« Er holte sich eine Serviette von der Theke und versuchte, den Fleck zu trocknen.

»Wir sollten auch an den anonymen Brief denken. Vielleicht passt er mit ihrer Ankunft zusammen. Zu Frau Johnson gehen wir zusammen, die anderen befragen wir einzeln. Ich möchte nicht, dass die allzu viel Gelegenheit bekommen, sich abzusprechen.«

***

»Die Frau Johnson? Mei, des tut mir jetzt aber leid für die Herren, die Frau Johnson ist ausgegangen.« Die Besitzerin der Apartment-Pension Tilly, eine pausbäckige Mittfünfzigerin mit schwarz gefärbten Haaren, sah untröstlich aus. Als Adrian ihr seinen Polizeiausweis zeigte, verfiel sie vor Betroffenheit kurzfristig in lupenreinen Dialekt. »Scho wieda Polizei? Da Faltlmeier war doch scho zwoamoi do?«

»Da haben Sie recht«, meinte Adrian. »Aber wir haben trotzdem noch ein paar Fragen. Wissen Sie, Frau ...?«

»Obsteder.«

»Also, Frau Obsteder. Hat Frau Johnson gesagt, wie lange sie wegbleibt?«

Die Pensionswirtin schüttelte heftig den Kopf. »Meine Gäste melden sich nicht bei mir ab.« Sie hatte sich wieder gefangen und auf Hochdeutsch umgeschaltet. »Aber wenn ich es mir recht überlege«, sie beugte sich zu ihnen und flüsterte, obwohl niemand zu sehen war, »wundert es mich schon, dass sie ausgegangen ist. Ihr ist es nämlich in den letzten Tagen nicht gut gegangen.«

Adrian sah sie interessiert an. »Was hat sie denn gehabt?«

Frau Obsteder zuckte mit den Achseln. »Gesagt hat sie mir nichts.«

»Aber es muss so auffällig gewesen sein, dass Sie es gemerkt haben. Wobei Sie als Hoteliersfrau sicher einen guten Blick dafür haben.«

»Na ja.« Wieder beugte sie sich zu ihnen und senkte die Stimme auf ein Pianissimo. »Ich vermute, es war was Seelisches. Und dass sie irgendwelche Mittel genommen hat. So Psychopharmaka, Sie wissen schon. Die Frau Johnson hat auf mich so«, sie suchte nach dem richtigen Wort, »ruhig gestellt gewirkt. Sie hat ja nicht einmal mehr einen Besuch hinauf gelassen.« Sie seufzte. »Eine so nette Frau. Aber jeder hat sein Packerl zu tragen.«

»Wer hat sie denn so alles besucht?« Manfred hatte aus einem Aufsteller neben der Rezeption einen Prospekt herausgezogen, der für die nächste Aufführung der Altöttinger Theaterfreunde warb. Auf einem Foto lächelte ihm Thomas Eberhardt, der Autor und Regisseur entgegen.

»Warum wollen Sie des eigentlich wissen? Die Frau Johnson

hat doch nichts mit dem Tod vom Herrn Eberhardt zu tun, bloß weil er sie –« Erschrocken presste sie den Mund zusammen.

»Bloß weil er sie was, Frau Obsteder?«, hakte Adrian nach.

Hilfesuchend schaute sie zu Manfred, der sie jedoch genauso unnachgiebig ansah wie Adrian.

»Wir warten, Frau Obsteder«, sagte Adrian in die gespannte Stille hinein.

»Der Herr Eberhardt wollte sie zweimal besuchen.«

»Tatsächlich?« Adrian konnte sich nicht erinnern, davon in Faltlmeiers Berichten gelesen zu haben.

»Freilich. Ich hab doch den Eberhardt gekannt. Mein Vater hat in seiner Baufirma gearbeitet. Vierzig Jahr lang.«

»Respekt. Hat er gesagt, was er von Frau Johnson wollte?«

»Nein, er hat nur gefragt, ob er mit ihr sprechen könnte. Des erste Mal war sie nicht da, und des zweite Mal hat sie ihn nicht hinauf gelassen, weil sie sich nicht wohl gefühlt hat.«

»Und wann war Herr Eberhardt hier?«

»Einmal vormittags und dann noch einmal am Nachmittag.«

»Am gleichen Tag?«

»Ja.«

»Wie hat Herr Eberhardt darauf reagiert, dass Frau Johnson ihn nicht empfangen hat?«

»Er war ein bisserl verärgert, nicht mir gegenüber, man hat's halt gemerkt.«

»Hat er sich danach noch einmal hier gemeldet?«

»Nein.«

»Wissen Sie noch, an welchem Tag Herr Eberhardt hier war?«

Sie zögerte. »Am Tag, an dem er gestorben ist.« Ihre Stimme war am Schluss ganz leise geworden.

Adrian atmete tief durch. »Frau Obsteder!«, dröhnte er durch die kleine Rezeption. »Wieso haben Sie der Polizei nichts davon gesagt?«

Sie wusste vor Verlegenheit nicht, wo sie hinsehen sollte, und betrachtete schließlich ihre Hände, die sie fest aneinandergefaltet hatte. »Ich hab mit meinem Mann drüber g'sprochen, und wir waren uns dann einig, dass des wahrscheinlich nicht wichtig ist.«

»Hätten Sie mal lieber mit uns darüber gesprochen«, meinte

Adrian, der an sich halten musste. »Die Beurteilung, was wichtig ist und was nicht, sollten Sie lieber uns überlassen, Frau Obereder.«

»Obsteder.«

»Entschuldigung.« Er zog eine Karte aus der Brusttasche seines Mantels. »Wenn Frau Johnson kommt, sagen Sie uns bitte sofort Bescheid. Und damit meine ich auch sofort.«

»Mach ich. Auf mich können Sie sich verlassen.«

Dessen war sich Adrian sicher. »Wer war außerdem hier, um Frau Johnson zu besuchen?«

»Die Frau Häberl war am Tag nach dem Tod vom Eberhardt hier«, sagte Frau Obsteder eilfertig. »Und ich glaube, die beiden haben sich gestritten. Ich war gerade oben, deshalb habe ich sie gehört.«

»Worum ging es?«, fragte Adrian.

Sie verzog die Mundwinkel beleidigt nach unten. »Ich belausche meine Gäste nicht!«

»Natürlich.« Adrian nickte leicht und wollte sich schon verabschieden, als ihm noch etwas einfiel. »Frau Johnson ist doch kurz nach halb neun hierher zurückgekommen.«

»Ja, so wie ich es den Kollegen schon g'sagt hab«, antwortete die Pensionswirtin. »Sie ist sofort rauf in ihr Zimmer. Und kurz drauf ist der Anruf aus Amerika gekommen.«

»Wann haben Sie denn hier Schluss gemacht?«

»Kurz vor neun.«

»Dann sieht praktisch niemand mehr, welche Gäste kommen oder gehen?«

Frau Obsteder schüttelte den Kopf. »Nein, die haben alle den Hausschlüssel und können sich frei bewegen.«

»Gut, danke«, sagte Adrian. »Also, Sie sagen uns dann Bescheid?«

»Freilich.«

Manfred hatte bereits die Klinke in der Hand, als Frau Obsteder sie mit einem durchdringenden »Psssst!« zurückpfiff.

Die beiden drehten sich ruckartig um.

»Sie kommt!« Sie verzog den Mund zu einer aufgeregten Grimasse und deutete hektisch auf das Seitenfenster, hinter dem allerdings nichts zu sehen war.

»Frau Johnson?«

»Ja, ich habe sie gerade vom anderen Fenster aus gesehen! Sie muss gleich da sein!«

Sie hatte kaum ausgesprochen, als sich die Haustür öffnete und Josephine Johnson fast auf Manfred prallte, der immer noch nahe an der Tür stand.

»*I'm sorry*, Sie wollen nach draußen?«

»Jetzt nicht mehr«, meinte Manfred freundlich. »Sind Sie Frau Josephine Johnson?«

Ihr angedeutetes, mechanisches Lächeln verschwand und machte einem beunruhigten Gesichtsausdruck Platz. »Ja. Wer sind Sie, dass Sie das wissen wollen?«

»Kommissar Hiebel von der Kripo Mühldorf, das ist mein Kollege, Hauptkommissar Behringer.«

Sie sah besorgt zwischen ihnen hin und her. »Was ist denn jetzt schon wieder passiert? Was wollen Sie von mir?«

»Es geht um den Mord an Herrn Eberhardt. Aber vielleicht gehen wir erst einmal von der Tür weg, hier zieht es so.« Manfred machte einen Schritt in Richtung Treppe.

Josephine Johnson blieb jedoch stehen. »Wozu, um Himmels willen? Ich habe doch schon zweimal mit Ihren Kollegen gesprochen. Die Frau Obsteder weiß das.« Sie deutete hinter die Rezeption, wo die Pensionswirtin eifrig Belege abstempelte, jedoch vom Lauschen schon ganz rote Ohren hatte. »Ich habe nichts mit dem Mord zu tun. *Absolutely nothing.*«

Nun griff Adrian wieder ein. »Es gibt da aber etwas, das Sie nicht gesagt haben.« Er ließ seine Worte wirken. Josephine Johnson war merklich blasser geworden. »Zum Beispiel, dass Herr Eberhardt Sie besuchen wollte.«

Irritiert wandte Frau Johnson ihren Blick zu Frau Obsteder, in der sie wohl zu recht die Urheberin dieser Information vermutete. Die war jedoch wie von Zauberhand in den Raum hinter der Rezeption verschwunden, wo man sie rumoren hörte.

»Können wir vielleicht zu Ihnen nach oben gehen?« Manfred deutete zur Treppe. »Dort sind wir unter uns.«

Josephine Johnson seufzte. »Bitte, wenn Sie meinen. Ich gehe voran, ja? Mein Zimmer ist im ersten Stock.«

Sie ging sehr langsam die Treppe hinauf. Adrian betrachtete ihre Füße. Sie sahen so angeschwollen aus, dass er sich nicht vorstellen konnte, wie sie jemals aus den dunkelbraunen Pumps schlüpfen konnten. Mit jedem Schritt schien Frau Johnson das Tempo zu verlangsamen, sie blieb auf jeder Stufe den Bruchteil einer Sekunde länger stehen. Plötzlich stoppte sie mitten in der Bewegung. Die Füße knickten um, und der ganze Körper sackte zusammen. Manfred, der direkt hinter ihr ging, konnte sie mit seinen kräftigen Armen auffangen, verlor jedoch mit seinen Füßen die Balance, und so drückte das Gewicht von Frau Johnson und Manfred gegen Adrian, der froh war, dass er sich gegen die Wand stützen konnte.

»Um Gottes willen!«, rief Frau Obsteder. Sie kam wie von der Tarantel gestochen aus dem Hinterzimmer gelaufen und schlug die Hände vor dem Gesicht zusammen. »Die arme Frau! Ich habe Ihnen ja gesagt, dass sie krank ist!« Der Vorwurf triefte aus jedem ihrer Worte.

»Der Wind hat sich gedreht, Adrian«, flüsterte Manfred. »Jetzt sind wir die Bösen.«

»Rufen Sie lieber einen Krankenwagen. Aber schnell!«, rief Adrian, der Mühe hatte, die doppelte Last zu halten.

***

*»Absolutely nothing«*, knurrte Manfred. Missmutig massierte er seinen linken Fuß, in den sich Josephine Johnsons Absatz gebohrt hatte. »Das glaubt sie ja wohl selber nicht. Oh Mann, solche Absätze gehören verboten.«

Es nieselte. Adrian und Manfred saßen im Auto vor der Pension und besprachen ihr weiteres Vorgehen. Josephine Johnson war mittlerweile ins Krankenhaus gebracht und eine Polizistin zu ihrer Bewachung abgestellt worden.

»Ich hoffe, die haben im Krankenhaus genügend Betten frei. Wenn die anderen Damen auch so reagieren wie die Johnson …« Manfred hatte inzwischen Schuh samt Socke ausgezogen und betrachtete seinen Fuß. Ein tiefroter Fleck hatte sich auf dem Fußrücken gebildet.

»Das glaube ich nicht.« Adrian warf einen kurzen Blick auf

Manfreds malträtierten Fuß. »Ganz schön heftig.« Ob Frau Johnsons Füße auch Max Eberhardt getreten haben? »Zieh den Schuh lieber wieder an, nicht dass dein Fuß anschwillt.«

»Hast recht.« Manfred öffnete die Wagentür, um mehr Platz zu haben. »Welche der Damen ist die Nächste?«

»Ich würde gerne zu Rita Häberl gehen.« Die beiden anderen kannte Adrian noch vage aus seiner Kindheit, und er befürchtete, dass sie ihn wie einen Schuljungen behandeln würden. »Lass du bei den anderen beiden deinen Charme spielen. Vielleicht fällt bei Frau Wagenscheidt ein guter Kuchen für dich ab.«

»Wäre nicht schlecht.« Energisch schloss Manfred die Autotür. »Dann fange ich gleich mal bei ihr an. Gut, dass wir nicht noch mal zur Binder müssen.« Er klang sehr erleichtert. »Tobias hat mich vorhin angerufen. Der Taxifahrer hat bestätigt, dass er sie um fünf nach neun vor ihrem Haus abgesetzt hat.«

Adrian nickte. »Da hätte sie zwar immer noch Zeit gehabt, wieder zum Kreuzweg zurückzugehen, aber warum?« Er schüttelte fragend den Kopf. »Jetzt kommen zuerst die anderen dran. Ich setze dich bei Frau Wagenscheidt ab. Und Tobias muss sich noch mal mit der Vergangenheit vom Eberhardt befassen. Mit der Nachkriegszeit. Da muss es doch mehr geben als Backfischschwärmereien.«

***

Als Manfred bei Mira Wagenscheidt klingelte, hörte er zuerst Schritte und dann ein lautes Poltern gegen die Tür. Nach einigen Ächz- und Stöhngeräuschen wurde die Tür geöffnet, und Mira Wagenscheidt stand mit einem Legoauto in der Hand vor ihm.

»Müssen'S schon entschuldigen«, sagte sie und deutete auf das Spielzeug, »aber ich bin da drüber gestolpert.«

»Zum Glück ist nicht mehr passiert.« Manfred war angesichts ihrer Statur nur froh, dass sie gegen die Tür geprallt war und nicht gegen ihn. »Mein Name ist Hiebel, von der Kripo Mühldorf.« Er zog seinen Ausweis aus der Brusttasche seiner Jeansjacke. Sie musterte ihn flüchtig und akzeptierte ihn mit einem Kopfnicken. In ihrem Atem lag ein Hauch von Fruchtlikör. Es machte ganz den Eindruck, als sei Alkohol der ständige Begleiter dieser Frauen. »Es geht um Max Eberhardt.«

»So, so, kommen jetzt schon die höheren Beamten? Hat der Faltlmeier nicht richtig gearbeitet?« Sie sah Manfred mit forschendem Blick an. »Na, dann kommen Sie halt herein. Ich habe aber Besuch. Und auf meinen Enkel muss ich auch aufpassen.« Sie ging voraus in das Wohnzimmer, wo eine Frau, die etwa im selben Alter wie Frau Wagenscheidt sein musste, mit einem ungefähr dreijährigen Jungen Lego spielte.

»Das ist Frau Lorenz«, stellte Frau Wagenscheidt vor, »und das ist der Herr Hiebel von der Polizei.«

»Frau Anna Lorenz?«

Sie nickte.

»Das trifft sich ja gut, dass Sie auch hier sind, Frau Lorenz, mit Ihnen wollte ich nämlich auch noch sprechen.« Die beiden Frauen tauschten einen kurzen Blick, und Manfred hatte den Eindruck, als hätten die beiden Kriegsrat gehalten.

»Setzen Sie sich doch.« Mira Wagenscheidt deutete auf den Sessel, der hinter ihm stand.

»Danke.« Manfred ließ sich ins Polster sinken, erhob sich jedoch sofort wieder, denn er hatte sich auf etwas Hartes gesetzt. Er hob es hoch. Eine Fernbedienung. »Massagesessel?«, fragte er.

Mira Wagenscheidt nickte. »Gehört meinem Mann. Ich setze mich da nicht rein. Der würde bei meinem Gewicht sofort zusammenbrechen. Aber Sie dürfen natürlich. Obwohl Sie, glaube ich, auch ganz gerne essen.« Sie hielt sich die Hand vor den Mund. »Verstehen Sie mich nicht falsch. Sie sind ja nicht dick. Aber Ihr Kollege, den ich bei der Familie Graf getroffen habe, der ist schon ein wenig arg dünn.«

Manfred ging darauf nicht ein. »Sie beide haben den Umtrunk am Abend der Beerdigung von Sophie Burgstaller gegen einundzwanzig Uhr fünfundfünfzig mit Herrn Obermeier verlassen. Stimmt das so?«

»Ja«, kam es von beiden mit nur minimaler Zeitversetzung.

»Ihre Männer haben das ja auch bestätigt.«

»Freilich.« Frau Wagenscheidt nickte.

»Meiner auch«, fügte Anna Lorenz hinzu. Beide klangen so zuversichtlich, als seien ihre Männer die unerschütterlichen Instanzen in Sachen Wahrheit.

»Ist Ihnen auf dem Nachhauseweg etwas aufgefallen?«

»Mir nicht«, antwortete Anna Lorenz. »Aber wir haben uns ja auch mit Herrn Obermeier unterhalten.«

»Getrunken hatten wir auch einiges. Es war ziemlich lustig.« Mira Wagenscheidt hielt verlegen inne. »So etwas sollte ich jetzt wirklich nicht sagen. Da bekomme ich gleich ein schlechtes Gewissen.«

»Sie haben also nichts bemerkt?«, hakte Manfred nach.

»Nein.« Anna Lorenz klang endgültig. Dieses Thema war für sie erledigt.

Mira Wagenscheidt strich ihrem Enkel, der Manfred die ganze Zeit anstarrte, über die Haare und schüttelte den Kopf.

»Welcher Art war die Beziehung zwischen Frau Binder und Herrn Eberhardt?«, fragte Manfred.

»Ein bisschen turbulent, glaube ich. Oder?« Mira Wagenscheidt sah Anna Lorenz an. Die zuckte mit den Schultern.

»Was meinen Sie mit turbulent?« Als keine Antwort kam, hakte er nach. »Sie haben doch öfter gestritten, nicht wahr?«

»Sie hat sich oft über ihn geärgert in unserer Runde«, sagte Anna Lorenz.

»Die Elli war ja damals im Lager schon verschossen in ihn. Dann hat sie ihn endlich gehabt. Aber das Wahre war das nicht.« Der kleine Junge war aufgestanden und hielt seiner Oma eine Legokonstruktion vor die Nase. Sie lächelte und sagte: »Schön hast du das gemacht, Michi. Sie hat dann ja auch Schluss gemacht.«

»Und Herr Eberhardt? War er damals auch verliebt in Frau Binder?«

»Nein«, winkte Frau Wagenscheidt ab. »Ihm hat die Josephine gefallen. Die war ja auch die Hübscheste im Lager.«

»Sie sieht auch jetzt noch gut aus, findest du nicht?«, meinte Anna Lorenz.

»Freilich. Eine richtige Lady.« Diese Bemerkung von Mira Wagenscheidt klang absolut ernst gemeint.

»Und?«, fragte Manfred. »Ist aus den beiden was geworden?«

»Nein«, antworteten beide unisono und lachten. »Mach du weiter«, meinte Anna.

»Die Josephine war mit dem Bob zusammen, ihrem Amerikaner. Das hat den Max ziemlich geärgert.«

»Noch dazu, weil der uns immer was Gutes zu essen gebracht hat«, ergänzte Anna Lorenz.

»Die Josephine hat immer die tollen Nylons getragen, weißt noch? Die Eleonore war so eifersüchtig. Einmal hat sie ihr die Strümpfe absichtlich kaputt gemacht.« Mira Wagenscheidt drehte das Legokonstrukt ihres Enkels in den Händen.

Anna Lorenz schnaubte kurz. »Dann ist sie aber verdroschen worden von ihrer Mutter, den Streit hat man im ganzen Lager gehört.«

»Gab es jemals irgendeine Art von Beziehung zwischen Frau Johnson und Herrn Eberhardt?«, fragte Manfred.

»Nein. Bis auf das, dass wir alle sehr eng beieinander gewohnt haben. Ein paar Jahre später ist sie mit ihrem Amerikaner rübergegangen.«

»Wie lange haben Sie Frau Johnson nicht gesehen?«

Die Frauen sahen sich an. »Fast sechzig Jahre.« Anna Lorenz runzelte kurz die Stirn. »Ja, denn 1949 ist sie nach Amerika.«

»Das ist eine lange Zeit. Was hatten Sie bei ihrer Rückkehr für einen Eindruck von ihr?«

»Dass sie sich gut gehalten hat«, sagte Mira Wagenscheidt. »Äußerlich auf jeden Fall.«

»Wie meinen Sie das?«, hakte Manfred nach.

»Schwer zu sagen«, druckste sie herum. »Aber ich habe sie ja auch als Mädchen in Erinnerung und nicht als alte Frau.«

Manfred, dem in dem leicht überheizten Zimmer langsam heiß wurde, rutschte auf dem Sessel hin und her.

»Sie hat es mit dem Herzen«, warf Anna Lorenz ein. »Das hat sie mir erzählt.«

Manfred hätte das bestätigen können, aber er hielt es für besser zu verschweigen, dass Josephine Johnson im Krankenhaus lag. »Wie war es denn, als sie wieder mit Frau Binder zusammentraf?«

»Sie meinen wegen der Eifersucht?« Mira Wagenscheidt lachte. »Nein, da war nichts. Nach so langer Zeit freut man sich nur noch. Da ist das Alte doch vergessen.«

»Am meisten gefreut hat sich die Rita. Die war richtig selig«, meinte Anna Lorenz.

»Wieso?«, fragte Manfred.

»Für die Rita war Josephine so etwas wie eine große Schwester. Die hat ja keine Familie mehr gehabt, das arme Ding. Alle sind bei einem Bombenabwurf umgekommen.«

Manfred wartete auf weitere Ausführungen, doch es kam nichts mehr. »Seit wann ist denn Frau Johnson wieder in Altötting?«

»Seit ungefähr vier Wochen. Da war doch das Ehemaligentreffen von allen Flüchtlingen aus dem Lager. Über hundert Leute sind gekommen.«

Manfred konnte sich an den Zeitungsartikel erinnern. »Sie waren alle dort?«

»Freilich«, bestätigte Mira. »Das war doch das erste Mal. Da muss man doch.«

»Herr Eberhardt auch?«

»Natürlich!«

»Wie hat er reagiert, als er seiner alten Liebe begegnet ist?«

Anna Lorenz runzelte die Stirn. »Ich kann mich eigentlich nicht erinnern, die beiden zusammen gesehen zu haben, du Mira?«

»Nein, aber ich war auch so beschäftigt. Ich bin dauernd von Tisch zu Tisch gegangen. Ich habe nicht darauf geachtet.«

»Wie hat Frau Johnson auf den Tod von Herrn Eberhardt reagiert?«

»Ich habe sie, ehrlich gesagt, seit der Trauerfeier für Sophie Burgstaller nicht mehr gesehen.« Anna Lorenz schien das etwas peinlich zu sein.

Mira schüttelte den Kopf. »Ich auch nicht.«

»Das wundert mich aber. Sie waren doch gute Freundinnen.«

»Ich habe mehrmals versucht, sie anzurufen, aber sie hat gesagt, dass sie sich nicht gut fühlt.« Mira schob ihrem Enkel ein paar Spielsteine zu.

»Und dabei haben Sie es bewenden lassen?« Manfred hatte einen neutralen Ton angeschlagen, doch sie fühlte sich angegriffen.

»Es ist nicht so, dass wir uns nicht um sie kümmern wollten.«

»Wir hatten eher das Gefühl, sie wollte das nicht«, kam ihr Anna Lorenz zu Hilfe. »Sie wollte wohl lieber allein sein.«

»Wegen des Todes von Herrn Eberhardt?«

»Vielleicht.«

»Vielleicht?« Manfred sah sie scharf an. »Obwohl sie ihn so lange nicht gesehen hat?«

Mira hatte inzwischen ihren Enkel auf den Schoß genommen und schaukelte ihn hin und her. Anna lächelte Manfred schmallippig an.

Er war sich darüber im Klaren, dass er sich die nächste Frage sparen konnte, aber er versuchte es trotzdem: »Gab es denn früher, in Ihrer Zeit im Flüchtlingslager, irgendwelche Konflikte in Verbindung mit Herrn Eberhardt?«

»Nichts, was nicht normal gewesen wäre.« Der eisige Ton von Anna Lorenz machte deutlich, dass für sie das Gespräch beendet war.

Wie weit würde die Solidarität zwischen diesen Frauen gehen? Bis zur Vertuschung eines Mordes? »So, so.« Manfred erhob sich und verzog kurz das Gesicht, als er seinen verletzten Fuß belastete. »Wenn Ihnen noch etwas einfällt, sagen Sie uns bitte Bescheid. Und denken Sie daran: Es geht hier nicht um nette Jugenderinnerungen. Wir haben einen Mord aufzuklären.«

Als er zur Tür ging, sah ihn der Kleine mit seinen großen blauen Augen an. Hoffentlich behältst du noch lange deine Unschuld, dachte Manfred. Er hatte die Spielchen der Erwachsenen so satt, vor allem, wenn er das Gefühl hatte, dass er es war, mit dem gespielt wurde.

***

Adrian hatte weniger Glück als Manfred: Rita Häberl war nicht zu Hause. Ihr Hund offenbar schon, das Gebell klang trotz geschlossener Tür beunruhigend laut. Als Adrian zur Sicherheit noch einmal läutete, schwoll das Bellen zu einem hysterischen Crescendo an. Froh, dass er diesem Geschöpf jetzt nicht entgegentreten musste, trat er den Rückzug an. Unten angekommen, stand er einigen übervollen Plastiktüten und einem sehr athletisch gebauten Mann mit Schnurrbart gegenüber, der seine Jacke nach den Schlüsseln abtastete. Adrian öffnete ihm die Tür, und der Mann bedankte sich mit einem breiten Lächeln, das jedoch sofort erstarb, als er das Gebell hörte.

»Romeo bellt!«, rief er über die Schulter einer alten Frau zu, die mit Einkaufskorb und Leidensmiene langsam auf das Haus zuging. Hinter ihr stand ein Opel mit laufendem Motor, aus dem eine zierliche Frau, wahrscheinlich die Ehefrau des Hünen, gerade einen Getränkekasten hievte.

»Jurij, du kommst aber gleich wieder und hilfst mir!«, rief die sichtlich genervte Gattin, die sich nun mit einer riesigen Waschmitteltrommel abmühte.

»Ja. Ich bringe nur erst die Sachen von Frau Häberl hinauf!«, gab er zurück.

»Entschuldigung, sind Sie Frau Häberl?«, fragte Adrian, der immer noch die Tür aufhielt.

»Ja«, antwortete sie.

Jurij, der inzwischen an Adrian vorbei war, musterte ihn misstrauisch.

»Habe ich ein Glück. Zu Ihnen wollte ich nämlich. Mein Name ist Behringer, von der Kripo in Mühldorf.«

»Kripo Mühldorf? Was wollen Sie von Frau Häberl?«

Adrian wandte sich bewusst nur an Frau Häberl. »Nur noch ein paar Fragen zu dem Fall Eberhardt.«

Jurijs Gattin stieß zu ihnen und stellte den Getränkekasten lauter als nötig in den Eingang. Rita Häberl sah nach oben, von wo das nicht nachlassende Gebell ihres Hundes kam.

»Na gut, wenn es sein muss. Ich muss auf jeden Fall jetzt zu Romeo. Das waren Sie mit Ihrem Läuten, gell?«

»Tut mir leid, aber es ging ja nicht anders.«

»Na, dann kommen Sie halt mit.«

Der Hund klang allmählich, als würde er gleich einen Herzinfarkt bekommen.

Adrian wandte sich an Jurij. »Wissen Sie was? Geben Sie mir mal Frau Häberls Tüten, dann können Sie Ihrer Frau helfen.«

Jurij sah nicht sehr überzeugt aus, doch seine Frau strahlte Adrian so nett an, dass er nicht ablehnen konnte.

»Gut.« Damit drehte er sich um und ging zum Auto zurück. Seine Frau lächelte noch immer. Sie war durchaus attraktiv, doch

Adrian hätte die Mittdreißigerin wesentlich hübscher gefunden, wenn sie ihr Haar nicht platinblond gefärbt und die sanftgrauen Augen nicht mit einem hellblauen Lidschatten bemalt hätte.

»Swetlana Eberlein. Bitte entschuldigen Sie, mein Mann fühlt sich ein wenig verantwortlich für Frau Häberl. Und die Polizei ...«, sie winkte ab, »die war bei uns zu Hause nicht gerade gut.«

Die Frau sprach mit einem leichten slawischen Akzent. »Wo ist bei Ihnen zu Hause?«

»Kasachstan.«

Er hörte, wie Frau Häberl oben die Tür öffnete.

»Ja, mein Kleiner«, flötete sie, »ja, hat dich die böse Klingel so erschreckt! Ja, ist ja alles gut.« Und dann, in nüchternem Tonfall: »Sie können jetzt kommen!«

»Na dann«, verabschiedete sich Adrian und machte sich auf den Weg nach oben. Rita Häberl war bereits im Flur und zog sich den Mantel aus, während Romeo in freudiger Erregung um ihre Beine tänzelte. Als er Adrian bemerkte, fing er sofort wieder zu bellen an.

»Romeo! Jetzt hör doch auf!« Sie hatte Mühe, ihn zu übertönen und versuchte, ihn zu beruhigen, indem sie ihn hochhob und am Kopf kraulte, der mit einer hellblauen Schleife geschmückt war. »Sie müssen entschuldigen, er ist männlichen Besuch nicht gewohnt.«

»Auf jeden Fall verteidigt er sein Revier«, meinte Adrian, erleichtert, dass kein Dobermann vor ihm stand.

Sie hatte aufgehört, den Hund zu streicheln. »Bitte, kommen Sie.«

Er folgte ihr durch den Flur, der in den großformatigen Mustern der Siebziger tapeziert war und das übliche Mobiliar mit überbelegten Garderobenhaken und Telefontischchen aufwies. Romeo sprang von Frau Häberls Arm und raste auf die üppig gepolsterte Couch zu, um rechtzeitig sein Revier zu markieren. Adrian war das recht, er setzte sich auf den dazu passenden Sessel. Frau Häberl nahm neben ihrem Hund Platz.

»Wie gesagt, es geht um den Mord an Max Eberhardt. Wir hätten da noch ein paar Punkte zu klären.«

»Ich habe doch schon alles dem Herrn Faltlmeier erzählt.«

Er deutete auf ein Bild, das über der Couch hing. »Ihr Mann?«

»Ja, seit vier Jahren ist er tot.« Sie hob Romeo auf ihren Schoß. »Seit damals habe ich ihn. Mein Mann hat Hunde gehasst.«

»Ich verstehe«, meinte Adrian. Er verstand sogar sehr gut.

»Frau Häberl, hatten Sie Kontakt zu Herrn Eberhardt?«

»Nein. Überhaupt keinen.«

»Aber immerhin waren Sie ja alte Jugendfreunde.«

»Na ja«, meinte sie, »die Jugend ist bei mir schon lange vorbei, und damals, das war eher eine Zweckgemeinschaft. Wir haben zufällig zusammen gewohnt, das war alles.«

»Sie würden also nicht sagen, dass Herr Eberhardt damals ein Freund war?«

»Meiner nicht.«

Von draußen drangen russische Wortfetzen zu ihnen herein, die sich nicht nach einer entspannten Unterhaltung anhörten.

»Warum nicht?«, fragte Adrian.

»Ich mochte ihn einfach nicht. Ich verstehe diese Frage nicht.« Ihr Gesicht wurde hart. »Wollen Sie andeuten, ich hätte etwas mit seinem Tod zu tun?«

Das Streitgespräch im Flur wurde lauter, und Adrian war froh, dass er nicht mitbekam, worum es ging. »Diese Damenrunde in Frau Burgstallers Laden, gibt es die schon lange?«

Sie lachte. »Ewig.«

»Frau Binder war ja auch immer bei diesen Treffen dabei. Wie war das für Sie, als sie plötzlich eine Beziehung mit Herrn Eberhardt einging?«

Sie rümpfte die Nase. »Ich würde eher sagen, er mit ihr. Sie wollte ihn ja schon immer haben, aber er hat sich nie für sie interessiert. Jetzt, wo er alt war, war sie anscheinend gut genug für ihn.« Sie zuckte mit den Schultern. »Mir war es egal, jeder muss selbst wissen, was er tut.«

»Sie hat die Beziehung zu ihm ja auch beendet.«

»Ist ja auch Zeit geworden, dass sie gemerkt hat, was für ein Mensch er ist.«

Draußen knallte eine Tür, und Romeo kuschelte sich zitternd an sein Frauchen, das beruhigend auf ihn einredete. »Ja, ja, ist ja gut. Laute Geräusche magst du gar nicht, gell, mein Kleiner?«

»Kommen wir auf den Umtrunk im Wallfahrtsladen am Dienstagabend zurück. Ist Ihnen bei der Feier irgendetwas aufgefallen?«

Sie schüttelte den Kopf. »Nein. Es waren viele Leute da. Wir wollten alle von Sophie Burgstaller Abschied nehmen.« Sie arrangierte das Schleifchen auf dem Hundekopf neu und seufzte. »In unserem Alter müssen wir uns daran gewöhnen, dass einer nach dem anderen geht.«

Bei diesen Worten fiel Adrian wieder sein Vater ein. Er sprach in letzter Zeit auch immer häufiger über den Tod, obwohl er nicht krank war. Zumindest wusste Adrian nichts davon. »Frau Johnson war ja, glaube ich, das erste Mal dabei, ist das richtig?«

»Ja.«

»Tragisch für sie, dass sie gleich zwei Freunde aus ihrer Jugend verliert, während sie hier ist.«

»Herr Eberhardt war kein Freund von ihr.«

»Ach ja?«

»Nein, sie mochte ihn nicht.«

»Da sehen Sie mal, wie Bilder täuschen können.« Er zog das Foto aus seiner Manteltasche, das Katharina ihm gegeben hatte. Das, auf dem Max Josephine und Eleonore umarmte. Er zeigte es ihr.

Rita Häberl warf nur einen kurzen Blick darauf und schob es ihm über den Tisch wieder zu. »Das ist doch nur ein Foto.«

»Aber Sie und Frau Johnson waren doch enge Freundinnen. Oder ist das auch nur fürs Foto?« Er zeigte ihr ein anderes mit zwei Mädchen, die sich anstrahlten. »Das sind doch Sie beide?«

Sie nickte. »Ihre Familie war meine Familie. Meine Eltern sind bei einem Bombenangriff auf unseren Zug umgekommen.« Tränen stiegen ihr in die Augen, und sie drückte den Hund fest an sich.

»Das tut mir leid.«

»Ist schon gut.«

Sie saßen sich einige Zeit schweigend gegenüber.

»Es ist sicher schön für Sie, dass sie nach so langer Zeit wieder hier ist.«

Sie nickte.

»Unternehmen Sie viel zusammen?«

Sie zuckte die Achseln. »Es geht so. Sie hat es ein bisschen mit dem Herzen.« Sie verzog das Gesicht. »Und ich mit dem Rücken. Alt sind wir halt geworden. Nichts ist mehr so, wie es war.«

»Haben Sie eine Vorstellung, wer für den Tod von Herrn Eberhardt verantwortlich sein könnte?«

»Ich?« Sie sah geschmeichelt aus.

»Er hatte ja einen gewissen Ruf.«

Sie nickte zustimmend. »Er hat seine Frau betrogen.« Gedankenverloren kraulte sie Romeo am Bauch. »Und seine Kinder wollten auch nichts mit ihm zu tun haben, das sagt doch alles. Schon damals«, sie zeigte mit dem Finger auf das Gruppenfoto, das Adrian liegen gelassen hatte, »hat er gemeint, er könnte uns herumkommandieren.«

»Deshalb mochten Sie ihn nicht.«

»Genau. Wir müssen alle irgendwann für unser Verhalten büßen, nicht wahr, Herr Kommissar?«

»Meinen Sie?«

»Das wäre doch nur gerecht.«

Adrian nahm das Foto und steckte es ein. »Frau Häberl, Sie haben angegeben, dass Sie zusammen mit Frau Johnson die Feier verlassen haben.«

»Ja, ich habe sie zu ihrer Pension begleitet und bin dann gleich weiter nach Hause.«

»Das war um?«

»Gegen Viertel vor neun«, antwortete sie. »Ich habe nicht auf die Uhr gesehen. Aber fragen Sie ruhig die Eberleins, bei denen habe ich dann sofort den Romeo abgeholt.«

»Haben Sie auf dem Heimweg etwas Ungewöhnliches bemerkt?«

Ihr Gesichtsausdruck blieb völlig gelassen. »Nein.«

»Haben Sie Frau Johnson seit dem Umtrunk gesehen?«

»Ich habe sie gleich am nächsten Tag besucht. Wir wollten zusammen einkaufen gehen.«

»Und?«

»Es hat leider nicht geklappt, es ging ihr nicht gut.«

Das deckte sich mit der Aussage der Pensionswirtin.

»Und seitdem?«

»Was?«

»Haben Sie Frau Johnson seitdem gesehen?«

»Nein. Ich will ihr auch nicht lästig fallen. Sie weiß ja, wo ich wohne. Bei mir ist sie jederzeit willkommen.«

Adrian stand auf. »Gut, Frau Häberl, das wäre es für den Moment.«

Rita Häberl war ebenfalls aufgestanden und hatte den Hund auf den Boden gesetzt, wo er sofort wieder zu bellen anfing. »Sehr schön.«

Im Flur lag ein Stapel zerfledderter Klatschzeitschriften. Das war sicher Romeos Werk. Auf dem Titelbild der obersten Zeitschrift war ein trauernder Peter Alexander zu sehen. Sein Gesicht hatte Romeo verschont.

Als Adrian im Hausflur stand, lauschte er kurz. Es war nichts zu hören, die Eberleins hatten ihren Streit offenbar beigelegt. Er läutete. Jurij Eberlein öffnete und verzog keine Miene, als er Adrian sah.

»Ja?«

»Herr Eberlein, ich hätte noch eine Frage an Sie.«

»Bitte?«

»Aber Jurij, bitte den Herrn Kommissar doch herein.« Mit einem tadelnden Blick öffnete seine Frau die Tür und winkte Adrian in die Wohnung. Leise zischte sie ihrem Mann etwas auf Russisch zu. »Bitte, kommen Sie.«

»Es dauert auch nicht lang.«

Adrian folgte ihnen in das kleine Wohnzimmer und nahm in einem Sessel Platz. Das Ehepaar saß ihm gegenüber auf der Couch und sah ihn erwartungsvoll an.

»Es geht um den Mord an Herrn Eberhardt, wie Sie sich denken können.«

Beide nickten.

»An dem betreffenden Abend war Frau Häberl auf einer Trauerfeier.«

»Ja, und wir haben auf ihren Hund aufgepasst.« Jurijs Akzent war deutlich stärker als der seiner Frau.

»Wann ist denn Frau Häberl wieder zurückgekommen?«

Sie sahen sich an. Swetlana wirkte unruhig, sie erwartete offenbar, dass ihr Mann etwas sagte.

»Es war auf jeden Fall vor neun.« Er legte seine Hand auf den Oberschenkel seiner Frau und tätschelte ihn.

»Genau«, bestätigte Swetlana, »mein Mann wollte gerade etwas an seinem Modellflugzeug kleben und war wegen der Störung etwas, na ja, ungehalten.« Sie deutete auf einen Tisch am Fenster, auf dem neben Pinseln, Farbdosen und Werkzeug ein halb fertiges Modellflugzeug lag.

»Aber es ging ja schnell«, wiegelte Jurij ab, »sie hat ja nur den Hund geholt und war dann wieder weg.«

»Der Kleber trocknet nämlich sofort. Ansonsten ist das mit Frau Häberl kein Problem.« Sie nahm die Hand ihres Mannes von ihrem Oberschenkel.

»Haben Sie einen engen Kontakt zu Frau Häberl?«

»Gute Nachbarn müssen zusammenhalten«, antwortete Jurij. »Ist ja arme Frau, ganz alleine. Erinnert mich ein bisschen an meine Mutti.«

Seine Frau sah angespannt aus, und als sie bemerkte, dass Adrian sie beobachtete, lächelte sie etwas verlegen. Ihre Miene beim Ausladen der Einkäufe hatte nicht sehr nach Nachbarschaftshilfe ausgesehen. Adrian verabschiedete sich. Als er sich draußen ins Auto setzte, fiel sein Blick auf seine dunkle Hose. Sie war mit Hundehaaren übersät.

# 23

»Ein schöner Schlamassel.« Katharina versuchte, ihr Herzklopfen zu ignorieren. Sie hatten den Laden geschlossen und saßen im Hinterzimmer, so einträchtig wie nie zuvor. Oswaldo hatte einen Cappuccino aus der Dose gemacht. Normalerweise weigerte sie sich, so etwas zu sich zu nehmen, doch jetzt hätte sie auch einen Aufguss aus zermahlenen Sägespänen trinken können, ohne es zu merken.

»Das Mädchen hat nur gesagt, sie hätte eine Frau gesehen«, meinte Oswaldo. »Das heißt erstens noch lange nicht, dass diese Frau etwas damit zu tun hat. Und zweitens schon gar nicht, dass es eine von Sophies Freundinnen ist.«

Katharina stellte die Tasse, die sie fast in einem Zug geleert hatte, auf den Schreibtisch. »Würdest du einer von ihnen einen Mord zutrauen?«

Oswaldo schüttelte entschieden den Kopf. »Nein. Aber das würde ich eigentlich niemandem.« Er starrte einige Sekunden lang ins Leere. »Ich kenne jemanden, der uns vielleicht erzählen kann, was damals passiert ist.«

»Wer?«

»Lass dich überraschen.« Er sah auf seine Armbanduhr und stand abrupt auf. »Komm, wir gehen.«

Sie marschierten über den Kapellplatz in Richtung Basilika und blieben vor dem Kapuzinerkloster stehen.

»Sag bloß, das Geheimnis wird hier im Kloster gelüftet?«

»Das kann ich dir nicht versprechen, aber einer der Brüder war mit unseren Ladys im Flüchtlingslager. Vielleicht kann er uns erzählen, was damals wirklich passiert ist.«

»Klingt gut. Und wenn er auch nur um den heißen Brei herumredet?« Katharina blieb skeptisch. »Na ja, was soll's. Wir können es ja versuchen. Jetzt klopf schon an!«

»Muss ich nicht, diese Tür ist immer offen. Die Pforte ist erst drinnen.«

Als sie im Eingang standen, bekam Katharina sofort Gänsehaut. Nicht vor Ergriffenheit, sondern vor Kälte, und sie bedauerte es, keine dicke Jacke dabei zu haben. Oswaldo hatte vorgesorgt: Er trug ein Wollsakko in seiner Lieblingsfarbe Schwarz.

Aus der Fensterluke schaute ein alter Kapuziner. »Grüß Gott, die Herrschaften!« Sein Gesicht, das leichte Irritation gezeigt hatte, weil sie ihn offenbar bei einer Lektüre gestört hatten, hellte sich auf. »Ah, jetzt sehe ich es erst richtig. Herr Obermeier! Was führt Sie zu uns? Wieder ein Austausch unter Gärtnern? Und Sie haben einen netten Besuch mitgebracht.«

Oswaldo stellte Katharina und Bruder Quirin einander vor. Sie war überrascht, in welchen Kreisen Oswaldo verkehrte. Dass er in diesem Orden eine bekannte Größe war, wäre ihr nie in den Sinn gekommen. Dieser Mann barg mehr Geheimnisse in sich als eine Wundertüte. Oswaldo sprach kurz mit Bruder Quirin, dann verließ der Kapuziner sein Zimmer.

»Austausch unter Gärtnern?«, flüsterte sie ihm zu, obwohl niemand außer ihnen anwesend war. »Sag bloß, du beziehst deine Wunderkräuter von hier?«

»Natürlich«, antwortete er. »Hier ist wenigstens alles Bio.« Stirnrunzelnd musterte er Katharina. »Ist dir kalt? Du siehst etwas bläulich aus.«

Dann gib mir deine Jacke, dachte sie, doch Oswaldo machte diesbezüglich keine Anstalten. »Ich hoffe, das Ganze lohnt sich, wenn ich ab morgen mit einer Lungenentzündung im Krankenhaus liege«, flüsterte sie. Die Kälte der Luft korrespondierte mit der kargen Raumausstattung. Weiß getünchte Wände, ein uralter Steinboden, so ausgetreten, dass er ein fast wellenförmiges Relief zeigte, der einzige Raumschmuck war ein Kreuz, an dem ein einsames Blümchen steckte. Schritte näherten sich, und Katharina war gespannt, wie ihr Informant in spe aussehen würde.

»Bruder Anian!«, rief sie überrascht, als die Tür aufging. Vor ihr stand ein Kapuziner mit einem beeindruckenden Körperbau, der so gar nicht zur Askese eines Bettelordens zu passen schien. Sie hatte ihn bei Tante Sophies Trauerumtrunk kennengelernt und im ersten Moment gedacht, ein Mitglied der Mafia hätte sich eine Kutte übergeworfen: Gebrochene Nase, Glatze, eine Aura wie Kojak. Fehlte nur noch der Lolli. Obwohl dieser Mann schon in den Siebzigern sein musste, wirkte er fast unverschämt viril.

»Frau Graf, Oswaldo!«, begrüßte er sie und sah sie mit seinen auffallend klaren Augen an. »Freut mich, freut mich sehr. Wir haben nur selten so hübschen Besuch.« Bruder Anian gab ihr die Hand. Sein Händedruck war angenehm trocken und fest.

»Was kann ich für Sie beide tun?«

Katharina nickte Oswaldo auffordernd zu. Sollte er ruhig anfangen, schließlich hatte er sie hierhergeschleppt.

»Es geht um eine Recherche«, fing Oswaldo an.

»Eine Recherche?« Er sah sie fragend an. »Sind Sie Journalistin? Ich dachte, Sie machen etwas mit Sprachen?«

Katharina schüttelte den Kopf. »Das stimmt auch.« Sie sah zu dem Kapuziner an der Pforte, doch der war bereits wieder in seine Lektüre vertieft. »Es ist eigentlich privat. Es geht um einige Personen, die mir am Herzen liegen.«

»Und wie kann ich Ihnen dabei helfen?«

Er sah nicht besonders hilfsbereit aus. Also definitiv kein Bilderbuchkapuziner. Katharina beschloss, nicht lange zu fackeln. Eine in Watte gehüllte Einleitung wäre bei diesem Mann sicherlich fehl am Platz. »Es geht um den Mord an Max Eberhardt.«

»Den Mord an Max? Wieso kommen Sie dann zu mir? Ich war es nicht.«

»Ich wollte auch nicht Sie überführen.«

»Jetzt bin ich aber gespannt. Kommen Sie, gehen wir in den Garten, heute scheint so schön die Sonne.« Und an Katharina gerichtet: »Dort können Sie sich wieder aufwärmen. Unsere Kutten sind nicht umsonst aus dicker Wolle.«

Sie gingen durch Gänge, die ebenso weiß getüncht und ungeschmückt waren wie die Pforte, und erreichten dann eine Tür, die wieder nach draußen führte.

Als sie im Garten standen, entfuhr Katharina ein bewunderndes »Oh.« Sie liebte Pflanzen und zog sich in München oft in den Japanischen Garten im Westpark zurück, wenn sie abgespannt war und neue Energie brauchte. In krassem Gegensatz dazu stand ihre absolute Unfähigkeit, selbst erfolgreich zu gärtnern. Jede Pflanze, und das war wirklich ohne Ausnahme gemeint, ging bei ihr innerhalb eines Jahres ein. Sogar die Grünlilie, die wahrscheinlich sogar in einem dunklen Kellerloch überleben würde, endete in ihrer Obhut als braunes Stroh.

»Ein angenehmer Ort, nicht wahr?«, meinte Bruder Anian.

Katharina lächelte. Sie standen in einem quadratischen Innenhof, der von einem Kreuzgang gesäumt war. Das sanfte Nachmittagslicht ließ das noch spärliche Grün von innen leuchten. Die Glocken der Stiftskirche, deren Turmspitzen hinter den Klostermauern hervorlugten, läuteten, und alle drei spürten in diesem Augenblick, dass an diesem Ort menschliches Tun und Natur eine perfekte Verbindung eingegangen waren. Sie vermochte sich kaum vorzustellen, wie dieser Garten aussehen würde, wenn alles in voller Blüte stand.

»Ist das Ihr Reich?«, fragte Katharina, die sich nicht sattsehen konnte.

»Ich habe kein Reich«, antwortete Bruder Anian. »Ich bin nur der Gärtner. Aber jetzt würde ich gerne hören, was Sie wissen möchten.«

Katharina kramte in ihrer Tasche herum, in der grundsätzlich alles, was sie gerade brauchte, in unendlichen Tiefen versank. Sie fasste in etwas Klebriges, wahrscheinlich ein Halsbonbon aus ihrer letzten Erkältungsphase, erfühlte einen Labello und zog dann das Foto heraus, zusammen mit einem zusammengeknüllten Kassenzettel von Edeka.

»Oswaldo hat erzählt, dass Sie nach dem Krieg auch im Flüchtlingslager waren. Stimmt das?« Sie sah das Foto stirnrunzelnd an und wischte es dann mit ihrem Ärmel sauber.

»Ja.« Er versuchte, auf das Foto zu schauen.

»Im gleichen wie Max Eberhardt?«

»Mehr Lager als das eine gab es nicht, junge Frau.«

Katharina gab ihm das Foto, und er schüttelte sofort den Kopf. »Ach ja, Max, schrecklich, dass er so enden musste.« Er betrachtete die jungen Menschen, die so unbeschwert lachten. »Wir waren gleich alt und damals dicke Freunde.«

»Katharina hat ihn gefunden«, warf Oswaldo ein, der sich zu einem zarten Pflänzchen hinuntergebeugt hatte und ein weißgraues Blatt zwischen den Fingern zerrieb. Er roch daran. »Was ist das?«

»Ich weiß, schrecklich, schrecklich. Kommen Sie damit zurecht? Das ist Wermutkraut, Oswaldo.«

Katharina zuckte die Achseln. »Ich träume nicht davon. Noch nicht zumindest. Aber es beschäftigt mich.«

Bruder Anian schüttelte den Kopf. »Selten wird einem die Endlichkeit des Lebens so eindringlich vor Augen geführt wie in solch einem Moment.«

Katharina nickte. »Dann kennen Sie auch die Mädchen auf dem Foto?«

»Natürlich. Die Mädchen sind auch alle zusammengeblieben. Dafür hat schon Ihre Tante mit ihren Treffen gesorgt.«

»Wie kam eigentlich Tante Sophie dazu? Sie war doch von hier?«

»Wir Flüchtlinge waren nicht vom Leben hier in Altötting ausgeschlossen. Wir gingen ganz normal in die Schule. Dort haben wir Sophie kennengelernt.«

»Was war Max Eberhardt für ein Mensch? Jeder kennt ihn, aber Freunde scheint er nicht gehabt zu haben.«

»Er hat damals ziemlich gelitten. Seine Familie hatte in Ungarn eine sehr große Landwirtschaft, sie waren die größten Bauern des Landstrichs.«

»Und damit auch die reichsten.«

Er nickte. »Und dann musste er mit zwei anderen Familien auf sechzig Quadratmetern leben. Sein Großvater und Vater spielten damals immer noch die Großbauern und betrachteten sich als etwas Besseres. Das gab natürlich manches Mal böses Blut. Dann wurde heftig gestritten, und die Sache war fürs Erste wieder erledigt.«

»Sie sind auf dem Foto nicht abgebildet, nicht wahr?«

Er nahm es und sah es sich genau an. Ein Lächeln umspielte seinen Mund. »Nein, ich habe das Foto gemacht. Herrgott, ist das lange her! Und jetzt sind wir alle alt.« Er schnaubte anerkennend. »Die schöne Josephine schaut allerdings immer noch gut aus. Wir haben damals alle für sie geschwärmt.«

»Herr Eberhardt auch?«

»Der ganz besonders. Der hatte ja ein ganz anderes Selbstbewusstsein als wir anderen. Ich hätte bei ihr nie Chancen gehabt, obwohl ich nicht immer so ausgesehen habe.«

»Eine Schlägerei?«

»Boxen.« Vor einem kahlen Strauch blieb er stehen. »So, nun aber zu Ihnen. Was wollen Sie von mir hören?«

Ich suche ein Mordmotiv, lieber Bruder, dachte Katharina. Aber wenn ich dir das sage, zitierst du wahrscheinlich einen schönen Bibelspruch und beendest das Gespräch.

»Ich habe mich ein paarmal mit Sophies Freundinnen unterhalten, und ich hatte das Gefühl, dass in der Nachkriegszeit irgendetwas in Verbindung mit Herrn Eberhardt passiert sein muss. Sie haben Frau Johnsons Bruder erwähnt, aber mehr als Andeutungen gab es nicht.«

»Aha.« Bruder Anian beugte sich zu einem Beet hinunter und zupfte behutsam ein Unkraut aus der Erde. »Josephines Bruder ist bei einem Unfall ums Leben gekommen.«

»Am 4. Juni 1947«, warf Katharina ein. »Ich habe es nachgelesen.«

»Sie haben sich ja richtig viel Arbeit gemacht.«

»Sie war schon immer so neugierig«, meinte Oswaldo, der in der Hocke vor einem Beet saß und einige Stempel befingerte.

Der Kapuziner seufzte. »Na gut, ich erzähle Ihnen, was damals passiert ist. Aber vergessen Sie nicht, es ist meine Sichtweise der Geschichte.«

»Ich bin ja auch hier, weil ich die Ereignisse aus meiner Sicht interpretiert habe.«

»Sie haben die Zeitung von damals gelesen?« Als sie nickte, fuhr er fort. »Wir hatten nichts. Keine Väter, kein Geld, nichts zu essen, keinen Wohnraum. Ich hatte immer Hunger. Die anderen auch. Meine Mutter ging wie alle anderen Mütter zum Hamstern auf die Bauernhöfe, aber viel gab es da nicht zu holen. Wir waren auf das angewiesen, was man uns geschenkt hat. Wir hatten ja nichts zum Tauschen.«

Katharina nickte. Genau das Gleiche hatten Mira Wagenscheidt und Anna Lorenz erzählt.

»Max und ich waren ungefähr siebzehn. Wir fühlten uns wie richtige Männer und waren überzeugt, wir müssten die Rolle des Vaters und Versorgers übernehmen. Gleichzeitig waren wir noch Kinder und auf Abenteuer aus.«

»Also haben Sie sich auf andere Art etwas zu essen besorgt«, stellte Katharina fest.

»Ja.« Bruder Anian lachte auf. »Wir haben gestohlen. Da gibt es nichts zu beschönigen.«

»Was haben denn Ihre Mütter dazu gesagt?«

»Wir haben ihnen natürlich nichts davon erzählt. Wobei, geahnt haben sie sicher etwas. Aber nachgefragt haben sie nie. Wenn es ums Überleben geht, versetzt man seine moralischen Standards etwas nach unten.«

»Sie sind dann übers Land gezogen und haben die Bauern ringsum bestohlen? Und Max war immer dabei?«

»Er war der Chef.«

Natürlich, eine andere Rolle war für diesen Mann offenbar nie infrage gekommen, dachte Katharina.

»Wir haben nur die überfallen, die uns nie etwas gegeben haben.«

»Wie Robin Hood?«

»Genau so.«

»Sind Sie jemals erwischt worden?«

»Nein, obwohl die Polizei sehr wachsam war. Gleichzeitig gab es inoffiziell einen Befehl von oben, bei solchen Diebstählen nicht allzu streng zu sein. Schließlich wollte man nur etwas zu essen.«

Katharina nickte. Sie konnte sich an diverse Zeitungsartikel erinnern. »Aber einmal ging etwas schief.«

Bruder Anian nickte. »Josephine hatte einen Zwillingsbruder, Olaf. Er war ein Jahr jünger als wir und eher ein schmächtiger Bursche. Für ihn war Max das große Vorbild. Groß, forsch, selbstbewusst. Er wollte immer bei uns dabei sein. Max war dagegen, ihn mitzunehmen, schon weil er es sich nicht mit Josephine verderben wollte, aber schließlich hatte er uns überredet. Olaf sollte nur Schmiere stehen. Unglücklicherweise war es eine klare Nacht, der Mond schien ziemlich hell. Max, ich und noch zwei andere hatten uns in eine Scheune neben dem Stall geschlichen, wo der Bauer seine Reserven hatte. Schinken, Eier und noch vieles mehr. Was wir nicht wussten, war, dass der Bauer selbst eine Wache aufgestellt hatte, weil die Diebstähle überhandgenommen hatten. Als wir an der Tür waren, schrie auf einmal jemand ›Diebe!‹. Wir haben sofort kehrtgemacht und sind abgehauen, doch plötzlich fiel ein Schuss. Wir vier sahen uns an; wir waren heil und liefen noch einmal schneller. Ich muss zugeben, dass wir, oder besser gesagt: ich, nicht an Olaf gedacht hatten. Wir waren zu sehr mit uns selbst beschäftigt.«

Oswaldo hatte mit seiner Gartenbegehung aufgehört und sich zu den beiden auf die Bank gesetzt, die von den letzten Strahlen der Nachmittagssonne beschienen wurde.

»Als wir im Wald waren, war Olaf nirgends zu sehen. Wir waren in Panik. Max lief zurück und kam ewig nicht wieder. Uns kam es zumindest wie eine Ewigkeit vor. Dann hörten wir, wie die Polizei kam. Endlich kehrte Max zurück, schrie ›Nach Hause, so schnell ihr könnt!‹, und wir liefen und liefen.«

»Und Josephines Bruder?«

»Lag angeschossen vor dem Bauernhof. Es hat eine Weile gedauert, bis sie ihn dort fanden, und als ein Arzt kam, war er tot.«

Es war auf einmal kühl geworden. Die Sonne, die hinter der Fassade der Basilika verschwunden war, hatte den Pflanzen ihre Leuchtkraft genommen, und Katharina hatte das Gefühl, als verstärkten ihre monochromen Farben die Kälte. Sie versuchte, sich vorzustellen, wie Olafs Mutter zumute gewesen sein musste. Ihr Mann in Gefangenschaft, und der einzige Sohn starb bei einem Räuber-und-Gendarm-Spiel.

»Wir saßen so schnell im Gefängnis, dass wir gar nicht den ersten Schrecken zu Hause mitbekamen. Nach drei Tagen ließen sie uns frei, das reiche als Abschreckung, hatten sie uns bei der Polizei gesagt. Als wir im Lager ankamen, war die Stimmung sehr gedrückt. Olafs Mutter war vor Kummer eine alte Frau geworden. Sie verließ ihr Zimmer nicht mehr.«

»Und Josephine?«

»Für sie war Max verantwortlich für Olafs Tod. Als sie ihn nach dieser Tragödie zum ersten Mal sah, hat sie ihn gebissen und gekratzt. ›Du Mörder‹, hat sie geschrien. Nie wieder in meinem ganzen Leben habe ich mich so schuldig gefühlt.« Er verstummte und starrte auf den Boden. Als er wieder aufsah und Katharinas mitfühlenden Gesichtsausdruck sah, legte er lächelnd seine Hand auf die ihre. »Schaun Sie mich nicht so an. Ich bin nicht deshalb ins

Kloster gegangen. Obwohl mir der Glaube geholfen hat, diese Geschichte zu verarbeiten.«

»Und wie hat Max darauf reagiert?«, fragte Katharina, die es wieder fröstelte.

»Ich glaube, er hat das einzig Richtige gemacht.«

Katharina und Oswaldo sahen ihn gespannt an.

»Er ist weggegangen. Er war ein paar Jahre weg, niemand weiß genau, wo. Und dann kam er wieder, verheiratet und mit einem anderen Namen.«

»Mit einem anderen Namen?«

»Eigentlich hieß er Schmalz. Er konnte den Namen aber nie leiden. Zu seinem Glück konnte er in einen Maurerbetrieb einheiraten und den Namen Eberhardt annehmen.«

Deshalb hatte sie keinen Max Eberhardt in der Zeitung gefunden. An einen Max S. konnte sie sich erinnern.

»Aber eins verstehe ich nicht: Wieso kam er ausgerechnet hierher zurück?«, fragte Katharina. »Ich hätte mich nie wieder hier blicken lassen.«

»Das Baugeschäft seines Schwiegervaters war hier in Altötting. Es wartete eine sichere Existenz auf ihn. Das war damals viel wert. Außerdem lebten seine Eltern auch noch hier.«

»Und Josephine war weg. Sie konnte ihm keine Schwierigkeiten mehr machen. Was war mit ihrer Mutter?«

»Die war schon gestorben.«

»Und die anderen aus dem Lager?«, fragte Katharina. »Hatten die keinen Hass auf ihn?«

Bruder Anian sah sie erstaunt an. »Es war eine schwierige Zeit damals. Ein tragischer Unfall. Max hat ihn schließlich nicht niedergeschossen. Und das haben alle bis auf Josephine und ihre Mutter auch so gesehen.«

»Na also, Katharina«, mischte sich Oswaldo ein.

»Was na also?«, gab Katharina irritiert zurück. Für sie hatte sich damit überhaupt nichts erledigt. Wenn Josephine Johnson kein Motiv hatte, wer dann?

Bruder Anian legte ihr behutsam eine Hand auf die Schulter. »Lassen Sie die Vergangenheit ruhen. Was wir alle mit uns herumtragen, ist schmerzlich genug.«

Immer diese kryptischen Worte! Für Katharina klangen sie ganz und gar nicht nach einem Freispruch für die schöne Josephine. Ein schrilles Glockengeläut erklang, und Bruder Anian schien es auf einmal eilig zu haben. Schnell verabschiedeten sie sich voneinander.

»Auge um Auge, Zahn um Zahn«, murmelte Katharina, als sie mit Oswaldo draußen vor dem Bruder-Konrad-Brunnen stand. »Sie hat ihn liegen gelassen, ohne Hilfe zu holen. So wie er damals ihren Bruder.«

»Du meinst Josephine?« Oswaldo sah Hilfe suchend zur Statue des heiligen Bruder Konrad. »Wer sagt dir, dass der Tod vom Eberhardt und diese Geschichte mit Josephines Bruder irgendetwas miteinander zu tun haben? Sechzig Jahre sind eine verdammt lange Zeit. Ich kann mir beim besten Willen nicht vorstellen, dass da noch jemand wilde Rachegelüste auslebt. Meistens ist es doch so, dass einem die Zeit dabei hilft, die Dinge etwas rationaler zu betrachten.« Er tauchte seine Hand ins Wasser und zog kleine Kreise.

»Das heißt aber nicht, dass es aufgearbeitet ist«, beharrte Katharina. »Die Traumata dieser Generation kommen doch erst jetzt ans Tageslicht. Verdrängen funktioniert eine Zeit lang vielleicht ganz gut, aber spätestens, wenn die Menschen im Alter zur Ruhe kommen, steigt alles wieder nach oben. Darüber gibt es mittlerweile sogar Bücher.«

Oswaldo schüttelte das Wasser von der Hand und trocknete sie an seinem Sakko ab. »Ich mag diese alten Leute. Nach all dem, was die durchgemacht haben, haben die ihr Leben verdammt gut gemeistert. Stell dir nur mal vor, du würdest alles verlieren. Vielleicht auch noch die Eltern. Da kann man doch verstehen, dass die über vieles von früher nicht mehr reden wollen. Ich kann daran nichts Verdächtiges finden.«

Katharina machte einer Touristin Platz, die sich etwas Wasser in eine Plastikflasche abfüllte. »Ich muss das Adrian erzählen. Das ist sicher eine wichtige Information.«

»Wenn er es nicht bereits selbst herausgefunden hat.« Er sah sie an und seufzte. »Wieso hängst du dich so in diese Sache rein?«

»Ich weiß es nicht. Aber ich kann doch nicht einfach so tun, als wüsste ich von nichts.«

Resigniert hob Oswaldo die Hände. »Dann erzähle es ihm halt. Nicht dass du auch noch ein Trauma entwickelst und mich dann in vierzig Jahren um die Ecke bringst, weil ich dich heute davon abgehalten habe.« Er deutete auf ihren Pulli. »Ein bisschen dünn. Willst du meine Jacke? Zu zitterst ja.«

»Gerne.« Spät, aber immerhin. Er zog sein Sakko aus und legte es ihr um die Schultern.

»Ach übrigens, könntest du mir noch einen Gefallen tun?«

Jacke gegen Gefallen. Das hätte sie sich ja denken können.

# 24

»Der Zwillingsbruder«, murmelte Adrian. »Ganz schön heftig.« Er legte Tobias' Bericht zur Seite, in dem die Vergangenheit des Max Eberhardt alias Schmalz von der Namensänderung bis zum Tod von Josephines Bruder zusammengefasst war. Eine wichtige Informationsquelle war für Tobias der Gastwirt und Hotelier Kammermayr senior gewesen, der nicht nur Stammtischbruder des Opfers war, sondern auch ein Jugendfreund. Adrian lehnte sich zurück und stellte sich vor, er wäre über siebzig und sein Zwillingsbruder wäre, in seinen Augen durch die Schuld Eberhardts, umgekommen. Würde der Schmerz so lange andauern? Übermächtig werden bis zur letzten Konsequenz? Er ließ den Stuhl wieder nach vorne kippen und starrte auf den Bildschirm seines Computers, auf dem die protokollierten Aussagen von Josephine Johnson zu lesen waren.

»Es wäre für sie wirklich kein Problem gewesen, die Pension unbemerkt zu verlassen«, sagte er in den Raum hinein.

»Und der anonyme Brief ist auch erst aufgetaucht, als sie bereits in Altötting war«, meinte Tobias.

Adrian drehte sich vom Computer weg. Der neue Flachbildschirm mochte zwar ein brillantes Bild haben, doch seinen Augen war er schlichtweg zu grell; sie begannen bereits nach kurzer Zeit zu brennen. Er nahm die Tüte, in der sich der Drohbrief befand, und sah ihn sich noch einmal an. Er hatte Schwierigkeiten, das ungelenke Geschnipsel mit der eleganten Josephine Johnson in Verbindung zu bringen.

Manfred stand an der Pinnwand und studierte die Fotos vom Tatort. »Die Fußtritte und den Stoß mit dem Regenschirm hätte sie auch hinbekommen«, sagte er. »Dazu war kein besonderer Kraftaufwand nötig.«

Adrian stand auf und zog seinen Mantel an. »Wir statten Frau Johnson jetzt endlich einen Besuch ab. Krankenhaus hin oder her, die Dame ist durchaus vernehmungsfähig.« Als es an der Tür klopfte, deutete er auf Tobias. »Das übernimmst bitte du, wir müssen weg.«

»Hallo!«, rief Manfred erfreut, als er den Besuch erkannte.

Adrian beschränkte sich auf ein fragendes »Katharina?« und hoffte, ihr Anliegen würde nicht lange dauern, denn er brannte darauf, ins Krankenhaus zu kommen.

Katharina schien zu merken, dass sie nicht gelegen kam. »Ich will euch nicht stören«, meinte sie entschuldigend, »aber ich habe etwas erfahren, das ihr wissen solltet. Glaube ich jedenfalls.«

»Gut, dann schieß los.« Erwartungsvoll lehnte sich Adrian an seinen Schreibtisch.

»Josephine Johnson glaubte, dass Eberhardt Schuld am Tod ihres Zwillingsbruders war.«

»Wissen wir«, kommentierte er knapp.

Ein Hauch von Enttäuschung ließ sich an ihrem Gesicht ablesen. »Sie hat ihn damals Mörder genannt. Vor allen anderen im Flüchtlingslager.«

»Interessant.« Dass Josephine Johnson das so deutlich ausgesprochen hatte, war Adrian neu. »Woher weißt du das alles?«

»Von einem Kapuziner, der damals mit ihnen im Lager gelebt hat.«

»Du solltest uns bei Gelegenheit die Adressen deiner Informanten geben.«

»Lieber nicht, sonst stört ihr nur die klösterliche Ruhe. Und der Eberhardt hieß Schmalz, aber das ist ja nicht mehr wichtig, da ihr das ja auch schon wisst, sonst wüsstet ihr ja nicht das mit Olaf.«

Adrian sah sie mit einer Mischung aus Verwirrtheit und Amüsement an. »Ich glaube schon. Aber danke, dass du gekommen bist. Wenn wir es nicht schon gewusst hätten …«

»… hättest du uns vielleicht den entscheidenden Tipp gegeben«, ergänzte Manfred. Das Telefon klingelte, und er hob ab.

Katharina deutete auf die Tüte mit dem anonymen Brief. »Ist das dieser ominöse Brief?« Sie reckte den Hals und versuchte, etwas zu entziffern.

Adrian verdeckte die Tüte mit einer Akte. »Vielleicht.«

»Jetzt hab dich doch nicht so.« Sie sah ihn mit großen, unschuldigen Augen an. »Das ist doch kein großes Geheimnis. Das stand doch sogar in unserer Zeitung.«

»Trotzdem.« Adrian nahm die Tüte und steckte sie ein. »Und was ist mit dir? Weißt du schon, was du machen wirst?«

»Ein bisschen holprig, der Themenwechsel.« Katharina seufzte. »Aber bitte. Du meinst meine Erbschaft? Ich nehme sie an. Ich stürze mich noch einmal in ein richtiges großes Abenteuer.« Sie strahlte erst Adrian, dann Manfred an, doch der zog ungläubig die Augenbrauen hoch und rief ein »Was?« in den Hörer.

»Ich freue mich, dass du zurückkommst.« Adrian lächelte, doch er sah immer wieder gespannt zu Manfred, der endlich den Hörer auflegte.

»Unser Vögelchen wollte ausfliegen.« Manfred grinste.

»Welches Vögelchen?«, fragte Katharina.

»Ich nehme an, Frau Johnson«, meldete sich Tobias von seinem Schreibtisch.

»Aus dem Krankenhaus?« Adrian hatte plötzlich das Bedürfnis nach einem starken Drink.

Manfred nickte. »Ja. Sie hat ganz raffiniert gewartet, bis ihre Bewachung gerade mal weg war. Doch unsere werte Kollegin hat noch gesehen, wie sie um die Ecke gebogen ist. Sie ist ihr nach. Und ratet mal, wer auf dem Parkplatz gewartet hat?«

Das konnte sich Adrian denken. »Ihre Freundinnen.« Er schüttelte den Kopf. Was war nur mit den Senioren los? Fing nicht irgendwann die Altersweisheit an? Obwohl, wenn er an seinen Vater dachte … »In welcher Besetzung?«

»Frau Wagenscheidt und Frau Lorenz.«

Katharina konnte sich ein Schmunzeln nicht verkneifen. »Ich glaube, das hätte Tante Sophie gefallen.«

***

Als Adrian und Manfred im Krankenhaus ankamen, saßen die drei Frauen kleinlaut auf dem Bett von Josephine Johnson. Mira und Anna hatten ihre Freundin schützend in die Mitte genommen.

Adrian schickte die Polizistin nach draußen und setzte sich auf einen Besucherstuhl. Manfred blieb neben der Badtür stehen. »Na, meine Damen, wessen Idee war das denn?«

Es war fast rührend, wie schuldbewusst sie aussahen. Da hatten diese drei, die zusammen mindestens 210 Jahre alt waren, den Coup ihres Lebens geplant, und er war gründlich schiefgegangen. »Wo wäre die Fahrt denn hingegangen?«

Mira Wagenscheidt sah Josephine kurz an und drückte ihre Hand. »Die Fini hat mich angerufen, dass sie hier ist. Und dann haben wir überlegt, was wir tun könnten.«

Adrian schüttelte den Kopf. »Frau Wagenscheidt, damit machen Sie doch alles nur noch schlimmer. Wo sind denn eigentlich die anderen? Frau Häberl und Frau Binder?«

»Wir wollten nicht alle mit hineinziehen.« Die Stimme von Anna Lorenz zitterte.

»Sehr rücksichtsvoll von Ihnen.« Das Zimmer war überheizt, und Adrian spürte, dass sich Kopfschmerzen anbahnten. Normalerweise hätte er das Fenster geöffnet, doch vielleicht wurden die drei bei dieser schlechten Luft schneller geständig. »Wieso haben Sie versucht zu flüchten?«

»Weil die Josephine nichts getan hat!«, rief Mira zutiefst überzeugt.

»Dann hätte sie doch nichts zu befürchten gehabt.« Keine der drei Frauen traute sich, Adrian anzusehen. Anna Lorenz wagte einen Blick auf Manfred, der jedoch auch kein Lächeln zu bieten hatte. Josephine knetete den Knopf ihrer Jacke.

»War es nicht eher so, dass Sie fürchteten, sie hätte es getan? Wegen ihres Zwillingsbruders?« Als er ihre Mienen sah, wusste Adrian, dass er ins Schwarze getroffen hatte.

»Ich habe euch doch gesagt, dass das nichts bringt.« Josephine Johnson sah zwar blass aus, aber es gelang ihr dennoch, Souveränität auszustrahlen. »Um das Ganze abzukürzen, ich finde diese Situation nämlich ausgesprochen peinlich ...«

»Rede dich nicht um Kopf und Kragen«, unterbrach sie Anna Lorenz. »Vielleicht sollten wir dir zuerst einen Anwalt besorgen.«

»Ich habe langsam das Gefühl, dass ich bei der Polizei besser aufgehoben bin als bei euch.« Josephine klang sehr gereizt, und in ihren Worten klang ein leichter amerikanischer Singsang durch.

»Das höre ich gern«, sagte Adrian. »Also, was haben Sie mir zu sagen, Frau Johnson?«

»Ich war es nicht.«

»Das wird dir keiner glauben!«, flüsterte Mira Wagenscheidt.

»Da könnte sie recht haben«, stimmte Adrian ihr zu. »Dann erzählen Sie mal.«

Josephine überlegte. »Ich habe mich mit Max getroffen«, sagte sie schließlich. »In der Nacht, in der er gestorben ist.«

»Wo?«

»Im Kreuzweg.«

»Warum? War das Ihr Vorschlag?«

»Ja.«

»Ein bisschen ausführlicher dürfen Sie mir schon antworten, Frau Johnson. Sie haben sich also mit ihm getroffen. Warum?«

Sie schluckte und atmete tief durch. »Ich wollte ihn umbringen.«

# 25

Egal, ob Katharina die Tasche in die Hand nahm oder vorsichtig über die Schulter legte, dieses verdammte Teil klirrte immer. Hoffentlich brachte sie es heil zu Frau Häberl. Ein Traumfänger! Angefertigt von Oswaldo. Fragend hatte sie das eigenartige Objekt hochgehoben: »Was soll das sein? Ein verziertes Fischernetz?«

»Ein Traumfänger.«

»Aha. Und was macht man damit?« Sie tippte die Glastropfen an, die am unteren Rand befestigt waren.

»Die Indianer glauben, dass die Träume vom Himmel auf den Schlafenden fallen.«

»Auch Albträume?«

»Auch die. Aber die schlechten Träume werden im Netz des Traumfängers gefangen und festgehalten. Und die guten kommen durch das Netz zum Träumenden.«

Katharina sah Oswaldo ungläubig an. »Und woher weiß der Traumfänger, welche Träume gut oder schlecht sind?«

»Indianermagie, meine Liebe.«

»Und Frau Häberl glaubt das?« Zweifelnd untersuchte Katharina die mit Perlen, Federn und Satinbändern verzierte Konstruktion. »Ich fasse es nicht …«

»Bring ihn ihr einfach, ja?«

Als sie das Gebäude betrat, in dem Rita Häberl wohnte, hallten Stimmen im Treppenhaus. Es hörte sich an wie Russisch und klang nach einem ausgesprochen heftigen Streit. Langsam stieg sie die Treppe hoch. Die Stimmen der Streitenden wurden lauter, doch kurz bevor sie den zweiten Stock erreichte, knallte eine Tür, und es herrschte wieder Stille. Aber nur wenige Sekunden lang. Dann flammte die Auseinandersetzung wieder auf, gnädig abgedämpft durch die Wohnungstür. Frau Häberl war offenbar mit temperamentvollen Nachbarn gesegnet. Bevor sie klingelte, zog Katharina den Traumfänger aus ihrer Tasche und arrangierte ihn neu, da sich die unzähligen Fäden und Bänder völlig verheddert hatten. Eigentlich war er ganz hübsch, in Rosa- und Blautönen gehalten. Dass ausgerechnet Frau Häberl sich so etwas in ihre Wohnung hängen würde, hätte sie nicht gedacht. Als jedes Teil wieder an seinem Platz war, klingelte sie. Sofort setzte ein Bellen ein, Sekunden später kratzte etwas an der Tür. Sie hörte ein gedämpftes »Romeo, bist du still!«, dann ein »Ja, bitte?«

»Frau Häberl, Grüß Gott. Ich bin's, Katharina Graf«, rief Katharina und hielt den Traumfänger vor den Türspion. »Ich bringe Ihnen etwas vorbei. Mit einem schönen Gruß von Oswaldo.«

Noch bevor Rita Häberl die Tür ganz geöffnet hatte, zwängte sich ein kleiner weißer Hund an ihr vorbei und umtänzelte aufgeregt kläffend Katharinas Beine. »Ja, Fräulein Graf, so eine Überraschung! Romeo, kommst du her!« Rita Häberl nahm Katharina den Traumfänger aus der Hand. »Mei, ist der schön! Er hat wirklich sehr geschickte Hände, der Oswaldo.« Romeo hatte offenbar auch Gefallen an diesem seltsamen Objekt gefunden und versuchte, in eines der langen Satinbänder zu beißen. »Romeo, nein! Mei, das ist aber nett, dass Sie mir den extra vorbeibringen. Hat der Oswaldo keine Zeit gehabt?«

»Der hat einen Geschäftstermin.«

»Ja, freilich, jetzt wo er der Chef ist.« Sie hielt sich die Hand vor den Mund. »Mei, entschuldigen'S schon, Sie gehören ja auch dazu.«

»Ist schon recht«, antwortete Katharina.

»Aber das wird doch was, mit Ihnen beiden?«, fragte sie.

»Heiraten werden wir nicht, aber wenn Sie die Erbschaft meinen, dann ja.«

»Wunderbar, da würde sich die Sophie aber freuen.«

Katharina lächelte und nahm ihre Tasche vom Boden auf. »Na gut, Frau Häberl, dann packe ich es mal wieder.«

»Wollen Sie nicht ein Tasserl Kaffee mit mir trinken?« Als sie sah, dass Katharina zögerte, setzte sie nach. »Ich habe einen wunderbaren, aus Jamaika. So einen ganz teuren. Den habe ich geschenkt bekommen. Wollen'S den nicht einmal probieren?«

»Na, da kann ich wohl kaum widerstehen«, antwortete Katharina. Wenn es ein Blue Mountain war, dann konnte sie auch eine halbe Stunde lang einen kläffenden Kleinsthund aushalten.

»Dann kommen Sie mal rein.«

Romeo raste voraus und besetzte seinen Platz auf der Couch. Frau Häberl ging, den Traumfänger wie eine Trophäe vor sich her tragend, zum Fenster. »Was meinen Sie, Fräulein Graf, wo er am besten wirkt?« Sie stand vor dem mit bauschigen Stores verhängten Fenster.

»Da sieht er gut aus.« Katharina nickte. »Er passt gut zu Ihren Vorhängen und den Polstern.«

»Gell, finden Sie auch. Mein Mann hat ja Rosa immer abgelehnt, aber mir gefällt es.«

»Aber sollte dieser Traumfänger nicht eher ins Schlafzimmer?«

Rita Häberl stutzte. »Mei, da haben Sie recht. Da passt jetzt aber das Rosa nicht so gut. Das ist nämlich eher gelb.«

»Das macht doch nichts«, beruhigte Katharina sie. »Kommen Sie mit dem Aufhängen zurecht? Sonst könnte ich –«

»Nein, nein, nicht nötig«, unterbrach Frau Häberl sie. »Das macht der Jurij von nebenan.« Sie legte den Traumfänger auf den Tisch. »Dann gehe ich mal in die Küche und mache uns Kaffee.«

Katharina nickte und lieferte sich nach Frau Häberls Abgang ein Blickduell mit Romeo, der schließlich gelangweilt aufgab und vom Sofa sprang. Langsam marschierte er in den Flur. Katharina sah ihm nach. Der Hund machte sich über einen Stapel Altpapier her. Fetzen flogen durch die Luft und landeten wie Schneeflocken auf dem glänzend polierten Laminatboden. Katharina ging ihm nach und hockte sich neben ihn.

»Na, du Kleiner, brauchst wohl auch ein bisschen Abenteuer?« Sie kraulte ihn am Kopf. »Immer nur auf der Couch hocken ist auch nicht das Wahre.« Sie nahm ein paar Zeitschriften, die auf den Boden gerutscht waren, und wollte sie wieder ordentlich aufstapeln, als ihr Blick auf ein Klatschmagazin fiel, das völlig zerschnitten war. Wörter und Buchstaben fehlten. Ihr Puls beschleunigte sich. Der anonyme Brief! Sie hatte zwar in Adrians Büro nur einen flüchtigen Blick darauf werfen können, aber dass es eine Zeitschrift der billigeren Art war, hatte sie erkannt. Sie sah kurz in Richtung Küche, wo sie Frau Häberl hantieren hörte, und steckte unter Romeos neugierigen Blicken das Magazin in ihre Tasche. Vor lauter Überraschung vergaß er zu bellen.

»Du verrätst nichts, Romeo, abgemacht? Ich brauch das nur zum Spielen.« Sie kraulte ihn kurz und stand auf. Rita Häberl? Wie kam die auf einmal ins Spiel? Es deutete doch alles auf Josephine Johnson hin? In diesem Moment betrat Frau Häberl mit einem Tablett das Wohnzimmer.

»Was schauen Sie denn so ernst, Fräulein Graf? Hat Sie der Romeo geärgert?«

»Nein, nein«, winkte Katharina ab. »Alles bestens.« Sie beobachtete die alte Frau, die geschäftig den Tisch deckte. Nett und zuvorkommend. Wieso sollte ausgerechnet sie einen anonymen Brief schreiben? Aber wozu sonst brauchte man Buchstaben und Wörter aus einer Zeitung? Vielleicht gab es aber auch eine ganz harmlose Erklärung. Zum Beispiel Enkel, die gebastelt hatten.

»So, Fräulein Graf, die Kaffeestunde ist eröffnet.«

Katharina lächelte gezwungen. Sie hoffte nur, es würde nicht eine Stunde dauern, Blue-Mountain-Kaffee hin oder her. Eine Weile saßen sie schweigend da und nippten an ihren Tassen. Katharina war sich bewusst, dass sie gerade etwas sehr Edles trank, aber sie war viel zu aufgeregt, um es zu genießen.

»Träumen Sie eigentlich davon, wie Sie ihn gefunden haben?«, fragte Rita Häberl unvermittelt.

»Sie meinen den Herrn Eberhardt?«

Rita Häberl nickte.

»Manchmal taucht er schon auf. Aber ich komme damit zurecht.«

»Damit zurechtkommen«, murmelte Rita Häberl. »Das haben wir damals mit viel müssen. Und das hört nie auf.«

»Wie meinen Sie das?«

»Manche Dinge schleppt man sein Leben lang mit sich herum. Deshalb habe ich mir vom Oswaldo auch diesen Traumfänger anfertigen lassen.«

Katharina hätte sich fast verschluckt. Ein Bastelobjekt als Therapie?

»Ist doch schön, wenn die schlechten Träume gefangen werden und nur noch die guten zu einem kommen.«

»Wenn's funktioniert«, antwortete Katharina. »Es muss ja ein schöner Schock für Sie gewesen sein, dass Herr Eberhardt so ein Ende gefunden hat. Schließlich war er Ihr Jugendfreund.«

»Jugendfreund?« Sie zog die Augenbrauen hoch. »Als Kind kann man sich nicht aussuchen, mit wem man zusammenlebt.« Aus ihrem Tonfall wurde klar, dass Eberhardt niemals zu ihren Auserwählten gezählt hätte.

Schnell trank Katharina ihre Tasse aus. »Frau Häberl, vielen Dank, aber ich muss jetzt.«

»Aber ein Tasserl geht doch noch. Oder schmeckt er Ihnen nicht?«

»Doch, doch, ganz hervorragend. Aber ich will heute noch nach München.« Und vorher kurz zu Adrian.

»Aber auf zehn Minuten hin oder her kommt es doch auch nicht an. Dieser Kaffee ist für Gäste. Der ist für mich allein viel zu schade.« Schnell schenkte sie Katharinas Tasse voll.

Romeo bewachte jede ihrer Gesten und sah aus, als wäre er zu allem bereit, um sein Frauchen zu schützen. Offenbar hatte Katharina mit der Entwendung der zerschnittenen Zeitschrift sein Misstrauen geweckt, und es war klar, wo seine Loyalität lag. Sie wurde das Gefühl nicht los, in einer Falle zu sitzen.

Katharina rang sich ein Lächeln ab. »Gut, eine Tasse noch.« Schnell goss sie sich etwas Milch in ihre Tasse und gab einen Löffel Zucker dazu. »Haben Sie eigentlich Enkel, Frau Häberl?«

»Nein, leider nicht. Wir hatten keine Kinder.« Sie sah Katharina forschend an. »Wieso fragen Sie das?«

In diesem Moment wünschte sich Katharina nichts sehnlicher, als eine Gedankenverbindung zu Adrian aufbauen zu können.

# 26

Anna Lorenz und Mira Wagenscheidt zogen laut die Luft ein.

»Und? Haben Sie es getan?«

»Nein. Es hatte keinen Sinn«, antwortete Josephine Johnson.

»Wieso hatte es keinen Sinn?«, fragte Adrian irritiert.

»Das habe ich erst in dem Moment gemerkt, als er vor mir stand. Da wartet man und wartet, sein Leben lang. Und dann ist es endlich so weit, und es ist so lächerlich, dass man am liebsten im Boden versinken möchte.« Josephine stand auf und ging vor dem Bett hin und her. Sie sprach wie zu sich selbst. »Er hat meinen Zwillingsbruder auf dem Gewissen. Egal, was andere Ihnen erzählen. Er hat ihm immer erzählt, wie aufregend es wäre, nachts übers Land zu fahren und sich die Sachen zu holen, die wir sonst nirgendwo herbekämen. Meine Mutter hätte ihm das nie erlaubt. Ich auch nicht. Aber Max war sein Held.« Ihr Blick verlor sich, und Tränen füllten ihre Augen.

»Und an einem Abend ist er heimlich mitgegangen«, half Manfred ihr weiter.

Sie räusperte sich und tupfte sich mit einem Taschentuch die Augen ab. »Ja. Wir haben es erst am frühen Morgen gemerkt, als die Polizei kam.« Sie fing zu schluchzen an. »Wir hatten alles verloren. Unser Vater war vermisst, aber wir dachten, das Schlimmste wäre vorbei. Und dann das! Olaf war tot. Erschossen. Als sie ihn gebracht haben, hat sich meine Mutter auf ihn geworfen. Dieses Bild habe ich immer noch vor mir, als wäre es gestern gewesen. Vier Männer mussten sie wegziehen.«

Anna Lorenz und Mira Wagenscheidt hielten sich an den Händen, auch in ihren Augen schimmerten Tränen.

»Max hat ihn einfach liegen lassen, nur um seine eigene Haut zu retten. Er war kein guter Mensch, nein, schon als Junge nicht.«

»Haben Sie Herrn Eberhardt danach gesehen?«

»Eberhardt? Typisch, nicht wahr? Sein echter Name, Schmalz, war ihm zu wenig schön. Unser Lager war ihm auch zu wenig schön.« Sie wollte sich die Augen abtupfen, merkte dann aber, dass das Taschentuch nass war und suchte einen Abfallkorb. Manfred deutete auf die Ecke neben der Tür. Sie ging hin und warf das Tuch hinein. Dann kehrte sie zum Bett zurück, wo ihr Mira ein frisches Taschentuch reichte. »Danke, Mira. Natürlich ist er nach diesem Unglück abgehauen. Uns ließ er mit unserer Trauer zurück.«

»Das konnten Sie ihm nie verzeihen.« Adrian verspürte den Impuls, diese Frau in den Arm zu nehmen.

Josephine schüttelte den Kopf. »Mutter war danach nicht mehr dieselbe. Sie ist an gebrochenem Herzen gestorben. Dass ich noch übrig war, hat sie nicht mehr interessiert. Vielleicht hat sie gedacht, die Josephine hat ihren Amerikaner, die geht sowieso fort, und ich bleibe ganz allein.«

»Sie sind dann ja auch weggegangen.«

»Aber ich hätte sie doch mitgenommen!«, rief sie. Gleich danach fiel ihre Stimme wieder zu einem Flüstern zusammen. »So war ich ganz allein. Und das war nicht einfach, das können Sie mir glauben. So kurz nach dem Krieg, als Deutsche ...«

»Kommen wir zurück zu dem Abend, an dem Herr Eberhardt ermordet wurde. Sie haben sich mit ihm wann getroffen?«

»Um Viertel nach neun am Eingang des Kreuzweges.«

»Wieso ausgerechnet dort?«

»Ich wollte eine«, sie suchte nach dem richtigen Wort, »religiöse Umgebung.«

»Obwohl Sie vorhatten, ihn umzubringen?«

»Wissen Sie, wie das ist, wenn man sein ganzes Leben lang von einer Idee nicht wegkommt? Jede Nacht hat mich der Anblick meines toten Bruders verfolgt. Als ich jung war, ging es leichter. Ich hatte viel zu tun, wir hatten einen Fotoshop, mein Mann und meine Kinder waren da, ich war abgelenkt. Aber als die Kinder aus dem Haus waren und mein Mann starb ...« Sie brach ab und stützte sich am Bett ab. »Was haben mich als junges Mädchen die Alten genervt, wenn sie von nichts als der Vergangenheit erzählt haben. Das geht Ihnen sicher genauso.« Sie sah Manfred an, der leicht den Kopf schüttelte. »Bei mir fing es vor zwei Jahren an. Die Vergangenheit kam wieder zurück.« Sie zuckte mit den Schultern. »Ich war selbst erstaunt, wie sehr ich Max Schmalz noch immer hassen konnte. Ich habe ihn eigentlich mehr gehasst, als ich jemals jemanden geliebt habe.« Ungläubig sah sie auf ihre Hand und drehte den Ehering hin und her. »Ich bin jahrelang in Therapie gewesen. Das ist in Amerika zum Glück nichts Besonderes.« Sie sah Adrian an. »Wegen Depressionen. Ich habe die Therapie beendet, weil ich dachte, es nütze nichts. Schon wieder falsch gedacht. Ich hätte weitermachen sollen. Vielleicht wäre ich nicht auf die hirnverbrannte Idee gekommen, nach Altötting zurückzukommen. Alte Dinge soll man ruhen lassen. Wenn ich jetzt daran zurückdenke, ich dumme alte Kuh.« Sie schüttelte den Kopf und verzog das Gesicht zu einer Grimasse. »Ich habe mein ganzes Leben verpfuscht, nur weil ich mich rächen wollte. Im Grunde hat sich mein Leben nur um Max Schmalz gedreht. Einen Mann, den ich nie leiden konnte und der meine Familie zerstört hat. Verrückt, nicht?«

»Was passierte, als Sie sich trafen?«

»Ich war enttäuscht.« Sie sah zu Anna Lorenz und sagte: »Hole mir doch bitte die Plastiktüte aus meiner Reisetasche.« Dann wandte sie sich wieder Adrian zu. »Er tat sehr forsch und leutselig. ›Josephine, schön dich zu sehen, du stichst immer noch alle aus!‹ *Just imagine!*« Sie schüttelte den Kopf. »Er hat sich benommen, als wären wir auf einem Kaffeekränzchen. Er war so ein armseliger Wicht. So gar kein Niveau.«

Mit genau diesen Worten hatte auch Eleonore Binder ihren ehemaligen Lebensgefährten bezeichnet.

Anna reichte ihr die Plastiktüte. »Kein Wort des Bedauerns, nichts. Dann habe ich in seinen Augen gesehen, dass er Angst hatte. In diesem Moment wurde mir klar, dass ich mein Leben an einen Wichtigtuer verschwendet hatte.« Sie öffnete die Tüte und nahm einen Revolver heraus. Sie sah ihn an und wog ihn in den Händen. »Er gehörte meinem Mann. Oh Bob.« Sie atmete schwer und streichelte das Metall. »Ich freue mich schon darauf, dich wiederzusehen.« Sie sah Adrian mit tränenverschleierten Augen an. »Den hatte ich dabei.«

»Damit wollten Sie Max Eberhardt töten?«

»Max Eberhardt? Wenn Sie das sagen, klingt es für mich, als sei es jemand anders. Ja, damit wollte ich ihn töten. Albern, nicht? Dabei weiß ich nicht einmal, wie man damit umgeht!« Ihr entfuhr ein Lachen, das sofort in ein Schluchzen überging.

Adrian wartete ein wenig. »Was haben Sie dann gemacht?«

»Ich hatte die ganze Zeit den Revolver in meiner Manteltasche. Ganz fest umklammert. Ich habe jetzt noch *sour muscles*, Muskelkater. Wir haben kurz geredet, und auf einmal wurde mir klar, das hat keinen Sinn. Vielleicht war es die Kirche, die man von dort sieht. Sie schien zu sagen, verpfusche dein Leben nicht ein zweites Mal. Nicht für so jemanden wie Max Schmalz.« Sie rieb sich ihre rechte Hand. »Ich habe ihn ohne Gruß stehen gelassen und bin gegangen. Genauso wie er damals.«

»Das war alles?«

»Ja. Als ich ging, war er sehr lebendig.«

»Haben Sie beim Hinausgehen etwas bemerkt?«

»Nein, und ich bin mir auch nicht sicher, ob ich etwas bemerkt hätte, wenn da etwas gewesen wäre. Ich war so aufgewühlt und nur mit mir beschäftigt.«

»Und auf dem Nachhauseweg?«

»Auch nichts.«

»Wohin sind Sie danach gegangen?«

»In die Pension. Ich lag die ganze Nacht wach.«

»Wann haben Sie von seinem Tod erfahren?«

»Am nächsten Morgen.«

»Und? Was haben Sie gedacht?«

»Als Erstes: Ich war's! Ich bin schuld! Ich war auf dem Weg zum Frühstück. Da hat mich die Pensionswirtin auf der Treppe abgefangen und mir von dem Mord erzählt. Irgendwie habe ich es geschafft, wieder in mein Zimmer zu gehen.«

»Dort bist du ja auch tagelang nicht mehr rausgekommen. Wir haben uns schon richtig Sorgen gemacht!« Mira Wagenscheidt war offenbar aus ihrer Sprachlosigkeit erwacht.

»Wird sie jetzt verhaftet?«, fragte Anna Lorenz.

»Sie war es doch nicht«, meinte Adrian. »Behauptet sie jedenfalls. Oder glauben Sie ihr nicht?« Er sah Mira an, die betreten seinem Blick auswich. »Wissen Sie etwas, das ich nicht weiß?«

»Ich? Nein, um Gottes willen!« Ein flammendes Rot überzog ihr Gesicht.

Er wandte sich wieder Josephine Johnson zu. »Sie sind also in Ihr Zimmer zurück.«

»Ich lag wie gelähmt auf meinem Bett. Ich weiß nicht, wie viele Stunden lang. Du hast ihn getötet, ging es mir immer wieder durch den Kopf.«

»Aber er hat doch noch gelebt, als Sie ihn verließen.«

»Das dämmerte mir erst nach und nach. Ich hatte nämlich sofort meine Tabletten genommen, wahrscheinlich zu viele, und konnte nicht mehr klar denken.«

»Bekamen Sie in der Zeit Besuch?«

»Ich wollte keinen.«

»Einen haben Sie aber bekommen.«

»Ich habe auch dreimal vorbeigeschaut. Aber die Obsteder hat mich nicht vorbeigelassen«, sagte Anna Lorenz.

»Rita«, sagte Josephine schließlich.

»Ihre beste Freundin.«

»Damals.«

»Sie haben sich gestritten.«

Josephine zuckte mit den Schultern.

»Man hat es im ganzen Haus gehört. Als Frau Häberl gegangen war, sagten Sie zur Pensionswirtin, dass Sie niemanden mehr sehen wollten. Stimmt das?«

»Ja.«

»Warum?«

»*Rita has got on my nerves*, verstehen Sie? Sie wollte, dass wir die ganze Zeit zusammen sein sollten, so wie früher.«

»Sie wollten das nicht?«

»Nein.«

»Deshalb haben Sie sich jeden weiteren Besuch verbeten?«

Sie zog die Achseln hoch und nickte leicht mit dem Kopf.

»Wieso haben Sie sich gestritten?«

Josephine schwieg.

»Kann es sein, dass Frau Häberl Ihnen etwas gesagt hat, das Sie nicht hören wollten?«

Josephine sah zwischen Mira und Anna auf die Wand.

Adrians Handy läutete. Seufzend nahm er das Gespräch an. »Frau Eberlein! Ja?« Als er das Gespräch beendet hatte, sah er in die Runde und rief dann die wachhabende Polizistin ins Zimmer.

»Frau Wagenscheidt, Frau Lorenz, Sie fahren mit der Kollegin auf das Revier fürs Protokoll. Und Sie, Frau Johnson, fahren mit uns. Wir haben noch einen Besuch zu machen.«

***

Mit Romeo hatte Adrian gerechnet. Aber dass Katharina aus dem Wohnzimmer gestürmt kam und sich ihm fast in die Arme warf, als Rita Häberl ihnen die Tür öffnete, warf seine Strategie, die er sich im Auto zurechtgelegt hatte, über den Haufen. »Was machst du denn hier?«, stammelte er.

»Das ist wirklich Zufall, das musst du mir glauben. Oswaldo hat mich geschickt. Ich sollte einen Traumfänger abgeben.« Katharina wirkte völlig aufgewühlt.

»Traumfänger?«

»Ist was Indianisches«, erklärte Manfred. »Soll die schlechten Träume abwehren und die guten –«

»Ist gut, Manfred. Danke. Katharina, ich möchte, dass du jetzt gehst.«

Katharina sah in die Runde. Rita Häberl und Josephine starrten sich an. »Sag bloß …«

Adrian und Manfred blickten sie ernst an.

»Dann komm noch kurz mit«, sagte Katharina.

»Warum?«

»Ich muss dir was zeigen«, flüsterte sie. Sie zog Adrian, der Manfred fragend ansah, ins Treppenhaus und gab ihm die zerschnittene Zeitschrift. »Vielleicht passt das zu eurem anonymen Brief.«

Adrian fühlte sich plötzlich sehr müde. »Und du willst wirklich ganz zufällig hier sein?«

»Ich schwöre es. Ich habe nur ein wenig mit Romeo gespielt.«

Adrian sah sich das Magazin an und zog dann die Tüte mit dem Brief aus seiner Manteltasche.

»Könnte wirklich passen«, flüsterte Katharina aufgeregt.

»Das müssen wir erst untersuchen«, dämpfte er ihren Enthusiasmus. »Auf Wiedersehen.« Er deutete die Treppe hinunter.

»Okay. Ich bin schon weg.« Und das war sie tatsächlich erstaunlich schnell.

Als Adrian sich zu der Gruppe vor Rita Häberls Wohnungstür umdrehte, standen sich Josephine und Rita immer noch schweigend gegenüber.

»Dann kommen Sie halt herein.« Mit leidgeprüfter Miene drückte Rita Häberl Romeo fest an sich und führte sie durch den Flur ins Wohnzimmer, wo sich Romeo befreite und jaulend auf der Couch niederließ. Rita Häberl hob ihn sofort wieder hoch. »Wir haben doch Besuch, Romeo, da musst du schon Platz machen.«

Adrian überließ Josephine den Sessel, er und Manfred blieben stehen. »Frau Häberl, um gleich zur Sache zu kommen: Sie sind nicht, wie Sie zu Protokoll gegeben haben, bereits um circa zehn Minuten vor neun zu Hause gewesen, sondern erst wesentlich später. Kurz vor zehn.«

»Das stimmt doch nicht«, rief sie empört. »Die Eberleins –«

»Wir haben eine Zeugin.« Swetlana Eberlein war »voller schlechtem Gewissen« gewesen, dass sie die Polizei belogen hatten. »Aber Frau Häberl, die ist fast wie eine Mutti für meinen Mann«, hatte sie betreten gemurmelt. »Was sollten wir machen? Mein Mann hat gemeint, es ist ja nur ein kleiner Gefallen.«

Als keine Reaktion kam, sagte Adrian nachdrücklich: »Also?«

Rita Häberl schwieg hartnäckig und drückte Romeo an ihre Wange.

»Sie haben den anonymen Brief an Herrn Eberhardt geschrieben«, setzte Adrian nach.

Kopfschüttelnd richtete sie Romeos Schleife. Josephine rutschte unruhig auf dem Sessel hin und her und beobachtete das Idyll zwischen Hund und Frauchen, bis es schließlich aus ihr herausplatzte: »Anonymer Brief? Jetzt verstehe ich!«

»Ja«, antwortete Rita Häberl. »Ich wollte einfach, dass er sich wieder an die Vergangenheit erinnert. Max hatte es sich ein wenig zu bequem in der Gegenwart eingerichtet.«

»Was hast du dir nur dabei gedacht!«, fuhr Josephine Johnson sie an. »Rache zu nehmen für mich …« Sie ließ die Worte ausklingen und schüttelte den Kopf.

»Du hast es doch nicht geschafft!«

»Ich habe gemerkt, es hat keinen Sinn. Das ist ein großer Unterschied.«

»So ein Schmarrn! Weggelaufen bist du, wie damals!«

»Du drehst dir alles so, wie du es brauchst.«

Die Stimmen der beiden Frauen waren immer lauter geworden und Romeo schmiegte sich verängstigt in die Arme seines Frauchens.

»Was ist an dem Abend passiert, Frau Häberl?«, fragte Adrian in einen Moment gespannter Stille hinein.

»Ich bin ihr nachgegangen«, antwortete sie. »Ich habe mich so gefreut, dass die Fini uns besuchen kam. Aber sie war sehr abweisend.«

»Du hingst wie eine Klette an mir«, warf Josephine Johnson ein. »Das war mir einfach zu viel.«

»Du scheinst nicht zu wissen, was du für mich bedeutest. Oder bedeutet hast.«

»Anscheinend nicht. Ich war doch damals selbst noch ein Kind. Du erstickst einen mit deiner Anhänglichkeit.« Josephine Johnson deutete auf Romeo in Ritas Arm. »So wie den hier.«

»Sie sind ihr an dem Abend also nachgegangen«, sagte Adrian. Es wurde Zeit, dass sie wieder zum eigentlichen Thema kamen.

»Josephine war so seltsam. Hat kaum mit jemandem gesprochen. Merkwürdig für eine, die nach über sechzig Jahren in die Heimat kommt, nicht wahr? Ich hatte das Gefühl, sie hat etwas vor. Ich gebe es ja zu, ich habe dich sozusagen beschattet.«

»Das habe ich bemerkt«, meinte Josephine kühl. »Nicht direkt, aber gefühlt. Ich habe mich immer unfrei gefühlt. Seit ich hier bin.«

»Was hat Frau Johnson an diesem Abend gemacht?« Adrian wurde ungeduldig. Immer diese Abschweifungen.

»Sie hat sich mit ihm getroffen. Im Kreuzweg. Die beiden haben sich gestritten.«

»Er hat mich beschuldigt, ihm einen anonymen Brief geschickt zu haben. Jetzt weiß ich, dass du das warst. Das passt zu dir, nie mit offenen Karten spielen …«

Rita Häberl sah keine Notwendigkeit, sich zu verteidigen. »Ja, ich wollte ihn aus der Reserve locken. Das hat ja geklappt.«

»Du hast es so hingedreht, als kämen sie von mir.«

»Das hat nur er gedacht.«

»Was passierte nach dem Streit?«, unterbrach Adrian.

»Plötzlich lief Josephine weg«, erzählte Rita weiter. »Er rief ihr etwas hinterher, und ich bekam eine solche Wut. Auf sie, weil sie sich wieder alles gefallen hat lassen. Und auf ihn, weil er wieder wie der Sieger dastand.«

»Und dann sind Sie zu ihm in den Kreuzweg?«

»Ja. Ich wollte ihn zur Rede stellen. Aber er hat mich angesehen wie den letzten Dreck. In dem Moment kam meine ganze Wut hoch.«

»Die sie über sechzig Jahre lang gepflegt hatten«, sagte Manfred.

»Ja, er hat schließlich uns alle unglücklich gemacht.«

Adrian seufzte. War es nicht schön, für alles einen Sündenbock zu haben?

»Dieser Mann musste endlich seine Strafe bekommen. Josephine hat es ja nicht fertiggebracht.«

»Also haben Sie das übernommen.« Rita Häberl, die moralische Instanz.

»Er hat mich ausgelacht, als wäre ich noch immer das kleine, dreizehnjährige Mädchen. Da habe ich meinen Schirm genommen und ihn ihm vor die Brust gestoßen. Er ist gestolpert und mit dem Kopf auf eine Stufe gefallen.«

»Was haben Sie dann gemacht?«

»Ich war völlig überrascht, ihn so am Boden zu sehen. Und dann fiel mir ein, dass er nun so elend daliegt wie damals Olaf. Das war seine gerechte Strafe. Endlich, nach so langer Zeit.«

»Und die Fußtritte?«

Sie zuckte mit den Achseln und sah ihn unverwandt an.

»Er hätte überleben können, wenn Sie Hilfe geholt hätten.«

»Das hätte Olaf auch.« Ihre Stimme klang messerscharf. »Nein, ich bin nicht schuld, dass Max gestorben ist. Als ich ging, lebte er noch. Gott wollte es so. Gott lässt nichts ungestraft.«

Adrian seufzte. Gott. Die einfachste aller Rechtfertigungen.

# Epilog

Der erste Sundowner des Jahres. Katharina nahm ihren Drink und prostete dem Sonnenuntergang zu. Flamingofarbene Wolkenfetzen umrahmten das Gelborange der untergehenden Sonne, und ein sanfter Wind streichelte ihre nackten Füße. Fast wie in Florida. Aber Oberbayern war ja auch nicht schlecht. Sie saß auf dem Balkon in ihrer neuen Wohnung. Zum ersten Mal konnte sie in ihrer Heimatstadt nach ihrer Art leben, und bis jetzt ließ sich das gar nicht schlecht an. Sie sank tiefer in den Liegestuhl und dachte an Manfred. Er hatte sie ein paarmal in München besucht, und schon bei ihrer zweiten Verabredung hatten sie gar keine Pläne mehr gemacht, sondern waren das ganze Wochenende im Bett geblieben. Mehr oder weniger. Bis auf die Zeit in der Badewanne. Sie lächelte, als eine heiße Welle durch ihren Körper fuhr. Gut, dass sie heute noch weitere Gäste erwartete, sonst würde dieser Abend wieder genauso ablaufen.

Es war Mitte Juni, und viel war seit der Lösung des Mordfalles passiert. Ihr Job bei der Kosmetikfirma war offiziell beendet, und die neue Wohnung fürs Erste eingerichtet. Rita Häberl wartete auf ihren Prozess, und Josephine Johnson war nach Arizona zurückgekehrt. Mit Oswaldo hatte Katharina sich darauf geeinigt, den Schwerpunkt ihres Warenangebots auf die Holzfiguren und Alkoholika zu legen. Ob sie die neue Schnapskönigin von Altötting werden würde, musste sich noch herausstellen, doch sie hatte sich intensiv mit der Materie auseinandergesetzt und Feuer gefangen.

In den letzten Wochen hatte sie in München fleißig mit Likörrezepten experimentiert und wollte heute den Gästen ihrer Einweihungsparty die Ergebnisse ihrer Arbeit präsentieren. Sie hatte alles auf dem großen Tisch im Wohnzimmer aufgebaut: vier bauchige Behälter mit Flüssigkeiten, die in den schönsten Brauntönen von hell bis dunkel schimmerten, eine ganze Batterie von Gläsern und Tapas, um auch etwas Festes in den Magen zu bekommen. Katharina war so aufgeregt wie vor einer Prüfung, und als es läutete, schnellte ihr Puls nach oben.

Offenbar hatten sich ihre Gäste vor dem Haus verabredet, denn alles, was sie sah, war ein riesiger Blumenstrauß und darunter vier Paar Füße.

»Hallo Neubürgerin!«, begrüßte sie Adrian und drückte ihr den Strauß in die Hand. »Damit du auch gleich was zum Dekorieren hast.«

Katharina war sich sicher, dass die Blumenvase noch in den Tiefen eines Umzugskartons versteckt war. Vorerst musste der wunderschöne Strauß aus Lilien, Rosen und Freesien also mit der Badewanne vorliebnehmen.

»Und hier, muss ja auch sein, wir wollen ja nichts falsch machen«, meinte Sabine. Sie hatte in einem Körbchen Brot und Salz mitgebracht. »Grüß dich, Katharina. Und viel Glück in deinem neuen Heim.«

»Schön hast du's hier.« Oswaldo nickte anerkennend und lugte in die Küche. Dann schlenderte er, die Hände lässig in den Hosentaschen, ins Wohnzimmer, Adrian und Sabine folgten ihm.

Nun war Katharina allein mit Manfred. Sein Begrüßungsgeschenk war ein langer Kuss. Nur widerwillig löste sie sich von ihm. »Ich glaube, wir sollten jetzt zu den anderen rübergehen«, flüsterte sie.

»Die Farben passen ja genau zur Einrichtung«, bemerkte Adrian und deutete auf die Likörflaschen. Dann ließ er seinen Blick durch den Raum schweifen. »Gefällt mir.« Er nickte anerkennend. »Ich sollte bei mir wirklich auch etwas ändern.«

»Wäre nicht schlecht«, kommentierte Manfred.

»Danke.« Katharinas Wohnung in München war sehr kühl eingerichtet gewesen, in elegantem Grau und Weiß mit nur wenigen Farbtupfern in Rot und Pink. Diese Phase hatte sie hinter sich, und sie sehnte sich nach mehr Geborgenheit. Die gaben ihr Wände in warmen Erdtönen und Holzmöbel. Sie öffnete die erste Flasche und goss eine kleine Menge in die bereit gestellten Likörgläser. »Ich bin ja so gespannt«, sagte sie.

Sabine lächelte und hielt das Glas gegen das Licht. »Ich auch. Aber wenn es so gut schmeckt, wie es aussieht, kann ja nichts schief gehen.«

»Adrian, Oswaldo, Manfred.« Katharina überreichte jedem feierlich ein Glas. »Also dann!«

Adrian war der Erste, der sein Glas an den Mund setzte. Er nahm einen großen Schluck und fing sofort zu husten an. Und hörte fast nicht mehr auf.

Sabine drückte ihn in einen Sessel und sah ihn besorgt an. »Soll ich meinen Notfallkoffer holen?«

Adrian winkte ab. »Es geht schon wieder«, krächzte er und fasste sich an den Hals. »Was war das denn? Damit kannst du eine ganze Kleinstadt lahmlegen. Hast du irgendwas in dieser Richtung mit deinen Kunden vor?«

Katharina nahm wahllos eines der Tapas, die am nächsten standen. Sie hielt es ihm vor die Nase. »Da, iss mal was.«

»Was ist das?«, fragte er misstrauisch.

»Garnele mit Knoblauch«

»Willst du mich völlig fertigmachen? Ich brauche jetzt Schonkost.« Er deutete auf Sabines Brotgeschenk. »Das da zum Beispiel.«

Oswaldo, der sich bis jetzt auf die Rolle des Zuschauers beschränkt hatte, nippte übervorsichtig an seinem Glas. Kaum hatte die Flüssigkeit seine Lippen benetzt, spuckte er sie wieder zurück. »Experimentierfreudig bist du, das muss ich dir lassen.« Er schenkte sich ein großes Glas Wasser ein.

Nun musste Katharina Farbe bekennen. Sie nippte, ließ die Flüssigkeit in ihrem Mund kreisen und schluckte. »Also ich finde es auch nicht schlimmer als das, was du so braust.« Gut, es war vielleicht ein bisschen scharf im Abgang, und dieses leicht muffige Aroma … Als sie die skeptischen Gesichter der anderen sah, zuckte sie mit den Schultern. »Na ja, wenn ihr meint.« *Learning by doing* schien seine Grenzen zu haben. Katharina nahm kurzerhand die Flaschen vom Tisch, trug sie zur Toilette und kippte den Inhalt hinein. »So, jetzt haben wenigstens die Blumen eine Vase.«

»Ich habe von einer Gräfin gelesen, die mittlerweile für ihre Schnäpse berühmt ist«, sagte Sabine. »Die ist einfach zu irgendeinem Professor marschiert und hat sich das beibringen lassen.«

»Dafür gibt es Professoren?«, wunderte sich Manfred.

»Es scheint ja nicht so einfach zu sein«, kommentierte Adrian. »Was da alles so vor sich hin gärt …«

»Mann, und ich wollte euch überraschen. Ich weiß gar nicht, was da schiefgelaufen ist«, meinte Katharina unglücklich. »Ich habe es streng nach einem Buch gemacht.«

»Du musst halt doch bei mir in die Lehre gehen«, sagte Oswaldo. »Morgen um acht geht es los.«

Sofort folgten Frotzeleien zum Thema Brotzeit holen und Werkstatt fegen. Katharina sah zufrieden in die Runde, die es sich mittlerweile mit unverfänglicheren Getränken gemütlich gemacht hatte. Mit Manfred hatte sie, neben einigen anderen Dingen, das Lachen neu gelernt, mit Oswaldo das Staunen, und Adrian und Sabine waren enge Freunde geworden.

Plötzlich sprang Oswaldo auf. »Fast hätte ich mein Geschenk vergessen!« Er verschwand im Flur. Als er mit einem kreisrunden Päckchen zurückkam, schwante Katharina etwas. Das würde doch nicht …?

Sie ließ sich mit dem Auspacken lange Zeit, und als die Ahnung Gewissheit wurde, brachte sie ein überraschtes Lächeln zustande. »Ein Traumfänger!« Immerhin ohne Federn. Und ohne Perlen.

»Ich habe deine Lieblingsfarben genommen.«

Pink und Orange. War Oswaldo nicht rührend? Er sah tatsächlich ein klein wenig verlegen aus. Wie hatte sie je daran zweifeln können, dass er der perfekte Partner für sie war? Sie drückte ihn an sich und lachte.

Danksagung

Viele Menschen haben am Entstehen dieses Buches regen Anteil genommen und mitgeholfen. Besonders danken möchte ich:
Marielu, die mich im richtigen Moment angeschubst hat und eine wunderbare Testleserin war;
dem Ersten Kriminalhauptkommissar Josef Maier von der Kripo Mühldorf, der sich Zeit genommen hat, meine Fragen zu beantworten;
Rudi Deyringer, für den es zum Glück keine Computerprobleme gibt;
Nanni für ihre wertvollen Ratschläge rund ums Buch;
Rudi und Christine für ihre Motivation und ihr Engagement vor Ort;
meiner Lektorin Marit Obsen für die gute Zusammenarbeit;
meiner Mutter
und natürlich Dieter und Fabian – für Alles.